KB262460

비평의 논리와 감성

이 저서는 2010년도 전북대학교 저술장려연구비 지원을 받았음

전 북 대 학 교
교과교육연구총서 6

비평의 논리와 감성

전 정 구

역락

발간사

이 시대 교육의 중요성에 대해서는 다시 강조해도 부족함이 없을 듯합니다. 우리 전북대학교 사범대학은 지역사회와 나라를 대표하는 교육 연구와 실천의 요람으로서 나름의 역할을 충실히 해왔음을 자부합니다. 그동안 안으로는 학문적으로 교육의 이론을 세우고, 밖으로는 이를 실천하는 우수한 선생님들을 수없이 배출해 온 역사가 이를 잘 보여준다고 믿습니다. 그러나 하루가 다르게 변화하는 교육 현실은 우리에게 또 다른 도전을 요구하고 있습니다.

특히 그동안 광범위한 영역에서 교과 교육은 있어 왔으나, 이에 관한 이론 수준의 연구가 부족했던 것이 사실입니다. 이에 우리 전북대학교 교과교육연구소는 이런 학계와 교육계의 반성을 바탕으로 교과 교육 방면의 지식 체계를 구조화할 수 있는 이론의 개발에 노력하기로 했습니다. 교과교육연구총서의 발간과 보급은 이를 뒷받침할 수 있는 사업의 하나로 기획된 것입니다.

이론 없는 실천은 공허하기 쉽습니다. 우리의 궁극적 목표는 교육 현장에서 이루어지는 것이지만, 이를 위해서는 치열한 이론 탐구가 전제되어야 합니다. 이론 제시가 토론을 낳고, 토론의 결실이 현장에 반영되고, 다시 그 결과가 이론 연구에 영향을 주어야 합니다. 학교 현장에서의 교육은 교과 교육의 형태를 띠고 있습니다. 때문에 교과 교육에 대한 이론적 연구는 어떤 연구보다 우선시되고 중요하게 여겨져야 할 것입니다. 우리 전북대학교 교과교육연구소는 앞으로도 이 점에 역점을 두고 여러 사업을 진행해 나가고자 합니다.

우리 연구소의 노력이 총서의 형태로 결실을 맺기까지는 집필에 참여해주신 연구자 여러분은 물론이거니와, 많은 분들의 헌신적인 노고가 깃들어 있음을 잘 알고 있습니다. 우리는 이를 항상 기억하고 또 다른 결실로 보답하기 위해 노력하고자 합니다. 특히 이런 뜻깊은 사업의 취지에 동감하고 아낌없는 지원을 해주시는 전북대학교 당국의 배려에 감사의 말씀을 드립니다.

이제 약간은 두근거리는 심정으로 우리 노력의 결과를 하나씩 세상에 내놓고자 합니다. 아무쪼록 이 총서를 접하는 많은 이들에게 의욕과 성과가 함께 하기를 기원합니다.

전북대학교 교과교육연구소장

책머리에

제목을 '비평의 논리와 감성'으로 정했다. 논리와 감성은 비평적 글쓰기에서 중요한 두 가지 요소이다. 주관과 객관의 문제와 긴밀하게 연결된 그것들의 조화로운 결합이 비평의 핵심이라는 생각을 끊임없이 해왔다. 비평적 글쓰기의 최종 목표를 감성의 논리, 혹은 논리와 감성의 조화나 균형에 맞춘 이유가 여기에 있다. 그러나 이 책에 그것이 제대로 반영되었는지 의문이다.

논의 대상이 된 작품과 글의 성격에 따라 4부로 나누었다. 1부에는 지역 문학의 성격이나 문단/학계의 이슈를 다룬 글을 배치했다. 2부는 시인들의 작품에 초점을 맞춘 글이다. 3부는 산문과 관련하여 몇 작가의 작품을 논한 것이다. 4부는 관심분야가 같은 평론가들의 작업을 조명한 글이다.

인간의 감성에 초점이 놓인 문학작품의 의미를 풀어헤치는 작업에 논리의 무늬를 놓아 보는 것이 쉽지 않았다. 감동적인 언어로 문학의 진정성을 밝히는 감성과 논리의 부족을 느낄 따름이다. 글다운 글에 대한 열망이 오히려 그것에 대한 두려움으로 다가오기도 한다. 게으름으로 인해 시차(時差)가 있는 글들이 한 권으로 묶이게 되었다. 부족하고 어설픈 글들을 엮어내는 데 협조해 준 주변의 관계자 여러분께 감사드립니다.

2011년 9월
저자 씀

차 례

1부

호남문학의 특성

1. 서언

문화는 "한 인간이나 시대 또는 집단의 특정 생활방식"을 가리키거나, 혹은 윌리엄즈가 정의한 대로 "지적인 작품이나 실천행위, 특히 예술적 활동을 일컫는" 용어로 사용될 수 있다.[1] 예술적 활동을 일컫는 문화와[2] 지역문학은 불가분리의 관계를 맺고 있다. 역사적 연원을 거슬러 올라가면 호남문학은 지역문화의 토양 속에서 발효된 것이고, 그것은 백제문화를 계승한 것이다.[3] 호남문학의 특성과 관련하여 중요하

---

1) John Storey/박모, 『문화연구와 문화이론』, 현실문화연구, 1994, 13쪽.

2) David L. Sills ed, *Culture : The concept of Culture, International Encyclop edia of the Social Sciences* 3, The Macmillan Company & The Free Press 1974. "문화는 넓은 의미의 민족지적 관점에서 지식, 신념. 예술, 도덕, 법률, 관습 그리고 사회의 일원으로서 인간이 습득한 다른 모든 능력과 습관들을 포함하는 그 모든 것의 총체적 복합물"이라는, 인류학자 타일러(Edward B. Tylor)의 견해는 아직도 유효하다.

3) 나경수 외 편(『호남전통문화론』, 전남대학교 출판부, 1999)과 동학농민기념사업회 편(『전북의 역사와 문화』, 서경문화사, 1999), 그리고 한우근(『한국통사』, 을유문화사, 1993)과 천이두(「문학예술에 표상된 전북인상」, 『우리시대의 문학』, 문학동

게 지적되어야 할 점은 백제의 후예로서의 문화적 배경이다. 그것은 지역문학의 성격을 논하는 자리에서 간과해서는 안 될 중요한 문제이다.[4] 동시에 특수한 문학장르나 독특한 문학형식의 개발이나 재창조와 관련된 지역공동체의 전통적 표현양식인 글쓰기 문화나, 혹은 글쓰기 방식도 특정지역 문화의 정체성을 밝히는 요소로서 중요하게 다루어야 할 문제이다.

문화와 역사의 산물로 규정되는 글쓰기는 세계에 대한 우리의 지각을 형성하는 '어떤 스타일'을 가지고 있다. 그 스타일에는 문화공동체의 개성적인 표현 특징이 나타나 있게 마련이다. 특정지역의 사회 내부에 놓여 있는 욕망이나 권력 등의 제 관계를 표현하는 방법이 그것이다.[5] 특정지역의 글쓰기는 각 시기의 사회변화를 뛰어넘어 그 지역 고유의 문화/문학의 관행으로 오랫동안 정착되어 왔을 가능성이 크다는 점, 그리고 특정지역의 문학/문화 표현의 특징을 보전해 왔을 것이라는 점도 간과할 수 없는 대목이다. 호남문학의 특성을 살피기 위한 이 글이 초시간적이고 초역사적인 성격이 농후한 글쓰기 방식 – 글쓰기 문화에 초점을 맞춘 이유가 여기에 있다. 각 시대마다 구별되는 문

네, 1998) 참조.

4) '어느 특정 문화에 대한 탐구'는 그 문화 내에서 생산된 '문학작품을 심도 있게 이해하도록' 이끌어 준다. Frank Lentricchia & Thomas McLaughlin/정정호 외, 『문학연구를 위한 비평용어』, 한신문화사, 1996, 295쪽.

5) 이 글에서 논의되는 '글쓰기'에 관한 문제는 바르뜨(R. Barthes)의 글(쓰기), 데리다(J. Derrida)와 푸코(M. Foucault)의 담론, 그리고 식수스(H. Cixous)와 이리가레이(L. Irigaray)의 페미니스트적 글쓰기 및 크리스테바(J. Kristeva) 등 문학비평/비평가 용어/항목을 참조했다. 번역본 문학비평 용어사전과 더불어 주로 원용한 책은 다음과 같다. *The Johns Hopkins Guide to Literary Theory & Criticism*(Michael Groden and Martin Kreiswirth ed., Baltimore and London : The Johns Hopkins Univ. Press, 1994)와 *Encyclopedia of Contemporary Literary Theory*(Irena R. Makaryk General editor and Compiler, Toronto Buffalo London : Univ. of Toronto Press, 1993)이다.

학작품의 내용을 고찰하기보다는 그것의 생산과 관련된 문학관행의 하나로서의 글쓰기 방식에 주목한 까닭도 이러한 점과 무관하지 않다.

이 글은 호남지역 문학을 대표하는 몇 개의 작품을 중심으로 이 지역의 문학적 특성을 살펴보기 위한 시론에 해당한다. 문화적인 측면에서 호남이라는 특정지역의 문학적 성격을 밝히기 위해서는 그 지역의 지리적 경계와 역사적 배경을 고찰할 필요가 있다. 현재의 행정구역상 호남은 전라도 지역을 일컫는다. 지리적 경계에 따르면 호남문학은 전라도 지역의 문학을 의미한다. 그러나 문화 역사적 측면에서 호남문학의 범주를 설정하는 것은 용이하지 않다. 호수의 남쪽에서 유래한 지명으로서의 호남(湖南)은 역사적으로 마한, 백제, 후백제의 근거지로서 충청도 지역까지 포괄한 백제문화권에 속했다. 678년에 걸쳐 한강 이남의 남한산성, 공주, 부여로 남하를 거듭해온 백제는 영산강과 서남해안 일대의 마한세력을 편입하여 독자적인 문화를 정착시켰다. 호남문학은 그것에 뿌리를 두고 있다.[6]

2. 지역문학과 글쓰기 방식

문헌자료에 의하면 호남지역 문학 최초의 모습을 보여준 것은 『악학궤범』에 수록된 「정읍사」이다. 정읍지역에서 불려진 이 노래는[7] 삼국

---

6) 호남문화가 "백제보다는 마한의 전통을 이은 문화"(이해준, 「호남지역의 역사와 문화」, 『호남사회의 이해』, 풀빛, 1996)라는 시각도 있다. 그러나 그 문화는 고고학적 성과에 의해 편린이 추측될 뿐이다. 그것은 대략 700년에 걸쳐 형성된 백제의 문화가 호남문화의 뿌리가 되었다는 일반론을 뒤집을 만한 것은 아니다.

7) "둘하 노피곰 도드샤/어긔야 머리곰 비취오시라/어긔야 어강됴리/아으 다롱디리/져재 녀러신고요/즌 디룰 드디욜셰라/어긔야 어강됴리/어느이다 노코시라/어긔야 내가논 디 졈그롤셰라/어긔야 어강됴리/아으 다롱디리"(「정읍사」, 박병채, 『고려

시대 백제의 유일한 가요로서 고대 민요형식을 고찰하는 데 귀중한 자료이다. 뿐만 아니라 3장 6구형의 그것은 "단가 형식을 출현시킨 모체"가 되었다.8) 단가를 배태시킨 「정읍사」를 비롯하여 가사문학의 효시인 「상춘곡」, 그리고 판소리 등 다양한 종류의 시가문학 발상지가 바로 호남이었다. 송순의 「면앙정가」, 백광홍의 「관서별곡」, 단가의 임제, 정철, 윤선도, 극가의 송흥록, 박유전, 이날치, 신재효 등 유수한 시가문학의 요람으로서 호남은 서사문학보다는 서정문학이 성행한 지역이었다.

산문의 양식보다는 운문의 양식이 주류를 이룬 호남은 서사적 진행이 요구되는 이야기조차도 노래의 양식, 즉 판소리로 소화해낸 지역이기도 하다. 극가/판소리, 가사/장가, 단가/시조 등 다양한 시가장르를 개발하거나 기존 시가장르의 규범을 새롭게 재창조한 이 지역의 문학풍토와 관련하여 주목되는 것은 문인들의 글쓰기 방식이 독특하다는 점이다. 운문에 국한되지 않고 산문의 경우에도 유사한 현상이 나타난다. 그것은 호남문학의 특성과 관련하여 시사하는 바가 크다.

산문의 글쓰기는 통상 일상문법의 규칙에 따르는 것이 상례이다. 반면에 운문의 기술형태는 문법의 규칙으로부터 자유롭다. 그것은 반문법이나 초문법의 문장을 허용하는 범위가 크다. 산문이 논리와 이성에 입각한 글쓰기라면 운문은 직관과 감성이 존중되는 글쓰기에 속한다. 호남지역을 대표하는 최명희의 『혼불』과 채만식의 『태평천하』에서9) 감성과 직관이 중시되는 글쓰기 방식이 발견된다. 채만식의 글쓰기 스타일과 관련된 설화체나 요설체는 물론이고 서사전략의 하나인 풍자적 기법에도 그러한 흔적이 반영되어 있다.10)

가요의 어석연구』, 국학자료원, 1994).

8) 정익섭, 『한국시가문학논고』, 전남대학교 출판부, 1989, 633~636쪽.

9) 채만식, 『채만식전집 3』, 창작사, 1987.

10) 채만식 소설의 지문은 "구어적이라 표현할 수 있을 정도로 실제 말에서 볼 수 있

인물묘사가 장황하고 서사진행을 지체시키는 변칙적인 문체는 채만식의 글쓰기가 이성보다는 감성, 논리보다는 직관에 치우친 경향이 있음을 보여주는 것이다. 판소리문체의 구현이라는 말이 지시하듯이, 채만식의 글쓰기는 서사문법의 규범을 일탈하거나 위반하는 경향, 즉 운문 지향적인 속성이 내포되어 있다. 이것이 식민지 시기의 다른 작가들과 구별되는 채만식 스타일의 글쓰기이다. 최명희의 글쓰기에서도 이 점이 발견된다.

> 그다지 쾌청한 날씨는 아니었다.
> 거기다가 대숲에서는 제법 바람 소리까지 일었다.
> 하기야 대숲에서 바람 소리가 일고 있는 것이 굳이 날씨 때문이랄 수는 없었다. 청명하고 볕 발이 고른 날에도 대숲에서는 늘 그렇게 소소한 바람이 술렁이었다.
> 그것은 사르락 사르락 댓잎을 갈며 들릴 듯 말 듯 사운거리다가도, 쏴아 한쪽으로 몰리면서 물소리를 내기도 하고, 잔잔해졌는가 하면 푸른 잎의 날을 세워 우우우 누구를 부르는 것 같기도 하였다.
> 그래서 울타리 삼아 뒤안에 우거져 있는 대밭이나, 고샅에 저절로 커오르는 시누대, 그리고 마을을 에워싸고 있는 왕댓잎의 대바람 소리는 그저 언제나 물결처럼 이 대실[竹谷]을 적시고 있었다.[11]

『혼불』의 전개와 구성방식은 "중심줄기에 비해 곁가지가 너무 많아 이야기의 지체와 일탈"이 두드러지고, 그것들의 "연계 또한 유기적 인

는 음운현상, 문법형태, 어휘 및 문장 등이 많이 보인다." 이것은 작가가 "글로보다는 말[구어체]로 글을 쓰고 있다는 증거"(이태영, 「언어특징」, 『채만식 문학연구』, 한국문화사, 1997, 210쪽)가 되는 셈이다. 이러한 점과 관련하여 백제문화의 계승자 이문구의 글쓰기(전정구, 「이문구 소설의 문체 연구」, 『현대문학이론연구』, 1998)도 주목을 요한다.

11) 최명희, 『혼불』 1권, 한길사, 1996, 11쪽.

과적 선조적이지” 않다.12) 그것은 “서사가능성의 희석화와 함께 각종 의례와 풍습, 사료와 삽화가 단속적 비인과적으로 도입되었기” 때문이다. “이야기의 선조적 전개가 극도로 제한되고 지연 일탈될” 수밖에 없는13) 『혼불』은 서사문법의 규칙에 구속되지 않은 특징을 보여준다. 서사진행 방식과 언어사용의 측면에서 최명희의 글쓰기는 같은 여성작가인 박경리의 그것과 대비된다. 『토지』와의 비교를 통하여 이러한 점을 확인해 보기로 하자.

> 1897년의 한가위—
> 까치들이 울타리 안 감나무에 와서 아침 인사를 하기도 전에, 무색옷에 댕기꼬리를 늘인 아이들은 송편을 입에 물고 마을길을 쏘다니며 기뻐서 날뛴다. 어른들은 해가 중천에서 좀 기울어진 무렵이래야, 차례를 치러야 했고 이웃끼리 음식을 나누다보면 한나절은 넘는다. 이때부터 타작마당에 사람들이 모이기 시작하고 들뜨기 시작하고ㅡ남정네 노인들보다 아낙들의 채비는 아무래도 더디어지는데 그럴 수밖에 없는 것이 식구들 시중에 음식간수를 끝내어도 제 자신의 치장이 남아 있었으니까. 이 바람에 고개가 무거운 벼이삭이 황금빛 물결을 이루는 들판에서는, 마음놓은 새떼들이 모여들어 풍성한 향연을 벌인다.14)

시공간적 배경이 명확히 제시된 박경리 소설과 그렇지 않은 최명희 소설은 시작부터 다른 출발을 보여준다. 두 여성작가는 어휘사용, 서사진행, 문장기술 방식에서 상당한 차이를 보인다. 그것은 서사문법의 논리나 서사진행의 선조적 진행을 거부하는 최명희와 그렇지 않은 박경

---

12) 황국명, 「『혼불』의 서술방식」, 전라문화연구소 편, 『혼불의 문학세계』, 소명출판, 2001, 146쪽.
13) 위의 글, 154~155쪽.
14) 박경리, 『토지』 1권, 삼성출판사, 1988, 15쪽.

리의 글쓰기 스타일에서 비롯된 것이다. 최명희의 글쓰기는 직관적이고 감성적인 방향으로 흐른다. 그것은 서정적이고 감각적이며 서사진행을 의도적으로 지연시키는 반산문 형태의 글쓰기가 특징을 이루고 있다. 서사 문법에 충실한 박경리 작품과 그러한 규범으로부터 일탈한 최명희 작품은 각각 다른 양상을 보인다. 『혼불』이 서정적/시적 경향으로 흐른다면 『토지』는 서사적/산문적 형태를 지향하고 있다.

호남지역 특유의 문학풍토와 무관하지 않은 최명희의 글쓰기는 박경리와 다른 성격을 지니고 있지만, 채만식과 최명희의 경우는 각각의 다른 개성에도 불구하고 공통점이 발견된다. 기존의 서사논리로부터 벗어나 일정한 규범과 정해진 규율에 얽매이지 않으려는 성향이 그것이다. 『태평천하』에도 그렇지만, 이야기 내용이 플롯과정을 결정하지 않는 『혼불』에 그것이 뚜렷이 반영되어 있다. 이러한 성향은 논리나 이성 중심의 학문보다는 감성이나 직관 중심의 예술창조에 적합한 글쓰기 전통과 연결되어 있다.

이야기의 흐름이 집중되지 않고 분산된 점, 같은 의미를 지닌 낱말의 다양한 쓰임새와 뚜렷한 구성의 줄기가 없고 실가지로 흩어진 점, 두 개의 기둥 인물군의 설정과[15] 서정적이고 감각적인 언어의 빈번한 출현을 비롯하여 끝도 시작도 없는 서사의 진행과 마무리의 미결, 과거와 현재 사이에서의 서성거림과[16] 삽화/설화의 도입, 지연과 정체를

---

15) 『혼불』은 양반가문의 이야기에 초점이 놓여 있음에도 불구하고 천민집단이 중요한 인물의 한 축을 이루고 있다.

16) 청암부인의 행적에 대한 회상을 통해 과거와 현재를 넘나드는 이야기 전개방식은 물론이고 전근대적 인물군(매안이씨)과 근대적 인물군(거멍굴 사람들) 사이에서 작가는 어느 한쪽의 인물에 집중하지 못하고 방황한다. 이러한 점이 쌍방의 화해도 어느 한쪽의 승리도 아닌 춘복(거멍굴)에 의한 강실(매안이씨)의 임신으로 마무리되는 서사의 미완성이라는 결과를 낳았다. 이야기의 진행이 지체와 정체를 거듭하면서 민속지적 성격으로 기울어지는 『혼불』의 서사적 정체성의 모호함도

거듭하는 서사진행, 민속지적 사실기술과 자기애적인 연민 등이『혼불』의 특징을 이룬다. 산문장르의 경계지우기, 서사문법의 체제에 대한 저항의 흔적을 드러낸 이 소설은 그러나 한 인간의 운명, 혹은 인간과 인간의 인연, 물활론적 상상력과 사물과의 통교방식(通交方式) 등 자연과학이 설명해 낼 수 없는 영역에 자리 잡은 삶의 근원과 비밀에 접근하여 그것들을 산문예술/서사양식으로 풀어낸다. 서사규범의 원칙과 권위에 반발함으로써 도달하게 되는 논리와 이성을 초월한 직관과 감성, 암시와 함축, 그리고 시성(詩性)을 지향하는 글쓰기 덕분에 그것이 가능하다.

3. 지역적 글쓰기의 스타일

미당 서정주와 대여 김춘수의 글쓰기를 비교해 보는 것도 호남지역 문학의 특성을 파악하는 데 유용한 방법의 하나이다.17) 두 사람 모두 산문적 글쓰기로서의 학문과 시창작 작업에 매진했다. 서정주의 작업에는 논리적인 것보다는 감성적인 것이 우세한18) 반면 김춘수는 감성적인 작업에서조차도 '정서보다는 이념'이 앞서고 있었다. 김춘수 시집『隣人』의 후기를 살펴보기로 하자.

이러한 점과 무관하지 않다.
17) 김수영과 백제권 문화의 후계자로서의 신동엽도 이러한 측면에서 대조를 보인다. '귀수성과 원수성' 등 신동엽이 주장하는 문학론이 추상적이고 애매한 대목이 많은 반면에 김수영의 문학논리는 구체적이고 뚜렷하다. 김수영의「어느날 고궁을 나오면서」와「풀」을 신동엽의「껍데기는 가라」나 장편시「금강」과 비교해 보라.
18) 미당의『시문학원론』(정음사, 1972)이나『한국의 현대시』(일지사, 1971)를 대여의 『한국현대시형태론』,『시론』,『의미와 무의미』(『김춘수전집』, 문장, 1986)와 비교해 보라.

이것 「隣人」은 나에게 있어서 問題的 풍이었던 것의 整理올시다. 그러니까 理念이 앞서고 情緒가 뒤처져 있을 것입니다.

지금 나는 한 理念을 充分히 견딜 수 있을 만한 情緒를 기다리고 있습니다. 그러니까 이것 「隣人」은 또한 그 기다리고 있는 한 姿勢일지도 모릅니다.[19]

김춘수는 '후기'에서 이념/이성이 앞서고 있고 정서/감성이 뒤처져 있다는 점을 고백하고 있다. 그는 감성/정서를 기다릴망정 이성/이념을 버리지 않겠다는 의지를 피력하고 있다. 이러한 것들이 김춘수적인 글쓰기의 특색을 유지하는 요인이다. 「詩에의 接近」에서도[20] 대여는 시 창작에 관한 분명한 논리와 뚜렷한 이유를 밝히고 있다. 반면에 풍부한 정서, 섬세한 감정, 리드미컬한 율동감의 측면에서 예술적 감각이 돋보이는 미당의 글쓰기에서 이러한 스타일의 언술을 찾기는 쉽지 않다. 미당의 「歸蜀途」와 그렇지 않은 대여의 「歸蜀途 노래-躑躅에게」는 동일한 소재를 다루고 있음에도 불구하고 어조와 분위기, 언어사용, 문장구성, 정서의 구현 방식 등에서 대조적이다.

이렇게 많은 꽃을
꽃마다 이를 수는 없지 않은가

이야기야 많지만
오늘 갓피올 너에게만
일러두고 가련다

환히 트인 날은

─────────────

19) 김춘수, 『김춘수전집 1』, 문장, 1986, 114쪽.
20) 위의 책, 356~357쪽.

먼 蜀나라의 변두리도
나는 볼 수가 있었다고

이야기야 많지만
너에게만
나는 일러두고 가련다

—「歸蜀途 노래—躑躅에게」[21]

　감정표현에서 미당이 요란하다면 대여는 조용하고 담백하다. 질박하고 차분한 느낌의 대여시와 풍성하고 다채로운 정서를 불러일으키는 미당시는 두 지역 문학풍토의 '다름'을 대변하고 있다. 감정의 격랑이 느껴지는 서정주 시의 문장이 문법의 격식에서 벗어나 변격의 자유로움을 느끼게 한다면, 김춘수의 글쓰기는 정격에 가깝다.[22] 대여의 시가 산문적 문장으로서의 정연한 질서를 갖춘 반면에 미당의 시는 복잡하고 다양한 느낌을 준다.

눈물 아롱 아롱
피리 불고 가신님의 밟으신 길은
진달래 꽃비 오는 西域 三萬里.
흰옷깃 염여 염여 가옵신 님의
다시오진 못하는 巴蜀 三萬里.

신이나 삼어줄걸 슲은 사연의
올올이 아로색인 육날 메투리.
은장도 푸른날로 이냥 베혀서

---

21) 위의 책. 김춘수 작품의 인용은 이 전집에 의한다.
22) 언어사용의 측면에서도 차이를 보여주는데, 미당의 작품에는 팔도사투리가 등장하는 반면에 대여의 작품에는 거의 표준어 일색이다. 시어의 정연함이 대여시에서 돋보인다면 미당시는 언어의 다양성이 특징을 이루고 있다.

부즐없은 이머리털 엮어 드릴ㅅ걸.

초롱에 불빛, 지친 밤 하늘
구비 구비 은하수물 목이 젖은 새,
참아 아니 솟는가락 눈이 감겨서
제피에 취한새가 귀촉도 운다.
그대 하늘 끝 호을로 가신 님아

— 「歸蜀途」23)

대여의 작품에서 시행과 시연을 구성하는 문장은 순차적이고 논리적이며 일관된 진행을 보여준다. "아드리아의/ 푸른물결이 넘실거린다// 보헤미아의 꿈 같은 하늘이/ 여기에는 흐르고 있다// 네가 두고간/ 아카시아 樹香같이 오붓한 슬픔을/ 나는 잊을 수가 없구나// 햇살이 샘물같이 흐르는/ 저 풀밭에서는 나의 마음이/ 서러운 벌레처럼 울고 있다"(김춘수, 「窓에 기대어」). 미당의 작품은 그렇지 않다. 미당의 「자화상」과 대여의 「집(1)」도 좋은 비교의 대상이다.

"지지는 듯 눈에 아픈/ 翠色樹陰아래/ 배암 한 마리 熱을 앓는다"(「蛇」)와 "麝香薄荷의 뒤안 길이다./ 아름다운 배암……/ 을마나 크다란 슲음으로 태여났기에 저리도 징그라운 몸둥아리냐."(「花蛇」)의 문장기술과 감정표현의 방식도 눈여겨볼 대목이다. "찬란히 티워오는 詩의 이슬"을 향해 "병든 수캐만양 헐덕어리며" 살아왔던 미당의 자화상과 "무엇이 귀한 것인가"도 모르고, "나를 사랑하는 사람들 곁에서 한사코 어딘지 달아나고 싶은 反逆에로 시뻘겋게 充血한 곱지 못한 눈매를 가진"(「집(1)」) 대여의 자화상은 미당의 영향에도 불구하고24) 체질상 다른 스타일

___

23) 서정주, 『미당 시전집 1』, 민음사, 2001. 미당 시의 인용은 이 책에 의한다.
24) 미당의 「花蛇」와 대여의 「蛇」 끝 부분을 비교해 보라.

의 문장을 구사한다. 미당이 아낌없이 감정을 투입하는 스타일이라면
대여는 가능한 한 감정을 절제한다. 대여의 시에는 관찰자적 시선이
자리 잡고 있다면 미당의 시에서는 몰입의 시선이 느껴진다.

> 시무룩한 내 靈魂의 언저리에
> 툭 하고 하늘에서
> 사과 알 한 개가 떨어진다.
> 가을은 마음씨가 헤프기도 하여라.
> 땀 흘려 여름 내내 익혀 온 것을
> 아낌없이 주는구나.
>
> — 김춘수, 「打令調(7)」 일부

　　흥겨움과 감칠맛 나는 장타령(場打令) 속에는 한스러운 인생살이의 감
정이 토로되어 있다. 미당이 '장타령'을 소재로 삼아 작품을 썼다면 낭
창낭창 휘감겨드는 정서, 격식을 벗어버린 자유로움, 건들거리는 율동
감을 유감없이 그의 시에 구현했을 것이다. 그러한 장타령의 '타령조(打
令調)'를 표방했음에도 대여의 시는 장돌뱅이의 애환이 깃든 타령조의
리듬은 물론이고 특유의 넋두리조차 반영되어 있지 않다.『打令調・其
他』의 「후기」에서 밝혔듯이, 김춘수는 장타령이 가진 넋두리와 리듬을
"현대 한국의 상황하에서 재생시켜 보고" 싶었으나, 그것은 "처음의
의도와는 달리 결과적으로는 하나의 기교적 실험"이 되어버리고 말았
다.25) 미당시가 흥청거리면서 건들건들 걷는 중중모리 가락에 해당한
다면 대여시의 가락은 바르게 뚜벅뚜벅 걷는 중모리에 속한다. 원칙과
정도(正道)에 충실한 대여의 글쓰기 특성상 장타령의 리듬과 넋두리를
'만들어 내기'는 어려웠을 것이다. 미당의 시가 자연스런 감정의 흐름

---

25) 김춘수, 앞의 책, 209쪽.

에 따라 모습이 갖추어지는 것이라면[26] 대여의 시는 애써서 만들어내야 하는 그 무엇에 해당한다. 구문론적, 혹은 의미론적 제약을 넘어선 미당의 글쓰기는 직감에 의해 모든 것이 총괄된다. 기본문법의 제반 관계들의 가닥에서 산출되는 대여의 글쓰기는 제작자로서의 논리를 갖추고 있는 반면 미당의 그것은 그렇지 않다.[27]

4. 유보된 결론 – 논의의 새로운 시작을 위하여

특정지역에 나타나는 표현방식으로서의 글쓰기에는 사정을 알고 있는 사람들만이 발견할 수 있는 '지시함'을 포함하고 있다.[28] 데리다나

---

26) "詩의 知性을 應用生物學이나 心理分析學의 그것 다루듯이 하려는 사람들의 큰 애로가 하나 내다보인다. 그것은 다른 게 아니라, 가슴의 감동이 아니고서는 도저히 맛볼 수 없는 生 그것의 매력은 어디에 가서 찾느냐 하는 문제이다."(서정주, 「머리로 하는 詩와 가슴으로 하는 詩」, 『한국의 현대시』, 일지사, 1971, 269쪽) 미당의 이러한 언술은 대여의 후계자로서의 이하석의 다음과 같은 말과 얼마나 차이를 보이는가. "첫 시집 『투명한 속』에 실린 시들은 의도성을 갖고 만든 것들입니다." (「'푸른시'와 이하석 시인과의 만남」, 『푸른시』 창간호, 시와사람사, 1999. 11)

27) 대여의 글쓰기는 끊임없는 문학의 변혁을 꿈꾸지만 그것은 문학체제 내적 변화이고, 언어 외적 혁명으로 이어질 수가 없다. 그가 지향하는 것은 언어/문학 내적인 변화이고 현실/시쓰기를 벗어나지 않는다. 이것은 김지하(전정구, 「빛과 그림자」, 『애지』, 2000. 8)와 황지우(전정구, 「저물면서 빛이 안 나는 시인」, 『현대시학』, 1999. 6) 등의 시작품이 보여준 굴곡과 변화, 즉 이데올로기적/사상적 변화의 무질서와 대비되는 점이다. 일제 강점기의 김해강(전정구, 「김해강의 초기시 연구」, 『현대문학이론연구』, 2001. 6)과 이상화(전정구, 「이상화의 「빼앗긴 들에도 봄은 오는가」, 『시안』, 1999 가을)의 시적 여정이 보여주듯이, 두 지역의 시인들은 지속/논리와 변화/직관, 일관성/이성과 다양성/감성, 안정/보수와 불안정/진보, 직선형/곧음과 나선형(螺旋形)/휘어짐의 차이를 보인다. 이러한 점은 이하석의 시문학에서도 발견된다.

28) 토지가 비옥하고 어염(魚鹽), 미곡, 실과 솜, 모시와 닥, 대나무, 귤, 유자, 감 등 다양한 물산이 넘쳐 났던 호남지역은 "원래 백제에 속한 땅"(李重煥·朴齊家 著, 盧道陽·李錫浩 譯, 『韓國名著大全集 – 擇里志 北學議』, 大洋書籍, 1978/1982, 79쪽)이

푸코식의 어법을 빌리면 그 지시함 속에 억압되고 왜곡되고 위장된 권력과 욕망의 특수한 연결고리를 감추고 있다. 그것은 지역사회의 역사적/문화적 조건과 맥락 안에서 글쓰기의 내부에 반영된 침묵의 의미를 파악할 필요성을 제기한다. 아직껏 해명되지 않은 그 무엇을 보존하고 있는 호남지역 글쓰기의 표면적 의도나 표면적 의미를 넘어서는 읽기의 전략이 필요한 이유가 여기에 있다. 그 글쓰기의 내부에는 타인/타지역에 대한 침묵의 항의와 유토피아 건설에 대한 동경이 자리 잡고 있다.

동경과 항의가 복합된 패러독시컬한 정서/분위기에는 역사경험의 실패와 그것을 회복하려는 욕망이 내재해 있다. 글쓰기 내부에 반영된 이러한 의식을 보여주는 사례가 호남지역 작가의 작품들에 관통하는 '지시함'의 의미이다. 그 감춰진 의미에서 우리는 제도권 논리와 체제 수호적인 이론을 거부하는 혼합된 동기들과 상충되는 욕망들이 복합된 논리초월의 직관과 감성적인 글쓰기 문화의 이면에 잠복해 있는 의미를 파악해 낼 수 있다.29) 이것은 특정지역의 글쓰기가 작가 개인의

었다. 호남지역의 역사적 배경 속에는 678년 간 국가체제를 유지한 백제문화가 자리 잡고 있었다. 그 왕국은 나당연합군에 의해 멸망했고, 통일신라 말기에 이 지역을 점거한 견훤의 후백제도 고려 태조 왕건에 의해 평정되었다. 이것은 좁게는 견훤 일가의 패배를 뜻하지만, 넓게는 백제의 재건이라는 호남지역 민중의 정치적 좌절을 의미한다. 동시에 태조 왕건에 의한 후삼국의 통일은 이 지역 민중의 정치적 소외의식을 불러일으킨 원인으로 작용한 측면이 있다. 수차례 공격으로 위기를 겪었던 왕건이 백제인을 두려워한 나머지 "차령 이남의 물이 모두 배주(背走)한다고 하고 「차령 이남인은 채용치 말라」고 임종에 분부하여" 호남인이 정치의 중심무대로부터 소외되는 현상을 부추겼다. 이 지역 인사들 중에 "재상에 오르는 자"(이중환·박제가, 앞의 책, 80쪽)가 적었던 것은 고려의 지역차별정책과 관련이 있다.

29) 천혜의 자연환경을 갖추었음에도 불구하고 정권의 주도세력을 이루지 못한 지역이 호남이다. 역사경험에 비추어 볼 때 호남은 정치권력의 주변부로 밀려난 지역이었다. 마한세력을 근거지를 점령한 백제는 신라에 의해 합병되었고, 후백제는

개성의 관점에서만 이해할 수 없음을 보여주는 것이다. 오랜 관행이 반영된 문화표현으로서의 특정지역 글쓰기에는 그 지역의 정치적/역사적/사회적 맥락과 관련된 함의/의미가 담겨 있다.

일관된 지배논리가 이성에 기초해 있다면, 반체제적인 저항의 논리는 감성에 좌우된다. 기성체제의 논리를 거부하는 의식 속에는 반논리나 초논리의 직관이 자리 잡는데, 그것은 체제의 구속으로부터 벗어나려는 행동을 수반한다. 조선조의 임진왜란과 병자호란의 구국활동, 구한말의 의병활동, 동학혁명 봉기, 광주학생 의거, 광주민주화항쟁 등 침략세력이나 지배권력의 압박과 불의에 항거하는 투지는 이성의 논리를 초월하는 직관과 감성의 소산이다. 초논리와 초이성적인 순발력이 아니면 그러한 행동과 실천은 불가능하다. 미륵신앙, 증산도, 원불교 등 기성 종교의 관행을 바꾸거나 종교의 교리체계 변화를 꾀하려는 신흥종교의 발상지가 호남이었던 점을 이러한 측면에서 설명할 수 있다. 격식과 절차에 얽매이지 않고 원칙에 구애받지 않는 문화는, 현실에 안주하지 않는 진취성과 다양함과 변화를 추구하는 열린 문화, 혹은 닫힘의 현실을 벗어나려는 동경의 문화 등과 관련이 있다.

문화의 특성상 호남지역에는 이성(理性)과 논리에 의지하는 학문보다는 직관과 감성에 호소하는 예술이 성행한 토양이 조성된 것은 이러한 점과 관련이 있다. 이 지역에는 기호학파나 영남학파에 대응하는 학파가 거의 존재하지 않았다.[30] 영남을 대표하는 도남 조윤제와 호남을

고려에 통합되었다. 전라도의 "고려세력은 조선개국에 소극적이었고, 대다수의 호남지식인은 조선 말기까지 반골적인 야당성향"(이해준, 「호남지역의 역사와 문화」,『호남사회의 이해』, 풀빛, 1996, 64쪽)을 보였다. 이러한 야당성향이 지배집단의 논리와 질서를 거부하는 지역 정서를 형성한 원인이고, 기층문화의 저변에 깔려 있는 승자에 대한 반발심과 그들이 만들어낸 제도에 대한 불신감이 자리 잡게 된 배경이다.

30) 나경수, 「남도민속과 인성」,『남도민속학 개설』, 태학사, 1998, 96~117쪽.

대표하는 가람 이병기의 국문학사적 행적도 대조적이다. 가람이 학적인 작업과 병행하여 시조문학의 대가급에 도달했던 반면에 도남은 학문적 세계에만 몰두했다. 산문의 영역에 머물렀던 도남과 운문의 영역까지 포괄했던 가람의 행적은 호남권과 영남권 문화 풍토와 글쓰기의 차이를 함축적이고 암시적으로 보여주는 또 하나의 사례이다.

문학 판의 위기와 지역문학잡지의 역할

1

전국규모 지역문예지 발간은 21세기적인 문화 권력의 조화와 균형을 향한 중요한 움직임으로 파악된다. 문화예술의 중앙 집권적 현상을 바로잡으려는 이러한 움직임은 지역 문학의 활성화와 정체성을 확립하는 계기이자 한국문학의 다양성을 창출하는 데 일정 부분 기여해 왔다. 문화/문학의 평등화/민주화를 향한 교두보로서의 각 지역 계간지는 향토 문학/문화 생산 기반을 조성해 왔다. 동시에 그것은 개화계몽기 이래 문학/문화의 집중화 현상, 즉 중앙중심주의의 해체라는 의미를 지니게 된다.

전국규모의 유통망과 독자를 확보한 10여 종에 이르는 지역문예지들은 중앙과 지방의 이분법적 구도를 극복하면서 성공적으로 정착된 단계에 진입해 있는 것으로 판단된다. 일부 비판론자들—특히 중앙문단의 권력을 행사해 왔던 수도권 문예지 관련 인사들은 이러한 현상을 문학예술의 하향평준화라는 부정적 시각으로 평가하려는 경향이 있었다. 그러나 다양한 지역에서 그 지방의 역량을 결집시킨 문예계간지 발간/창간은 더욱 권장되어야[1] 한다.

지역 계간지 발간은 지역문화의 자기모습을 회복하거나 지역적 정체성을 찾으려는 하나의 힘찬 출발이고, 과거 문단권력의 독점화에 대한 분권화, 혹은 문화 권력의 균점화의 의미를 지니고 있다. 내부적인 정착과정을 거치는 동안 지역문예지들은 끼리끼리 의식이나 연고주의 등의 폐단이 없었던 것은 아니다. 그럼에도 불구하고 그것들이 진정한 자기모습을 찾아가는 또 다른 도정(道程)을 보여주고 있는 것이 사실이다.

2

오늘날 지역문화/문학의 발흥과 함께 계간지/반년간지 형태의 문학 관련 잡지들이 지역마다 넘쳐나고 있다.[2] 전북 지역에도 종류(種類)를 헤아리기 어려울 정도로 많은 문학관련 잡지들이 간행되고 있다. 작가회의와 문인협회 지부 기관지 『사람의 문학』과 『전북문단』을 비롯하여 『문예연구』, 『수필과비평』, 『표현』, 『문예가족』, 『석정문학』, 『문맥』, 『시의 땅』, 『전북수필』, 『금요시담』, 『행촌수필』 등이 발간되고 있다. 이외에도 가톨릭전북문우회의 『빛무리』와 『불교문학』 등 동인지 성격의 잡지를 합산하면 20종을 상회하는 분량이 간행되고 있다. 『석정문학』과

---

1) 유임하의 「2005년 문학 분야 현황분석」(『문예연감』, 2006)에 의하면 현재 발간되는 문학잡지는 228종이다. 지역별 분포는 서울이 158종으로 69.8%이고 지방은 70종 30.7%로 나타나 있다. 서울/중앙 편중현상이 심각한 현실이고, "지방 문학잡지의 활성화는 여전히 중요한 과제"이다.
2) 문학잡지의 발간기간별 순위는 '계간지가 142종으로 1위, 월간지가 38종으로 2위, 반년간지가 25종으로 3위'(유임하, 위의 글)이다.

같이 특정문인의 문학세계를 조명하고 기리기 위한 것도 있고, 장르별 특성을 반영한 『수필과비평』도 있다. 그러나 문학단체나 동인활동의 목적과 이념이 대부분 결여되어 있으며 노령화와 회원중복 현상은 물론이고 각 잡지의 특성/개성도 없다.

다른 지역의 경우도 대동소이할 것으로 판단되는데, 문학이 자기 자신의 위안을 위해 존재하거나, 소일거리처럼 되어버린 측면이 나타난다. 단순한 표현욕구나 자기과시, 혹은 시간 때우기로 문학을 하는 친교 모임의 규모가 커짐에 따라 단체라는 형식으로 결집하는 현상이 보편화되어 가고 있다. 뿐만 아니라 경제적인 지위나 사회적인 지위에 못지않게 문화적인 지위까지 독점하려는 일부 인사들의 문화적 허영의식 충족의 마당으로 전락해 가는 지역문단의 현실은, 기성문단의 폐단을 답습한 결과로 이해되며 최근에 이를수록 그 정도가 심화된 느낌이다.

문학단체장이 뛰어난/훌륭한 문인일 필요는 없다. 그러나 최소한의 문학적 소양/교양조차 결여된 인사들이 편집을 총괄하는 경우가 비일비재하다. 작가라는 직함이 예술창작을 위한 전문인이 아닌, 명함 찍기 위한 장식용으로 전락한 경우를 확인하는 것은 어렵지 않다. 이러한 문인의 경우 자기과시나 자기위안의 문학으로 흐르는 경향이 있다. 그것은 필연적으로 자기 창작물에 대한 무조건적인 칭찬/찬사를 요구하게 된다.3) 이들이 잡지발간에 직접적/간접적으로 참여함으로써 문학잡지의 창간정신이 퇴색되고 수록작품의 질 저하 현상이 나타난다. 그것은 문학의 경쟁력을 약화시키고 독자의 출판시장 외면을 촉발한다.4)

---

3) 출판사의 눈치 보기나 저자와의 친분관계/인간관계 중심의 비평적 글쓰기가 소설가에 의해 '첩 놀음'(김종광, 「낙서문학사 창시자편」, 『2003 올해의 문제소설』, 푸른사상, 2003)으로 비하된 것은 오래전 이야기이다.

　　중앙문단과 지역문단 모두에서 나타나는 문학 판의 위기 현상, 즉 무분별한 등단으로 인한 문인 양산, 문학상의 남발, 패거리 문인의 집합장소, 문학적 성취와 무관한 조명작업,5) 회비수납을 위한 형식적인 문학행사, 상호비판정신의 소멸6) 등의 반성적 목소리가 나오는 것은 당연하다.

　　문단계의 부정적 현상을 바로잡는 문제가 지역 문예지의 과제이다. 그것은 지역문화/문학 공동체에 대한 정화작업을 선도하는 역할로 요약된다. 문단의 폐단이 상존하고 있는 한, 지역에 묻혀있는 문인 발굴과 소개, 신인 추천제, 지역 우수 문인작품 조명 등 지역문학의 활성화를 위한 상호 교류와 협조가 요원할 수밖에 없다. 지역계간지 발전과 상생을 위한 기반조성과 협력관계가 긴밀하게 구축되지 못하는 이유도 문단의 병폐에 대한 우려와 상호불신이 해소되지 않았기 때문이다.

　　문단 판의 위기를 극복하는 작업과 더불어 지역문학의 정체성을 찾는 편집방향의 설정 또한 중요한 과제이다. 지역주의/연고주의로 떨어져서는 안 되지만, 계간지의 편집방향은 어떤 방식으로든 중앙문예지

---

4) 1996~2005년의 10년간 문학 분야 도서발행부수의 추이를 보면, 발행부수나 발행종수의 증가에도 불구하고 평균부수는 감소하는 현상을 보인다. 이것은 침체된 문학시장의 국면을 반영하는(유임하, 앞의 글) 것이다. 평균부수의 급격한 감소세는 문학 서적 판매부수의 하락을 뜻한다. 이러한 현상은 문학서/시집의 수요자/소비자가 저자/당사자인 현실과 관련이 있는 것으로 추측된다.

5) 중앙/지역의 일부 문예지에서 수준 이하의 문인을 집중적으로 부각시키는 사례가 늘어나고 있다. 이것은 당사자의 잡지발간비용 충당이나 동인/회원관리의 기여도와 관련이 있는 것으로 의심된다.

6) 장르의 경계가 무너짐으로써, 전문성이 결여된 논평이 성행하고 있다. 빈번하게 나타나는 이러한 글쓰기로 인해 과장과 찬사 일변도의 평론/수필이 본격적인 비평을 대신한다. 최근 잡지의 서평에서 이러한 징후를 발견하는 것은 어렵지 않다. 준열한 문학정신의 실종은, 중앙문예지도 예외가 아니다. 동시대에 활동하는 문인에 대한 조명의 형식을 빌린 글에서 이러한 현상이 두드러지고 있다. 인사성/아부성 글쓰기 일색이고 유수한 작고/생존 문인에 대한 특집이 드물다.

와의 차이/변별성이 고려되어야 한다. 지역문인이나 그곳의 문화/문학
에 대한 탐방이나 조명이 없었던 것은 아니다.[7] 그러나 이러한 기획이
지속성 있게 유지되면서 특정 지역의 문화/문학 유산의 계승자 역할을
담당했는지에 대해서는 의문이다. 그것은 지역적 특성/개성을 어떤 방
향으로 설정하느냐 하는 정체성의 문제와 관련되어 있다. 지역 계간지
의 정체성이라는 문제가 중요하게 고려되는 이유가 여기에 있다.

　근대화 담론에서 한국적/동양적 정체성이 화제(話題)로 떠오른 것은
'서구 따라잡기'나 '서구 모방하기'에 대한 반성에서 비롯되었다. 지역
계간지 역시 중앙문예지 '닮아가기/모방하기/따라잡기'에 급급한 측면
이 있었음을 부인할 수 없다. 작품의 질보다는 작가/시인의 이름/명성
때문에 중앙문인에게 청탁해야 하고, 그러한 문인의 작품이 수록되지
않으면 수준 이하의 것이라는 비난을 두려워한 측면이 있다. 이것은
주목되는 문인의 작품남발을 부추기는 요인이 되었으며, 또 다른 측면
으로는 지역 잡지사 상호간에 불필요한 경쟁을 불러일으키기도 했다.
우리는 중앙/서울 편향적 시각으로부터 자유롭고 당당해야 한다. 이러
한 점에서 문학적/문화적 정체성을 구축하는 모멘트를 어떻게 마련할
것인가 하는 문제가, 각 지역 계간지 발간의 의의에 대한 답이 될 수
있다. 그 지역 계간지의 정체성이 그 지역의 것과 관련성을 지니면 좋
지만, 지역성에 얽매일 필요는 없다.[8]

---

7)　『리토피아』의 '창작시 노래 한 마당', 『시와사람』의 '남도문학 기행', 『시와정신』
　　의 '시민과 함께하는 문학기행' 등 지역 주민/동인/문학을 위한 콘텐츠 개발에 대
　　해 『문예연구』도 고심하고 있다. 문학의 저변확대를 위한 시민과 함께하는 문학
　　행사나, 지역민을 찾아가는 문학기행을 해당 지자체와 협의하여 정기적으로 시도
　　해 볼 필요가 있다.
8)　부산지역에서 발간되는 『신생』의 생태현장에 대한 조명/특집 기획은 이 잡지의
　　특색/개성과 관련하여 의미 있는 작업의 일환으로 평가할 수 있다. 그러나 이러한
　　기획이 '신생(新生)'의 소개와 격려의 수준을 넘어서야 한다. 그것은 문학공동체

현대사회는 산업의 중심축이 '에너지–물자 중심'에서 '정보–지식 중심'으로 옮겨갔으며, 우리사회의 각 부문에서도 자본주의 시장경제 체제로 재편되는 현상이 보편화되고 있다. 급격한 사회변화는 문학 생산자/작가에서 문학 소비자/독자로의 권력 이동이라는 형태로 나타나고 있다. 즉 시장경제 체제는 문학 생산과 소비에서 기존의 관행을 파괴시켰다. 이제는 소비자/독자 중심의 문학생산이 필요한 시기이다. 잡지 발간자나 참여자–발행인, 편집인, 주간, 편집위원, 동인/문인 등이 소비자/독자의 기호나 취향을 무시할 수 없는 시대라는 점이 중요하다. 문학잡지 편집진이 고려할 중요한 문제가 여기에 있다.

편집인은 문학의 생산자 관리 차원을 넘어서서 소비자와의 관계를 어떻게 설정할 것인가 하는 과제에 직면해 있다. 인정하든, 그렇지 않든 '독자를 위한 문학' 쪽에 우선순위를 정해야 한다는 사실을 부인하기 어렵다. 그러나 '독자의 요구가 정당한 것이냐' 하는 문제는 간단치 않다. 독자의 요구를 존중하려 할 때 그것이 정당하지 않다면 어떻게 할 것인가? 현실적으로 대중문인으로 변신한 독자층의 존재를 부인하기 어렵다. 최근 2년간 단체별 회원 변동 상황이 이러한 사실을 입증한다.

2004년도 등록 문인은 10,991명인데, 2005년에는 11,523명으로 집계되었다. "총 변동인원 폭은 평균 5.1%의 상승률"을 보이고 있다. 전년 대비 "문인협회는 362명(4.9%), 민족작가회의는 72명(6%), 국제펜클럽 한국지부는 565명(5.4%) 증가"하였다. 3개 단체의 중복 회원을 감안한다고 해도 "문인 숫자는 9,000명 내외"로 추산된다.[9] 그러나 공식통계에서

를 위한 대안적 삶의 논리를 개발하는 것이다.
9) 이상의 통계 수치는 유임하(앞의 글) 참조.

누락된 문인과 동인지 성격의 잡지로 등단한 신인 및 미등록 문인을 합산하면 그 숫자는 엄청날 것이다.

문학시장의 위축과 달리 문학인은 꾸준하게 증가하고 있다. 문학 분야 현황을 참조할 필요도 없이 현 문단의 중심에는 대중문인의 존재가 뚜렷이 부각되었고, 이들이 문학 판의 주류를 형성해 가면서 독자의 역할을 대신하고 있다. 분명한 점은 이들의 요구를 더 이상 거부하기 어렵다는 사실이다. 이들이 문학의 수요층을 이루고 있고, 문단의 버팀목 역할을 한다. 문학공동체의 중요한 구성원으로 이들을 맞이하는 열린 사고와 함께 문학 판의 부정적 현상을 개선하는 지혜가 요구되는 시기이다. 변화를 인정하고 그것에 적절히 대응하는 역량이 있느냐, 없느냐가 잡지의 사활과 연결되어 있다.

멀티미디어 시대의 개막과 기술개발에 의해 무한한 소통의 공간이 확보되어 있다. 이러한 환경의 변화는 문학대중화와 관련하여 이전에 감당할 수 없었던 많은 것들을 수행할 수 있게 만들었다.[10] 이메일이나 웹을 통한 다양한 형태의 부정기적 교류의 방법이나 정기적인 문학토론 모임의 활성화도 하나의 방법이 될 수 있다. 그리고 몇 명의 편집진이 특집을 기획하고 작품청탁과 수록여부를 결정하는 비민주적인 방식에서는 할 수 없었던 문학 공동체 전체의 의견수렴이 온라인상에서 가능하다. 편집실을 대중문인에게 개방하여 그들의 제안/조언/요구를 수렴하는 방향으로 바꾸는 것이 바람직하다. 대중문인 시대에 부응하는 편집체제는 민주화, 개방화, 다원화로 요약되는데, 이러한 방향으

---

10) 이 경우 잡지사에서 이러한 업무를 전담하는 전문 문인의 상주(常住)가 필요하고 이에 따른 비용의 문제가 제기된다. 하이텔 문학관이나 PC통신문학, 천리안작가 협회의 『사이버문학』, 컴퓨터 문학 전문 계간지 『버전 업』 등이 활성화되지 못했던 이유 중의 하나로 대중문인/독자의 문학적 자질 관리/지도 문제를 들 수 있다.

로 전환해야 한다. 대중문인의 등장에 의한 문학 판의 위기는 또 다른 측면에서는 새로운 문학의 '판놀음'을 짜기 위한 기회일 수 있다. 그 역할과 책임이 지역문예지 편집진에게 있다.

한국문학의 미래와 관련하여 편집진이 고려해야 할 또 다른 문제는 스크린 세대들이다. 우리 문학의 미래가 그들에게 달려있는데, 머리를 통해서 상상하던 문학이 그들에게 다가가기는 어렵다. 즉흥적이고 빠른 시각중심의 놀이문화에 익숙한 그들에게 '지금의 문학'을 강요하는 것은 의미가 없다. 신세대들의 관심으로부터 문학이 멀어지게 된 것은, 종이에 기록된 문자의 시대에서 화려한 시각적 영상 이미지 시대로 이행하는 변화와 관련이 있다. 변화를 수용하는 것 이상으로 기존의 문학관행을 존중할 이유는 충분히 있다. 그러나 잡지 편집방향과 연관하여 디지털 문화의 현실을 무시하기는 어렵다.

가상공간이라고 하는 초현실의 공간이 어느새 우리 삶 가운데에 들어와 있고, 우리가 그것을 외면할 수 없는 시대환경에 놓여 있다. 이러한 환경의 변화는 전통적인 문학적 관행/관습에서 '가치 있게 여겨지던 대부분의 것들을 의미 없는 것'으로 만든다. 그 대가로 무엇을 얻을 것인지 확실하지 않고 '그 전망 또한 부재한 상태'이다.[11] 전망과 대가의 불확실성이 '기존의 문학관행을 고수하는 것'을 정당화하는 이유가 될 수 없다. 그것은 미래의 문학을 창조하기 위한 희망 찾기를 포기하는 것이다.[12] 사고방식의 전환을 통하여 신세대를 문학 판으로 유인하

---

11) "정말로 분명한 점은, 우리가 구텐베르크적 문화로부터 전자기적 문화로의 이행기에서 무엇을 잃어버리게 된다는 점, 다시 말해서 우리에게 서양의 유산으로 가치있게 여겨지는 모든 것을 잃어버린다는 점이다. 이와는 반대로 우리가 그 대가로 무엇을 얻을 것인지 아직 알지 못하고"(Vilem Flusser/윤종석 역, 『디지털 시대의 글쓰기』, 문예출판사, 1998, 106쪽) 있다.

12) "정보혁명은 도서인쇄, 알파벳 그리고 이와 결부된 사고방식을 쓸모없는 것으로 만든다. 그것은 하나의 새로운, 아직은 나타나지 않은, 그러나 이미 예감될 수 있

는 편집방향의 모색이 필요하다.13) 이것이 문학 판의 고령화와 계층화
를 막는14) 방법이다.

4

보편적 가치를 추구하면서 지역적 정체성을 찾는 것이나, 문학 소비
층과 문학생산 환경의 변화를 수용하면서 편집내용을 혁신하는 것은
쉽지 않다. 비용과 인력을 감안하면 거의 불가능할지도 모른다. 그러나
자본주의 시장에서 문학잡지가 생존하기 위한 편집방향을 새롭게 정
립해야 할 시점에 이르렀다. 지역마다 수백 명에 이르는 대중문인의
표현 욕구를 적절히 충족해 가면서 잡지의 질과 성격을 분명히 하는
문제로 요약되는 그것은 현실적으로 인력충원과 잡지경영이나 발간경
비의 문제로 귀착된다. 최소비용과 최적화, 최대이익과 극대화, 기능성

는 사고방식으로 이어진다. 그것은 비록 하나의 공허한 주장처럼 들릴지도 모르
겠지만, 현실적으로는 하나의 숙고된 그리고 희망찬 미래를 향한 질문"(위의 책,
106쪽)이다. 문자문화 시대에서 구술문화 시대로 회귀하고 있다고 주장한 옹(W.
J. Ong/이기우 외 번역, 『구술문화와 문자문화』, 문예출판사, 1995)도 이와 유사한
입장을 보이고 있다.

13) 『당신이 죽기 전에 읽어야 할 1001가지 책』(Peter Boxall, ed., *1001 BOOKS-YOU
MUST READ BEFORE DIE*, Quintet Publishing Limited, 2006)이나 『당신이 죽기 전에
보아야 할 1001가지 영화』(Steven Jay Schneider, ed., *1001 MOVIES-YOU MUST SEE
BEFORE DIE*, Quintet Publishing Limited 2006)라는 최근 서적은 신세대적 대중취향
의 편집이 돋보이는 사례이다. 전문가의 짤막한 소개 글과 화보로 구성된 이 책
은 2007년 현재 소설관련 책은 4판, 영화관련 책은 2쇄가 발간될 정도로 출판시장
의 호응도가 높다.

14) 전북지역 문학모임에서 노소분할(老少分割) 현상이 나타나고 있다. 문인협회나 기
타 단체 모임에는 노년층이, 민족문학작가회의에는 젊은층이 참여하는 정도가 높
다. 타 지역도 유사할 것으로 추정되는데, 문학모임의 세대별 분화현상은 바람직
하지 않다.

과 합리성, 사용가치와 효용성, 가상욕구와 수요창출 등 기존 문학계의 질서와 가치를 붕괴시킨 자본주의 경제 논리와 경영 전략은 우리에게 '선택과 집중'을 강요하고 있다.

잡지의 정체성과 관련된 아이템이나 콘텐츠 개발을 비롯하여 시대의 변화에 적합한 문학의 역할과 공적/사회적 담론확보가 시급하다. 금세기에 접어든 문학 판의 일반경향은 거대담론이 사라지고 있다는 점이다. 미시적/사적 담론에 따른 상상력의 개인화/왜소화 현상이 큰 흐름을 이루고 있다. 새로운 모델의 사회적 이념/리얼리즘을 추구해야 한다. 이것은 잡지의 콘텐츠나 아이템 개발과 관련이 있는데, 삶의 가치에 대한 인식의 변화를 받아들이고 문학예술의 공공적 기능을 회복하는 것을 의미한다. 사회구성원의 성숙된 가치를 정립하는 문학의 공공적 역할, 즉 사회참여는 어느 시대에나 문학의 존재 의의를 확인하는 바로미터였다. 근대화/도시화에 대한 비판적 성찰을 통한 지역적 소속감 회복, 주변부/농촌지역 소수자/외국인과 공생하기 위한 문화 창조 등 시민단체와 연합하여 문학계가 실천할 수 있는 '참여문학의 영역'은 다양하다.

소비문화의 융성에 따른 문학의 세속화 경향, 수요계층의 문학/문화 선택과 가치 결정, 엄숙주의/교훈주의 문학담론 배척 등을 개선하는 작업도 필요하다. 계층갈등과 분배정의, 남북분단과 민족화합, 서구적 가치와 전통적 가치의 조화, 지구촌화와 민족공동체 유지 등 시민사회의 문화를 성숙시키기 위한 참여문학으로 접근하는 전진적 자세를 가다듬어야 한다. 동시에 비정부기구(NGO)의 활동 영역인 평화와 인권, 환경과 복지 등도 한국문학의 중요한 이슈로 부각되어야 한다. 문학 담론이 사회담론의 주류를 이루었던 변혁의 기간(1980년 후반~1990년 중반)에 선배문인들이 보여준 현실대응과 다른 방식으로 사회적 상상력을 개발하고 미래의 변혁을 전망하는 열정이 우리에게 요구된다. 어느 특정 지역잡지가 이와 같이 다양하고 거창한 주제를 소화해내기는 어렵다. 문학적 콘텐츠의 분점화나 지역적 특성화를 위한 편집진의 정기적 모임을 활성화하는 방안을 강구해야 한다.

이외에 신인상 제도에 대한 개혁이 필요하다. 신인상 제도가 공정한 것인가 하는 의문이 끊임없이 제기되고 있다. 등단 제도의 불합리와 모순을 제거하고 새로운 변화를 모색해야 한다. 예전처럼 믿을 만한, 혹은 책임질 만한 문인에 의한 추천제를 부활하는 것도 한 방법이다. 『문예연구』에서는 제한적으로 그것을 시행하고 있다. 계간지 회원사들이 자기지역의 신인을 발굴하고 타 지역 문학지의 검증을 거쳐 신인을 양성하는 제도적 방법도 고려해야 한다. 계층과 세대의 차이를 해소하기 위한 문화적 배려는 중앙이나 지역잡지 모두가 직면한 문제이다. 지역의 문인이 전국적으로 활동할 수 있는 지원활동과 타 지역 잡지를 구독하기 위한 독자모집 운동 등 공생의 자구책을 마련해야 한다. 또한 발간비용의 안정적 공급처를 확보하거나 국가적/지역적 지원제도를 정책화하는 문제 등을 위해 지역잡지사끼리 협조체제를 공고히 하면서 각자의 노하우를 공유할 필요가 있다.

시인의 자화상과 시정신

1

문인이라는 사람들 상당수가 작품창작보다는 이름 알리기에 급급하면서 진부한 문학적 명성을 쫓아다니는 예술가적 허영에 사로잡혀 있다. 이들은 문학정신의 근본에 대한 탐색과 자기검열의 절차를 무시하고 헛된 이름의 껍데기만 추구하면서 자본의 노예가 되어 가고 있다. 물질과 명예가 창작의 동기로 작용하는 자본주의 시대에 문학정신을 찾는 일이 유효하지 않은가 나는 되묻고 싶다. 시정신도 산문정신도 비평정신도 자본의 물결에 그 흔적마저 씻겨버렸다. "시는 시화호처럼 썩었고, 소설은 폭격 맞은 산처럼 황폐해졌고, 수필은 문학이기를 포기했고, 희곡은 연극의 노예가 되었고, 평론은 출판사의 첩"이 되었다. "진실에 가깝지 않은 평론"이 난무하면서 낙서를 문학이라고 우기는 억지가 통용되는 문단에서 "문학이라는 게 영 사기판"이1) 될 수밖에

---

1) 김종광의 「낙서문학사 창시자편」, 한국현대소설학회 엮음, 『2003 올해의 문제소

없다. 넋두리와 푸념을 늘어놓는 낙서가 문학으로 둔갑하고 휴지처럼 그것이 쓰레기통으로 던져지고 있다. 비평정신이 죽어버렸기 때문에 평론가는 출판사의 첩살이나 하고 있다. 그것도 모자라 소설가의 종살이를 자청하고 나설 만큼 평론가의 자화상이 일그러져 있다.

소설가는 어떤가? 「기호태전」의 주동인물인 소설가 기호태는 베스트셀러 작가 'Y'에게 "극렬한 시샘"을 느끼면서 "골든코너에 가지런히 진열돼 있는" 그의 작품집을 파손시키는 비열한 정신의 소유자이다. "키가 작달막한" 박사과정의 평론가 김봉태를 수족처럼 부리면서 끝내는 그의 아내를 차지하기 위해 '식탁에 놓인 음식'에다 독약을 넣는 기호태는 정상인으로서의 자격이 의심스런 성격파탄자이기도[2] 하다. 자본시장의 돈키호테가 된 작가나 그의 산초가 된 평론가에게서 본연의 문학정신이 살아 숨쉴 리 없다.

자본에 중독된 산문도 그것을 모방하는 운문도 예술혼이 제대로 박혀 있기 어렵다. 비평정신, 산문정신, 시정신 모두가 실종된 투전판 같은 문단이 현대판 신데렐라 조앤 캐슬린 롤링을 꿈꾸는 실업자들의 집합소로 전락하지 않을까 걱정된다. '해리포터의 마법'을 자본주의 시장에서 실현하기 위해 소설가에 이어 시인도 시정신을 내팽개치고 산문으로 달아나고 있다. 그 징후를 나는 일찍이 우려했었다.

2

90년대 전후 시단을 조망하는 자리에서 나는 '운문의 시대는 갔는

설」, 푸른사상, 2003.
2) 김도언, 「기호태전」, 『철제계단이 있는 천변풍경』, 이룸, 2004.

가'라는 물음을 던지면서 산문 쪽으로 이동하는 시인들의 모습을 이야기한 적이[3] 있다. 이름 있는 시인치고 한두 권의 산문집을 내지 않은 사람이 없을 정도로 우리 시단에서 장르 넘나들기의 글쓰기가 유행하고 있다. 퓨전시대의 한 현상으로 치부할 수도 있고, 장르 경계 지우기의 문단 풍토가 잘못된 것도 아니다. 하지만 산문 쪽에 정신을 빼앗긴 시인들의 모습에서 새로운 장르 개척이나 또 다른 문학 장르에 대한 도전이라는 글쓰기 본연의 진정성을 확인하기 어렵다.

산문장르에 대한 외도(外道)는 고상하고 품격 있는 시인이라는 상표를 매개로 하여 출판시장의 수요를 창출하려는 의도가 내재되어 있다. 그것은 출판사의 요구와 소비대중의 취향이라는 측면이 고려되었으며, 형편없이 낮아졌거나 그 존재조차 희미한 시문학의 추락된 위상과 관련이 있다. 자본주의 체제로 빠르게 재편된 출판시장에서 예술의 사용가치는 무시된다. 이름이 알려진 시인들, 특히 대중취향에 익숙한 시인들이 교환가치를 중시하는 풍조가 확산된 문단현실을 간과할 리가 없다.

자본의 탐욕을 채우는 데는 운문보다는 산문이 유리한 입장에 있다는 사실을 부정할 시인이 있을까? 출판시장에서 각광받았던 베스트셀러 시집들 대부분이 야리꾸리한 감각과 얄팍한 감성을 자극하는 언어로 채색되었듯이, 그들의 산문집 또한 다를 것이 없다. 자본주의 시스템과 담합하여 출판시장에 진입한 그들은 서정문학과 서사문학의 기본적인 차이조차 구분되지 않는 글쓰기로 시대착오적인 로맨티시즘의 향수나 낡아빠진 추억을 되새김질한다.

정체불명의 이상한 문장으로 '잿밥'에 눈독을 들인 그들은 산문을 오염시켰을 뿐만 아니라[4] 잡담식 문학강연의 부업시장에서 잔돈 챙기

---

3) 전정구, 「운문의 시대는 갔는가」, 『약속없는 시대의 글쓰기』, 시와시학사, 1995.
4) 최근의 소설들이 '폭격 맞은 산처럼 황폐하다'는 김종광의 의견에 나도 동의한다.

기에 바쁜 일정을 보낸다. '도대체 시란 무엇인가'를 생각할 겨를이 없는 그들에게서5) 시정신을 찾는 것은 어불성설(語不成說)이다. 자본의 사주를 받은 출판사, 잡지사, 신문사가 이들을 문화상품 시장의 첨병(尖兵)으로 내세워서 '악화가 양화를 구축하는' 전형적인 모순을 조장하고 있다. 시성(詩性)을 모독하고 파괴하는 하수인 대열에 합류한 이들의 문어발식 글쓰기는 산문의 영역을 무차별 침입하는 파렴치한 행동도 불사한다. 작가 최인훈의 잠언은 이들에 대한 경고의 의미를 담고 있다.

> 참다운 한 줄의 시를 아무도 쓰지 않기 때문에. 감투가 탐나는 시인들은 호기 있게 거짓말을 한다. 죽어라. 단 한 사람도 글 위에서 죽으려 하지 않으니 보리는 땅 속에서 썩지 못한다. 누구도 소금이 되기를 원치 않고 추잉껌과 캐라멜이 되기를 원한다.6)

입안의 일시적 쾌감을 위한 '추잉껌'처럼 한 번 읽고 버리는 일회용 시를 쓰거나 달콤한 감각으로 현실의 고통을 잠깐 동안 마비시키는

한국현대소설학회에서 엮은 『2003 올해의 문제소설』(푸른사상, 2003. 2)과 『2004 올해의 문제소설』(푸른사상, 2004. 1)의 대부분의 작품들이 수준 이하의 문장과 문체를 비롯하여 줄거리 없는 사건구성과 지지부진하고 알맹이가 빠진 이야기 및 성급한 마무리를 보여주고 있다. 특히 젊은 신세대 작가들의 작품일수록 일독(一讀)의 가치조차 의심스럽다. 한 여인의 죽음과 또 한 여인의 떠남을 통하여 무료한 일상을 되돌아보게 만든 김훈의 「화장」이 소설을 읽는 재미를 느끼게 해줄 뿐, 기타의 소설에서 '문학의 향기'를 기대하기는 어렵다.

5) 이들 후배시인들은, 동시대와 맺어진 악연으로부터 풀려날 길 없는 죄의식에 젖어 시를 "당대에 대한, 당대를 위한, 당대의 유언"(황지우, 「도대체 시란 무엇인가」, 『새들도 세상을 뜨는구나』, 문학과지성사, 1983)으로 생각한 선배시인이나 "어머니-어머니-어머니-이-고통을-이-고통을-,// 세월이여! 시간이여! 역사여!// 어머니머니니이이이……"(박남철, 「공황」, 『지상의 인간』, 문학과지성사, 1984)라고 분절의 기호로 더듬거리며 '말할 수 없음의 고통'을 "아아아아아아아아아……"(박남철, 「조용한 목소리-第三聲」, 앞의 시집) 비명으로 대신한 선배시인을 기억이나 할까?

6) 최인훈, 「바다의 편지」, 『황해문화』, 2003 겨울.

'캐라멜' 같은 시를 쓰는 거짓말쟁이가 오늘 우리 시단의 이름 있는 시인들의 자화상이다. 문제는 호사취미로 시문학판을 기웃거리는 대중독자와 대중문인이 이들을 추종하고 신세대 시인들이 이들을 선망한다는 점이다. 이것이 시문학을 두 번 죽이는 일이다. '잿밥'에 눈이 멀어 본업은 안중에도 없으면서 취약한 문화시장의 재화를 독점하는 이들의 무분별한 글쓰기에 제동을 걸거나 그것의 부당성을 지적하는 평론가도 없다. 종살이나 첩살이로 연명하는 비평이 침묵으로 일관하는 가운데 시문학의 바른 길을 걸어가는 시인들이 피해를 당하고 있다.

> 아내에게 한 줌 쌀과 비린내 나는 생선 한 토막 되지 못하고 아이들에게 빵 한 조각, 어머니 생신날 쇠고기 한 근 용돈 한 번 되어주지 못하는 나의 글이 세상 사람들에게 무엇이 되어 돌아가는가 어떤 울림이 되는가 한밤중 나의 모든 욕망을 붙잡고 불면의 밤을 지새게 하여 새벽녘 한 방울 이슬로 맺혀졌다, 창공을 향해 날아오르는 비수처럼 되돌아와 나의 빈 가슴에 꽂히는 날아오르지 못한 뜨거운 언어의 편린들[7]

"불면의 밤"을 지새며 "새벽녘 한 방울의 이슬"로 맺혀진 "뜨거운 언어의 편린들"인 시문학은 "한 줌 쌀과 비린내 나는 생선 한 토막" 되지 못하고 "빵 한 조각", "쇠고기 한 근 용돈 한 번" 되어주지 못한다. 형편없는 제품으로 본격예술의 명예를 더럽히는 시인들이 출판 저널리즘과 짝짜꿍이 되어 활개 치는 동안 그 시문학이 생사의 기로를 헤매고 있기 때문이다. 시문학은 인간의 삶에 도움이 되는 어떤 것으로 존재해 왔지만, 그것이 물질적 보상과 예술적 명성의 차원으로 이해되는 현실에서 올바른 시정신이 살아 있기 어렵다.

----

7) 양선규, 「나의 시」, 『신생』, 2004 봄.

　　로렌스 페린이 지적한 대로 오랫동안 시는 인간존재에 대한 핵심적인 어떤 것, 현실화된 삶에 독특한 가치를 부여하는 어떤 것, 없으면 정신적으로 빈곤한 어떤 것, 하지만 있으면 더 가치를 발하는 어떤 것으로 간주되어 왔다.[8) 아름다운 그 무엇, 혹은 진실한 그 무엇을 노래했던 시인의 위상이 추락한 것은 우리 시대의 시문학이 혼미의 시대에 접어들었다는 반증이고 시문학의 위의(威儀)가 사라졌다는 징후이다. 그것은 노작가가 개탄한 대로 "글 위에서" 죽기를 마다하지 않고 "한 줄의 시"를 쓰기 위해 고난의 밤을 밝히는 시인이 없기 때문이다.

3

　　시문학이 종언(終焉)을 선언해야 할 만큼 상황이 악화되었다. 그런데도 불구하고 얼렁뚱땅 등단절차를 거치면서 너나 할 것 없이 이름을 얻으려고 시집이나 발간하고 잡지를 창간하여 문화권력이나 누려보려는 풍조가 우리 시단에 유행처럼[9) 번지고 있다. 수요가 없는데 공급이 과잉되고 있는 불균형상태에서 정상적인 문학관행이 자리 잡기 어렵다.

　　　저는 문예지들의 숫자가 급격히 주는 일은 결코 없을 것이라 생각합니다. 고료를 지급하는 정직한 문예지들이 문을 닫고 시장에서 사라지면 그 자리에 더 많은 유사문예지들이 탄생할 것입니다. 그리고 작품발표나 신인등단을 미끼로 그 문예지들을 강매하면서 활개를 칠 것입니다.[10)

---

8) Laurence Perrine/조재훈 역, 『소리와 의미』, 형설출판사, 1998, 1~2쪽.
9) "서울가는 길에 교보문고 문예지 코너를 들러보면 세상에! 시 쓰는 제가 한 번도 이름 듣지 못한 문예지가 너무 많은 것에 놀라곤 합니다."(정일근, 「진정한 연금술사를 위하여」, 『시와 정신』, 2003 가을)

중앙과 지역 가릴 것 없이 상당수의 잡지들이 공공성을 상실하고 동인지 차원으로 추락하면서 시인의 숫자 불리기에 열중하고 있다. 문단을 아우르는 문학지들도 대부분 그 내부의 실상을 살펴보면 대동소이하다. 『창조』나 『백조』 시대의 동인들도 무안해 할 만큼 배타적이고 섹트적인 폐쇄성이 지배하는 우리시대의 잡지는 서로의 문학에 대해 '칭찬으로 상부상조하는 유유상종의 언어놀이터'에 불과하다. 문인들의 모임이 문학 본연의 것들을 논의하는 자리가 아니라 회비 내고 안부를 묻고 이름을 교환하는 환담의 장소이자 유명 문인들이 강연료 몇 푼 받고 들러리를 서는 자리로 바뀐 지도 오래이다.

토론과 비판의 자리가 인간적 사귐이나 동인지 회비 갹출하는 장소로 변한 부조리를 바로 잡을 일차적 책임은 "불편부당한 편집정신"이 결여된 잡지발행인이나 편집인에게 있다. 시인들의 입장에서 "발표지면을 가지고 있는 문예지와 평등한 관계를 유지하기"[11] 어렵기 때문에 그들의 요구와 바람을 묵살하기가 쉽지 않다. 그러나 과거 시대의 추억에 잠겨 냉혹한 시대의 변화를 읽지 못하는 시인의 발언처럼 사안이 그렇게 간단한 것만은 아니다.

수요자가 없는 잡지발간의 비용과 운영비는 누구의 부담으로 돌려야 하나? 하늘에 계신 시문학의 천사가 돈비를 내려주라고 기도에 매달려야 하나? 인간의 얼굴을 한 자본의 자비로움에 무작정 의존할 것인가?

---

10) 정일근, 위의 글.

11) "시인이 발표지면을 가지고 있는 문예지와 평등한 관계를 유지하기 어려운 것이 현실입니다. 문예지가 많아졌다고 하지만 시인들에게 돌아가는 지면은 한정되어 있습니다. 그 한정된 지면을 '무기'로 문예지가 정기구독을 '강요'하거나, 시인이 그 강요를 받아들인다면 그 순간 문예지도 시인도 위조지폐범이 되는 것입니다. 문예지의 불편부당한 편집정신이 시인을 연금술사로 만들고, 시인의 곧은 정신이 문예지를 연금술사로 만듭니다."(정일근, 위의 글)

전북대학교 교과교육연구총서 ❻

긴다

절벽을,

몸을 더 어쩔 수 없게끔 낮춰

틈이나 살푼 내밀었거나 패인 곳 이용

눈치껏 잣대를 재며 어루 더듬는다

때로는 들붙어서 지악스럽게 통사정한다.

가끔 한 발끝과 한 손끝만 의지하여 파리되어 모면한다

불면 꺼질 듯 아슬아슬한 묘기

아니다 영 아니다해도 기운 뻗치던 새날

벽을 타는 거미되어 손의 땀을 말려가며

노련 익숙턴 산양꾼도 안개 속 도리 없듯

섞갈려 옴짝달싹 못해도 고비 간혹 벗어나듯

슬픈 운명 탓하면 기회는 허사

사는 게 때때로 암벽 타기

험한 저간의 세상 아차 한번 실수에도 나가 떨어지는 법

맨 처음부터 엉덩이 낮춰

기고 또 끌어

삶 속 악착같이 바둥댈 것 잠자리 들 때까지

탄탄대로에선

치기는 절대 금물

한계를 느낄 때

뒤돌아보지 말 것12)

자본시장에서 더 이상 경쟁력을 갖출 수 없는 잡지 발행은 명망 있는 것이든 그렇지 않은 것이든 가릴 것 없이 '암벽타기의 아슬아슬함'에 비유된다. 이것이 수많은 잡지가 탄생했다 소멸을 거듭하는 이유이

---

12) 김보한, 「거미같이」, 『신생』, 2004 봄. 나는 한때 잡지편집에 관여한 적이 있다. 그 때의 기억을 되살리면서 나는 이 작품을 잡지편집의 물질적 고통과 정신의 수고로움을 암시하는 '암벽타기'로 읽고 싶은 생각이 들었다. '거미같이' 악착스럽게 열악한 현실을 붙잡고 늘어지는 잡지발간의 어려움을 이 시인도 경험했을 것이다.

고, 유명잡지 또한 이름 있는 상업시장의 문인들을 닮아가거나 그들을
역이용하는 까닭이다. 문단의 해묵은 비리를 개선하기 위해 시인이 바
로 서야 하는가, 잡지편집인이 정신을 차려야 하는가를 따진다면 그것
은 '달걀이 먼저냐 닭이 먼저냐'의 선후를 따지는 것에 불과하다.[13]

문제의 핵심은 예술의 재능과 업적이 돈과 명예에서 자유로울 수 없
는 시대에 우리가 살고 있다는 사실이고, 그것이 인류의 정신적 유산
인 시문학을 타락시키는 요인이라는 점이다. 올바른 시정신이 유지되
기 어려운 이유는 '일용할 양식을 얻기 위해 시쓰기의 기쁨이나 세계
를 이해하는 일을 멀리하는 현 시단의 풍토'에서 비롯된 것이다. "아무
것"도[14] 없는 시문학에서 물질과 명예를 찾는 것은 부질없는 짓이다.

온 천지
혹독하게 얼어붙은 겨울 들판의
초가집 굴뚝에서 모락모락 피어나는

---

13) 컴퓨터와 영상매체, 대중예술의 발흥과 독서대중의 이탈, 예술의 상업화 추세라
   는 외부적 요인을 탓하기 전에 시단 자체의 내부문제부터 척결하는 것이 자본시
   장에서 신음하고 있는 시문학을 구원하는 지름길이다. 평론가도 소설가도 편집인
   도 독자도 시정신의 주체가 될 수 없다. 그 주체는 시인들이다. 초발심으로 돌아
   가서 왜 시인이 되었는가를 스스로 생각해 보기 바란다. 부자가 되고 명예를 얻
   기 위해 시인이 되었는가. 고료를 받아야만 시인 대접을 받는 것인가. 그 작품보
   다 그 이름이 거룩해야 하는가. 시집을 많이 내야 시인인가. 보들레르는 단 한 권
   의 시집 『악의 꽃』으로 근대시의 아버지가 되었다. 청탁을 받았다고 되지도 않는
   작품을 남발해도 되는가. 시인이라는 이름이 잊혀지는 것이 두려워서 여기저기
   잡지사를 기웃거리며 작품 쓰는 시간보다 그런저런 문인/잡지발간인과 어울리는
   데 소일해야 하는가. 가파른 낭떠러지 길을 피하여 '환한 길' 가려고 시인이 되었
   는가. '환한 저쪽 길 항시 두고' '후들거리는 하체를 다독여 낭떠러지 길'을 찾아
   나선 것이 시인이 아니었던가. "드물게, 가야 할 길 쉽고 빤빤한 곳 제쳐두고 후
   들거리는 하체를 다독여/ 낭떠러지 길을 파고들어 굳은 의지와 기개로 사는 이들
   드물게 있다./ 요즈음같이 야합에 길들여지면 녹녹한 세상/ 도란도란 늘어진/ 환
   한 저쪽 길 항시 두고"(김보한, 「환한 저쪽 길 제쳐 두고」, 『신생』, 2004 봄).
14) 오규원, 「龍山에서」, 『王子가 아닌 한 아이에게』, 문학과지성사, 1978.

연기.

코로 따뜻한 숨을 내뿜는
그 살아 있음의
경건함이여.15)

남성을 거세당한 치욕 속에서도 "살아 있음의 경건함"으로『사기』를 저술했던 사마천이 이름을 빛내거나 돈을 바랐다면 거기에 '역사의 혼'이 담겨 있지 못할 것이다. 자본주의의 모든 관행과 속박에서 벗어나야 진정한 작품쓰기를 할 수 있다. "육체의 눈만한 정신의 눈이 있다면, 지구는 한 줄의 시"가16) 될 것이다. 물질적/육체적 삶을 버리고 정신적/예술적 삶의 소중함을 실천하는 시인들의 결의와 다짐이 필요하다.17)

대중취향과 시대풍조에 민감한 반응을 보이는 것도 정신을 버리고 육체에 집착하기 때문이다. 생태주의가 유행하니까 너도나도 '생태'의 사전적 의미 주변을 맴돌면서 쓸데없는 공상(空想)으로 언어를 남용하고 학대하는 꼴불견이 시단에서 벌어지는 것도 이러한 점과 무관하지 않다. 문학은 체험이고, 그 체험을 예술적으로 형상화하기 위해서는

---

15) 오세영, 「경건」,『시간의 쪽배』, 민음사, 2005.
16) 최인훈, 앞의 소설.
17) 시인들 스스로 나서서 '돈 몇 푼에 이름을 파는 떠벌이들, 대중의 문학적 허영을 채워주는 강연 장소에 넘나드는 허풍쟁이들, 시업(詩業)을 때려치고 자본시장의 부를 찾는 떠돌이들, 돈이나 인간관계로 시인이란 이름을 얻은 야바위꾼들'을 추방하고 이러한 잡태기들로 북적대는 '비곗살투성이'의 시단을 과감하게 구조조정해야 한다. 그리하여 '시로서 무엇을 할 수 있는가, 혹은 무엇을 해야 하는가'의 문제와 '이 시대를 노래해야 하는 자'로서의 존립근거에 대해 자성하는 태도를 보여줄 때 우리시대의 시정신이 올바로 정립될 것이다. 한 가지 덧붙이고 싶은 것은 문학잡지도 학술지처럼 등급을 매겨 일반 독자로 하여금 그 수준을 가늠하게 제도정비를 해야 한다는 점이다.

'마음의 눈'을 똑바로 뜨는 것이 중요하다.

시문학에서 체험의 뒷받침이 없는 상상력은 공상에 불과하고 그것은 허황하고 황당한 거짓말로 흐르기 쉽다. 진중성(鎭重性)을 상실해 가는 예술의 상품화/자본화 추세와 시정신을 고사시키는 대중취향의 시들이 범람하는 것도, 일상사를 고백하는 매체의 하나로 시문학이 전락한 것도, 공적 영역이나 사회적 이슈를 끌어안는 예술적 역량이 부족한 시를 남발하는 것도 '예술에 있어서의 정신적인 가치'를 경시하는 현 시단의 풍토 탓이다. 시문학의 과녁을 겨냥하여 "영혼을 적시는 고독한 득음(得音)의 언어"를 팽팽히 당기는 명궁(名弓)이[18] 그리운 시대이다.

4

역사에 대한 부채의식에서 벗어났다고 해서 시시콜콜 잡담 같은 사적 영역에 치우친 작품을 읽을 때 나는 도대체 무슨 소리를 중얼거리는지 시인에게 직접 물어볼 수도 없고 난감하다. 자신의 삶을 직접 진술하는 것이 시가 될 수 없다. 자신을 납득시킬 만한 내면탐구와 사유의 축적을 바탕으로 삶의 경험을 재구성하는 과정 속에서 좋은 시가 탄생한다. 그러한 작품은 독자를 '수동적 소비자가 아니라 능동적 참여자'로 만든다. 더 많은 고통과 풍성한 고뇌의 시간 속에서 참다운 시가 잉태된다는 것은 만고의 진리이다.

물질적 쾌락과 육체적 안일 속에서는 시혼(詩魂)이 자리 잡기 어렵다. 왜 시인이 되었는지, 출발의 동기와 목표를 명확히 한다면 열정이 죽어버린 시를 쓰지는 않을 것이다. "지구만한 말을 건설하기 위해서"

---

18) 정진규,『질문과 과녁』, 동학사, 2003, 216~220쪽.

‘불면제’를 마시는 고통과 “말을 존경하는 마음을 아직도 잃지 않는”
(최인훈, 「바다의 편지」) 열정이 시문학의 꿈을 키우고, 그럴 때라야 그 꿈
은 현실을 바꿀 수 있다. 황량한 시의 동산을 시화(詩話/詩花)가 꽃필 꿈
의 시원(詩苑)으로 가꿀 시인들이 시단의 본류로 자리 잡을 때 우리 시
단의 어둠이 가실 것이다. 자본의 폭력과 대중 추수주의로부터 입은
“상처를 핥아”(정진규, 「몸시(詩)·36 – 물 속엔 꽃의 두근거림이 있다」) 줄 시인
들이 우리 시단의 중심에 서야 한다. 이것이 우리시대의 시정신을 올
바로 세우는 길이다.

정신/영혼을 적시는 득음의 언어만이 보석처럼 빛나는 삶의 비경(秘
境)을 펼쳐낼 수 있다. 일상 언어로 표현할 수 없는 ‘삶의 보물’을 이야
기하는 것이 언어예술의 특권이다. 그것은 희망할 수 없는 것의 희망
을 노래하는 권리를 부여받았다. 시성(詩性)이 신성(神性)과 통하는 이유
가 여기에 있다. 진리를 담고 있는 언어는 고귀한 생각 속에 자리 잡는
다. 시문학에 대한 올바른 태도는 그것으로부터 무엇을 얻으려는 마음
이 아니라 ‘그것과 더불어 살아갈 수 있음’에 감사하는 마음을 지니는
것이다.

   비평의 논리와 감성

문학이론 번역의 성실성

1. 서언

외국문학 이론에 지속적으로 관심을 표명해 온 두 잡지가 우리 문화
나 문학이론 번역의 문제를 특집으로 기획한 일은 의미 있는 작업이
다.1) 『현대비평과 이론』(이하 『현비』로 약칭)의 특집 「문학 이론의 번역,
그 성과와 앞으로의 전망」은 시의적절성으로 인해 이 방면에 관심을
가진 국문학자들의 주목을 받고 있다. 이 특집에는 20세기 문학이론
분야를 중심으로 국내에 번역된 외국 문학이론의 수용상황을 점검하
고, 그것을 토대로 앞으로의 전망까지 제시한 9편의 글이 수록되어 있
다. 편집체제, 필진선정, 배열순서, 제목 등 편집진의 야무진 의지가 반
영된 특집의 처음 두 글은 '이론 번역과 그 전망'에 대한 총론 성격을
띠고 있고, 나머지 일곱 편은 각론에 해당한다.

---

1) 「돌이켜보는 외국문학과 우리문화」(『외국문학』, 1992 봄)와 「문학 이론의 번역,
   그 성과와 앞으로의 전망」(『현대비평과 이론』, 1993 봄 · 여름).

　　외국 문학이론의 최근 동향을 중심으로 '문학이론 번역과 그 전망'에 대한 논리와 시각을 제시한 대부분의 특집 글들은, 국문학 연구에 유용한 지침이 되기에 부족함이 없다. 그러나 특집을 기획한 편집진의 의욕에 부응하지 못한 글들이 일부 눈에 띈다. 우리는 일부 필진들의 글쓰기 입장과 그들이 그러한 글쓰기를 할 수밖에 없었던 이유를 이해한다. 편집진의 요구를 필자가 수용하기 어려웠을 것으로 판단되는 부분이 있기 때문이다. 경우에 따라서는 진솔한 필자의 체험이나 관심영역에서 출발한 글쓰기가 부담 없이 독자에게 다가갈 수도 있다. 그럼에도 성의 없이 쓴 일부 글들이 『현비』 특집의 의미를 퇴색시키고 있다. 경험적이고 주관적인 글쓰기나, 특집의 성격을 왜곡한 글쓰기가 이에 해당된다. 비판적 읽기의 대상이 된 글들은 이러한 텍스트들이다. 우리는 이 텍스트들을 대상으로 글쓰기의 성실성을 문제 삼고자 한다. 아울러 우리는 『현비』 특집의 성격에 어울리는 두 편의 글들을 대상으로 '이론 번역에 대한 오해'의 문제를 국문학자의 시각에서 검토해 보겠다.

2. 글쓰기의 성실성

　　『현비』 편집진들의 특집 기획 의도가 머리글 「문학 이론에의 관심과 반성, 그리고 이론 번역의 문제」에 분명히 드러나 있다. 즉 그것의 주요 내용은 '외국이론 번역에 대한 반성과 관심'이다. 편집진의 '반성'은 세 가지로 요약된다. 첫째, 외국이론에 대한 연구와 소개가 무분별하게 유입되고, 필요에 따라 번역이 이루어져 왔다. 둘째, 일본어의 중역이고, 비전문가들에 의한 번역으로 인하여 왜곡되어 전달될 위험이 있다. 셋째, 영미 비평이론들이 주류를 이루고 있다. 이러한 반성을 토대로 편집진들은 '이론 번역의 문제'에 대한 관심을 표명하고 있다.

> 첫째, 현대에, 즉 대략 20세기 이후에 각국에서 논의의 핵심이 된 이론 또는 이론서를 문제 삼되, 요즈음 해당 국가에서 지배적인 이론적 조류로 인정되는 시각에서 작업을 수행할 수도 있을 것이다. 둘째, 마찬가지로 현대의 이론이나 이론서를 문제 삼되, 요즈음의 지배적인 이론적 시각이 아닌 보다 전통적이고 객관적인 것으로 인정된 시각을 통해 작업을 수행할 수도 있을 것이다. 셋째, 문제되는 국가라든가 문화권이 유산으로 지니고 있는 모든 이론적인 논의나 이론서를 문제 삼아서 일종의 개관을 함과 동시에, 이에 대한 요즈음의 조류에 해당하는 특수 시각에서 한국에서의 번역을 문제 삼을 수도 있을 것이다. 마지막으로, 해당 국가나 문화권의 총체적인 이론서를 문제 삼되, 전통적인 객관적 시각에서 문제에 접근할 수도 있을 것이다. 또는 이 모든 접근 방법을 초월하여, 나름의 시각에 의해, 객관적 논의와 주관적 논의를 적절히 배열하여 문제에 접근할 수도 있으리라고 생각한다. (7~8쪽)

우리는 편집진의 머리글을 준거 틀로 하여 특집 필자들2)의 '글쓰기의 성실성'을 문제 삼아 보자. 원고 청탁할 때 편집진에 의하여 '특집 기획 의도와 함께 그 의도를 실현할 내용'이 직접/간접으로 필자들에게 전달되었을 것이다. 청탁에 응한 필자들은 최소한 편집진이 요구한 내용에 해당하는 문학이론 번역 자료를 객관적이고 분석적인 입장에서 검토하는 성실성이 있어야 한다. 그러나 총론에 해당되는 「문학 이론의 번역과 수용(1950~1970)」은 그렇지 않다. 1950년대와 1970년대 사이의 외국 '문학이론의 번역과 수용'을 다루고 있는 이 글은, 일부 국

---

2) 이하의 글에서 '필자'는 본고의 비판/분석 대상이 된 텍스트를 작성한 글쓴이를 지칭한다

가의 문학이론 자료들에 논의의 초점이 맞추어져 있다. 외국 '문학이론 번역'에 대한 총론 성격의 내용을 기대한 독자는 실망을 금할 수 없다. 필자의 전공영역의 한계와 1950년대에서 1970년대까지 한국에 번역된 광범위한 외국 문학이론 자료 섭렵의 개인적 한계를 감안할지라도, 이 글의 문제점은 여전히 남아 있다. 이 글은 출발부터 구체적이고 객관적인 분석을 외면하고 있다. 다분히 감상적이고 회고적인 '문학이론의 번역과 수용'을 이야기하겠다는 뜻인지, 아니면 그렇게 쓸 수밖에 없는 변명을 독자들에게 설득시키려는 의도인지?

> 이 "이론의 장르는 인류학, 예술사, 성(性)연구, 언어학, 철학, 정치학이론, 정신분석 지성사, 사회학을 포함한다."[3] 그러므로 이론은 문학이론 그 자체가 아니지만, 문학의 해석을 위한 다양한 분석적 틀을 제공하는 것이므로 이론과 문학이론은 서로 깊이 관련되어 있는 것이다.
> 「문학이론의 번역과 수용」은 「문학이론」을 앞에서 보았듯이 통합적인 뜻으로 쓰고 있고, 80년대 이전의 번역에 관한 논의는 어쩔 수 없이 그 용어를 확대 적용하였다. 그리고 「문학이론의 번역 1950~1970」은 다분히 감상적인 회고이다. (12쪽)

"이론과 문학이론은 서로 깊이 관련되어 있다"는 상식을 이끌어내기 위하여 필자는, 바로 앞 문장에서 "이론의 장르는 인류학, 예술사 …(중략)… 사회학을 포함한다"는 이야기를 했다. 그러나 이 부분에서 필자가, 이론이 '인류학'과 같은 여러 학문영역을 포함하기 때문에 "현대

---

3) 이하의 내용은 필자의 각주 8)을 그대로 옮긴 것이다.
   "Jonathan Culler, *Lit[e]rary Theory* in *Introduction to Scholarship*(1992), p. 205. Jermy Hawthorn 편저, *A Glossary of Contemporary Literary Theory*(1992)의 문학이론 용어의 상당수는 이상의 여러 분야의 용어이다."

문학이론이 복잡다기하다, 혹은 과거의 문학이론과 달리 학제적 성격
이 짙다"는 결론에 이르는 것이 '글쓰기의 어려움에 대한 변명'으로 적
당하지 않았을까 판단된다. 그럼에도 필자는 극히 상식적인 이해를 바
탕으로 전후 문장의 연결/논리를 비약시키고 있다. 독자의 글 읽기를
방해하는 필자의 글쓰기 전략(?)을 다시 인용된 문장으로 되돌아가서
검토해 보자.

　필자는 "「문학이론의 번역과 수용」은 「문학이론」을 앞에서 보았듯
이 통합적인 뜻으로 쓰고 있고"라고 기술하고 있다. "「문학이론의 번
역과 수용」은……을 통합적인 뜻으로 쓰고 있고"인데 이 문장은 우리
어법에 맞지 않는다. 주어(누구)가 '「문학이론」'을 "……뜻으로 쓰고 있
고"라고 말해야 한다. 이러한 점을 감안하고 이 문장이 지시하는 의미
를 이해하기 위하여 "앞에서 보았듯이"에 해당되는 앞의 문장을 제시
해 보자. "「문학이론의 번역과 수용」 특집은 말 그대로 외국 문학이론
의 번역과 수용에 관한 것이다. 그러나 곧 드러나는 것이지만 각 논문
이 다루고 있는 것은 문학이론뿐만 아니라 문학비평, 문학사, 비평이론
과 넓은 뜻에서의 「이론」이다."(9쪽). 인용된 문장을 포함하여 필자가
서론에서 말하고자 하는 의도는 다음과 같이 요약된다.

　각 논문은4) "문학이론뿐만 아니라 문학비평, 문학사, 비평이론과 넓
은 뜻에서의 「이론」"을 다루고 있다. "이론과 문학이론은 깊이 관련되
어" 있고, "「문학이론의 번역과 수용」은" "통합적인 뜻으로 쓰[이]고"
있다. 그러니까 필자의 "80년대 이전의 「문학이론」 번역에 관한 논의는
어쩔 수 없이 그 용어를 「통합적으로」 확대 적용"하였고, "그리고 「문학
이론의 번역 1950~1970」은 다분히 감상적인 회고"에 흐를 수밖에 없

---

4) 르네 웰렉의 『문학의 이론』과 제레미 호손의 「문학이론 교과서」를 지칭하는 듯하다.

다. 복잡하고 난해하기까지 한 글쓰기의 우회 과정을 통하여 필자는 자신의 글이 편집자의 요구에 부응할 수 없다는 논리적 변명(?)을 시도하고 있는 것이다.

서론에서 필자는 1950년대에서 1970년대까지 한국에 소개 번역된 문학 이론/자료들을 검토할 수 없거나 검토하기 어렵고, 단지 필자 자신의 "다분히 감상적인 회고"로 일관하겠다는 논지를 전개한다. 필자의 글은 "모든 접근방법을 초월하여 필자 개인의 시각에 의해, 객관적 논의를 제외시키고 주관적 느낌을 중심으로 이론번역 문제에 접근"한 회고담 수준에 머물고 있다. "상당한 수준에 있었던 것으로 보인다. 필자는……를 구입한 일이 있었는데 이 책의 끝에는……서평이 붙어"(13쪽) 있었다.

"이창배교수는……와 친교하였고…… 장왕록교수는……을, 그리고 이근삼교수는……을 만났었다."(23쪽) "필자는 1974년 가을……책들을 구해서 돌아왔는데, 아마도 이 두 권이……처음으로 소개되지 않았던가 생각된다."(29쪽) "70년대 후반의 단행본 번역은 홍성사의 홍성신서가 돋보였다."(31쪽) 무작위로 뽑아본 언술에 드러나 있듯이, 필자의 글은 자료조사나 분석적 태도가 아닌 경험적인, 그것도 극히 개인적인 경험들을 모아놓은 에세이/체험담이다. 우리는 20여 년이라는 짧지 않은 세월 동안 번역된 외국 문학이론 수용사를 자료조사를 하지 않고 개인의 감상적 회고로 일관하는 필자의 글쓰기를 납득하기 어렵다.

> 1945년 이전의 문화활동의 주역은 일본인들이고 일본어가 지배언어였으므로 외국문학의 교육과 연구 번역과 수용은 일차적으로 일본인들에 의해서 이루어졌다.5) 영미문학을 비롯한 서양문학은 일본의

---

5) 이하의 내용은 필자의 각주 9)를 옮긴 것이다.

유수대학에서 전공과목으로 교수, 연구되었고, 전문출판사도 적지 않
았다. 이 땅에는 제국대학 범문학부[법문학부의 오식—글쓴이]에 영
문학과가 설치되었으며, 소수이기는 했지만 한국인 영문학도를 배출
했다. 대학도서관에는 영문학 작품과 연구서가 체계적으로 갖추어져
있었고 1930년 중반까지 계속해서 영국의 신간서적이 추가되었던 것
으로 보인다. …(중략)…

　　T. S. Eliot가 주재한 *Criterion*(1922~1937)지까지 비치되었던 것으로
볼 때 태평양 전쟁 전까지는 현대문학의 최근동향에 대한 지식과 정
보는 상당한 수준에 있었던 것으로 보인다. 우리의 문학지식인들도
개인적으로 최근서적을 소장하고 있었다. (13쪽)

　1945년 이전이 어느 시기까지 소급되는지 명확하지 않다. ‘일본어
지배’ 운운한 것으로 보아 그 시기는 대략 1910~1945년의 기간을 지
칭한 것으로 판단된다. 이 시기의 “한국 문화 분야에서 활동한 주역이
일본인들”이었다고 인정할 사학자나 국문학자가 있을까? 각주에서 인
용하고 있는 ‘번역문학 논쟁’이 “문화활동의 주역이 일본인이고 일본
어가 지배언어이고, 외국문학의 교육과 연구 번역과 수용이 일차적으
로 일본인에 의하여 이루어졌다”는 사실을 이해시키기 위한 근거가 될
수 있을까? 아무리 양보한다 해도 필자의 이러한 주장은 정치/경제 분
야와 문화 분야의 성격과 활동을 동일시하는 오류라고밖에 표현할 수
없다. “지배언어였으므로……일본인들에 의하여 이루어졌다”는 추론은
한국 문화 전반에 관한 피상적인 이해와 자료천착에 대한 불성실에서
기인한다. 한국 땅에 발을 디뎌본 어떠한 영미 외국인에게서도 찾기

“1930년대 중반의 문학논쟁의 하나는 이미 일역이 나와 있는 외국문학작품을 국
어로 다시 번역하려는 해외문학파와 중역을 「금력과 정력의 낭비」라고 비난한
비해외문학파 사이에서 벌어진 번역문학논쟁이었다. 김병철, 『한국근대번역문학
사 연구』 제1권, 1975, 755~766쪽.”

힘든 독단과 편견에 사로잡힌 직접 원인은 개인 경험과 즉흥적 느낌에 의지한 글쓰기이기 때문이다.

『현비』 특집 성격에 어울리지 않거나 그것을 왜곡시키고 있는 부실한 글쓰기의 또 다른 예를 각론의 글에서 찾아보기로 하자. 「불란서 이론의 번역 자유와 신비화」는 제목과 글의 내용 사이에 큰 문제는 없다. 그러나 "불란서 「문학」이론 번역 자유"와 '신비화'가 구체적으로 『현비』 특집의 성격에 어떻게 부합되는지 애매하다. 제목을 정하는 자유는 필자에게 있다. 그러나 그 제목이나 주제는, 특히 특집의 경우 편집 방향을 수용하는 선에서 용납되어야 한다. 필자에게 배당된 지면은, 불란서 "문학이론의 번역, 그 성과와 앞으로의 전망"에 관한 내용이었을 것으로 추측된다. 특집에 관심 있는 독자라면 누구나 필자의 제목이 『현비』 특집내용과 거리가 있음을 직감하게 된다. 「불란서 이론의 번역 자유와 신비화」의 서문에 해당되는 '1'은 이렇게 시작된다.

> 손가락이 아니라 달을 보아야 한다고 말한다. 옳은 이야기다. 그러나 곰곰이 생각해 보면 여기에는 우리를 당혹스럽게 하는 점이 없지 않다. 왜 스승은 처음부터 달을 보라고 말하지 않고, 거추장스럽고 오해의 여지가 많은 그 손가락을 사용하였을까. 달이 무엇인지를 제자가 몰랐기 때문일까. 그렇다면 이 비유가 표적으로 삼는 것에는 제자의 옹졸함과 더불어 가리킬 것을 정확히 가리키지 못하는 스승 그 자신의 무능도 포함되겠다. …(중략)… 깨치지 못한 제자에게 그 손가락은 그가 언제라도 그 진리에 접근할 유일한 실마리이며 어떤 의미에서는 진리 그 자체이기까지 하다.
>
> 말이 아니라 뜻을 번역해야 한다는 생각이 널리 유포되어 있다. 의역, 직역 또는 축자역이라고 하는 전통적인 분류는 이제 훨씬 더 '과학적'인 이론에 근거한 새로운 표현으로 대체되었지만, 그것이 번역 현장에 적용될 때는 저 낡은 틀이 제시하는 것 이상의 설득력을 얻고

있다고 여겨지지는 않는다.

　아무튼 뜻을 번역해야 한다는 생각은 일견 당연하게 여겨지는데, 확실히 손가락보다는 달이, 형식보다는 내용이 중요하기 때문이다. (158~159쪽)

　필자 글은 서두부터 신비스런 언어유희(?)로 시작되고 있다. 비유로 시작된 서론에는 필자의 일방적인 글쓰기를 합리화하기 위한 의도가 드러나 있다. 이러한 의도는 제목에 반영되어 있다. 필자는 불란서 문학이론의 '한국어 번역과 그 수용에 대한 관심'을 「번역 자유와 신비화」의 문제로 전환시켜, 마치 불란서 문학이론 번역에 관한 시급한 현안의 과제가 '번역의 자유와 신비화'에 있는 것처럼 오도하고 있다. 이해하기 어려운, 그리하여 매우 '심각하고 중요한 어떤 문제'를 다루고 있는 것처럼 느껴지는 제목의 「번역 자유와 신비화」는 번역과정에서 발생하는 '오역의 문제'에 불과하다. 서론의 끝부분을 검토해 보자.

　여기서 우리가 가장 우려하게 되는 것은 바로 이 점, 그 대상 원문의 내용과 형식이 토론 가능한 모습으로 제시되지 않은 채, 얼핏 자연스럽게 보이지만 의미가 모호한 말들을 둘러쓰고 신비화 된다는 점이다. …(중략)… 문학 이론서 내지는 비평서의 번역을 문제로 삼을 때, 이 신비화는 이와는 전혀 다른 종류의 번역 …(중략)… 에서도 역시 나타난다. …(중략)… 이 두 종류의 번역이 지니고 있으며, 그 경향이 야기시킬 문제점의 일부를 지적하기 위해, 우리는 두 권의 번역서[『비평과 의식』(1990)과 『詩와 깊이』(1984)를 지칭하고 있음―글쓴이 보충]를 검토하고자 한다. (163쪽)

　필자가 주장한 "가장 우려하게 되는 바로 이 점"은 "의미가 애매모호하게 번역된 오역의 문제"이다. '이론번역'에서 오역의 문제는 소홀히 취급할 수 없는 "해묵은 그리고 심각한" 문제임에 틀림없다. 그렇다고 할지라도 불란서 '문학이론의 번역, 그 성과와 앞으로의 전망'에서 '바로 이 점'이 가장 우려해야 할 점인가 의심스럽다. '문제점의 일부'라고 조건을 붙이기는 했지만, 필자가 예로 든 두 권의 오역 문제가 '문제점의 일부'를 지적하는 데 보편타당한 예인가 의심스럽다. '문제점의 일부'를 지적하기 위해서 그 많은 번역서 중에서 필자는 왜 하필이 두 권의 책만을 분석대상으로 삼았을까? 원저자의 명성 때문인가? 두 번역자가 한국에서 번역된 불란서 문학이론 분야를 대표하기 때문인가?

이 모든 질문에 대답이 가능하다 해도 「번역 자유와 신비화」라는 제목이, 자료 찾기를 생략하고 손쉽게 내용을 채우기 위한 불성실을 호도하려는 필자의 글쓰기 책략/전략이라는 비난을 면하기 어렵다. 제목에 의하면 불란서 문학이론 분야의 최근 동향을 파악할 필요가 없다. 불란서 문학이론 번역서의 기본서지 목록조차 확인하지 않아도 글의 내용은 충족된다.

그러나 『현비』 특집을 기획한 편집진의 기대와 독자의 요구를 처음부터 묵살하고 시작하는 이러한 식의 글쓰기는 분명 문제가 있다. 죠르쥬 풀레의 『비평과 의식』과 장 피에르 리샤르의 『詩와 깊이』의 몇 구절의 오역을 지적함으로써, '불란서 문학이론의 번역, 그 성과와 앞으로의 전망'을 대신할 수 없기 때문이다. 「영국 비평이론의 수용과 전망」의 머리말과 앞서 인용한 필자의 서두를 비교하면6) 「불란서 이론

---

6) 이 글의 목적은 제목이 암시하는 대로, 영국의 중요한 이론 비평서 중에서 한국어로 번역, 수용된 자료들을 비판적으로 검토하고, 아직 국내에 소개되지 않은 자료 중 번역을 할 만한 가치가 있다고 생각되는 자료나 비평가, 혹은 비평사조를 소개하는 데 있다. 그러나 언뜻 생각하기에는 자명할 것 같은 이 작업에도 '영국 비평이론'의 개념을 둘러싼 여러 가지 문제가 있을 수 있다. 우선, '영국'이라는 민

의 번역 자유와 신비화」가 특집의 의의/의미를 어떻게 왜곡시켰는가
분명해진다.

3. 이론번역에 대한 오해

「영국 비평이론의 수용과 전망」과 「현대 미국 문학 비평이론 번역의
수용현황과 문제점－시론적 접근」은 자료 섭렵과 그것을 분석하는 성
실성이 돋보인다. 「현대 미국 문학 비평」은 두 명의 필자가 합동으로
미국 문학 비평이론의 번역과 수용현황을 비평 유형별로 나누어 폭넓고
깊이 있게 접근하고 있어서 '읽는 즐거움'을 더해 주고 있다. 『현비』 특
집의 성격에 잘 어울리는 이 두 글을 대상으로 '이론번역에 대한 오해'
를 국문학자의 시각에서 검토하고자 한다.

「영국 비평이론」과 「현대 미국 문학 비평」의 필자들이 각각 '맺음
말'과 '결론 없는 결론'에서 밝힌 문학이론 번역의 문제와 그 활성화/
해결 방안은 다음과 같다. 필자들이 지적한 문제점은 첫째, 영국 비평
을 포함하여 한국에서의 구미의 비평이론서의 번역과 수용 작업은 개
론서나 입문서 중심의 초보적이고 단편적 단계에 머물렀고, 학계의 필
요에 시의적절하게 번역되지 못했다. 둘째, 한국 출판 산업의 지극히
열악한 물적 조건으로 번역 양이 절대적으로 부족하고, 번역작업의 어
려움에 비하여 대가가 미흡한 것은 물론이고 학문적으로도 인정받지
못한다. 셋째, 상업주의나 유행 때문에 같은 책이 이중 삼중으로 번역되

족-국가적인 범주를 규정하는 것이 그렇게 간단한 일은 아니다. 단순히 지정학적
측면에서 보더라도, 우리가 영국이라고 부르는 나라에도 잉글랜드, 스코틀랜드,
웨일즈, 북아일랜드 등의 여러 하부 범주가 있고, 영국 문학과 항상 함께 논의되
면서도 엄연히 다른 독립국가인 아일랜드의 문학과 비평이 있다. (『현비』, 71쪽)

는 한편, 정작 필요한 책은 번역되지 않는다. 이들은 이러한 문제 외에도 "비평용어의 통일, 균형적 역출(譯出), 오역의 심각성" 등을 거론한다.

　문제 해결/활성화를 위한 대안은 첫째, 각 사조별, 각 중요 비평가별로 고전적 비평서에 대한 그 분야 전공학자의 책임 있는 체계적 번역을 기획 출간한다. 학제적 입장에서 비평사조에 따라 여러 다른 분야 학자들의 협동 작업도 필요하다. 둘째, 본격적으로 <번역학>(Translation Studies)을 국문학이나 외국문학에서 논의하고, 현재의 출판문화의 물적 조건을 획기적으로 개선하는 제도개혁을 한다. 제도개혁의 내용은 출판되는 [번역]책은 전국의 모든 도서관에서 의무적으로 구입하게 하든지, 지역 시민 도서관을 대폭 증설 확충[하여 그곳에서 구입하게]한다. 체계적 외서의 번역 출판사업에 국가가 재정적 보조를 하든지, 번역을 학문적 업적으로 평가해 준다. 덧붙여서 중요한 외국문학 작품이나 비평서에 대한 원전비평과 비평적 해설을 곁들인 번역을 국내 대학과 대학원 과정의 졸업논문이나 학위논문으로 인정해 준다.

　외국 문학이론 번역에 대한 깊은 이해로부터 도출된 필자들의 의견은 존중되어야 하고, 우리도 대부분 공감한다. 그러나 "고전적 비평서들에 대한 체계적인 번역의 필요성"과 "번역을 활성화시키기 위하여 그것을 학문적으로 인정하고 국가가 번역출판을 지원하고 그 판매를 보장하는 제도적 장치"는 재고되어야 한다. 이러한 의견에는 '한국의 문학[이론] 현실을 도외시한 외국문학자의 [전공영역을 염두에 둔] 시각'이 개입되어 있다. 우리는 한국인 외국문학자의 전공[연구] 활동의 대부분이 한국어 번역[활동]을 통하여 이루어지는 현실의 불가피성을 인정한다. 그러나 '한국에서' 외국 문학이론을 전공하기 위한 연구 활동과 그것을 '한국에' 소개/수용하기 위한 [전공 연구 활동과 성격/차원이 다른] 번역활동은 구분되어야 한다.

'왜' 번역했고 그 번역들이 한국 문학/이론에 긍정적이든 부정적이든 '어떻게' 영향을 끼쳤으며 앞으로 '무엇'을 번역할 것인가에 대한 논의는, 한국에서 외국문학을 전공하는 학자의 몫임에 틀림없다. 하지만 그것은 외국문학 전공영역에 국한된 문제는 아니다.7) 고전적 비평서에 대한 '체계적인 번역의 필요성'을 역설하는 것은, 우리 문화/문학[이론]이 후진적이니까 "우월한 선진문학/문화[이론]을 어쩔 수 없이 수용해야 한다"는 오해를 불러일으킬 수 있다. 그뿐만이 아니라 필자들은 한국 문화/문학 현실을 너무 외면하고 있다. 우리 문화/문학의 주요 부분을 이루고 있는 개화기 이전의 한문문헌들이 아직도 번역되지 못하고 있다. 인구나 경제력에서 열세에 있는 북한에서의 고전/한문서적 번역작업에도 훨씬 미치지 못하고 있는 남한의 현실은, 외국 문학이론을 소화시킬 주체적 능력조차 의심스러울 정도이다. 「현대 미국문학 비평」의 필자들이 "서구 문학이론 일변도의 번역작업"을 문제점으로 인정했듯이, 아직은 우리 실정에 너무 벅찬 영미 일변도의 번역서가 홍수를 이루고 있다. '각 사조별, 각 중요 비평가별 번역'은 모든 사조와 모든 중요한 비평가의 이론/이론서에 대한 '체계적 번역'을 의미해서는 안 된다. 그것은 우리 문학/이론의 요구와 필요에 따라 '선별적으로 취사선택'되고 우리 실정에 알맞게 수용/변용된 '최소한의 체계적 균형적 번역'을 의미해야 한다. 동시에 각 나라마다 약간의 차이가 있는 동일한 비평사조나 문학이론들은 '그 분야 전공학자들이 학제적

---

7) "국내에서의 문학이론에 대한 초점은 언제나 외국산 이론이 차지해 왔으면서도 그것은 우리문학의 맥락, 우리의 문학적 이론에 주체적으로 조명되어 우리의 문학적 이론의 살과 피로 되었다기보다는 처음부터 끝까지 남의 것으로 남의 토론이 되어 왔다." (박이문, 「外國文學의 受容과 受用」, 『외국문학』, 1992 봄, 64쪽). 외국의 이론번역을 '재창조/변용의 차원'이 아니라, '모방/수용의 차원'에서 접근했기 때문에 국내에서의 문학이론 논의들이 '남의 토론'이 되었던 것이 아닌가 우리는 자성할 필요가 있다.

입장'에서 총체적/개괄적인 하나의 이론모델로 일반화/객관화하는 협동작업이 요구된다. 외국문학회와 국어국문학회가 공동토론의 자리를 마련하여 '최소한의 균형적이고 체계적인 이론번역'을 논의하는 것이 시급히 요청되는 현실적 대안이다. 이러한 작업은 이 땅의 외국문학자들에게 부여된 중요한 역할이다.

다음으로 번역을 연구업적으로 인정해야 한다는 의견이, 번역을 연구의 차원으로 격상시켜야 한다는 주장이라면, 그것에 이의를 제기할 사람은 없다. 그러나 연구업적으로 인정해야만 번역작업이 활성화된다는 의견은 우리의 현실 상황에 맞지 않는다. 부끄럽지만 한국에는 지금도 학문적 필요성보다는 알찬 원고료 수입이나 학문의 현학취미, 혹은 양명(揚名)의 수단으로 번역에 매달리는 번역가/학자들이 있다. 원서강독이란 미명 하에 대학원생에게 부과한 번역리포트를 번역서로 둔갑시키는 교수/학자들, 연구업적으로 인정될 수 없는 번안식 저서 만들기에 바쁜 교수들이 아직도 이 땅에서 활보하고 있다. 번역을 연구업적으로 인정해 줄 때, 더 많은 부작용과 문제가 야기될 수 있다. 세계적으로 유명한 일본인 외국문학자가, 단순히 번역에 매달렸기 때문에 명성을 얻은 것은 아니다. 외국문학자를 길러내서 한국 문학/문화[이론] 발전의 기틀과 여건을 조성하기 위한 엄청난 교육투자에 비하여, 한국인/사회에 대한 이들의 역할과 기여는 미흡한 편이다.

더구나 정부의 지원을 얻어 문학이론 번역의 활성화를 꾀하고, 도서관을 지어 그 곳으로 하여금 번역이론서를 사게 하자는 제안은, 정부 당국자들의 생리를 전혀 짐작하지 못한 소치이다. 상업주의 문학의 번성과 함께 쇠락의 길로 치닫는 한국의 본격문학 출판에 대한 정부지원, 나아가 우리의 주체적 전통문화의 맥을 잇기 위한 고유한 '우리 것'에 대한 정부투자가 어떤지를 안다면 당장 이러한 제안을 철회할 것이다.

‘이론번역’의 경우 우선적으로 고려될 점은 발신자로서의 외국상황보다 수신자로서의 자국상황이 고려되어야 한다. 문화/문학 분야와 기술/경제 분야는 그 성격이 다르다. 선진기술은 그대로 수용/모방되어야 할지 모르지만(이 경우도 한국적 상황이 고려되어야 한다.), 외국 문학이론의 수용은 그렇지 않다. 선진 이론이라는 이유 하나만으로 그것의 번역/수용 작업이 당연히 이루어져야 한다는 주장은, 특수한 경우를 제외하고 문제가 있다. 문화/문학이론은 음식에 비유될 수 있다. 선진음식이기 때문에 그대로 먹어야 한다는 논리는 억지이다. 우리가 외국 문학이론을 받아들이는 목적이 그것의 선진성과 우월성 때문이 아니라, 우리의 문학/이론의 개발과 발전을 위한 필요성 때문이다. 외국 문학이론은 우리가 먹는 음식처럼, 우리의 풍토와 식성에 알맞게 굴절되고 재창조/변용되고 취사선택되어야 한다.

외국 문학이론 번역작업의 목적과 의의는 ‘한국 문학/문화[이론] 모형에 맞느냐 맞지 않느냐, 그리고 그 모형의 발전에 기여할 수 있느냐 없느냐에 초점이 맞추어져야’ 한다. 명확하지 않지만 전망에서 필자들도 이러한 인식의 일단을 드러내고 있다. 필자들의 결론과 연관시켜 이 문제를 거론해 보기로 하자.

> 후기-현대 사회의 지식-정보는 바로 이러한 문화론적 기호행위의 역동적이며 사회적인 교환 과정과 다르지 않다고 할 때, 현대 비평 이론의 주체적 수용은 바로 후기-현대 사회에 대한 초-비평적이며 비판적 담론으로서 우리의 주체적이며 현실적인 역사창조의 과제와도 연관되어 있다고 하겠다. 이러한 맥락에서 앞으로 영국 비평을 위시한 외국 비평 이론의 주체적 수용을 위한 기초로서 보다 전문적이고 각론적인 비평이론서의 체계적인 번역과 비판적 수용을 기대해 본다. (97~98쪽)
>
> ― 「영국 비평이론」

> 어떤 지적인 작업도 '자기비판이나 자기 타자화 또는 자기조종이 없이는 건전한 진전'이 없을 것이다. 이런 편에서 이론화에 반대인 소위 <반이론>(against theory)에 대한 번역 소개와 논의도 이론 자체에 대한 자기 점검을 위해서도 나아가 한국에 영문학을 하고 서구의 비평과 이론을 가르치고 수용하는 국제화 시대의 한국인으로서 이론의 식민지화를 피하고 주체적 영문학 연구를 위해서도 그 필요성이 점점 더 커지고 있다 하겠다. (134쪽)[8]
>
> — 「현대 미국 문학 비평」

두 글에서 '주체적'이라는 용어를 사용하고 있다. 이 용어에 함축되어 있듯이 필자들은 그들 자신이 한국인으로서 한국 땅에서 외국문학을 연구하고 있는 현실과, 그 현실에 부응하는 자신들의 역할을 직시하고 있다. 그러나 "외국 비평 이론의 주체적 수용을 위한 기초로서 보다 전문적이고 각론적인 비평이론서의 체계적 번역과 비판적 수용을 기대해 본다"와 "국제화 시대의 한국인으로서 이론의 식민지화를 피하고 주체적인 영문학 연구를 위해서 이론에 대한 반 이론의 번역 소개와 논의도 필요하다"의 '주체적'의 의미는 모호하다. 정말로 외국의 어떤 것을 받아들여야 우리의 주체적 기초가 서는 것일까? 그리고 한국적 불교나 한국적 기독교를 이야기한다고 해서 한국적 영문학을 거론하는 것이 온당한 발상인가? 한국적 낭만주의처럼 한국적 영문학이 가능하다면, 그것은 영국적/미국적 영문학과 어떻게 다를까?

---

8) 인용 이외의 「현대 미국 문학 비평」 필자의 주요한 전망/결론(133~134쪽)을 요약하면 다음과 같다. 통념적인 유파별 접근을 탈피하여 포괄적인 문화연구 및 탈장르적 방향이 잡혀야 한다. 문학과 주변 학문과의 관계 모색이 필요하다. 서구일변도의 문학비평/이론에서 벗어나 한국 고유의 문학이론과의 비교 내지 접맥의 가능성이 시도되어야 한다. 비평과 이론 번역의 문제는 앞으로 우리 문화/문학계와 학계뿐만 아니라, 우리 현실 문제 전체에 대응하는 자세와 관계 속에서 좀더 주체적이고 체계적인 접근이 필요하다.

'외국 이론서의 체계적 번역과 비판적 수용'이 전제되어야 주체적 수용의 기초가 서는지도 의문이다. '반이론'의 번역 소개가 영문학 연구를 위해서 필요한지 모르나, 그것이 이론의 식민지화를 막는 길은 아니다. 더구나 영문학이라는 외국문학이 주체적일 수 없다. 주체적이라는 말은 수용 이전의 고유한 우리 문학[이론]의 어떤 것이 중심이 된 그 무엇에 해당된다. 그렇다면 우리의 문화/문학의 지식과 그것에 기반을 둔 이해를 바탕으로 외국이론 번역이 논의될 때, 나아가 한국의 문학이론/문화이론을 탐구하고 가꾸는 자양물로서 외국이론 번역이 논의될 때, 주체성의 의미는 살아날 수 있다.

4. '앞으로의 전망'에 대한 전망

우리는 「문학이론의 번역, 그 성과와 앞으로의 전망」 특집에 대하여 비판적 읽기를 시도해 보았다. 무엇보다도 한국적 비평 부재 풍토의 불모지를 개척하고자 하는 『현대비평과 이론』 편집진의 의지를 존중했기 때문에 우리는, 학문적 이해가 높고 동시에 심혈을 기울여 작성한 특집 글들에 대한 '국문학자의 비평적 시각'이라는 괴롭고 회의스런 글쓰기의 모험을 감행할 수 있었다.

이 글은 외국 문학이론 분야에 조예가 깊지 못한 국문학자의 시각이 필요 이상으로 강조되었는지 모른다. 혹시 이 글에 동원된 언어들에 폭력성이 개입되었다면, 그것은 필자들의 글쓰기에 대한 깊지 못한 이해에서 비롯되었다는 점을 인정한다. 마지막으로 한국인으로서 외국문학을 전공하는 연구자들에게 우리의 바람을 전하고 싶다.

외국 문학이론은 그 자체가 번역되는/수용되는 과정에서 원래의 그것과 상관없이 한국 문학이론사의 중요한 일부로 편입된다. 그것은 긍정적이든 부정적이든 우리 문학이론의 일부이고, 아무리 양보한다 해도 수용된/번역된 이론은 외국 문학이론의 영역임과 동시에 한국 문학이론의 일부를 이룬다. 우리는 외국 문학이론이 어떻고, 그러니까 이렇다고 소리 높여 그 곳의 이론을 이야기하면서 수입해야 한다고 목청을 돋우는 외국문학자의 당당함을 원치 않는다. 외국 문학이론 번역에 관한 논의는, 현대의 한국문학 나아가 한국문화의 형성과 발전을 위하여 최근의 외국 문학[이론]이 어떻게 참조되어야 하는가, 한국 문학[이론]을 다양하고 풍부한 미래의 전통문학[이론] 유산으로 가꾸기 위하여 외국 문학[이론]의 무엇을, 왜 수용해야 하는가에 초점이 맞추어져야 한다.

유용하고 가치 있는 외국이론의 최신 동향 그리고 그 적용의 실천 사례를 소개하고 연구하여 한국 문학이론으로 응용할 수 있는 모델을 제시하려고 노력하는 외국문학자, 바람직한 선진 문화이론과의 교류/전달/이식자로서의 역할을 자임하는 외국문학자, 각 외국어 분야의 전공영역보다는 한국 문학이론 읽기 텍스트 생산에 주력하는 외국문학자, 이론/논리의 엄격성을 번역 언어에 반영하고 언어선택과 통사구조, 그리고 그 구문이 지시하는 의미내용을 한국어 소통에 적합한 번역문체로 창조하는 데 매진하는 외국문학자 모두가 참여하여, 한국 문학[이론] 상황/실태/실정에 변화가 오기를 우리는 기대한다. 이러한 논의의 마당은 선진적(?) 이론을 무기삼아 종횡무진 한국문학을 재단하는 외국문학자, 외제 번역서로 독서계를 오염시키는 역자/편저자/학자가 정화(淨化)되는 계기이자, 그들의 반성을 촉구하는 자리가 되어야 한다.

사이버문학과 문화정책

1

하이텔문학관이 통신문학 서비스를 시작한 시기는 1992년 5월이다. 그것은 복거일의 『파란 달 아래』를 초기 온라인에 연재하면서 다양한 문학 디베이스를 구축하여 독자에게 차별화된 문학정보를 제공했고, 이용자문학 공모전, 우수이용자 선발, 사이버 PC문단 등 문학창작 활동의 장을 마련하여 통신문학을 활성화시켜 왔다. 복거일의 작품을 비롯하여 한수산의 『먼, 그날 같은 오늘』, 이순원의 『에덴에 그를 보낸다』, 박상우의 『라몽시』 등을 종이책으로 출간하여 통신문학의 성과를 공개하기도 했다. 그러나 그들의 작품이 '전자텍스트의 특성을 제대로 반영한 새로운 문학에 속할 수 있는가'의 문제는 의문이다.

2030년대 '달'을 소설무대로 삼은 『파란 달 아래』는 독자와 반응하는 열려진 텍스트로서의 기능이 거세되어 있고, 신세대 독자를 매료할 만한 극적 요소가 없다.[1) 사건의 전개나 이야기의 진행이 종이텍스트의 그것과 어떤 차이가 있는지, 변별성을 확인하기 어렵다. 사이버문학의 기능과 성격을 반영하지 못한 기성작가들의 글쓰기가 본격문학과 사이버문학의 관계정립에 부정적인 원인(原人/遠因)으로 작용하고 있다. 권성우와 박덕규 등 자문위원을 중심으로 모색되는 전자문학관의 발전방향도 기대에 미치지 못하는 것은 마찬가지이다. 물론 통신문학관에서 작품의 질보다는 오직 조회된 횟수에 따라 작품의 가치가 결정되는 모순이 통용된다. 문학성보다는 '인기'가 작품의 가치를 대신하기 때문에 이러한 모순이 나타나며 그로 인해 새로운 문학소비 환경의 변화를 그들의 문학세계에 반영하기 어려웠을 것이다.

통신문학의 구조상 상업성을 무시하기 어려운 현실, 그리고 저비용성과 수월성으로 이용자의 장난스런 유머 서사물이 난무하는 현실을 기성문단이나 사이버문학 참여 작가의 의지만으로 개선하기는 불가능하다. 그들의 노력으로 통신문학관의 부정적 현상을 해소할 수 없는 것은 명백하다.[2] '통신문학이라는 새로운 가능성의 무대'에 뛰어든 참

---

1) 복거일, 『파란 달 아래』, 문학과지성사, 1992.
2) 사이버문학에서 인기 있는 장르는 추리소설, 공상과학소설, 공포소설, 유머소설, 무협소설 등 대중문학 장르가 대부분이다. 이것은 오늘날 예술시장에서 나타나는 순수문학 장르의 퇴조현상과 맞물려 있다. 그곳에서는 문학 본연의 모습을 왜곡시켜 문학이라는 이름으로 포장하는 비양심적인 글쓰기, 혹은 저질스런 표현욕구의 배출구로서의 외설스런 글쓰기나 표절이 횡행하고, 익명성의 편리함으로 언어폭력과 저질의 잡담이 주종을 이루면서 독자의 눈길을 끄는 선정성이 난무하고 있다. 서구의 경우 사이버 문학관에서 "병균이 득실거리는 온갖 종류의 똥무더기들이 곪아터지고" 있고, "반체제적인 전위 만화, 자극적인 동호인 회보, 전자 잡지, 빠른 시디롬"을 비롯하여 모든 것을 배척하는 "반항적 요소와 노골적인 성묘사를 잡다하게 섞어 놓은 장황한 혼성음악이" 통신문학관을 오염시키고 있다. 오락물로 전락한 문학의 위상을 되찾는 일이 시급하고, 문학을 창작하고 감상하고 비판할 자유를 누린다는 이점에 따른 조정과 규제 장치의 마련이 필요하다. '특집 : 「네트워크, 컴퓨터, 글쓰기(2)」, 「하이퍼텍스트와 문학의 미래」'(『오늘의 문예비평』, 책 읽는 사람, 1997 가을) 참조.

여 작가의 인식과 시각이 기성문학의 틀을 벗어나지 못하는 것이 문제이다. 그것이 사이버문학의 위상을 정립하는 데 장애요인으로 작용하고 있다. 심각한 것은 참여 작가들의 보수적 글쓰기가 문학생산과 소비구조의 변화에 역행하는 현상까지 나타나는 것이다. 이러한 문제들에 대한 비판적 접근을 시도한 이 글은 하이텔문학관 참여 작가들의 글쓰기를 비롯하여 그들의 시각과 인식을 검토하는 데 목적이 있다.

2

사이버문학의 가장 큰 특징은, "작가와 독자의 열린 소통 체계 속에서 동시적인 상호작용"이 가능하고, "컴퓨터와 더불어 상상하며 극사실주의적 실험문학이 가능한 전자텍스트의 글쓰기 공간"[3]이라는 점이다. 그런데 참여 작가들이 기성문학의 관습을 포기하지 않음으로써, 오히려 그것은 아마추어 작가들의 실험무대가 되거나, 글쓰기의 오락을 즐기는 장소로 변질되는 현상이 나타난다. 대중의 기호에 영합하는 호기심 위주의 이야기 구성으로 일관하는 것이나, 무명작가의 데뷔 장소로 이용되어 문학의 상업화/통속화 현상을 부추기는 것이 그러한 예이다.[4] PC통신문학의 환경이 아니면 꿈꾸기 어려웠던 문학상품의 상업

---

3) '특집 :「네트워크, 컴퓨터, 글쓰기(2)」'(앞의 책)와『PC통신문학의 현황과 전망－하이텔 문학관 개설 5주년 심포지엄』(한국PC통신, 1997. 5. 28) 참조.

4) 우리사회도 문화소비 시대에 진입했으며, 예술작품이 대중의 문화욕구를 충족시키는 상품으로 등장하여 '사용가치'보다는 '교환가치'가 우세한 현상이 보편화되었다. 하우저가 지적했듯이, "예술품의 거래는 모든 시장경제가 앓고 있는 근본적인 병폐를 앓고 있다. 즉 그러한 거래를 통해 그 의미가 이전에는 어떤 '사용가치'에 있었고 또한 그 작품이 관찰자에게 제공해준 즐거움, 쾌락 및 희열에서 생겨났던 예술작품은 어떤 교환가치의 기저로 변해버렸다는 점이 그것이다. 예술작품은 이제는 더 이상 그것이 지니는 미적인 질 혹은 원작자의 예술적 등급에 따라

적 신화를 창조한 『퇴마록』의 경우, 그것이 21세기 한국문학에 기여할 수 있는 요소가 있느냐의 문제를 감안할 때 비관적이다.

현재 PC통신문학에서 과학소설이나 추리물, 환상이나 공포담, 무협지 양식 등 기성 문단에서 천대받았던 장르의 문학물이 그 나름의 영역을 확보해 가면서, 통신문학관이 그 동안 소외된 다양한 장르의 문학을 공공의 장소로 끌어내어 실험하는 새로운 문학생산의 토대로 기능하고 있다. 뿐만 아니라 그것은 기성문단의 엄숙주의에 대항하는 일종의 '해방구'의 역할을 맡아 왔고 복거일, 한수산, 이순원, 박상우 등 문학역량을 공인받은 작가의 작품을 신세대에게 공급하는 '본격문학 전시공간'의 역할을 한 것도 사실이다. 그럼에도 불구하고 우리의 현실은 통신문학이 새로운 문학생산과 소비의 터전으로 바람직하게 자리 잡지 못하고 있다. 그것은 사이버문학에 대한 기성작가들의 인식 부족과 역할의 미비에서 비롯된 측면이 많다. "아마츄어 작가들과 직업적 작가들을 갈라놓은 담"을 허물지 못하는 보수적인 문단을 비롯하여 통신문학관 참여 작가의 시각과 인식의 혁명적인 전환이 이루어지지 않는 한 통신문학은 우리 문단의 사각지대에 위치할 수밖에 없다.

> 최소한의 문학적 재능과 시간을 가진 사람은 누구라도 작가가 될 수 있으므로, 까다롭고 시간이 걸리는 등단 절차가 없다. 그런 비공식성은 문학의 소재에서도 드러나니, 전산 통신망에 올려지는 문학작품들의 큰 부분은 문단에서 낮추보는 추리소설, 과학소설, 공상소설, 또는 공포소설이다. 그런 사정은 자연스레 <저자>의 권위를 약화시켰다. 누구나 쉽게 그리고 별다른 제약 없이 글을 올릴 수 있고

서 평가되는 것이 아니라 오히려 그때그때의 경기에 따라서, 당해 예술가, 양식 혹은 장르가 예술품시장(Kunst－markt)에서 갖는 유통가치에 따라서 평가받게" (Arnold Hauser/최성만·이병진 역, 『藝術의 社會學』, 한길사, 1985, 135쪽) 된다. 이러한 시대에는 수요층에 의해 예술품이 평가되고, 그것은 팔리기 위해 생산된다.

올려진 글들에 대한 자신의 생각을 이내 발표할 수 있는 상태에선, 작가나 비평가가 따로 있을 수 없다. 아마츄어 작가들과 직업적 작가들을 갈라놓은 담이 아직 높지만, 앞으로 그런 담은 점점 낮고 성기어질 것이다.[5]

　복거일의 언급은 통신문학관에서 유행하는 추리소설, 과학소설, 공상소설, 또는 공포소설 등을 문단에서 낮춰보는 이유가, 장르상의 문제에서 기인하는 것처럼 오해될 소지가 있다. 이러한 지적이 전적으로 틀린 것은 아니나, 그것은 궁극적으로 장르상의 문제에 국한될 성질의 것이라기보다는, '작품을 형상화하는 작가의 역량'과 관련된 문제이다. 움베르토 에코가 『장미의 이름』에서 추리기법을 도입하여 사건의 얼개를 구성한 것은 그의 높은 소설가적 역량을 증명하는 요소이다. 대중문학 장르에서 유행하는 기법을 도입했다고 해서 우리는 그의 작품을 낮게 평가할 수 없다.

　일반적으로 어떤 작품을 높게 보고, 그렇지 않게 평가하는 기준은 장르상의 문제가 아니라 소설쓰기의 능력과 소설적 형상화의 문제에 속한다. 여기서 중요한 사실은, 사이버문학 참여 작가들의 시각과 인식이 아직도 기성문학의 고정관념을 탈피하지 못하고 있다는 점이다.

　1988년 가을부터 「중앙경제」에 연재된 『역사 속의 나그네』는 저자 자신이 지적하고 있듯이,[6] "과학소설과 미래 역사소설과 무협소설의 성격"이 복합적으로 반영되어 있다. 그러나 복합적인 장르의 반영 여부가 이 작품의 예술적 가치를 감소시키는 요인이 될 수 없는 것은 당연하다. 전근대적 엘리트주의 문학관에서 고급문학과 저급문학의 구분

---

5) 복거일, 「예술적 틈새로서의 전산 통신망」, 『PC통신문학의 현황과 전망－하이텔 문학관 개설 5주년 심포지엄』, 한국PC통신, 1997. 5. 28.
6) 복거일, 『역사 속의 나그네 1~3』, 문학과지성사, 1991.

이 통용될지 모르나, 우리사회도 귀족문학이나 통속문학의 구분이 더 이상 유효하지 않은 시대에 이미 진입했다. 그러한 구분이 문학의 질(質)을 판단하는 기준이 될 수 없는 것도 자명한 사실이다. 시대현실의 변화는 신춘문예 당선작에도 반영되어 있다. 1998년 「동아일보」 신춘문예 시부문 당선작인 「자모의 검」은 무협지를 연상시키는 소재 선택이 이채롭다. 80년대 유하의 『무림일기』를 연상시키는 이 작품은 '말을 이루는 자음과 모음'을 검(劍)에 비유하여 그것이 불러오는 재앙의 측면을 경고하고 있는데, 대중장르를 차분히 소화해낸 작품으로 평가된다.

혹자가 말하길, 입속은 자객들의 은신처란다. 그들이 즐겨 쓰는 무기는 '영혼을 베는 보검'으로 전해오는 자모의 검이란다. 을씨년스런 날이면 자객들은 검은 말을 타고 허허벌판을 가로질러 어느 심장을 향해 힘차게 달려간단다. 천지를 울리는 말발굽 소리 어느 귓가에 닿으면 그들은 어김없이 이성의 칼집을 벗어던지고 자모의 검을 빼어든단다. 바람을 가르는 소리 한 영혼의 목을 뎅거덩 자르고 나면 자객들은 섬뜩한 미소로 조의금을 전하고 또 다른 심장을 향해 말 달려간단다. 그날에 귀머거리는 복 있을 진저, 자객들의 불문율에 있는 '귀머거리의 목은 칠 수 없다'는 조항에 따름이라.

혹자가 말하길, 자모의 검에 찔린 사람들은 귀부터 썩어간단다. 귀가 썩고 뇌가 썩고 심장이 썩고, 썩고 썩어 생긴 가슴의 커다란 구멍으로 혹한기의 바람이 불어대고 수많은 까마귀 떼의 날갯짓이 장대비처럼 내린단다. 그 부리에 생살이 뜯기고 새하얀 뼈를 갉히며 그렇게 순식간에 사라져 버린단다. 그날에 수다쟁이는 화 있을 진저, 더많은 까마귀 떼를 불러들임이라.

자객들의 말발굽 소리 요란한 날이면 너희들은 하던 일을 멈추고 두 손으로 귀부터 틀어막고 묵직한 바위 뒤에 숨어 최대한 몸을 낮춰라. 그리하면 자객들이 탄 검은 말들이 너희를 비켜가리니, 자모의

검일망정 결코 너희를 해(害)치 못하리라. 귀 있는 자들은 들어라. 이
말로 더불어 너희가 그날에 '복 받았다' 일컬음을 받을지니, 부디 그
날에 너희에게 복 있을 진저, 혹자의 말이니라.

— 여정, 「자모의 검」[7]

　장르 선택이나 소재가 문학의 질을 결정하는 것은 아니다. 본질적으
로 그것은 작가의 창작능력에 속하는 문제이다. 따라서 '저자의 권위
를 약화시키는 직접 원인'으로 대중소설의 장르 문제를 거론하는 것은
상당한 오류이거나 보수문인 집단의 편견 이상의 의미를 갖지 못한다.
그것은 컴퓨터의 등장으로 지식과 정보 활용에 따른 프로작가와 아마
추어작가의 역할이 반전되는 창작환경의 변화를 거부하고, 나아가 현
재 누리고 있는 작가로서의 명성과 기득권을 방어하기 위한 논리가 될
수 있을지 모른다. 분명한 것은 이러한 지적이 반시대적 보수주의의
인식과 시각을 반영한 발언에 불과하다는 점이다.

　종이텍스트에서 전자텍스트로의 급속한 이행은, 저자의 권위를 전복
하는 글쓰기의 민주화와 자유화를 촉구하는 일종의 문학생산의 혁명
을 예고하는 것이다. 보수문단의 혁명적 변화를 요구하는 전산통신망
을 "예술적 틈새로서의 전산통신망"으로 인식하는 사이버문학 선구자
의 태도가 '새로운 문학'의 정립에 전혀 도움을 주지 못하는 현실을 되
돌아보고 반성할 필요가 있다. 보수적인 문학관을 벗어나지 못한 「영

---

7) 「자모의 검」이 말의 해독(害毒)을 경계한 것이라면 '싱거워'진다는 문혜원의 분석
　(「패기와 정열을 가진 시를 위하여」, 『현대시학』, 1988. 2)은 문제가 있다. 이 작품
　은 모든 화(禍)의 근원이, 혀가 만들어내는 말에서 비롯된다는 메시지를 무협지적
　상상력을 빌려 비교적 명확하고 쉽게 제시하고 있다. 이 작품은 재앙의 근원인
　말의 해독을 경계함과 동시에 말로 인한 재앙으로부터 벗어나는 지혜를 역설적
　으로 함축하고 있다. '가벼운 대중장르의 특성과 무거운 교훈적 주제'를 조화시킨
　신인 작으로 일독의 가치가 충분히 있다.

도(零度)의 공간, 유형(有形)의 체재들」이라는 정과리의 글 또한 "PC 통신과 비평의 역할"의 성격과 내용에 부합되지 못한 난해한 글쓰기이며, 우찬제의 글도 기성문학의 고정 관념에 얽매어 있다.8) 사이버문학의 새로움을 망각한 그의 주장에 대한 이용욱의 글이 바로 이와 같은 점을 적절히 지적하고 있다.

> 'PC통신문학'은 기왕의 문학과는 분명하게 변별되는 '새로움'의 문학인 셈이다. 그러나 이 새로운 문학을 지향해 나가는 데 있어 우찬제님이 주목하고 있는 것은 또다시 기왕의 문학에서 중요시되고 있는 '진정성'이나 '인문학적 교양' 같은 <계몽의 도그마>에 갇혀 버린다. …(중략)… '전문성'이나 '진정성', '신구의 교양', '창조적 긴장'은 전혀 새롭지 않은 문학의 계몽주의적 발상이다. 우찬제님은 진정한 자유주의를 위해서라면 진정한 계몽주의는 필요하다고 역설하고 있지만, 그러나 과연 통신 공간과 디지털 시대의 새로운 감각을 계몽하고 훈육하는 것이 진정한 자유주의일까? …(중략)… '전문성'이나 '진정성', '신구의 교양', '창조적 긴장'을 기대한다는 것은 지극히 이상주의적 발상이며, 기존 문학의 틀로 'PC통신문학'을 재단하려는 시도로밖에 이해할 수 없다.9)

파피루스 시대의 문학과 사이버스페이스 시대의 문학 환경의 변화를 수용하여 새로운 시대의 문학위상을 정립할 단계에 와 있음에도 불구하고, 우리의 문학계는 너무도 외곬의 주장만 되풀이함으로써 "지극히 이상주의적 발상"만을 되새김질하고 있는 실정이다. 과학기술문화 시대의 문학현실을 기성 문인들이 제대로 이해하지 못하는 것은 말할 것도 없고, 그러한 변화의 물결을 외면하거나, 발상의 전환 없이 새로

---

8) 『PC통신문학의 현황과 전망 – 하이텔 문학관 개설 5주년 심포지엄』(한국PC통신, 1997. 5. 28) 참조.
9) 이용욱, 「너무도 조심스러운 계몽주의자의 충고」(위의 책).

운 창작환경의 흐름에 편승하여 보수적 주장을 되풀이하는 모습을 보여주고 있다. 통신문학에 참여한 기성작가의 작품이 전자텍스트와 변별성이 없는 것이 은연중 암시하고 있듯이, 글쓰기의 공간만 바뀌었을 뿐 사이버스페이스의 장점과 특성을 살려내지 못하고 있다.

길게 논할 수는 없으나 독자가 소설에 참여하는 그 자체가 텍스트가 되는『오후, 하나의 이야기』의 경우, 작품의 핵심에는 미스터리가 가로놓여 있다. 읽기와 다시 읽기의 반복이 가능한 하이퍼텍스트로서의 이 작품은 "가능한 읽기의 합이 소설을 구성하고, 동시에 독자들이 텍스트의 공간을 탐험하면서 취할 수 있는 경로들의 합"이 텍스트를 형성한다.10) 따라서 전자텍스트는 책이 저자의 '독특한 표현이라는 인식'과 '고정된 텍스트'라는 개념을 재검토하도록 만들었는데, 독자는 "저자가 미리 생각한 재료들에서 선택한 삽화들을 통로에 집어넣기도" 하고, "텍스트를 형성하기 위해서 상징들을 조립하기"11) 때문에 독자 또한 저자가 되는 특징을 보여준다.

3

영상매체 중심의 문화현상이 가속화되면, 국가간의 문화 장벽이 급

---

10) 특집 「네트워크, 컴퓨터, 글쓰기(2) – 전자적 글쓰기 공간에서의 문학」, 앞의 책.
11) "텍스트를 인쇄된 페이지로 더 이상 생각하지 않는 순간, 우리는 페이지의 기본적인 제한에서 벗어날 수 있다. 인쇄된 책이나 타이프된 문서에서는 텍스트가 고정된 하나의 순서에 따라 제시된다. 인쇄된 텍스트는 보통 선형적 순서로, 단락에서 단락으로, 첫 페이지에서 마지막 페이지로 읽어나가야 한다. 컴퓨터를 사용하면 독자의 필요와 요구에 따라 텍스트의 크기를 마음대로 정할 수 있고 또 이 텍스트 단위들을 다양한 순서로 배열할 수 있다. 전자텍스트는 유동적이 고, 읽는 바로 그 순간에도 수정이 가능하다. 사실 전자텍스트는 독서행위, 즉 독자와 텍스트 구조의 상호작용 속에서만 존재한다."(앞의 글)

격히 소멸되고, 민족 고유의 독자성이 상실되는 상황이 나타날 것이다. 이러한 상황을 일방적으로 외면하고 비판하는 것이 문제 해결의 방법이 될 수 없는 것은 명약관화하다. 문학 생산과 소비 구조의 변화를 수용해야 하고, 소비층의 요구에 부응하는 노력이 필요한 시점에 와 있다는 점에서 준비를 소홀히 하여 "적절히 대응하지 못할 때" 그것은 "더 큰 어려움"[12]을 줄 수 있다.

문학의 활로는 문학소비 환경의 변화에 대응하는 방향에서 모색되어야 한다. 본격문학이 스크린 문화산업과 공생하는 방법을 찾는 것은 문화발전이라는 측면에서 정당하다. 이러한 시각에서 사이버문학을 비판적으로 수용하여 그것의 위상정립은 물론이고 현재의 기술발전을 떠받쳐줄 새로운 정신문화를 수립하기 위한 문화정책이 요구된다.

예술시장에서 순수문학이 설자리를 잃어가는 상황을 개선하는 것은, 궁극적으로 우리 사회 전체가 떠안아야 할 과제이다. 그러나 변화된 창작환경과 신 소비층의 기대에 못 미치는 사이버문학 참여 작가들의 역할부족과 능력부족이라는 측면을 무시하기 어렵다. 정보 사회의 도래와 문화의 산업화 경향이 피할 수 없는 현실로 다가오고 있고 선택은 분명히 결정되어 있다. 지식과 정보시대의 사회변화를 수용하면서 기성문단도 전자텍스트 중심의 새로운 문학을 창조하려는 자세가 바로 그것이다.

변화된 문학소비의 현실을 파악하고 그 대책을 세워야 하는데, 이 문제는 컴퓨터 통신문학 동호인이나 참여 작가의 관심사로 국한될 성질의 것은 아니다. 미래 세대의 감성에 어울리는 문화상품 공급이라는 측면에서 오늘의 작가들은 '본격문학을 현실의 변화에 조화시키는 방

---

12) 김유신, 「정보사회와 윤리」, 『오늘의 문예비평』, 1998 봄.

법’을 모색할 필요가 있다. 기존의 전자문학관을 개편하여 기성문단과 교류를 촉진해야 하는데, 종이텍스트 중심의 기성문학과 사이버문학의 장벽 제거의 상당 부분이 통신문학 참여 작가들의 몫으로 남겨져 있다. 보수문단의 시각과 인식에서 벗어나는 혁명적 발상이 필요하다.

2부

이별의 방식과 사랑의 의미

―김소월

1

    인간과 인간의 헤어짐은 어떠한 형태로든 슬픔을 동반한다. 그러나 이별의 슬픔은 그것을 받아들이는 사람의 태도 여하에 따라 상이한 양상을 보여준다. 슬픔에 압도당하여 좌절할 수도 있고 이별을 담담히 바라볼 수도 있으며 이별의 슬픔을 극복할 수도 있다. 똑같은 이별의 상황에 처하여서도 이별의 결과 수반되는 슬픔은 좌절과 극복의 서로 다른 두 양상으로 나타날 수 있다. 「제망매가」의 후반부에 나오는 "미타찰에 맛보올"에서 보듯이, 죽은 자매에 대한 이별의 슬픔이 이생의 차원을 뛰어넘어 저승에서의 참된 재회를 기약하는 계기가 되기도 한다.[1]

    사랑하는 남녀간의 이별도 마찬가지이다. 이별은 당사자에게 슬픔을

---

1) 전정구, 「한국 시가문학 전통에 대한 시고」, 『국어문학』, 전북대학교 국어문학회, 1983. 2.

주지만, 그것을 행하는 쪽보다는 당하는 쪽에게 더 큰 슬픔을 안겨준다. 이별을 행하는 쪽에서는 슬픔의 좌절보다는 그것을 딛고 임과 이별하는 데 따르는 고통의 문제가 수반된다. 김소월의 「진달내꽃」의 가치는 이별의 슬픔보다는 이별을 실행하는 고통의 문제를 형상화한 기법에 있고, 그것을 통해 이별의 슬픔에 대한 통념을 깨뜨린 데 있다. 미적 대상으로서 이 작품이 지닌 의의는 남녀 간의 이별의 슬픔을 다룬 점에 있는 것이 아니다. 그것을 통상적인 방식과 다른 그것으로 참신하게 접근한 기법에 있다.

2

「진달내꽃」에 나타난 이별을 이해하는 관건은 주체인 화자의 행동을 파악하는 것이다. 이 작품에서 화자의 행동을 지시하는 서술동사는 '보내드리우리다', '뿌리우리다', '가시옵소서', '흘니우리다' 등이다. 서술동사를 분석하여 이 작품의 전체 의미와 관련된 화자의 행동을 살펴보기로 하자.

> 나보기가 역겨워
> 가실째에는
> 말업시 고히 보내드리우리다
>
> 寧邊에藥山
> 진달래꽃
> 아름따다 가실길에 뿌리우리다
>
> 가시는 거름거름

노힌그꼿을
삽분히즈려밟고 가시옵소서

나보기가 역겨워
가실째에는
죽어도아니 눈물흘니우리다.

— 「진달내꼿」2)

'보내드리우리다', '뿌리우리다', '가시옵소서', '흘니우리다'는 주체
의 능동의지를 지시하는 동사에 속한다. 행위자의 능동적인 의지를 반
영한 동사의 사용은, 화자가 자기 스스로의 자발성─자유의지에 근거
하여 이별의 행동을 취하고 있음을 뜻한다. 그것은 임과의 이별이라는
상황에서 화자가 주체적 기능을 수행하고 있으며, 이별을 당하는 입장
에 있는 것이 아니라 이별을 실행하는 입장에 있음을 지시한다. 보조어
간 '-리'의3) 분석을 통하여 화자의 내면 정서를 파악할 수 있다. '-리'
는 시간적으로 현재를 기점으로 하여 미래를 지향하고 있으며, 이때의

---

2) 김소월의 「진달내꼿」은 세 편이 존재한다. 그는 이 작품을 『개벽』(1922. 7)에 처음
  발표했고, 다시 수정하여 시집 『진달내꼿』(매문사, 1925. 12)에 수록해 놓았다. 그
  후 이 작품이 『삼천리』(1931. 11)에 게재되었다. 시집에 수록된 「진달내꼿」은 『개
  벽』에 처음 발표된 그것에 비해 시행의 미학적 배열과 시어의 선택 등에서 세심
  하게 배려한 흔적이 나타나 있다. 소월의 수정작업은 시작품의 예술적 형상화 과
  정을 반영하고 있는데, 시집에 실린 작품이 '『개벽』본'보다 훨씬 뛰어난 것이다.
  『개벽』에 처음 발표된 작품은 시집에 수록되어 있는 「진달내꼿」의 초고일 가능
  성이 크며 완결된 텍스트가 아니다. 『삼천리』에 게재된 「진달내꼿」을 시집의 그
  것과 비교해 보면, 4연 마지막 구절에 '아니'가 생략되어 있다. 이러한 변화는 소
  월의 수정에 의한 것으로 보기는 어렵다.
3) 동사 보조어간 '-리'의 문법적 기능을 다음과 같은 몇 가지 의미적 자질(semantic
  feature)로 요약할 수 있다. 첫째, 화자와 주어가 일치하여 강한 의욕을 나타낸다.
  둘째, 미래의 시제나 추측을 나타낸다. 셋째, 미래에 존재할 수 있는 가능의 사실
  을 현재에서 가상함을 나타낸다. 이숭녕, 『중세국어문법』, 을유문화사, 1974, 190~
  209쪽 참조.

미래는 아직 없는 것이 아니고 희망, 기대 혹은 계획으로서 현재 속에 살아 있는 구체적 시간4)이라고 볼 수 있다.

따라서 보내주고, 뿌려주고, 가시게 하는 행위는 이별에 대한 화자의 능동적인 의지를 부각시키면서 그것에 대한 통념을 깨뜨리는 참신한 발상을 보완한다. 그것은 사랑하는 임을 보내주고, 자기의 온 정성을 다 바쳐 가시는 길에 꽃까지 뿌려주는 화자의 마음에서 비롯된다. 이 것은 이별의 슬픔보다는 보내주기 싫은 임을 곱게 보내줄 수 있어야 한다는 이별의 방식을 제시한 것이다.

'판에 박힌 통념'을 용납하지 않는 이 작품의 이별 방식에서 문제가 되는 것은 슬픔의 정서가 아니라 고통의 문제이다. 그것은 슬픔을 참아내고 이별을 실행해야 하는 화자의 정신적 고통을 말한다. 그것은 내가 역겨워 가려는 임에게 원망의 말 한마디 없이 곱게 보내줄 수 있는 어떤 확고한 사랑의 믿음이 전제되어야 가능한 것이다. 이 작품에는 이러한 사랑의 의미를 발견하도록 만드는 시어들이 등장한다.

이 작품의 서술구조에 나타난 사랑의 의미를 명확히 하기 위해서 주목되는 시어는 '말업시'와 '밟고'이다. '말업시'는 행동의 주체인 화자가 슬프고 원망스러운 심정이 극에 달하여 할 말을 잃었다는 의미와 그 반대로 떠날 임이 가버릴 것이라는 사실이 슬프고 원망스러울지라도 그것을 참고 받아들이겠다는 의미, 혹은 이것도 저것도 아닌 무관심의 상태를 뜻하는 것으로 나누어 볼 수 있다. 화자의 긍정, 부정, 무관심의 감정을 다 포괄할 수 있는 '말업시'는 애매한 의미를 지니고 있다. 그러나 이러한 점이 「진달내꼿」의 독자에게 상상력을 불러일으키고 그것의 의미를 독서과정 속에서 확정하도록 촉진하는 요인이다.

---

4) 이규호, 『말의 힘』, 제일출판사, 1968, 109쪽.

　문학작품에는 불확정적인 의미의 '여백'이 있다.5) 독서현상을 다룰 때 핵심적 개념으로 떠오르는 텍스트 의미의 불확정성은 독자의 상상력을 촉진시키고 독서활동을 의미창조의 과정으로 이끈다. '말업시'의 시어가 여기에 해당되는데, 그것은 다음에 연결된 '고히'라는 부사어에 의하여 의미의 범주가 제한된다. '고히'라는 단어는 말없이 임을 보내주는 화자 행동이 적어도 악의에 찬 마음을 가지고 있지 않다는 것으로 해석하도록 유도한다. 그것은 떠나는 임에게 어떤 부수조건을 요구하지 않는 무언의 긍정적 태도를 암시해 준다. 말없이 곱게 임을 보내주는 화자의 행위는 임을 원망하지 않겠다는 화자의 마음에서 연유된 것이다. '말업시'에 이어지는 '고히'라는 시어가 그렇게 해석하도록 독자 상상력의 방향을 제한하기 때문이다.

　'밟고'를 수식하는 것은 '삽분히'와 '즈려'6)의 상호모순적인 두 어휘이다. '삽분히', '즈려' 밟으라는 행동 속에 내포된 의미는 역설적이다. 두 시어가 수식하는 '밟고'는 '가볍게/삽분히'와 '무겁게/세게/즈려'라는 이중적 의미를 함축한다. 바꾸어 말하면 임에게 꽃을 밟고 가게 하는 화자의 행동이 망설임과 갈등, 고뇌와 고통에 차 있음을 암시한다. 이 두 어휘는 화자의 심리적 상황을 보여준다. 그것은 나를 버리고 떠나가는 임에게 진달래꽃을 뿌려주고, 그것을 밟게 하면서도 그 마음은 어쩔 수 없이 무겁고(즈려) 가벼운(삽분히) 감정의 고뇌가 있음을 뜻한다.

　'삽분히'와 '즈려'에는 보내주기 싫지만 보내주지 않을 수 없는 화자

---

5)　'여백/공소(blank)'는 독서활동을 통하여 확정해야 하는 의미의 불확정적인 (indeterminacy/gap) 부분/영역을 말한다.

6)　'즈려'는 '갈봄여름' '아우래비' 등과 같은 소월 자신의 창작이라기보다는 방언적인 성격을 띤 어휘로 보인다. 정주방언에서 '즈려'는 '힘을 주어 밟는 행위'(이기문, 「소월시의 언어에 대하여」, 『백영정병욱선생 환갑기념논총』, 1982, 34쪽)를 뜻한다.

의 심정이 반영되어 있다. 임이 훌훌 떨치고 삽분히 가게 함과 동시에 그럴지라도 임과의 헤어짐이 가볍게 이루어질 수 없는 침통한(즈려) 이별이라는 사실을 임이 알아주기를 바라는 화자의 마음을 함축하고 있다. 밟고 가게 하는 행동의 의미범주를 지시하는 '삽분히'와 '즈려'는 이별에 대한 망설임과 고뇌 그리고 이율배반적인 당혹감을 내포하고 있다.7) 우리는 꽃을 밟고 가게 하는 화자의 행동에서 곤혹스런 이별의 고뇌를 확인할 수 있다.

'삽분히'와 '고히' 이외에 이별에 대한 화자의 태도나 마음가짐을 읽어낼 수 있는 시어들은 '진달래꽃, 죽어도, 눈물' 등이다. '진달내꽃'이라는 어휘는 두견의 울음에서 연상되는 비애감의 정서를 촉발한다. 촉망제의 전설과 관련된 슬픈 이야기가 그것이다. 붉은 색깔이라는 시각적 이미지는 사랑의 열정을 암시하기도 한다.

'죽어도'는 생사를 걸었다는 '죽을지라도'의 의미로 해석된다. 그것은 '죽음까지도 사양하지 않는 어떤 강한 의지'를 뜻하면서 '살아서 뿐만이 아니라 죽어서도'라는 의미를 포함한다. '눈물'은 인간의 감정 표현과 관련하여 두 가지 경우가 있다. 기쁨의 상황에서 흘리는 눈물과 슬픔의 상황에서 흘리는 눈물로 구분된다. 이 시에서 '눈물'은 이별을

---

7) '즈려밟고'와 그 위에 있는 '삽분히' 사이의 의미상 어긋남을 이기문은 다음과 같이 설명하고 있다. "풀밭을 걸어 갈 때, 아무리 가만히 밟아도, 풀이 발 밑에서 쓰러진다. 이렇게 힘을 준 것과 동일한 결과가 될 때, 역시 '지리밟다'를 쓰는 것은 정주 방언에서는 조금도 어색한 일이 아니다. 위의 시에서는 '꽃'을 밟는 동작인데, 아무리 사뿐히 한다 해도 잔혹한 결과가 된다."(이기문, 앞의 글) 이러한 설명은 합리적인 듯 보인다. 그러나 시어는 일상어처럼 합리성을 띠고 사용되지는 않는다. 이 두 언어 사이에는 분명히 구분이 있고(S. Chatman, S.R. Levin ed., *Essays on the Language of Literature*, Houghton Mifflin Co., 1967, 241~249쪽), 시어는 규범으로부터 일탈(deviation)된 언어이다. 슈클로프스키는 일탈이 미학적 인식의 핵심에 놓여 있다고(V. Erlich, *Russian Formalism*, Mouton Publishes, 1980, 178쪽) 주장했다. 따라서 '삽분히'와 '즈려'의 상호모순적인 의미는 일종의 패러독스로 이해해야 한다.

당하는 입장에서 임으로부터 버림받은 슬픔의 표현일 수도 있고, 혹은
이별을 행하는 입장에서 사랑했던 임을 떠나보내야 하는 고통의 눈물
을 암시하기도 한다. 따라서 앞서의 분석처럼 후자의 의미로 해석이
가능하다. 이상의 논의를 정리하면 다음과 같다.

	1연	2연	3연	4연
서술동사	임을 보내주고	꽃을 뿌려주고	꽃을 삽분히 즈려 밟고 가게 하고	아니 눈물 흘리고
화자 행동	임에게 베푸는 행위			나 자신의 행위
화자의 이별 태도	승인		망설임, 갈등	결단, 의지
사랑	임에게로 향하는 무조건적 사랑			화자 자신의 의지(신념)와 관련된 사랑
화자 감정	고히(긍정)		삽분히, 즈려 (감정혼란)	눈물(슬픔) 거부

　「진달내꽃」의 화자가 보여주는 사랑은 비타산적인 사랑으로서 임에
게 무조건 베풀어주는 사랑, 혹은 떠나는 상대방과 상관없이 자기 자
신의 마음속에서 다짐하는 변함없는 사랑이다. 이러한 사랑은 타인으
로서의 상대방에 의하여 확인 받는 사랑과는 차이가 있다. 그것은 상
대와 주고받는 사랑이 아니라 무조건적인 믿음이 뒷받침된 형태의 사
랑을 뜻한다. 이 시의 서술구조에서 그것은 자기희생이 바탕이 되고
상대방에게 그 대가를 조건 지우지 않는 순수한 사랑으로 표현되어 있
다. 화자가 마음속에 간직한 사랑은 임과 나의 호혜적(互惠的)인 사랑이
아니다. 그것은 임에 대하여 내가 일방적으로 베푸는 희생적이고 헌신
적인 종류의 사랑에 속한다.

3

　「진달내꽃」에 표현된 사랑은 상대와 나의 접촉에 의하여 지속되는 육체적 사랑이 아니라 임과 나의 거리가 유지될 때 아름답게 피어나는 정신적 사랑의 모습을 띠고 있다. 그 사랑은 임이 있고 없음이 중요한 것은 아니다. 자기 자신의 마음속에 간직한 임에 대한 연모의 정이 사랑의 지속과 단절을 가늠하게 한다. 그것은 확고한 절대세계에 대한 신념이 작품속에 용해된 「님의 침묵」이나 「리별은 미의 창조」와 같은 한용운의 작품에 나타나 있다. "임은 갔지만 나는 임을 보내지 않았다"는 「님의 침묵」의 경우, 임의 있고 없음이 문제가 되는 것이 아니다. 내가 임을 어떻게 내 마음속에 간직할 수 있느냐가 문제이다. 「리별은 미의 창조」에서는 이별이 자기희열의 웃음으로까지 승화되고 있다.[8]

　소월의 「진달내꽃」은 임을 곱게 보내줌으로써 나 스스로 감당하지 않으면 안 될 이별의 고통을 표현하고 있다. 이별의 슬픔을 해결하려는 인간적 고통과 그것을 극복하려는 의지가 이 시에 나타나 있다. 그러한 의지는 죽음까지도 불사하면서 이별을 부정하는 치열한 정신과 연결되어 있다. 마지막 구절이 그것을 보여준다. "죽어도아니 눈물흘리우리다"라는 구절에 절대적이고 지고한 사랑을 위해서 자신의 모든 것을 바치겠다는 결단과 의지가 표현되어 있다. '죽어도'가 지시하듯이, 화자의 이별방식은 순간의 이별을 견뎌냄으로써 영원한 사랑을 지속할 수 있다는 역설적 의미를 담고 있다. 인간으로서 취할 수 있는 마지막 결단인 죽음까지도 불사하는 화자의 마음에는 이별에 따른 슬픔의 정서가 아니라 이별의 슬픔을 떨쳐내고 극복해야 한다는 고통의 정서

---

8) "님이여, 이별이 아니면 나는 눈물에서 죽었다가 웃음에서 다시 살아날 수가 없읍니다"(한용운, 「리별은 미의 창조」)가 여기에 해당된다.

가 자리 잡고 있다. 눈물을 부정하는 ‘아니’라는 부정사는 슬픔을 이겨
내려는 극복의지를 함축하고 있다. ‘눈물’의 부정을 통하여 화자는 이
별의 슬픔을 초극하려는[9] 의지를 보여준다. 화자는 임과의 이별이란
비극적 상황에서 의연하게 대처하는 의지적인 인간상의 모습을 보여
준다. 화자가 간직한 의지적인 행동에는 ‘천지간에 떠났다가 돌아오지
않는 것은 하나도 없다’는 동양적/윤회적 세계관이 전제되어 있다.

『진달내쏫』은 우리에게 낯익은 이별의 방식을 낯설게[10] 탈바꿈시켜
이별, 곧 슬픔이라는 통념에 반작용하는 참신한 접근 방법을 보여준다.
비극적인 지금 이 순간의 슬픔을 인내와 의지로 참아내면서 미래의 만
남에 대한 기대, 즉 회자정리(會者定離)의 안티테제로서의 거자필반(去者
必反)의 윤회사상이 그러한 방식의 이면에 자리 잡고 있다. 높은 자기희
열의 사랑을 성취하기 위하여 임에게 꽃을 바치고 죽음에 이를지라도
눈물/슬픔을 부정할 수 있는 근거가 여기에 있다. 죽음도 불사하겠다는
화자의 행위는 찰나적 죽음을 통하여 영원히 사는 행위, 그것은 한마
디로 죽음이 아니라 바로 영생을 이루어 가치 있는 사랑의 결실을 가
능케 하는 의지의 발로이다.

화자의 행동 속에는 이별의 슬픔보다는 스스로 그 슬픔을 감당하는
고통의 상황이 전제되어 있다. 이별의 슬픔을 떨쳐버리려는 고통, 그것
은 이별의 슬픔을 지워버리기 위한 자기 자신과의 싸움이 수반되는 고
통이다. 임을 곱게 보내준다는 것은 순수한 사랑의 실현을 위한 조건
이고, 그것은 내가 모든 것을 바친 임에 대한 내 방식의 사랑에 대한

---

9) 김현자는 『시와 상상력의 구조』(문학과지성사, 1982)에서 김소월 시에 나타난 슬
  픔의 특징을 다음과 같이 지적하고 있다. “김소월의 슬픔은 사물을 젖게 하는 특
  징을 지닌다. 그는 슬픔을 확산시켜 버리거나 고체화시키지 않고 액체화, 즉 끝없
  이 젖어듦으로써 슬픔을 초월하는 태도”(200쪽)를 보여준다.
10) V. Erlich, *op. cit.*, 176쪽.

믿음을 확인하는 것이다. 만해 식으로 말한다면 '임은 떠났지만, 나는 임을 보내지' 않은 것이다. 그러므로 임과 내가 함께 있는 그러한 사랑을 말한다. 임이야 내게 어찌하건 간에 그 임에 대한 나의 사랑은 변함이 있을 수 없다는 사실을 스스로 다짐해야 하는 것, 그것은 떠나는 임에 대한 무조건적이고 희생적인 사랑을 전제로 할 때 가능한 것이다.

4

슬픔이 어떤 사람이나 사물을 상실했을 때 일어난다면 참된 기쁨의 환희는 무엇인가를 사랑할 때 생겨난다. 그것은 죽음까지도 감수하는 치열한 고통 속에서 얻어질 수 있다. 영원한 사랑을 가능케 하는 기쁜 고통이나, 절대적인 사랑의 가치에 대한 믿음이 동반된 자유의지의 실현으로서의 죽음은 부정적인 삶의 결과로 해석될 수 없다. 「진달내꽃」의 마지막 구절이 보여주듯이, 부정적이고 도피적인 인간행위로 이해되는 죽음은 절대적으로 부여된 자신의 운명을 깨달았을 때 취할 수 있는 인간다운 선택일 수도 있다. 그것이 자신의 욕망과 자신에게 강요된 운명 사이에서 야기된 불협화에 대한 도전의 형식이라면 그 선택은 영원한 삶의 방법을 추구하는 자율적 의지의 표상일 수 있다.

이제까지 부정적 삶으로 이해된 죽음의 의미를 오히려 긍정적인 의미를 간직한 진실한 삶의 한 양상으로 판단하는 것이 「진달내꽃」이 간직한 가치나 시적 진실에 더 맞는지도 모른다. 왜냐하면 이 시에 나타난 죽음은 화자가 추구한 가치 있는 사랑의 결실을 가능케 하는 인간의지를 표상한 것일 수도 있기 때문이다.

의지에 의하여 이루어진 자율적 행위는 인간다운 삶의 기저에 깔려 있는 자유를 지향하는 고귀한 행위이다. 자기 행동에 대한 가치판단[11]은 그것을 밑받침하고 있는 자기 자신의 진실성과 자율적 의지에 따른 선택에 의하여 판단될 수밖에 없다. 자기가 선택한 가치는 자신의 자유의지에 속하는 것이다. 자유의지의 선택에 따른 자기희생은 자아의 승화를 통한 인간존재의 본질을 실현하는 데까지 나아간다. 화자의 행위에는 이러한 정신이 함축되어 있다. 작품의 이면에는 자기존재의 숭고성을 높은 차원의 인간애로 승화시키기 위한 고통의 정서가 자리 잡고 있다. 「진달내꽃」에는 희생과 봉사와 믿음의 사랑이 바로 조선적/전통적 사랑이라는 메시지가 담겨 있다.

---

11) 가치는 항상 어떤 자아 즉 가치를 기초해 주는 정신적인 행동주체에게 가치있는 것이다. 이른바 가치의 '나'라는 자아 혹은 주체와의 관련에서만 가치가 주어진다. 그러므로 가치는 어떤 에고의 가치화로 볼 수 있다. 바꾸어 말하면 가치는 주관적 가치체험에 환원되며, 그것은 가치를 주는 행위에 의해서만 근거가 주어진다. 따라서 "가치파악은 이성적인 것이 아니고 본질적으로 감성적인 것"(정의채, 『형이상학』, 성바오로출판사, 1981, 148~149쪽)이다.

민족의 미래에 대한 동경과 좌절

—김대준

1. 서언

해강(海剛) 김대준(金大駿)은 1903년 전주시 전동에서 태어나 1987년 삶을 마감할 때까지 전북지역에서 시작활동을 했던 향토시인이다. 이 지역 초창기 시단의 선구자 역할을 담당했던[1] 그는 『소년』을 접하면서 신체시의 개념을 터득했고, 『학지광』에 수록된 주요한, 김안서, 황석우 등의 시를 읽고 신문학에 대한 동경심을 갖게 되었다. 시작활동에 영향을 준 시인은 파인 김동환이었는데, 그가 견지했던 민족주의 경향의 시세계에 감명을 받은 해강이 습작의 단계를 거쳐 본격적으로 시 창작에 임했던 시기는 1925년 전후였다. 문학관련 잡지에 해강의 작품이 실린 것도 이 즈음이다. 『조선문단』(1925. 11)에 주요한의 평과 함께 그의 작품이 수록되었다. 그 이듬해 초 동아일보사에서 주최한 신춘문예

---

1) 김해성, 「선학같은 호남의 거목시인 김해강」, 전북애향본부 편, 『나라를 위하여 전북을 위하여』, 신아출판사, 1990.

작품모집에 응모하여 「새날의 기원」(「동아일보」, 1926. 1. 1)이 박아지, 이응수 등의 작품과 함께 당선되었다.2) 이러한 사실들은 카프가 조직되던 시기의 문단 분위기가 해강의 작품세계에 영향을 주었을 가능성을 암시해 준다. 해강이 식민지 조선의 구체적 현실을 형상화함으로써 참여적인 경향의 작품 활동에 관심을 보여준 것도 당시의 문단풍토와 무관하지 않았다. 그는 조선민중의 고통스런 삶을 표현하여 식민지 사회 구조의 모순을 드러냈고, 민족의 고난과 궁핍의 원인이 나라를 빼앗겼기 때문이라는 비교적 정확한 현실인식을 보여주었다.

그러나 그는 일제 말기에 친일시를 발표함으로써 자신의 시문학적 위상에 흠집을 남기게 되고 그것이 평생의 멍에로 작용하게 된다.3) 식민지시기에 전국적인 명성을 얻었고 상당한 시적 성과를 보여주었음에도 불구하고 그의 시문학에 대한 평가가 인색했던 원인의 일단이 여기에 있었다.

해방 이후 지방시단에 칩거하면서 문학외적 활동을 자제한 것이나, 초기시와 다른 성향의 순수서정의 세계에 몰입한 것도 친일에 대한 부담감으로부터 벗어나려는 의식적인 노력의 일환이었다. 해강은 친일에 대한 일종의 원죄의식은 물론이고 용공의 혐의에 시달리는 불운한 삶을 살았던 시인이다. '동반자 프로시인'으로 해강을 다룬 글들이 시사하듯이4), 초기시가 민중을 선동하거나 사회주의를 찬양하는 것으로 비

---

2) 김해강, 「나의 문학 60년」, 『표현』, 표현문학회, 1986. 5.
3) 김해강의 친일시에 관해 최초로 언급한 것은 임종국(『친일문학론』, 평화출판사, 1966/1983 5판, 472쪽)이다. 그는 「아름다운 태양」, 「돌아오지 않는 아홉장사」, 「호주여」 등 3편의 제목만을 제시했다. 일부 논자의 부정에도 불구하고(이운룡, 「일제치하 김해강의 저항시」, 『하남 천이두 선생 화갑기념논총』, 논총간행위원회, 1989) 그가 친일시를 발표한(최명표, 「김해강시연구」, 전북대학교 대학원 박사학위논문, 2001. 2) 것은 사실이다. 그러나 「아름다운 태양」은 이운룡의 지적대로(앞의 글) 친일시로 분류하는 데 문제가 있다.

취질 성향이 있었다. 이러한 점을 감안한다면 그의 삶에서 레드콤플렉스가 주는 중압감이 컸을 것이다. 등단 40년이 넘은 시기에 『동방서곡』(1968)이라는 단독시집을 발간한 것도 이러한 점과 관련이 있을 것이다.

용공의 혐의와 친일에 대한 부담감 때문에 해강은 자신을 내세우는 것을 꺼려했다. 이중의 부담이 작용했던 삶은 "고고하고 선학처럼 곱게만 살아온 시인"[5]이라는 평가를 낳게 했다. 후기 시작활동에 초점이 맞춰진 이러한 평가는, 그의 전작품을 통하여 가장 의미 있는 시작활동을 대변하는 초기시의 위상을 왜곡하거나 부정하는 의미를 지닌다. 치열한 현실인식은 물론이고 민족해방의 신념을 드러낸 초기 시작품들은, 후기의 시작품들과 분리되어 평가되어야 하고 '동반자 프로시인'이라는 시각과 다른 측면에서 접근할 필요가 있다. 이 글은 이러한 점들을 염두에 두고 해강의 초기시의 범위와 성격, 그리고 그것의 시사적 위상을 검토하려는 데 목적을 둔다.

2. 초기시의 범위

해강의 초기시는 식민지 원주민의 현실을 반영한 작품이 상당수를 차지하고 있다. 그것의 성격을 규명하기 위해서 선결되어야 할 과제는 초기시의 범위를 설정하는 문제이다. 60여 년에 걸쳐 400여 편을 상회하는 작품을 남겼던[6] 그의 시작활동이 시기별로 다르기 때문에 특정

---

4) 김팔봉(「조선 문학의 현재의 수준」, 『신동아』, 1934. 1)과 이해문(「중견시인론」, 『시인춘추』, 1938. 1), 그리고 김재홍(「동반자 프로시인, 김해강」, 『카프시인비평』, 서울대출판부, 1991) 참조.
5) 김해성(「선학같은 호남의 거목 시인 김해강」, 앞의 책)은 해강에 대해 "인자스런 그 표정에 언제 보아도 모란꽃처럼 안으로 짓는 미소를 하고, 정구선수답게 정정한 모습은 마치 학 한 마리가 서 있는 듯 싶다"라고 기술하고 있다.

시기에 따라 변화를 보여주는 시세계를 논하기 위해서는 시기를 구분하는 작업이 요구된다. 그것은 해강의 작품 활동 시기를 어떻게 구분하느냐에 따라서 그의 시의 성격과 위상이 편차를 보일 수 있다는 것을 뜻한다. 이러한 이유로 지금까지 논의된 해강시에 관한 연구는 시기구분을 염두에 두고 진행된 것들이 대부분이다. 이 글에서 우리는 세 단계로 나누어 온 해강시의 시기구분의 타당성 여부를 검토하면서 초기시의 범위를 설정하고 그 성격을 파악해 보기로 하겠다.

시기를 구분하여 해강시를 본격적으로 논한 글은 이기반의 「김해강 연구-그 인간과 시세계」이다. 이기반은 초기(1926~1945), 중기(1945~1960), 후기(1961~1978 현재)로 나누어 해강의 시세계를 살피고 있다. 그러나 그는 시기구분의 타당한 근거를 제시하지는 않았다. 신은경은 해강의 작품 경향을 세 시기로 구분하면서 현실에 적극 관심을 가지고 그것을 직접 작품에 반영했던 시기, 현실에 약간의 거리를 두면서 우회적으로 그것을 반영하되 도피적 경향을 보였던 시기, 그리고 관조적 자세를 보였던 시기로 나누었다. 구체적인 시기는 초기(1925~1930년대 초반 카프가 해체되기까지 10년), 중기('시건설' 동인으로 활약한 시기-해방 전), 후기(해방 이후)로 구분된다. 최명표는 앞의 연구자들의 시기구분을 비판적으로 검토하면서 해강시를 초기(1925~1935), 중기(1936~1945), 후기(1945~1987)로 나누어 전편을 대상으로 그의 시세계에 접근한 바 있다.[7]

최명표와 신은경의 시기구분이 거의 일치하고 있는데, 특히 주목할 것은 해강의 초기 시작활동 기간이 1925년부터 1935년까지라는 사실

6) 해강이 남긴 작품이 500여 편에 이른다는 언급(김해성, 『한국현대시인론』, 진명문화사, 1974, 251쪽)이 있으나, 그것은 문헌자료의 면밀한 검토 없이 추정한 것으로 판단된다. 지금까지 알려진 해강의 작품은 418편(최명표, 앞의 논문)이다.
7) 이기반(「김해강연구-그 인간과 시세계」, 『논문집』, 영생대학, 1978. 8), 신은경(「김해강론」, 『서강어문』, 1986), 최명표(앞의 논문) 참조.

이다. 실제로 이 시기에 해강은 리얼리즘에 입각하여 식민지 조선 민중의 생활을 사실적으로 접근했다. 그의 시작활동은 일정 정도 카프파와 창작관을 공유하는 측면을 보여준다. 이러한 점에서 공식적인 등단 절차를 거친 1925년 이후부터 1935년까지를 그의 시작활동의 초기로 설정해 볼 수 있는 개연성은 충분히 있다. 그러나 사실주의적인 경향과 현실반영의 문제에 초점을 맞춘 이러한 구분은 재론의 여지가 있다. 그것은 첫째 카프의 성립과 해체라는 문단 흐름에 맞추어 해강 초기시의 성격을 파악하려는 의도가 개입되어 있다는 점, 둘째 초기시의 경향이 중기까지 이어진다는 점에서 그렇다. 1935년 이후에도 해강은 그 이전의 시적 경향에 부합되는 「광명을 뿌리는 기사야」(『비판』, 1936. 3)를 발표했다.

간과해서는 안 될 점은 1925년부터 1935년 사이에 발표된 작품 중에서 현실과 유리된 낭만주의나 이상주의적 경향을 띠고 있는 작품들이 상당수 있다는 점이다. 이것은 카프의 존속기간에 맞추어진 1925년에서 1935년까지가 해강의 초기시를 구획하는 시기로서 합당한가에 대한 의문을 제기한다. 해강은 자신의 작품이 수록될 잡지의 성격에 맞추어서 시를 투고했던 것 같다. 그렇지 않은 경우 그는 민족주의적인 경향에 충실했다.8) 1940년 이후 「매일신보」에 발표한 「가던 길 멈추고 ―麻衣太子墓를 지나면서」(「매일신보」, 1941. 10. 30)가 그러한 예이다. 이 작품에서 해강은 조국의 역사에 대한 회고를 통하여 우회적인 방식으로 식민지 조선의 현실을 다루고 있다. 이러한 점에서 그는 친일시를 발표하기 전까지는 민족주의에 입각하여 식민지 조선의 현실에 대한 관심을 지속적으로 보여주었다.

---

8) 이러한 점은 해강의 '초기시의 성격'을 논하는 장에서 상세하게 검토될 것이다.

골짝을 예는
바람 결 처럼
歲月은 덧 없어
가신지 이미 千年.
恨은 길건만
人生은 짧아
큰 슬픔도 지내 나니
한 줌 흙이러뇨.
잎 지고
비 뿌리는 저녁
마음 없는 산새의
울음만 가슴 아파

千古에 씻지 못할 恨
어느 곳에 멈추신고.
나그네의 어지러운 발 끝에
찬 이슬만 채어
쪼각 구름은
때 없이
오락 가락 하는데
옷 소매 스치는
한 떨기 바람

가던 길
멈추고 서서
막대 짚고
고요히 머리 숙이다.

— 「가던 길 멈추고 – 麻衣太子墓를 지나면서」 전문9)

9) 이 작품의 출처는 『東方曙曲』(교육평론사, 1968)이다. 잡지나 신문 등에 처음 발표
된 해강시는 시집으로 묶이면서 고쳐진 것들이 상당수 있다. 최초의 발표작과 개
작시 사이에서 정본을 어떻게 정할 것인가는 상당히 난해한 문제에 속한다. 최명

이 시는 마의태자의 "씻지 못할 한"에 빗대어 나라 잃은 망국민의 설움을 암시적으로 이야기하고 있다. 그것은 몰락한 왕조의 마지막 태자의 원한을 조선 민중의 그것으로 유추하게 만들었다는 점이다. 이 작품이 당시의 억압적인 상황에서 쉽게 허용되지 않았던 민족의식, 혹은 역사의식의 일단을 보여주는 이유가 여기에 있다.

이러한 점과 더불어 김남인과 공동으로 엮은『청색마』의 발간 시기가 1940년이라는 사실도 중요하다. 공동시집 발간에 즈음하여 그의 시는 형식은 물론이고 내용의 측면에서도 상당한 변화가 나타난다. 첫째, 내용적인 면에서 현실비판적인 요소가 약화되고 자연과의 교감 등을 추구하는 서정적인 측면이 부각된다. 둘째, 형식적인 면에서 시행의 길이가 짧아지면서 정제된 구성을 보여준다. 셋째, 가쁜 숨결과 열정적인 호소가 사라지고 절제된 감정 표현이 주류를 이루고 있다. 이러한 변화들은 정서의 내면화 과정을 통하여 해강의 시작품이 응집된 형태미를 획득했다는 것을 뜻한다.『청색마』에 수록된 시편들은[10] 해강이 이 시기에 감정표현의 절제를 통하여 서정성 위주의 작품들을 발표했다는 사실을 암시한다.

이 시기의 작품들이 현실의 문제보다는 과거 역사에 대한 회고나 기행의 풍물을 담아내는 데 주력했다는 점에서 해강시를 세 시기로 구분한다면, 1940년이 초기시와 중기시를 구분하는 기점이 될 수 있다. 이 시기 이후 그는 「매일신보」에 시작품을 발표했다. 친일성향의 이 신문

표(앞의 논문)가 이러한 문제에 고심한 흔적을 보여주고 있으나, 원본 확정작업이 완료된 것은 아니다. 본고에서는 최종적인 수정작업이 가해진 작품을 정본으로 삼아야 한다는 입장에 선다. 이하에서 김해강 시의 기본 자료로 사용된 것은 김윤성이 엮은『카프시전집 1-2』(시대평론, 1988), 김남인·김해강 공저『청색마』(명성출판사, 1940),『東方曙曲』이다.

10)『청색마』에는 해강의 시가 12편이 수록되어 있는데, 시집 발간 이전의 시편들에 비해서 서정성이 높고 상당히 정제된 형태를 보여준다.

과의 인연은 해강이 일본제국주의를 찬양하는 내용의 시를 발표하는 계기가 되기도 했다. 그럴 경우 문제는 해강의 시작활동에서 중기가 지니는 의미가 미약하다는 점이다. 1940년대 이후의 창작활동 기간도 2~3년에 불과하고 작품의 편수 또한 많지 않기 때문이다. 따라서 해강 시는 해방 이전과 이후의 기간으로 구분하는 것이 합리적이고 그의 시의 성격이나 그 위상을 파악하는 데도 도움이 된다.11) 이러한 점에서 그의 시의 성격을 규명하기 위한 초기시의 범위는 민족의 해방에 대한 신념과 그것이 파탄에 이르러 친일시를 발표하게 되는 시기(1925~1945)로 설정하는 것이 합당하다.

3. 초기시의 성격

해강의 초기 문학 활동은 계급해방보다는 식민 상태의 조선 민중이 처한 현실이나 그것의 모순으로 발생한 빈궁이나 자유의 구속 등 조선 민중의 생활에 관심의 초점이 놓여 있었다. 그의 주된 관심은 부르주아 대 프롤레타리아의 대결과 투쟁이 아니었다. 해강은 식민지 조선의 현실과 그 현실을 타개하는 문제에 더 큰 관심을 가지고 있었던 민족주의 경향의 시인이었다. 평생을 끌고 다닌 가난의 문제도12) 계급적

---

11) 해강시를 세 시기로 나눈 것은 "초기는 불타는 심혼이랄까 거칠고 거센 호흡으로써 새벽을 외치는 열띤 시가 많았고, 중기에는 자연과 인간과의 교정이 많았고, 후기에는 한국적 전통의 순수서정으로 돌아가 조용히 인생을 관조하는 시정"(김해강, 「나의 문학 60년」, 앞의 책)이 나타나 있다는 자전적 기록에서 영향 받은 측면이 강하다. 그러나 해강의 이러한 진술이 보여주듯이, '자연과 인간의 교정'을 다룬 작품은 '한국적 전통의 순수서정'의 세계와 일맥상통하는 점이 있고, 작품의 성향도 대동소이한 측면이 있다.

12) 김해강, 「나의 문학 60년」, 앞의 책.

관점을 앞세운 이념이나 논리로부터 추출된 것이 아니었다. 그의 시작품에 나타난 현실에 대한 비판이나 소극적인 저항정신, 그리고 조선 민중의 가난문제나 노동계급에 대한 소박한 인식 등은 일본제국주의의 압박과 그로 인해 민족구성원이 겪는 고통에 관한 문제에 국한된다. 그의 관심이 계급의 문제가 아니라, 당대 조선 민족의 고난에 관한 문제였다는 점에서 그를 "동반자 프로시인으로 자리매김하는"13) 것은 문제가 있다.

> 암흑기에서 더듬이를 잘려버리고 더듬거리던 한민족에게 새 시대를 향한 등불을 의무처럼 쳐들고 싶어서 새벽의 의미를 부르짖었다.14)

해강이 새벽의 의미를 부르짖은 것은 "범람하는 일제의 잔학 속에서도 우리 민족에게서 흐르는 맥박의 본류만은 끄떡없이 흘러야 했기" 때문이다. '미래를 동경하는 열띤 나날'을 노래했던 것도 암흑기에 더듬이를 잘려버린 우리 민족에게 새 시대를 향한 등불을 쳐들고 싶었기 때문이다.15) 시인에게 중요한 것은 프롤레타리아 혁명이라기보다는 일제의 압박으로부터 벗어나는 것이었다. 뚜렷한 계급의식이 없음을 선언한 「나의宣言」은 이러한 점과 관련하여 주목된다.

---

13) 김팔봉(앞의 글)과 이해문(앞의 글)의 견해에 입각하여 김재홍(앞의 글)은 김해강을 중요한 프로시인의 하나로 부각시켰다. 이러한 견해가 아직도 유효하게 받아들여지고 있는데, '잃어버린 우리의 시문학, 카프 시 600여수'를 모아놓은 프로시전집(김윤성 편, 『카프시전집 1-2』, 시대평론, 1988)에서 해강의 작품을 다수 수록하고 있으며, 최현주(「카프 시에 대한 페미니즘적 접근」, 『태릉연구』 서울여자대학 국어문학연구회, 1997)는 김해강을 카프시인의 범주에 포함시켰다.
14) 김해강, 「나의 문학 60년」, 앞의 책.
15) 이 시기의 한민족을 "더듬이를 잃어버린 개미"(김해강, 「나의 문학 60년」, 앞의 책, 324~325쪽)라고 표현했다.

世上사람들아
나는宣言하노라

살인광선 독와사를
發明하여내는
惡魔의頭腦를쌔치자
대포 폭탄의터지는소리
푸로페라의도라가는소리
총창을만드는機械소리
이러한모든흉넝한
惡魔의소리를무더버리자

들엇든총검을버리고
흙파는광이와호미를들라
들로나가풀꼿의香氣를맛트라
햇빗을바드라

발벗고붉은얼골도쌍팔째
굴러쩌러지는쌈방울에
太陽의金빗이빗날지니

거긔서참人間을볼수잇다
참眞理의光이빗날 것이다
모든生靈이고루幸福을갈러가질 것이다
다—가티발벗고
붉은몸동이가되여
흙으로도라가자
손목잡고쌈방울로탑을싸차
햇빗으로살빗을빗내고
흙덩이로肺腑를굿세게하고
풀꼿香氣로靈魂을길루자
오즉한아인즐거운노래를부르고살자

— 「나의宣言」 전문16)

"들엇든총검을버리고/ 흙파는광이와호미를들라"에서 무기를 버리고 자연 속에서 평화롭게 살아야 한다는 해강의 생각에는 사해동포주의적인 이념이 반영되어 있다. 그리고 "다가티발벗고/ 붉은몸동이가되여/ 흙으로도라가자/ 손목잡고땀방울로탑을싸차"에서 악마의 두뇌를 깨치고 전원으로 돌아가 모두가 화합하여 땀을 흘리자는 제안은 농촌공동체의 삶을 지향하고 있다. 그의 선언은 소박하고 단순한 자연회귀나 자연 친화의 사상을 담고 있다. 그것은 카프의 이데올로기라기보다는 아나키스트의 그것에 가깝다. 살인광선 독와사[독가스]를 발명하는 두뇌를 깨치고 들었던 총검을 버리자는 제안 역시 일종의 반제국주의적인 선언으로 해강의 아나키스트적 면모를 보여주는 대목이다.[17] 전쟁보다는 평화를, 그리고 총창을 만드는 기계소리를 묻어버리고 자연 속에서 행복을 찾자는 그의 선언에서 맑스적 이념을 읽어내기 어렵다.

물론 노동계급에 대한 인식이 해강의 시작품에 전혀 없는 것은 아니다. 물레방아로 곡식을 도정하는 젊은 부부를 "오―거룩한 두 나의동모여"(「물방아」)라고 노래함으로써 해강은 그들에 대한 동지적 의식을 보여주었고, 「都市의겨울달」에서 노동자와 가난의 문제를 다루고 있다. 「惡魔」와 「歸路」에서는 노동계층의 삶과 고통에 대한 관심이 나타나 있고, 「눈나리는大地」에서는 굶주림과 추위에 떠는 도시민의 모습이 표현되어 있다. "살쌍은 언제나 언제나나서/ 그리고 캄캄한 이밤은 언

---

16) 『카프시전집 1-2』(앞의 책). 이 전집에서 「더위먹은都會의밤아」(김해강, 『비판』, 1935. 10)의 경우처럼, 마지막 연(6연)이 누락되고 발표시기의 오류(『카프시전집 2』의 「더위먹은都會의밤아」의 출처가 '『비판』, 1932. 7'로 잘못 표기됨)가 발견된다. 그렇지만 이하의 인용시도 이 책에 의한다. 그것은 발표시기에 준해서 카프시를 모아놓았기 때문에 그 흐름을 조감하는데 유리한 점이 있다.
17) 아나키즘에 관한 사항은 김경복(『한국 아나키즘시와 생태학적 유토피아』, 다운샘, 1999)을 참고하기 바람.

제나새려나!"(「어대로가나」)에서 노동자와 자본가에 대한 소박한 계급의식이 나타나 있는 것도 사실이다. 뿐만 아니라 「위선자」나 「대지순례」는 물론이고 '하나님말을 전하는 자'를 우리를 꼬이는 마법사로 파악한 「職工의 노래」에서 기독교에 대한 부정적 시각을 드러낸 것은 종교를 부정하는 맑스적 이념과 친근성이 있다. 그러나 카프의 1차방향전환에서 계급의 문제가 하나의 중요한 강령으로 선포된 1927년 이후 발표된 「가을의香氣」, 「出帆의노래」, 「海邊暮影」, 「五月의太陽」 등의 작품에서 맑시즘적 이데올로기를 발견하기 어렵다.

그의 시세계는 일부의 지적대로 저항시,[18] 나아가 카프시로 분류하기에 무리가 있을 만큼 다양하다. 자동차행렬을 통하여 기계문명과 속도의 시대에 대한 비판적인 시각을 보여준 「暴馳時代」나, 혹은 회색의 거리에 있는 홍등가를 노래한 「나븨의亂舞」에서는 도시의 퇴폐적 삶에 대한 부정적 시각을 드러내고 있다. "추이타는 나의안해는/ 날거싸진 신문지쪽을오려/ 다써러진 문구멍을/ 언손으로 바름니다"(「貧妻」)에서 해강은 "젖안나면 어린 것이 배곱아 보챈다고 두어덩이 찬비지"를 얻어다가 끓이는 아내의 모습을 읊기도 했고, 「愛頌」에서는 페미니즘적 시각을 보여주기도 했다. "조직운동으로서의 전환과 맑스주의에 입각한 프로레타리아 의식의 획득과 정치투쟁으로의 전환을 목적으로 한 방향전환기"인[19] 1927년 초두 「조선일보」에 발표된 해강의 시 「斷崖」(1. 5)와 「오아시쓰」(1. 23)를 살펴보기로 하자.

---

18) 이운룡(『언어와 시정신』, 신아출판사, 1997, 391쪽)과 박병순(「김해강 시인의 생애와 예술 — 저항시인 전주순토배기 김해강 스승님을 추모함」, 『전북문단』, 한국문인협회 전북지부, 1989. 8) 참조.
19) 임규찬·한기형 편, 『카프시대에 대한 회고와 문학사 1』, 태학사, 1989, 27쪽 및 98~106쪽 참조.

여긔는 끈허진 낭쩌러지
자칫하야 한발을 잘못드듸면
천길이나 만길이나
험한 굴엉으로 쩌러지는
끈허진 낭쩌러지
위태한 말랑이

— 「斷崖」 일부

쫏기고 쫏기는
이나라 백성들의 압길엔
어느째까지나
찬바람 구진비가
저들의 찬녁을 쩔리우며
적시울 것인가?

— 「오아시쓰」 일부

　해강은 이 시기에 벼랑 끝에 서 있는 식민지 조선의 위기상황이나, 쫏기는 처지에 놓인 민중의 모습을 노래함으로써 민족주의자로서의 풍모를 보여준다. 해강이 조각달의 모습에서 "가난에쏘들린어머니의情狀"(「쪼각달」)을 이야기할 때조차도, 그것은 프로문학의 계급성이나 정치성과 무관한 식민지 조선 민중의 빈궁에 대한 자연발생적인 연민에 불과한 것이다. "모진불길이다/ 야속한하늘이다/ 男便은산에올라거친흙을파며/ 안해는草原에나가나물을쓰더다가/ 그날그날을延命하여가는/ 이 가난한村民들을?/ 아!아무슨災殃인지나!"(「불타버린村落」)가 그러한 예에 속한다. 불타버린 촌락의 처참한 모습을 보고 그가 느낀 것은 민족 구성원으로서의 연민이지 고통 받는 민중에 대한 과학적이고 객관적인 분석이 뒷받침된 것은 아니다. 그의 관심은 식민지 조선의 현실이었지,

프롤레타리아 혁명을 추동하는 노동자계급 해방에 관한 문제는 아니었다. 그의 시에 나타난 것은 자본주의 사회의 모순이 아니라 조선의 식민지 상황과 그 상황 속에서 신음하는 조선 민중의 탄식이었다.

동향 출신으로 같은 시기에 활동했던 김창술의 시와 해강의 시를 비교해 보면 노동자와 자본가에 대한 인식은 물론이고, 프롤레타리아적 세계관에서 차이가 있다. 김창술의 「反抗」이라는 작품이[20] 보여주듯이, 당시의 그의 시작활동이나 그 이후의 행적은 해강의 그것과 다르다. 북한문학계에서 이루어진 김창술에 대한 평가에 그것이 반영되어 있다. 해강에 대한 언급이 최근의 북한문학사에 부분적으로 나타나는데[21] 반하여 김창술에 관해서는 일찍부터 카프파의 중요한 시인으로 취급되고 있었다.[22]

1927년을 카프문학의 본격적 출발기로 설정한 북한문학계는 '프로문학의 초기단계로 신경향파문학의 의의'를 정리하고 있다.[23] 카프가

---

20) "나도 사람이외다!/ 피와 살과 뼈가튼사람이외다/ 가트면 웨? 平等이아니라해요 白丁놈이란무엇임닛가?/ 쌍놈이란무엇임니까?/ 나도人格이잇서요!個性도잇구요/ 나는反抗합니다 내生命때문에//올소이다!白丁!/ 白丁이란내일홈이외다!/ 내肉體는 썰이엇지요/ 당신이부르든…………내일홈이구요/ 피는용소슴츠고요/ 마음쓰림은 내마음쓰림은……/ 아!나는反抗하여요/ 絶對平等을부르지즈며/ 階級이라는强盜를 破滅식히기로"(김창술, 「反抗」, 『카프시전집 1-2』).

21) 류만은 해강의 「순풍에 날리는 5월의 기폭」을 "대중적 투쟁현실에 토대하여 창작된 시"(『조선문학사 9』, 과학백과사전종합출판사, 1995, 44쪽)로 기술하고 있다. 이에 비해 김창술은 1927년 이후 프롤레타리아 시문학의 특성을 보여주는 "대표적인 시인의 한 사람"(류만, 앞의 책, 30쪽)으로 다루고 있으며, 그의 시세계를 중요하게 취급하고(앞의 책, 45쪽 이하) 있다.

22) 강능수는 『조선문학』(1956. 5)에 수록된 「굴하지 않는 사람들의 노래」와 「≪1920~1930 시인 선집≫에 대하여」(이선영 외 편, 『현대문학비평자료집 8』, 태학사, 1994)에서 해방 전 우리 프롤레타리아 시 문학 가운데서도 가장 빛나는 위치를 차지하는 시인들 가운데 하나로 김창술을 거론하고(앞의 책, 64·74쪽) 있다.

23) 남한 학계의 최근 연구에서도 신경향파 문학이 1920년대 중기(1923~1927)의 엄연한 문학사적 단위(박상준, 『한국 근대문학의 형성과 신경향파』, 소명출판, 2000,

---

결성된 시기에 시작활동을 했던 해강은 당시 문단의 새로운 경향에 부응하는 작품들을 발표하기도 했다. 하지만 그의 시의 주류를 형성한 것은 민족주의적인 성향의 것이었다. 해강은 자신의 시작활동 전체를 관류하는 '본류'가 있음을 『동방서곡』의 「후기」에서 밝히고 있다. 이 점도 그의 시의 성격을 논할 때 고려되어야 할 사항이다.

> 鶴은 날아야 하듯이 나는 詩를 써야만 했다.
> …(중략)…
> 그러나 詩를 잘 썼건 못 썼건 詩를 살아왔고, 또 詩를 살아가고 있다는 거기에, 보다 貴重한 意味가 있는 것 아닐까.
> 맨 처음 내가 詩를 쓰게된 것은, 나라를 빼앗긴 被壓迫 民族만이 가지게 되는 鬱憤한 情緒에서였고, 漠然하나마 未來를 憧憬하는 明日에의 祈願에서였던 것이다. 그러므로 나의 初期의 作品엔 불타는 心魂이랄까 거칠고 거센 呼吸으로써 새벽을 외치는 熱띤 詩가 많았고, 거기에 또한 軌를 달리한 내 詩의 特色이 있었다고도 볼 수 있을 것이다.
> 勿論 詩를 써가는 가운데 詩는 여러갈래 여러모습으로 變貌되어 갔던 것이지만, 그러나 汎濫하는洪水에도 그 中心 本流만은 끄떡이 없듯이, 언제나 작품의 밑바탕을 흐르고 있는 根本精神만은 儼然했었다.
> 언제나 꺼질줄을 모르는 太陽처럼 나의 心魂은 불타고 있었고, 나

432~433쪽)로 받아들여지고 있다. 그러나 북한 쪽에서는 신경향파 문학을 카프문학과 구별되는 "어떤 이질적인 존재가 아니라" 카프문학의 "맹아이며 그 초기형태"(이명수, 「조선 프로레타리아 문학의 첫 단계로서의 ≪신경향파≫ 문학」, 이선영 외 편, 『현대문학비평자료집 7』, 91쪽)로 파악하고 있다. 송영도의 「카프 창건의 전야」(이선영 외 편, 『현대문학비평자료집 8』, 223쪽)에서 남한학계에서 지칭하는 신경향파에 대해 "프로레타리아 문학이라든가 프로 문학의 모태라든가 표현하는 것이 옳지 않은가 생각한다"라고 기술하고 있다. 좀더 자세한 사항은 이선영 외 편(『현대문학비평자료집 1-8』, 태학사, 1993~1994)의 '신경향파 관련 글들'을 참고하기 바람.

의 心魂이 불타고 있듯이 나는 어엿이 살아가고 있는 것이며, 또 내
가 詩를 쓰고 있다는 것은 내가 살아가고 있다는 것을 證言해 주고
있는 것일 것이다.
　詩를 쓴다는 것은 곧 生活을 創造해 가는 것이라고 할까.[24]

　해강은 어떤 주의나 주장에 몰입되었다기보다는 시 창작을 통하여
자신의 생활을 영위했고, 나아가 살아가고 있음을 확인하는 스타일의
시인이었다. 중요한 것은 그의 시가 여러 갈래의 모습으로 변모해 갔
으나 그 중심 본류만은 언제나 작품의 밑바탕을 흐르고 있다는 점이다.
신경향파시기를 지난 카프의 맹활약기에도 이러한 본류가 지켜져 왔
던 것은 '생활을 창조하고, 살아가는 것을 증언해 주는 범위' 내에서
시단의 흐름을 수용했기 때문이다. 그가 카프의 맹원이 될 수 없었던
이유도 여기에 있었다. 해강은 "하늘을 우러러 울어도 울어도/ 목 놓아
울어도 시원치 못한"(「내 마음 둘곳 없어」) 현실상황을 알려주는 것을 최
대 임무로 생각했던 시인이었다. 그의 자전적 기록이나 기타 문헌에서
도 그를 프로시인으로 추정할 근거를 확인하기 어렵다.
　물론 해강은 자신의 예술관을 밝힌 「대중의 감정을 기조로」(「조선일
보」, 1934. 1. 19)에서 "대중(하층계급)의 감정과 사상과 의지를 기조로 생활
의 조직력을 강화코저 시대의식에 가장 적합한 의식적인 창작활동에
전력을 경주할 것"을 다짐한 적도 있다. 그럼에도 불구하고 그의 예술
관이 맑스적 이념에 충실한 것은 아니었고, 정치성이나 계급성, 혹은
무기로서의 시문학의 의의를 확인하려는 것은 더욱 아니었다. 그가 대
중에게 다가가는 문학의 필요성을 역설하고 있지만, 이 글은 해강 자
신의 창작관이나 예술관을 밝힌 것이라기보다는 당시 유행했던 '문학

---

24) 김해강, 「후기」, 『동방서곡』, 교육평론사, 1968.

대중화론의 영향'을 수용한 사례에 속한다. 「대중의 감정을 기조로」와 같은 글을 근거로 초기 시작활동의 성격이나 의의를 파악하는 것은 해강시 전체에 관류하는 '중심 본류'를 놓치기 쉽다.

부르주아 계열의 시인도 시대의 흐름에 편승하여 민중예술에 관한 책을 번역한 적이 있었다.25) 해강의 경우도 '중심 본류'에 벗어나지 않은 범위에서 시대의 변화와 문단의 조류에 민감하게 반응했다. 「창작일기」(『조선문학』, 1939. 7)라는 글을 통하여 그러한 사실을 유추할 수 있다. 이 글에서 "독자적인절대의세계가 베풀어져있다. 빛나는 예술의혼이 가장아름답게 가장엄숙하게 불타고있다.", "한개는 꿈의 세계(진실한 천하의시인이여! 노하지 말라)에서 내 심혼을 유혹하고" 등 그가 피력한 예술창작관은 5년 전의 그것과 다르다. 독자적인 절대세계, 빛나는 예술의 혼 등 그는 예술의 초계급성과 영원성을 받아들이는 입장에 서 있다. 이러한 예술관은 그의 '중심 본류'에 해당하는 것은 아니다.

그는 정통 카프파나, 반일 독립운동에 참여할 정도의 열렬한 저항주의자가 아니었다. 현실참여의 문제로 눈을 돌리게 만든 것도 "방향감각을 상실한 채 갈팡질팡하는 겨레에게 새벽을 알리는 전령이 되고" 싶었기 때문이었다. 더욱 간악해지는 "일제의 만행 앞에 미래를 동경하는 열띤 나날을 제시하려고"26) 했던 것도 민족정신을 일깨우려는 일념 때문이었다. 그 민족정신을 일깨우기 위해 그는 봄날 따뜻한 햇빛 아래 부러진 쇠토막칼을 가지고 오순도순 속살거리던 '넷들'이 '펵도변'(「넷들」)한 국토에 대한 찬바람 나고 쓸쓸한 모습을 노래했다. "피는 마르고창자는쏘들려"(「님이오기를」) 일어설 기운도 없는 헐벗은 몸, 그리

---

25) 김억 같은 인물도 로맹 롤랑의 『민중예술론』(『개벽』, 1922, 8~11쪽)을 번역하여 발표한 사례가 있다.
26) 김해강, 「나의 문학 60년」(앞의 책) 참조.

하여 필경 쫓겨날 신세가 된 민족의 현실을 바라보면서 그는 임이 오
기를 기다리는 마음을 읊기도 했다. 이러한 시들에 비해 보다 직접적
인 식민지 조선의 현실탐구에 해당하는 시는 「조선의 거리」와 같은 작
품이다.

煙氣에쓰실른굴둑속가티
갑갑症에걸려窒息하려는
心臟의鼓動이弱하여가는
오늘의조선—
조선의짜—
팔둑의脈을집허보라
거리의얼골은엇지그리蒼白하냐?

거친모래밧헤죽어썩어가는
빗업는물고기의
말러비트러진비눌처럼
조선의거리야
빗나든넷얼골엇다두고
오늘엔얼골의꼴이
어이도그리흉하게變하엿느냐?

빗나든넷얼골을그리우고
오늘의흉한네얼골볼째
나는못내더운눈물쑤리노라
네얼골에빗이오쑷인
어린生靈들의목숨까지
풀이죽음을볼째
나는너무나설어목메여우노라

그러나거리여!조선의거리여!

비록거칠고蒼白한얼골일지나
숨은지지아니하엿거니—
微弱하게나마염통에피는쒸고잇거니—
分明히네몸둥이가다시살어
光明한날빗이네얼골에빗날째
깃분우슴이넘침을볼지니
오—조선의거리야!피만식지마러라

—「조선의거리」 전문

해강은 조선거리의 모습에서 당시 식민지 현실의 내면풍경을 읽어내고 있다. 그러면서도 그는 희망을 잃지 않고 광명한 날의 빛을 찾으려는 노력과 그 방법을 제시하고 있다. 즉 뜨거운 피가 식지 않으면 언젠가는 광명의 날을 맞이할 수 있을 것이라는 신념을 피력하고 있다. 그러한 신념의 일환으로 해강은 퉁명스러운 일본 관원에게 핍박당하는 조선 아낙의 모습을 읊은 「愚婦의 설움」에서 발로 차이며 깨지는 고통을 당하면서도 말 못하는 어리석은 조선민중의 삶을 묘사하고 있다. 그 삶을 강자와 약자의 논리로 파악한 「屠獸場」 같은 시에 그의 진면목이 나타나 있다. 울면서 도수장에 끌려가는 '조선민중의 수난사를 칼날처럼 애끓는 심정'으로 표현해낸 이 시에서 압박 받는 자의 부르짖음과 울분을 통하여 해강은 도살장으로 변해버린 식민지 현실을 고발하고 있다.

아—無智한무리들이여!
힘업는弱者들이여!
죽엄이迫頭함을悲鳴하는가?
天民의마음으로服從하는가?
아—발로짓밟히고시달리는

그대들의『生』을보고나는운다

이쌍!이쌍은벌서
모진가시손이쎠더잇거니
버틔고슬힘조차업서진
아-애달픈生靈들이여!
그래도쓰거운염통에는
붉은피가쒸고잇나니—
염통에불을질러
가시손이쎠더잇는이쌍
이屠獸場을불살으라
태워버려라이屠獸場을!
오-그곳그째에야
시들든넉들은다시
活氣에날개를쩔처춤출것이며
비로소光明한새生路가
열려잇스리라
두활개를크게펼치고!

—「屠獸場」 일부

식민지 조선 민중의 모습을 도살당하는 소들에 비유한 이 시에서 해강은 식민지 현실에 대해 상당히 정확한 인식을 보여주었다. 끌려가는 소들은 사육당하는 조선 민중을 빗댄 것이다. 그것은 일본제국주의자들의 희생양이 될 수밖에 없는 당시 조선 민중의 실제 생활을 형상화한 것이기도 하다. '무지한 무리, 약자' 등 조선 민중을 암시하는 단어들에 나타난 것처럼, "모진가시손이쎠더" 있는 이 땅의 현실을 그는 누구보다도 정확하게 꿰뚫고 있었다. 일제의 잔악한 탄압의 손길을 모진 가시 손으로 비유함으로써 이 작품은 당시 일제의 수탈을 사실적으로

생생하게 포착해내고 있다. 이러한 비유를 「蜘蛛網」에서도 찾아볼 수
있다.

> 어두어가는夕陽에
> 거미는쉬지안코
> 여긔저긔줄을느려놋는다
>
> 오―제의生命을延長하랴는
> 齷齪한너의計策이여!
> 弱한벌레의生命을쌔아서
> 너의生命을이으려는惡魔여!
> 毒蟲이여!
> 언제까지너는
> 그殘忍性을所有하려느냐?
>
> 오―强壓에눌리고
> 暴惡에몰리는弱者들이여!
> 배가주리고피가마른
> 비틀거리는너의다리로
> 오―그갈곳이어데이냐?
>
> 여긔저긔벌려잇는
> 强者의蜘蛛網?!
> 나는목메여운다
> 거긔걸려죽은怨魂이여!
> 方今걸려呻吟하는者여!
> 쓰버서나려고헐덕어리는者여!
> 오―너희들은다―가티
> 불상한弱者들의身勢로고나!
>
> 듯거라!나는부르짓는다
> 남의生命을잇는모이(餌)를免하랴거든

맘과맘을한아로합치거라
단단히붓잡어맬기둥(柱)을세우라

—「蜘蛛網」 일부

　제 생명을 연장하기 위해 약한 벌레들의 생명을 악착스런 계획으로 빼앗는 거미의 잔인성을 통하여 시인은 강자의 '거미줄-지주망'에 걸려 목숨을 잃는 조선민중의 모습을 비유적으로 표현하고 있다. 강압에 눌리고 폭압에 몰리는 약자의 신세가 바로 식민지 조선 민중의 삶이었다. 주목되는 것은 이 시에서 해강이 그러한 현실상황을 벗어나기 위한 방법을 제시하고 있다는 점이다. 그것은 마음과 마음을 하나로 합치고 단단히 붙잡아 맬 기둥을 세워야 한다는 것이다. 그러나 그것은 직접적인 저항이나 투쟁과는 구별되는 방법이다. 그 방법은 현실보다는 후일을 기약하는 점진적이고 개량적인 민족주의, 혹은 민족의 힘을 길러 미래를 대비하자는 실력양성론적인 온건한 민족주의 노선에 해당한다. 그 노선은 육당이나 춘원이 주장했던 민족주의 노선과 대동소이한 것이었다. 그것은 "적극적 독립운동노선에서 한걸음 물러선 일부 우파(右派) 민족주의자들이 나아"간 길이었다. 그 길은 "타협주의와 더 나아가 친일적 노선"27)이 될 수밖에 없었다. 그 노선은 김해강의 초기 시작활동에 영향을 준 김동환이나28) 그의 고모부 최린이 걸었던 길과 유사한 것이다.29) 따라서 해강이 제시한 "단단히붓잡어맬" 기둥이 무

---

27) 강만길,『고쳐쓴 한국현대사』, 창작과비평사, 1995, 31쪽.
28) 김동환은 "방향전환과 재조직 과정을 부인했다는 이유로"(임규찬 · 한기형 편, 앞의 책, 100쪽) 카프로부터 제명되었다. 그는 1930년 말부터 적극적인 친일활동을 한 인물(오성호,『김동환』, 건국대학교출판부, 2001, 177쪽 이하)이다.
29) 조선총독부에서는 "민중에게 영향력 있는 저명한 민족주의자 몇 명을 포섭해서 그들에게 <民族改良主義>를 선전 · 유포시키기로 방침을 세웠다. 이렇게 해서 등장한 것이 李光洙 · 崔南善 · 崔麟이었다."(강동진,『일제의 한국침략정책사』, 한길사, 1980, 393쪽) 김해강과 밀접한 인간관계를 맺고 있었던 최린에 관한 행적은 강

엇이고, 어떻게 그것을 세울 수 있는가에 대한 방법이 구체적이지 못하다는 점에서 그것은 '적극적 독립운동 노선'에서 한 걸음 물러선 것이고, '우파 민족주의 노선'과 유사한 측면을 보여준다. 그의 현실진단은 정확했으나, 그것을 극복하기 위한 처방이 모호한 경우가 많은 것도 이러한 점과 관련이 있다. 그의 시작활동은 계급해방의 문제는 말할 것도 없고 일제에 대한 투쟁이나 저항과도 일정한 거리를 유지한 셈이다. 당대의 현실을 그린 「斷末魔」라는 시가 여기에 해당된다.

> 곰의돗바눌가튼혀바닥!
> 이리의송긋가튼날카로운잇발!
> 無智한者의피를쌜고弱한者의살을찌저먹든
> 凶獰하게생긴저惡毒한입술!
> 오―보느냐?
> 저斷末魔를?!
> 혀를쌔무러느러트리고
> 흰잇발을들어내노흔채
> 컥컥―넘어가는마지막숨을내쏨으며
> 각가지로부댁기며괴로워하는
> 저橫暴한者의斷末魔의꼴?!
> 오―弱한무리들이여!
> 다―가티팔을크게벌려
> 놉흔소리로凱旋歌를부르자

― 「斷末魔」 일부

　"곰의돗바늘가튼혀바닥", "이리의송긋가튼날카로운잇발", "無智한者의피를쌜고弱한者의살을찌저먹든/ 凶獰하게생긴저惡毒한입술" 등 단말

　동진(앞의 책, 425~428쪽)을 참고하기 바람.

마의 모습이 발악하는 일제를 상징한 것이라면 이 시 역시 당대의 현실을 적절하게 반영한 것으로 파악할 수 있다. 그러나 "저橫暴한者"가 "혀를쌔무러느러트리고" "흰잇발을들어내노흔채" "컥컥-넘어가는마지막숨을내쏨으며" "각가지로부댁기며괴로워하는" "斷末魔의꼴"이 되었는가에 대한 경과과정이 제시되어 있지 않다. 인용 시 마지막 구절에서 높은 소리로 개선가를 부르자는 것이 무엇을 뜻하는지도 애매하다. 단말마의 꼴이 일제의 멸망을 의미하는 것이고, 개선가를 부르는 것이 약한 자의 해방을 뜻하는 것이라면 시기상으로 앞선 느낌이 있다. 그의 현실진단은 이상주의자나 낭만주의자의 그것처럼 당대 현실과 괴리를 보인다. 해강시에서 현실대응의 방식이 추상적인 상황설정이나 모호한 구호로 끝나는 경우가 종종 있는 것도 이러한 점과 관련이 있다. 「봄비」에서도 식민지 현실을 개선하기 위한 그의 처방이 낭만적이거나 또는 실현가능한 대안과는 거리가 있는 이상주의적 경향으로 흐르고 있다.

期必코멀지안흔이압날에
이나라들과동산에는
푸른빗새로히빗날것이며
아름다운꼿들이滿發한우에
새노래하고나뷔춤출쌔
金빗燦爛한햇님은
둥실둥실가득한웃음을보낼지니—
大生命의힘을주어
우리의『生』을새롭게빗내여줄
이봄비를
내엇지아니노래하랴!

— 「봄비」 일부

　이 시는 봄비가 내리는 모습을 보고 새 생명으로 가득 찬 조국의 미래를 노래하고 있다. 그러나 시인이 ‘우리의 생을 새롭게 빛내줄’ 봄비를 노래해야 하는 이유를 분명히 밝히지 않고 있다. 조국은 아직도 차가운 동면(冬眠)의 시기임에도 불구하고 서둘러 봄날을 노래하고 있는 것이 아닌가 의아스럽다. 대부분의 작품에서 그의 현실진단이나 그것에 접근하는 방식은 물론이고 일제에 대한 저항이라는 측면에서 문제가 있다. 「밤길을 걷는 마음」에서 시인은 밤길을 헤매는 발자취가 많음을 이야기하면서 이 길을 빛나는 곳까지 열어놓겠다는 결의를 밝히고 있다. 그렇지 못하면 차라리 영혼을 태워 이 밤길을 밝히겠다는 다짐으로 끝맺고 있는데, 그것은 비투쟁적이고 무저항적인 선언에 불과하다. 「새벽은왔도다」에서도 오래 잠자던 이 땅에 새벽이 온 것을 알리지만 그것이 구체적으로 무엇을 뜻하는지 모호하다.

　프로시는 막연한 현실에 대한 관심이 아니라, 역사발전의 합법칙성과 프롤레타리아계급의 혁명성을 고양하는 내용을 담고 있어야 한다. 이러한 점에서 본다면 해강의 초기시는 문제의 해결보다는 문제의 제기에 있다고 할 수 있다. 그는 현실을 정확하게 파악했지만, 그러한 현실을 개선하기 위한 구체적인 대안을 마련하지 못하고 이상적, 혹은 감상적 민족주의의 차원에 머물러 있었다. “이 廢墟에도 봄은 또다시 차저왓건만/ 불어가는바람에/ 뜻을 실어보낼것인가/ 오 – 두근거리는 나의 가슴이여!/ 솟는 눈물이여!”(「봄을맞는廢墟에서」)에서 두근거리는 가슴과 솟는 눈물이라는 어구가 함축하고 있듯이, 해강은 조국의 운명과 민족의 처지에 대한 감상적 접근을 보여줄 뿐이다. 계급의식이나 저항의식보다는 민족의식이 두드러지게 나타난 해강의 초기시는 어둠을 물리칠 새벽에 대한 막연한 희망을 꿈꾸는 낭만주의나 이상주의에 경도되어 있다.

4. 초기시의 시문학사적 의의

신경향파에 대한 평가는 남한과 북한이 서로 다르다. 그 핵심은 신경향파문학을 카프문학의 초기현상으로 볼 것인가, 아니면 그것에 독자적인 의의를 부여할 것인가의 문제이다. 이러한 문제와 관련하여 해강의 초기 시작활동은 시사하는 바가 크다. 그것은 첫째 그의 초기 시작활동이 식민체제가 정착되어 가던 신경향파 시기의 시적 경향을 대변하는 하나의 흐름을 형성하고 있는데, 그것은 우파 민족주의 경향을 보여준다는 점이다. 해강은 신경향파 대두 이후 새로운 흐름을 형성했던 리얼리즘을 기본 바탕으로 삼았던 사실주의 경향의 시인이었다. 그럼에도 불구하고 그는 신경향파 내에서 사회주의 계열의 좌파 시인, 예를 들면 김창술과 같은 시인과는 구별된다. 이러한 점에서 본다면 신경향파 내에서 사회주의 계열의 좌파문학과 민족주의 계열의 우파문학이 혼재해 있었다는 사실이 확인된다. 후자의 계열에 서서 작품활동을 했던 시인이 해강이었다.

민족주의 계열과 사회주의 계열의 신경향파 시인들은 카프 결성을 계기로 각각의 입장에 따라 이합집산을 했던 것으로 보인다. 1925년 카프 집단에 가입하여 프롤레타리아 문학의 길로 들어선 경우와 신경향적 시세계를 지속시키면서 민족의 현실문제에 접근해간 시인군으로 나뉜 것이 그것이다. 프로문학 조직에 가입하지 않은 후자의 그룹은 카프의 맹활약기에도 초기의 경향을 유지했다. 그들의 문학 활동은 1925년을 기점으로 전기와 후기로 나누어졌다. 박팔양과 유완희 등 새로운 시인이 등장하여 전문작가로서 활동하게 된 것이 전기의 신경향파 문학에 해당된다. 김해강과 박아지 등이 카프파와 구분되는 후기 신경향파 시인들이다.[30] 이들은 억압받고 있는 식민지 조선 민중의 생활을 사실적으로 접근했다는 점에서 민족문학 진영의 리얼리즘 계열에 속한다고 볼 수 있다.

"일본제국주의의 식민지인 조선의 해방운동에서 하나의 분수령적인 의미"를 갖는 3·1운동을 기점으로 조선의 민족운동이 활발한 움직임을 보였으며, 그에 따라 '민족주의, 자유주의, 진보주의적 집단'이 속출했다.[31] 해강은 신경향파 시문학 계열에서 민족주의 경향을 보여주었다. 카프 결성 이후부터 왕성한 시작활동을 펼친 그는 신경향파 중에서 우파 민족주의 성향의 문학 활동을 했던 시인이다. 민족주의 성향이 강했던 해강의 초기시가 지닌 시문학사적 의의가 바로 이러한 점에 있다. 친일적 성향의 작품을 발표하는 왜곡된 방향으로 흐르기는 했지만, 그의 초기 시작활동이 갖는 의의는 무시할 수 없는 것이다. 몽롱한 감상으로부터 깨어나 구체적인 식민지 현실을 돌아보는 하나의 계기를 마련한 신경향파의 후기(1925~1927)에 해강은 고통 받는 식민지 조선 민중들의 생활현장에 대한 구체적인 접근을 시도했다. 동시에 그는 식민지 현실을 어둠으로 파악하고 광명을 찾기 위해 몸부림치면서 조선 민중의 해방에 대한 기대감을 고양시켰다. 이러한 점에서 본다면 해강은 프로파나 저항파의 범주에 속하지 않으면서 우파 민족주의 경향을 대변했고, 그것을 시문학에서 실천했던 시인이었다.

5. 결어

해강은 시작활동의 초기에 조국이 직면한 숨 가쁜 상황을 노래한 파

---

30) 김윤성, 「1920-30년대 경향시의 흐름」, 『카프 시전집 1』, 시대평론, 1988, 15쪽.
31) 조선의 해방운동과 관련한 3·1운동의 분수령적 의미에 관하여는 강만길(앞의 책)과 임규찬(『일본프로문학과 한국문학』, 연구사, 1987)을 참고했다.

인 김동환의 시정신에 심취했었다. 낭만적 애수가 깃든 민족정서와 함께 식민지 조선의 풍속묘사를 통하여 민족에 대한 깊은 관심을 보여준 김동환 시의 주조적 경향은 민족주의적인 것이었다. 「5월의 향기」에 감명을 받아 파인의 시형(詩型)과 망국의 한을 노래한 김동환의 작품경향에 매료당했다. 불기둥처럼 솟는 분노를 억누르면서 시를 생활화하고 시에 귀의하게 된 것도 김동환의 영향 때문이었다. 민족주의에 대한 막연한 동경의식을 표출한 작품들이 보여주듯이, 해강은 나라를 빼앗긴 피압박 민족이 갖게 되는 울분한 정서와 미래를 동경하는 명일에의 기원에서 새벽을 외치는 열정적인 시를 썼다. 그러나 시작활동의 출발선상에서 크게 영향을 준 김동환은 카프파로부터 제명되었고 친일로 돌아섰다. 김동환은 물론이고 최린과의 관계에서 볼 때에도 해강이 카프의 맹원이 되거나 적극적인 반일과 저항의 선두에 서 있었다고 보기 어렵다.

「나의 문학 60년」에서 술회한 바에 의하면 해강은 최린을 정신적 지주 비슷하게 생각했던 듯하다. 최린 때문에 3·1운동의 시위에 참여했고, 일제에 의해 쫓기는 신세가 되기도 했다. 그만큼 해강은 고모부 최린을 민족주의자의 한 전형으로 삼았다. 그러나 익히 알려진 대로 최린은 반공인사이자 친일분자였고, 일제 말기에는 최일선에서 제국주의 일본에 협조했던 인물이다. 최린이나 김동환의 변절이 해강으로 하여금 당시의 시대현실관을 형성하고 시작활동을 해 나가는 데 영향을 주었을 것이다. 시대현실의 변화와 자기 주변 인사의 변절 속에서 해강이 지녔던 민족의 해방에 대한 막연한 동경의식은 굴절될 수밖에 없었다. 이것이 친일 성향의 작품을 발표하는 계기로 작용했을 것이다.

해강은 투철한 마르크시스트도 아니었고, 조국의 독립을 위해 투쟁하는 행동주의자도 아니었다. 민족의 미래에 대한 동경의 마음이 사라졌을 때 그의 의식 속에는 대동아 공영권에 대한 환상이 자리 잡게 되고 그것이 친일 작품을 쓴 동기였을 것이다. 현실과 환상의 사이에서 판단불능의 상태에 놓인 이상적 민족주의자의 진로는 결국 이광수나 최남선, 혹은 임화나 박영희, 김기진 등이 걸었던 길과 다르지 않았다. 이것이 그의 민족주의가 보여준 역설과 아이러니이고, 그 결과는 1942년 3월 5일부터 28일에 걸쳐 「매일신보」에 발표한 친일시 「印度民衆에게－英將 合作策謀의報를接하고」와 「돌아오지안는아홉 將士－特別攻擊隊의偉勳을追慕하며」를 비롯하여 「濠洲여」로 나타났다.

황톳길과 생명사상

— 김지하

1

김지하의 초기시는 민중들의 피맺힌 삶의 현장에 초점이 맞춰져 있었다. 민중의 생활 자체가 비극이었다는 인식이 짙게 배어 있는 첫 시집 『황토』(1970)에서 그 현장을 상징하는 것이 '황톳길'이다. 그의 대표시 표제어로 동원된 그 길은 "수난과 오욕으로 점철된 우리 근대사의 험난하고 척박한 행로"[1]로 해석되기도 한다. 같은 황톳길이지만 한하운의 「전라도길」과 그것은 다른 의미로 다가온다. 소외된 자의 아픔을 상징하는 그 길과 한민족 오천년 역사의 한이 서린 김지하의 황톳길은 지향하는 방향과 비중에서 차이가 있다.

"번뜩이는 총검 아래 비웃음 아래/ 너희, 나를 육시토록/ 끝끝내 살아"(「녹두꽃」)와 "참혹한 옛 싸움에 몸바친 아버지/ 빛 바랜 사진 앞에

---

1) 홍용희, 『김지하 문학연구』, 시와시학사, 60쪽.

숨죽여 울다/ 박차고 일어섰다"(「비녀산」)를 비롯하여 「황불」과 「남쪽」 등의 시가 보여주듯이, 김지하의 황톳길은 단순히 척박하고 험난한 근대사의 행로만을 의미하지는 않는다. 그것은 한스런 민중의 울분이 폭발하면서 저항적인 힘으로 응축되는 혁명의 길을 함축한다. "바람은 일어/ 돌개바람 햇빛을 가려/ 칼랄 선 황토에 눈멀었네/ 뜨거운 남쪽은/ 반란의 나라"(「남쪽」)에 반영된 것처럼, 초기부터 김지하의 시작품은 정치적 담론과 분리되지 않은 채 상호의존적인 형태로 공존해 왔다.

민중의 밑바닥 삶의 비애에 초점이 맞춰진 그의 문학은 고통스런 그들의 목소리를 대변하는 진정한 의미의 참여문학에 속한다. 민중적 세계관이 서정성과 결합되어 독특한 표현효과를 획득한『황토』와『타는 목마름으로』의 상당수 작품이 이러한 점을 증명한다. 한 많은 민중의 생활정서에 밀착된 표현이 외세와 지배층에 저항했던 역사를 포용하고 있으며, 분노의 감정을 삭이거나 숨기지 않음으로써 그가 의도한 문학적 성과를 확실하게 보장한다.

2

김지하의 시작품은 감정과 정서를 아름다운 언어로 미화시키는 순수문학의 범주에 속할 수 없다. 민중해방을 부르짖는 삶 자체가 그의 문학을 생성하는 동력이었기 때문이다. 그의 문학은 철저할 정도로 사실적인 언어를 추구했다. "강물도 담벼락도/ 돌무더기도 불이 붙는/ 이 척박한 땅에 귀는 짤리고"(「남쪽」)나 "흰 고개 검은 고개 목마른 고개 넘어/ 팍팍한 서울길/ 몸 팔러 간다"(「서울길」) 등이 그러한 예이다. 현실을 직접 말하지 못하는 모든 공허한 표현을 넘어선 직선적인 어투는 부정

적인 현실을 비판적으로 성찰하는 데 적격이었다. 이 점이 대표작 「황
톳길」을 비롯하여 김지하 문학이 거둔 수확이었다.

> 황톳길에 선연한
> 핏자욱 핏자욱 따라
> 나는 간다 애비야
> 네가 죽었고
> 지금은 검고 해만 타는 곳
> 두 손엔 철삿줄
> 뜨거운 해가
> 땀과 눈물과 메밀밭을 태우는
> 총부리 칼날 아래 더위 속으로
> 나는 간다 애비야
> 네가 죽은 곳
> 부줏머리 갯가에 숭어가 뛸 때
> 가마니 속에서 네가 죽은 곳
>
> 밤마다 오포산에 불이 오를 때
> 울타리 탱자도 서슬 푸른 속니파리
> 뻗시디 뻗신 성장처럼 억세인
> 황토에 대낮 빛나던 그날
> 그날의 만세라도 부르랴
> 노래라도 부르랴
>
> 대샆에 대가 성긴 동그만 화당골
> 우물마다 십 년마다 피가 솟아도
> 아아 척박한 식민지에 태어나
> 총칼 아래 쓰러져간 나의 애비야
> 어이 죽순에 괴는 물방울
> 수정처럼 맑은 오월을 모르리 모르리마는

— 「황톳길」 일부[2]

그의 시적 경력과 삶에서 가장 분명한 것은 "현실부정의 철저성과 그것의 실존적 결과로 겪게 된 수난"이다.[3] "숨죽여 흐느끼며/ 네 이름을 남몰래 쓴다./ 타는 목마름으로/ 타는 목마름으로/ 민주주의여 만세."(「타는 목마름으로」)에 나타난 것처럼 그의 삶의 유일한 목표는, 독재정권을 몰아내고 이 땅에 민주사회를 건설하는 일이었다. 그것은 어둠 속에 감춰진 진실을 빛의 세계에 드러내는 고통스런 작업과 결합되어 있다. 특정 시기의 역사적 현실을 노래한 「밤나라」에 그 점이 반영되어 있다. 암흑과도 같은 당대의 상황을 개선하기 위해서 시인은 목숨을 걸고 '타는 목마름'으로 외쳐야 한다. 그 목마름은 민주주의에 대한 정신적 갈증을 의미한다. "미친 듯 홀로 외치다 죽을 운명"이란 구절에 그러한 심정이 함축되어 있다. 그것은 민주제단에 목숨을 바치겠다는 불퇴전의 항전의지를 뜻하기도 한다. 「밤나라」는 민주주의 실현의 희망과 그것이 침묵 속에서 외면당하고 있는 당시의 현실상황을 뛰어난 서정으로 형상화한 작품이다.

> 밤은 소리들의 나라
> 보드라운 날카로운 엷고 때론 아득히
> 공고한 것이여 높고 낮은
> 울렁임 가득히 영글어가는 귀한 것이여
> 밤은 불멸의
> 아 저 숱한 소리들의 나라
>
> 온갖 것 다 살아 춤추어서 애틋하여라
> 그지없어라 가없어라

---

2) 이하의 인용시는 『김지하 시전집 1-3』(솔, 1993)에 수록된 작품이다.
3) 김우창, 「시대의 중심에서 – 김지하의 정치와 시」(김지하, 『중심의 괴로움』, 솔, 1994, 121쪽).

이슬에 깨어
깨어 어디에도 이를 곳 없이 떠나
쇠북에 떠나 다시는
흰 이마 위 저 고운 샘물 소리론 죽음 후에도
넋이라도 못 올 나라
아아 밤나라
분홍빛 작은 아기의 발
샘물 위에 춤추던 사분거리던 네 가벼운
소리에마저 입맞춤도 이제는 찌는 낮
고요 때문이어라
목마름 때문이어라
미친 듯 홀로 외치다 죽을 운명 때문이어라.

— 「밤나라」

"삶은 수치였다 모멸이었다"(「결별」)라고 스스로 부정하는 그 순간에
도 김지하는 어둠의 질곡으로부터 벗어날 수 있는 가능성의 세계를 포
기하지 않았다. 그 세계가 그의 투쟁을 지속시킨 힘의 원천이 되었고,
광명의 세계에 대한 기대를 강화시켰다. "여기서부터/ 저기까지는 아무
도 없다"(「아무도 없다」)나 "기다림밖엔/ 그 무엇도 남김 없는 세월이여"
(「끝」) 등 그 무엇에도 기대를 걸기 어려운 최악의 상황일지라도 그는
좌절하지 않았다. 시인은 암흑의 상황을 벗어나기 위해 기다림의 철학
을 민중들에게 주입했다. 아무리 어두운 상황에서도 빛을 찾는 행동을
멈춰서는 안 된다는 '민주와 자유를 위한 염원'을 전달하기 위해 그는
시작품에서 부정적인 사회현실을 상징적으로 그려내는 표현관행을 일
소시켜 버렸다. 「1974년 1월」은 현실의 배후에 숨겨져 있는 정치적 모
순, 즉 불의와 억압을 있는 그대로 표현하는 것이 김지하 문학의 특징
임을 보여준다.

1974년 1월을 죽음이라고 부르자
오후의 거리, 방송을 듣고 사라지던
네 눈 속의 빛을 죽음이라고 부르자
좁고 추운 네 가슴에 얼어붙은 피가 터져
따스하게 이제 막 흐르기 시작하던
그 시간
다시 쳐온 눈보라를 죽음이라고 부르자
모두들 끌려가고 서투른 너 홀로 뒤에 남긴 채
먼 바다로 나만이 몸을 숨긴 날
낯선 술집 벽 흐린 거울 조각 속에서
어두운 시대의 예리한 비수를
등에 꽂은 초라한 한 사내의
겁먹은 얼굴
그 지친 주름살을 죽음이라 부르자
그토록 어렵게
사랑을 시작했던 날
찬바람 속에 너의 손을 처음으로 잡았던 날
두려움을 넘어
너의 얼굴을 처음으로 처음으로
바라보던 날 그날
그날 너와의 헤어짐을 죽음이라 부르자
바람 찬 저 거리에도
언젠가는 돌아올 봄날의 하늬 꽃샘을 뚫고
나올 꽃들의 잎새들의
언젠가는 터져 나올 그 함성을
못 믿는 이 마음을 죽음이라 부르자
아니면 믿어 의심치 않기에
두려워하는 두려워하는
저 모든 눈빛들을 죽음이라 부르자
아아 1974년 1월의 죽음을 두고
우리 그것을 배신이라 부르자

온몸을 흔들어
온몸을 흔들어
거절하자
네 손과
내 손에 남은 마지막
따뜻한 땀방울의 기억이
식을 때까지.

— 「1974년 1월」

민주운동을 뿌리째 뽑기 위해 1974년 초 박정희 정권은 '대통령 긴급조치 1호와 2호'를 발령했다. 이 시는 사회질서 유지라는 명목으로 민중을 침묵시킨 군사정권에 대해 정의로운 투쟁을 선언한 작품이다. 투쟁은 그를 가시밭길로 인도했고, 때로는 생명을 위협받는 십자가의 고행을 요구했다. 민중들의 고통을 자신의 것으로 껴안으며 두려움 모르는 용기와 결단의 행동으로 김지하는 군사정권과 외로운 항전을 계속했다. 그 항전으로 시인은 군사정권에 의해 1974년 여름 사형을 선고받게 된다. 사르트르, 노암 촘스키, 빌리 브란트, 엔또 슈사꾸, 오에 겐자부로 등 세계적인 명사들이 '제3세계 지식인의 우상으로 떠오른 김지하'의 즉각적인 석방을 요청했다. 군사정권에 의해 저당 잡힌 그의 목숨이 이들의 탄원으로 구원되었다. 그의 문학은 암울한 시대의 진실을 밝히는 증언이나 기록으로서 재평가되는 계기를 맞이하게 된다. 이것은 그의 시문학에 대한 가치평가가 심미적 경험의 측면에서 결정되는 것이 아니라는 것을 의미한다. 정치적 사건이 그것의 의미를 결정해 버렸다는 것을 뜻한다.

지성적인 언어가 아니라 민중적인 언어, 서정적 리리시즘이 아니라 저항적 리얼리즘이 김지하 시문학을 다른 시인의 시작품과 구별시켜

주는 특징이다. 그 특징과 관련하여 김지하의 말을 빌리면 "현실의 폭력이 시인의 비애로, 시인의 비애가 다시 예술적 언어의 폭력으로 전환"되고, 이러한 지향의 정점에서 풍자시가 탄생한다. 저항정신이 과격한 풍자문학 양식을 탄생시키고, 그 양식이 억압받는 민중을 역사변화의 과정에 능동적으로 참여하게 만든다는 것이다. 이러한 점에서 주목되는 풍자시 양식이 담시이다. 그것은 민중의 현실비판 의식을 일깨우면서 바람직하지 못한 현실을 개조하려는 의지를 북돋우는 성격을 지니고 있다.

> 아가리가 딱 벌어져 닫을 염도 않고 포도대장 침을 질질질질질질
> 흘려싸면서 가로되
> 놀랠 놀짜로다
> 저게모두 도둑질로 모아들인 재산인가
> 이럴 줄을 알았더면 나도 일찍암치 도둑이나 되었을 걸
> 원수로다 원수로다 良心이란 두 글자가 철천지 원수로다
> ─「五賊」[4]

　　담시라는 형식실험은 봉건사회 시기의 풍자문학에 대한 향수가 아니다. 그것은 민중문학의 전통을 새롭게 해석하고 발전시킴으로써 민중의 삶을 문학형식으로 수용하기 위함이다. 부정과 부패를 일삼는 권력과의 투쟁을 위한 대안으로서의 풍자와 고발정신을 표현하기에 적합한 것이 담시이다. 그것은 저항의지를 담아내기 위한 형식적 요구에 부응하는 서정장르의 또 다른 변이형이다. 감추지 않고 쏟아내는 강렬한 담시의 언어들이 서정시의 규범과 아주 다른 기능을 발휘했다. 전통 판소리투의 문장은 민중언어의 참된 가치를 발견하고 반민중 계층

---

4)『전집 3』, 42쪽.

의 언어에 대항하는 풍자적인 문체와 어울리는 것이었다. 담시야말로
민중의 현실에 깊이 있게 다가간 시형식이며, 침묵의 문화 속에 얽매
어 있던 민중의 의식을 뒤흔들어 놓기에 합당한 저항문학의 새로운 양
식이었다.

> 앵군이란 놈 대오각성(大悟覺醒)
> 그 길로 내쳐 맹세코 밤낮으로 앵도(櫻道)를 연마컷다
> 한 손으로 밥술 뜰 때 딴 손으로 소변보기
> 오른 눈이 하늘 볼 때 왼쪽 눈은 땅을 보기
> 한 입으로 두 말 하고 두 귀 따로 각각 듣고
> 오른발이 첩집 갈 때 왼발은 마누라집
> 욕하며 칭찬하고, 절하며 침을 뱉고
> 화내며 웃고, 떨어지며 붙고, 엎드리며 눕고, 굽히며 서고
> 쳐다보며 내려다보고, 윗놈 붙어 아랫놈 치고, 아랫놈 긁어 위에 상납
> ―「櫻賊歌」[5]

　판소리를 현대시의 심각한 풍자 양식으로 발굴한 노력 속에는 민중
들의 독특한 현실체험을 생동감 있게 표현하려는 시인의 의지가 작용
했다. 그러한 의지가 반영된 담시에서 김지하는 세련된 묘사가 아니라
직설적이고 거친 구어체 문장을 통해 당대의 첨예한 정치문제를 부각
시키려는 목표를 성취했다. 그것은 민중을 고통의 질곡 속으로 몰아넣
는 억압적인 정치권력을 증오하고 공격하는 날카로운 무기가 되었다.
권력을 가진 자들을 신랄하게 풍자한 「오적」과 「앵적가」에 김지하 문학
의 정치적 함의가 잘 나타나 있다. 그것은 부패와 부정과 독재가 종식되
기를 열망하는 모든 사람들에게 투쟁의지를 북돋우는 역할을 했다.

---

5) 『전집 3』, 130~131쪽.

거침없고 적나라한 표현이 압도적인 담시의 양식에서 민중은 현실 저항의 용기와 힘을 얻었고 그들 자신의 정치적 역할의 중요성을 암시받았다. 이러한 점에서 김지하의 담시는 민중에게 '바람직하지 못한 현실을 개조하려는 반체제' 문학의 의미를 되새기게 만들었다. 김지하가 민중의 고통을 느낄 줄 아는 시인의 한 전형에 해당하는 이유가 여기에 있다. 민중이 민족적 힘의 근원이라는 올바른 관점을 제공한 그의 풍자문학은 정치적 영향력이 전무한 시인도 민중의 고난에 동참하는 '민주의 대장정'의 역군이 될 수 있다는 믿음을 심어주었다. 숭고한 정신으로 반민주, 반민중, 반민족 독재정권을 상대로 한 싸움에서 민족과 민중의 이익에 자신을 내던진 김지하 문학의 가치가 빛나는 점이 여기에 있다.

3

민중의 비애와 수난의 역사, 그리고 외세와 부정한 정치권력에 대한 저항이라는 주제를 설정함으로써 김지하 문학은 민중의 투쟁의지를 고취했고 그들과 정치적 연대감을 형성했다. 그러한 것들이 "생명사상과 살림운동으로 대체"됨으로써 그의 문학은 상당한 변화의 과정을 겪는다. 그러나 1980년 이후 동학사상을 서정의 양식으로 부활시키려는 노력이 어느 정도 성공한 『이 가문 날에 비구름』은 물론이고 "생명사상이 선보이기 시작한" 대설 『남』과 『애린』, 그리고 "생명사상의 움직임을 보여주는 한 과정"인6) 『검은 산 하얀 방』 등은 그 이전만큼 호소력 있게 다가오지 않는다. 그것은 시인의 삶의 문제와 관련되어 있다.

---

6) 『전집 2』, 32~33쪽.

신군부 전두환 독재정권과의 정치투쟁 시기에 김지하는 '불의와 폭력이 난무하던 역사의 현장'에서 비켜서 있었다. 이것은 반외세와 반독재 운동에 앞장섰던 70년대의 정치적 고난의 삶과 대비된다. 고통 받던 민중들의 삶과 일치될 것을 다짐했던 「어둠 속에서」라는 작품을 살펴보기로 하자.

> 어둠 속에서
> 누가 나를 부른다
> 건너편 옥사 철창 너머에 녹슬은
> 시뻘건 어둠
> 어둠 속에 웅크린 부릅뜬 두 눈
> 아 저 침묵이 부른다
> 가래 끓는 숨소리가 나를 부른다
>
> 잿빛 하늘 나직히 비 뿌리는 날
> 지붕 위 비둘기 울음에 몇 번이고 끊기며
> 몇 번이고 몇 번이고
> 열쇠 소리 나팔 소리 발자국 소리 끊기며
> 끝없이 나를 부른다
> 창에 걸린 피 묻은 낡은 속옷이
> 숱한 밤 지하실의 몸부림치던 붉은 넋
> 찢겨진 육신의 모든 외침이
> 고개를 저어
> 아아 고개를 저어
> 저 잔잔한 침묵이 나를 부른다
> 내 피를 부른다
> 거절하라고
> 그 어떤 거짓도 거절하라고

> 어둠 속에서
> 잿빛 하늘 나직히 비 뿌리는 날
> 저 시뻘건 육신의 어둠 속에서
> 부릅뜬 저 두 눈이.
>
> — 「어둠 속에서」

어둠 속에서 부르짖는 "찢겨진 육신의 모든 외침"은 1930년 전후의 카프시가 보여주었던 공허한 구호와 다르다. 그것은 민중의 현실을 피상적으로 관찰한 지식인의 넋두리가 아니다. 그 외침은 힘없고 소외된 민중을 핍박하는 군사독재 정권과의 싸움을 알리는 진군의 나팔 소리였다. 그것은 지식인의 정신적 기만과 나태를 꾸짖는 분노의 함성이며 외로운 투쟁의 순간을 견뎌내려는 항전의 의지였다. 그 시기에 김지하는 시대의 중심에 위치해 있으면서 그 이름이 감당해야 할 역할을 포기하지 않았다. 그러나 80년 이후 그가 걷고 있는 길은 과거의 그것과 다르다.

> 이리 괴로운 건 옛일 때문이다
> 옛일에의 집착 때문
>
> 한번 놓자
> 놓아버리니
> 먼 곳에서 희미한 고물장수 가윗소리.
>
> — 「속·1」

이 작품은 옛일에 집착하는 괴로운 마음을 털어버리고 '희미한 고물장수의 가윗소리'가 들리는 속마음을 표현하고 있다. 경험과 실천에 용해되어 있던 그의 '이념적 요소들—민중, 민족, 민주, 자유, 평등, 정의, 통일'이 '애린' 연작시는 물론이고 그 이후의 작품에서 '의미 있는 주제'가 되지 못하고 있다.[7] 이러한 점은 80년대 초반의 광주민주화항쟁과 중반 이후의 군사독재 정권과의 격렬한 정치싸움의 현장에서 그의 작품이 진실을 밝히는 빛이 아니라 그것의 그림자에 머물렀던 사실과 연결되어 있다. 「서울」이라는 작품이 보여준 것처럼, 억제하기 어려운 분노의 감정이 투쟁의 원동력으로 작용했던 박정희 군사독재 정권과의 싸움에서 그의 시는 '어둠을 밝히는 빛'이 되었다.

> 죽어 너를 끝끝내 이기기 위해
> 죽어
> 피로써 네 칼날을 녹슬도록 하기 위해.
>
> —「서울」 일부

이 시에서 화자의 죽음은 자기파멸을 뜻하지 않는다. 그것은 사지가 없어지고 목숨이 끊어져도 꺾어질 수 없는 투쟁의지를 함축한 것이며, 불가해한 신념이 육화된 결사적인 항전의 결의를 다지기 위한 것이다. 그 결의가 "죽어 너를 끝끝내 이기기 위해"와 "피로써 네 칼날을 녹슬도록 하기 위해"라는 구절에 함축되어 있다. 그것은 죽음을 내건 불사의 정신으로 두꺼운 현실의 벽에 갇혀 있는 민중의식을 일깨우기 위한 몸부림을 표현한 것이다.

항전의 열기로 불타오르던 그의 언어가 신군부 정권 이후 '희미한 그림자'를 드리울 뿐 그 실체가 나타나지 않고 있다. 현실에서 한 발짝 물러나 유연하게 둥지를 틀고 있는 관조적인 명상이 아련하게 어른거

---

7) 「수수께끼」, 「풀에도 남북이 있는가」, 「재떨이 회담」(『전집 2』) 등에 남북문제에 관한 언술이 없는 것은 아니다. 그러나 이러한 작품들도 선문답 수준에 머물고 있다.

릴 뿐이다. 「소를 찾아 나서다」가 여기에 해당한다.

> 애린
> 네 속삭임 소리가 기억 안 난다
> 지쳐 엎드린 포장마차 좌판 위에
> 타오르는 카바이트 불꽃 홀로
> 가녀리게 애잔하게
> 가투 나선 젊은이들 노래소리에 흔들린다.
>
> ― 「소를 찾아 나서다」 일부

이 작품에는 김지하 본연의 모습이 없어지면서 포장마차의 좌판 위에 타오르는 카바이트 불꽃처럼 홀로 "가녀리게 애잔하게" 70년대 독자의 추억 속에 각인된 그의 이미지만 아른거린다. 그것과 상치되는 '애린'의 모습을 닮은 현실세계 너머의 '허깨비 같은 그림자가 유령처럼' 출몰한다. 그림자만 어른거리는 '애린' 연작시는 무겁고 비장한 모든 감정과 정서를 떨쳐버렸다. 뿐만 아니라 '민중의 고통과 상처'라는 초기 문학의 핵심 주제를 배제시켰다. 순수서정 미학으로 전환된 그의 시는 크고 무거운 역사의 짐을 벗어 던지고 작고 가벼운 개인의 일상을 노래한다. "애린/ 무엇이든 동그랗고 보드랍고 말랑말랑한/ 무엇이든 가볍고 밝고 작고 해맑은/ 공, 풍선, 비눗방울, 능금, 은행, 귤, 수국, 함박, 수박, 참외, 솜사탕, 뭉게구름, 고양이 허리, 애기 턱, 아가씨들 엉덩이, 하얀 옛 항아리, 그저 둥근 원/ 그리고 애린/ 네 작고 보드러운 젖가슴을 만지고 싶기 때문에"(「결핍」)에서 시인은 '보드랍고, 가볍고, 밝고, 작은' 일상의 것들을 긍정한다.

> 악어보다도

악어새를 볼 일이다
악어새
그 아름다운 자연의 조화

— 「작은 것을 보자」 일부

　큰 것보다는 '작은 것을 보자'는 세계관의 변화는 옥중생활과 관련
이 깊은 듯하다. 살아 있는 것은 아무것도 없고 오직 벽뿐인 감옥에서
벽을 응시하는 「벽」을 비롯하여 굳은 시멘트벽 속 쇠창살을 향해 비쳐
오는 '오색영롱한 꽃밭 같은 연등' 불빛을 바라보는 「초파일 밤」 등이
그것이다. 한 인간의 영혼까지도 파괴하는 감옥생활의 고립으로부터
우리는 이러한 사실을 암시받을 수 있다. 외부와 단절된 그의 삶이 작
고 부드럽고 둥근 것에 대한 그리움을 낳았다. 그러나 정작 중요한 것
은 그러한 성찰이 '우리의 삶에 어떤 변화를 불러 오는가'에 대한 메시
지를 전달하는 데 미흡하다는 점이다. 그의 시는 "민중을 위로하기보
다는 그들에게 무언가를 요청하는 특색"을 지녀 왔다.[8] 이러한 점에서
『애린 1-2』나 그 이후의 작품들은 김지하 문학의 특색이 희석되는 징
후로 해석된다. 80년대 정치현실을 외면한 그의 삶이, 현실 너머의 외
딴 곳에서 구도자와 비슷한 삶을 외롭게 살아가게 만들었다. 그것이
한 개인으로서의 김지하의 내면을 그려내는 계기로 작용했다.

절망이라 부르지 말라 내 이름
퇴폐라 부르지 말라 내 이름
내게도 분명 이름이 있는 것을
부모님 지어주신 그 이름
절망도 퇴폐도 아닌 분명

---

8) 푸미오 타부치/정지련 옮김, 『김지하論 : 神과 혁명의 통일』, 다산글방, 1991, 103쪽.

김영일이란 내 이름.

—「그 소, 애린 19」

  구체적인 제목을 생략하고 단순한 번호로 일관한 「그 소, 애린」 연작시에서 우리는 애린의 모습으로 변장한 김지하 개인의 일상적 삶과 대면하게 된다. "단 한 번 울고 가/ 자취 없는 새"가 되어버린 그의 또 다른 모습으로서의 그림자, 즉 민중으로부터 유리된 김영일(김지하의 본래 이름)의 모습을 확인하게 된다. 그것은 단 한 순간 빛났다 사라져간 아침 햇살 속의 눈부신 이슬처럼, "그리도 가슴 설렜던" "그리도 가슴 벅찰 줄" 몰랐던 김지하의 찬란한 저항정신과 결별했음을 뜻한다. 우리는 '크고 우렁찬 삶의 빛이 되기를 포기한 김지하의 또 다른 그림자' 속에서 "분홍빛 새살로 무심결 돌아오는"(「그 소, 애린 1」) "절망도 퇴폐도 아닌 분명 김영일"이란 개인이 추구하는 문학을 만날 수 있다. 초기 문학의 본모습을 잃어버림으로써 또 다른 문학을 발견한 그는 민중의 원한과 고통의 운명을 껴안으며 투쟁하던 체험보다는 '분홍빛 새살이 돋는' 심미적 경험을 절제된 언어로 노래하고 있다.

단 한 번 울고 가
자취 없는 새
그리도 가슴 설렐 줄이야
단 한 순간 빛났다
사라져가는 아침빛이며
눈부신 그 이슬
그리도 가슴 벅찰 줄이야
한때
내 너를 단 하루뿐
단 한 시간뿐

진실되이 사랑하지 않았건만
이리도 긴 세월
내 마음 길 양식으로 남을 줄이야
애린
두 눈도 두 손도 다 잘리고
이젠 두 발 모두 잘려 없는 쓰레기
이 쓰레기에서 돋는 것
분홍빛 새살로 무심결 돋아오는
애린
애린
애린아.

—「그 소, 애린 1」

정제되고 세련된 형식으로 무장된 「그 소, 애린 1」은 암시적/은유적 의미로 덧칠되어 있다. 현실비판과 풍자정신이 사라지면서 그의 언어는 대중의 접근을 쉽게 허락하지 않는다. 외부세계로부터 의미가 공급되던 70년대 민중시와 달리 그것을 차단한 '애린' 연작시, 특히 『애린 1』을 비롯하여 대설 『남』의 경우는 관념과 서정이 엉겨 붙어 있다. 속세를 벗어난 미학이 지시하는/함축하는 상징적 의미를 명확하게 해석하기 어렵다. 김지하의 본 모습으로 돌아온 김영일 스타일의 난해시— '애린' 연작시의 화자는 민중으로 하여금 현실을 벗어나 그 너머의 세계를 깊이 있게 숙고할 것을 요구한다. "죽임의 세계를 벗어나 살림의 세계"로 나아가기 위해 필사적으로 찾지 않으면 안 될 대상을 추구한 '애린' 연작시와 그 이후의 작품은, 세속적인 욕망이나 갈등이 배제된 세계를 노래하고 있다. 한 시대의 역사 속에 진하게 녹아 있는 김지하라는 시인의 존재가치가 그 노래 속에서 소멸될 위기를 맞고 있다. 그가 애타게 찾아 헤매는 애린에 관한 애절한 노래 역시 "허망한 초월주의자의 노래"9)에 불과하다. 그 노래는 이 세상 너머의 것을 바라볼 수 없는 민중들에게 정신적 부담감만 준다.

80년대 이전의 문학에서 현실을 초월한 이상주의적인 색채가 전혀 없었던 것은 아니다. 김지하라는 무명의 한국 시인을 세계에 알리는 계기가 되었던 「오적」도 이러한 점에서 비판의 여지가 있다. 민중의 힘을 발견했음에도 불구하고, 지배와 피지배의 단순 선악구도(善惡構圖)를 설정하고 초월자의 심판으로 악을 징벌한 것은 그가 추구한 민중사상에 비추어 볼 때 의아스런 대목이다.10) 봉건시기의 문학이 애용하던 초월적인 힘의 존재에 대한 환상을 제거하지 못한 점이 한계로 지적될 수도 있다. 그럼에도 불구하고 정치현실과 지속적인 관계를 맺어온 그의 실천적 삶이 그 결함을 해소시켜 주었다.

'로터스 특별상'(1975)과 '크라이스키 인권상'(1981)을 수상한 사실이 뒷받침하듯이, 김지하라는 "큰 이름 속에는 한 시대를 지극히 고통스럽게 산 지식인의 수난"이 농축되어 있다.11) 그는 우리 시대의 중요한 정치적 사건들을 온몸으로 견뎌내면서 뛰어난 용기와 결단력으로 독특하게 시대의 난제(難題)와 맞씨름을 했다. "한국민족과 제3세계 민족

---

9) 신덕룡, 「눈부신, 새살처럼 돌아오는 아픔 – 김지하론」, 『문학과 진실의 아름다움』, 새미, 1998, 135쪽.

10) 박경수, 「정치현실의 풍자와 장르 패러디적 성격 – 김지하의 시 론」, 『한국 현대시의 정체성 탐구』, 국학자료원, 2000, 301쪽. 박경수가 비판한 부분을 요약하면 다음과 같다. "「오적」에서 임금의 존재는 중세사회의 이데올로기에 의한 것이며, 민주화를 지향하는 담론의 패턴에 결정적 제약을 가하고 있다고 볼 수" 있다. 오적의 최후가 "초자연적 힘에 의해 결정되는 것으로 서술해서 대단원의 안이한 처리와 함께 민중적 세계관에 의심을 품게" 한다. "초자연적인 힘에 의존하여 사태를 해결하고 있는 점은 민중의 저력에 대한 신뢰를 떨어뜨리고 있다"고 해석할 수 있다.

11) 최일남, 「민중은 생동하는 실체」, 『민중의 노래 민족의 노래』, 동광출판사, 1984, 203쪽.

의 고난"12)을 짊어졌던 그는 미래에 대한 낙관적 전망을 제시함으로써 자신이 속한 사회의 정치적 모순과의 지속적 투쟁을 촉구했다. 그의 삶과 문학이 정치적 핍박을 상징하는 십자가의 의미로 다가오는 이유가 여기에 있다.

민중의 고통과 비애의 원인이 어디에 있는가에 대해 알려고도 하지 않았던 그런 시절에 김지하는 그 원인을 정치구조와의 연관성 속에서 파악하는 선진의식을 보여주었다. 그는 무엇이 민중을 압박하고 죽음의 세계로 몰아가는 세력인지를 밝혀내어 보다 나은 민족적/민주적 삶의 가능성을 열기 위해 분투했다. 민중의 빛/등불이 되고자 했던 우리 시대의 선구자 김지하의 문학에 나타난 환상과 현실초월의 문제는 '치열한 저항적 몸부림과 관련될 때' 용납될 수 있었다. 그것은 어둠 너머의 빛을 찾기 위한 미래의 비전에 관련된 문제였고, 현실부정의 정신과 연결된 희망과 신념의 문제로 귀착되었기 때문이다. 80년 이후 김지하는 그의 이름에 부여된 역할을 외면해 왔다. 현재의 자신이 어떻게 자리매김이 되어야 할 것인가에 대한 구체적인 답변을 미루고 있는 셈이다.

최근의 생명공학에 의해 조정될 필요가 있는 '김지하의 생명사상'이라는 문화적/인류학적 주제는 그의 미래의 작품들이 그것의 성공 여부를 결정해 줄 것이다. 그러나 민중의 생활현장을 벗어나 전인류의 생명과 영혼을 구원하려는 그의 원대한 계획이, 무엇인가 매혹적인 부분이 있음에도 불구하고 초기 민중문학 사상의13) 그림자에 머물지 모르

---

12) 푸미오 타부치, 앞의 책, 13쪽.
13) 시집 『황토』에는 "이후 김지하문학을 관류하는 것으로서 민족 민중사상 그리고 자유 평등사상의 원형성이 제시"(김재홍, 「김지하, 반역의 정신과 인간 해방 사상」, 『한국현대시인비판』, 시와시학사, 1994, 75쪽)되어 있다.

는 위험부담을 안고 있다. 이러한 우려감이 80년 이후의 김지하 문학을 살펴본 우리의 견해이다. 이것은 '민중과의 하나 됨을 통해 사랑을 실천하는' 것을 상징하는 모호한 개념의 '애린'이 등장하는 연작시와 그 이후의 김지하 시문학의 평가와 무관하지 않다.

4

1980년 초 출옥을 계기로 김지하는 8년여의 감옥생활을 통해 민중을 위한다는 일이 간단치 않다는 사실을 깨닫게 된다. 그것이 생활방식과 감정표현은 물론이고 세계관의 변화를 불러왔다. '육체에 대한 자유'를 향해 투쟁하던 그의 관심을 '영혼/정신을 구원하는 미지의 영역'으로 옮겨가게 만든 원인이 여기에 있다. 인간성 상실과 생태계 파괴에 직면한 지구촌 인류에 대한 그의 관심은 자신의 내부와의 치열한 싸움을 통해 얻어진 귀한 성찰을 담고 있다. 문제는 인류 모두를 구원하려는 그의 생명사상이 구체적이고 실천적인 명료함으로 다가오지 않는다는 데 있다.

소외되고 약한 자의 편에 서 있었던 그에게 어떤 이념으로서의 사상이 있었다면 그것은 동학혁명의 근대적 버전인 민중해방에 대한 신념과 군사독재정권과의 투쟁 운동이 결합된 그 무엇이었다. 이것이 그의 사상적 출발점이었다. 그의 사상은 학문적 논리가 병행된 과학적 사유 모델과 다른 성질의 것이었다. 「양심선언」 등을 살펴볼 때 그의 이념은 시대의 흐름과 상황의 변화에 따라 달라지는 민중의 삶을 경험하고 관찰하는 가운데 형성된 일종의 행동강령에 가까운 것이었다.

민중운동의 새로운 타개책으로 그가 제안한 생명운동이나 살림운동은 구체적인 행동철학이 아니라 관념적 이데올로기나 피안의 세계를 다룬 종교적 개념으로 다가온다. 그리고 그의 사상의 변화가 불러온 주목할 만한 현상은 80년 이후 생명 그 자체를 다루는 그의 글쓰기가 실천적이라기보다는 사색적인 측면에 치우쳐 있다는 점이다. 이것이 대설『남』(1982, 1984, 1985)과『애린 1-2』(1986), 그리고『검은 산 하얀 방』(1986)과『이 가문 날에 비구름』(1988)을 포함하여『별밭을 우러르며』(1989)와『중심의 괴로움』(1994)이『황토』(1970)나『타는 목마름으로』(1982)와 차이를 보이는 이유이다.

"양적인 움직임에서 음적인 움직임으로"14) "극렬한 이원적 대립의 세계와 공생의 일원론적 세계"로 김지하의 변화를 뭉뚱그려 말할 수도 있다. 그러나 대조적인 이 두 세계가 "시인에게 있어서 기실 동전의 양면"15)과 같다고 말하는 것은 옳지 않다. 그것은 80년대를 기점으로 그 이전과 이후가 대비되는 김지하의 문학에 통일성과 일관성을 부여하려는 억지 논리에 불과하다.16)

김지하의 살림운동이나 생명사상이 증산도와 동학의 교리, 풍수지리에 관한 토속신앙 등 우리의 전통적인 사상을 비롯하여 유가(儒家)의 실천철학과 노장사상에 이르기까지 유수한 동양의 사상적 자원으로부터 빌려온 측면이 있음을 부정하기 어렵다. 초기 민중사상에서 연원한 투쟁의 목표가 마르크스적 의미의 계급혁명에 있지 않았다는 점에서 김지하 사상의 일관성을 발견할 수 있다. 이 점에서 동학혁명 정신을 계

---

14) 채광석,「『황토』에서『애린』까지」,『민중적 민족문학론 – 채광석 전집 4』, 풀빛, 1989, 305쪽.
15) 최원식,「대립과 공생 김지하론」,『생산적 대화를 위하여』, 창작과비평사, 1997, 236쪽.
16) 김지하 시인의 연보를 작성한 글에서도(『전집 1』, 351쪽) "1980년대에 들어와 변모된 김지하의 모습에 대해 젊은 운동권의 비판이 시작되었다"고 기술함으로써 그의 삶과 문학이 변화되었음을 시사하고 있다.

승하면서 출발한 초기 시문학과 유리된 80년 이후의 시문학 사이에 접점이 전혀 없는 것도 아니다. 그러나 중요한 것은 그가 주장하는 생명사상이든 살림운동이든 그것이 인간의 구체적인 현실 상황과 조건에 관심을 가져야 한다는 그의 초기 이념과 어긋나고 있다는 점이다.

민중의 고통에 대한 관심이라는 측면에서도 그의 새로운 이념은 70년대 김지하의 삶과 어울리지 않는다. 현실상황을 새롭게 숙고하도록 '충동질하는 매력'을 지녔던 그의 문학이, 80년 이후 민중들이 뿌리내린 생활현장을 벗어나 있다. 이것이 감옥생활에서 생명의 존귀함을 발견한 이후 계층간의 배타적인 요소를 상생의 조화로 통합하여 인류를 구원하려는 목표를 설정한 김지하 문학의 변화에 대한 우리의 종합 소견이다.

존재의 빛을 찾아서

—손광은

1

한 시인의 시세계를 총괄하다 보면, 그 시인의 예술 혼과 의도를 가장 잘 드러낸 대표적인 표현대상이 있다.[1] 그것을 찾아내는 작업이 한 시인의 시세계를 조명하는 키포인트가 된다. 필생의 예술적 주제에 매달린 다형(茶兄) 김현승(金顯承 1913~1975)의 경우, 그것은 '고독'으로 나타난다. 일생을 믿어온 신과 기독교에 대한 회의로부터 비롯된 고독의 문제는 다형으로 하여금 관심의 초점을 천국에서 지상으로, 신에서 인

---

1) 예술작품이 지닌 다양한 의미의 스펙트럼을 제한한다는 점에서 예술 혼이나 의도를 거론하는 것은 작품 자체를 분석하는 족쇄로 작용할 수 있다. 그러나 이 글은 작품론이 아니라 시인론에 초점이 맞춰져 있다. '의도의 오류'라는 지적에도 불구하고 한 예술가의 의도는 그의 예술세계의 성격을 밝히는 바로미터로서 유용성이 인정된다. 유수한 해석학자들은 아직도 의미의 궁극적 근거나 원천으로서 '작가의 의도'를 존중한다. (O. 푀겔러 엮음/박순영 옮김, 『해석학의 철학』, 서광사, 2001)

간으로 옮겨놓게 한다. 신을 잃은 그 고독은 김현승이 지금까지 의지해 왔던 거대한 믿음이 무너졌을 때에 허공에서 느끼는 고독이었다.[2] 절대고독의 시인 김현승으로부터 문단에 안내 받은 노정(蘆汀) 손광은(孫光殷)의 시작품 전체를 조감할 때도 마찬가지 현상이 나타난다.[3]

다형의 시풍(詩風)이 감지되는 첫 시집 『波濤의 말』(1972)의 주요 모티프는 '바다의 물결'이다. 「波濤의 말」, 「波濤」, 「눈波濤」에서 바다의 물결은 손광은의 고독까지 사로잡아 흔든 소재로 등장한다. 그 물결을 뒤집어 보면 그 안에 시인의 '내면을 응시하는 나'가 있다. "고독에서 싹튼 내 마음의 몸부림"과[4] 관련된 초기 시편에서 손광은이 '의식 내부의 나'를 응시하는 것은 '자기의 또 다른 자기'를 성찰하는 행위이다. 다른 말로 표현하면 그것은 한 개인의 '실존에 관한 탐색'의 의미를 지닌다.

손광은의 첫 시집은 물론이고 자신의 예술적 개성을 펼쳐 보인 두 번째 시집 『고향 앞에 서서』(1996), 그리고 정년을 앞두고 발간된 세 번째 시집 『그림자 빛깔』(2001)에 일관되게 나타나는 표현대상은 '자기'이다. 노정의 시 쓰기는 자기를 탐구하는 과정이고, 그것은 한 개인의 실

---

2) 김현승의 고독은 키엘케고르가 말한 고독과도 구분된다. 인간을 고독한 존재라고 규정한 키엘케고르는 고독을 벗어나기 위해 그리스도를 붙잡으려 하였다. 궁극적으로 키엘케고르의 고독은 구원에 이르기 위한 수단으로서의 고독이었다. 하지만 다형의 고독은 "구원에 이르는 고독이 아니라 구원을 잃어버리는, 구원을 포기하는 고독"이다. 그의 고독은 수단으로서의 고독이 아니라 "순수한 고독 자체"이다. (김현승, 「나의 文學白書」, 이운룡 편저, 『한국현대시인연구 10 - 김현승』, 문학세계사, 1993)

3) 이 글에서 논의된 손광은의 작품 출처는 『波濤의 말』(현대문학사, 1972), 『고향 앞에 서서』(문학세계사, 1996), 『그림자의 빛깔』(시와사람, 2001)이다. 3권의 시집에 수록되지 않은 작품을 인용할 경우에만 출처를 밝히기로 한다.

4) 첫 시집의 주요 모티프인 '바다의 물결'은 그의 고독까지 사로잡아 흔들었다. 그 물결을 뒤집어 보면 그 안에 "나의 내면을 응시하는 내가 확실히 있었다"는 첫 시집의 「후기」 참조.

존에 관한 성찰로 이어진다. '자기'라는 구체적인 대상을 목표로 삼아 실존의 문제를 탐색한 것이 첫 시집 『波濤의 말』이다. "生命의 自己 定立"이[5] 그것인데, 손광은 시의 기법상의 특징은 청각적 이미지의 활용이다. 소리에 관한 한 그는 타고난 "천성(天聲)의 시인"이다.[6]

2

손광은의 시편들은 우리의 청각을 자극하는 각종 소리들로 채워져 있다. 미사여구를 동원하여 사물의 겉모습을 화려하게 그려내는 데에서 그의 시의 매력을 찾으려는 독자가 있다면 손광은 시의 본령을 놓치게 될 것이다. 그의 시의 묘미는 소리의 울림에 있다. 온 산야를 붉게 물들이는 단풍의 계절 시월에도 시인은 눈을 질끈 감아버린다. 눈/시각 대신에 그는 귀/청각을 활짝 열어 놓고 "짜랑 짜랑 목마른 하늘 목소리"(「丹楓」)를 듣는다. 시인의 귀는 맑고 총총해서 자연의 내부에서 들려오는 섬세하고 미묘한 소리를 놓치는 법이 없다. 감각기관을 활용하여 자연의 내부에서 들려오는 소리를 표현한 「가을은 내것이다」를 살펴보기로 하자.

> 꽃물결 소리
> 갈 바람 소리
> 저, 정원은 온통
> 살여울 물소리로 흘러가는 동안

---

5) 김현승, 「서문」, 『波濤의 말』, 현대문학사, 1972.
6) 김동근, 「'소리'의 시학과 존재론적 메타포」, 『우리시대의 시인연구』, 시와사람, 2001.

가을은 내것이다.

달이 뜨고
꽃들이 도란도란
江물 속에 모여 들고
숲길은 넓어지고
물빛 고운 실솔의 향기
흘러가는 동안
가을은 내것이다.

— 「가을은 내것이다」 일부[7]

가을이 내 것인 이유는 그가 갈바람 소리와 꽃물결 소리를 들을 수 있기 때문이다. 그는 꽃들이 도란도란 이야기하는 소리까지 놓치지 않는다. 내밀한 우주의 소리를 의인화(擬人化)된 자연풍광 속의 청각적 이미지로 전환하여 그윽한 울림의 풍취를 전달하는 데 그의 시의 진면목이 있다. 그러한 풍취가 '청동세문경'을 대상으로 삼은 작품에서도 나타난다. 살아있는 수풀처럼 "느닷없이 웃으며/ 쓸리는" 고대 유물의 소리가 시인의 의식 안쪽에서 들려온다.[8] 최근에 발표된 「영산강」도 유사한 경우이다.

산바람 소리
강바람 소리 더듬고 가면서
더욱 뚜렷이 내 마음 밑둥까지
숨소리로 살아나서

---

7) 첫 시집에 수록된 이 작품은 두 번째 시집 2부의 표제 시로 재수록 되어 있다. 시인이 애착을 보인 이 작품의 인용은 첫 시집에 실린 것이다.
8) "내 意識의 안쪽/ 끝없는 蓄積의 바다와 같이/ 출렁이는 곳에/ 살아 있는 수풀처럼/ 느닷없이 웃으며/ 쓸리는 소리가 들려온다." (「靑銅細紋鏡」)

흙 내음소리 두엄냄새까지
드린 물처럼 스며와서
영산강 강바람 소리
나를 깨우고 풍류로 세상을 다 채웠다.

— 「영산강」 일부9)

　"나를 깨워" 풍류로 세상을 다 채우게 만든 영산강 바람소리를 노래한 이 작품에서 주목되는 것은 '흙 내음소리'이다. 냄새와 소리가 합쳐진 '내음소리'는 일종의 공감각적 이미지에 해당한다.

　후각을 청각으로 바꾼 이것이 손광은 시의 중요한 표현특징의 하나이다. "두엄냄새까지/ 드린 물처럼 스며 와서"에서 '냄새가 물처럼 스며온다'는 표현 또한 공감각의 일종으로서 놓쳐서는 안 될 대목이다. '냄새'라는 후각을 '스며들다'의 감촉, 즉 촉각으로 받아들이도록 변화를 준 것은 이용악의 "타지 않은 저녁 하늘을/ 가벼운 병처럼 스쳐 흐르는 시장기/ 어쩌면 몹시도 아름다워라"(「집」)나 조지훈의 "달빛에 젖은 塔이여!// 온 몸에 흐르는 윤기는/ 상긋한 풀내음새"(「여운」) 등 다양한 감각이 앙상블을 이룬 선대 시인의 뛰어난 기법과 비교될 수 있다.

　"해가 질 때 소처럼 웃다가/ 해가 뜰 때까지 땀으로 울었다"(「노동자 아들－아산 정주영」)라고 자수성가한 재벌의 어린 시절을 회상한 구절에서 '땀으로 울었다'는 대목을 비롯하여 역사적 인물 장보고를 그린 작품의 "천년이 지난 숨소리"(「海上王 淸海鎭－장보고」)는10) 청각을 활용한 좋은 예이다. 소리에 관한 한 그는 명인의 반열에 선 시인이다. 어떤 대상을 표현하든 그것이 지닌 속성을 청각적 이미지로 전환하는 비법을 터득한 노정의 작품에는 그윽한 소리의 울림이 가득 차 있다.

---

9) 『원탁시』, 시와사람, 2001, 하반기.
10) 위의 책.

은은하고 담담하게 자기가 표현하고자 하는 대상을 그려냄으로써 그의 시는 대부분 현란하지 않다. 시대 역사적 현장과 접맥되는 참여적 성격의 시편들이 적절한 사례이다. 박정희 군사정권의 지역차별을 풍자한 초기시 「全南緊急動議—全羅道보리」를 비롯하여 두 번째 시집에 수록된 「판문점」, 「휴전선」, 「철마는 달리고 싶다」, 그리고 세 번째 시집에 실린 「영원히 젊은 넋들이여—5·18 민주화운동 기념 獻詩」와 「독재는 끊어라 민주에 살고 싶다—5·18 민중항쟁 사적 1호」 등이 그것이다. 초기의[11] 수작에 속하는 「보리打作」을 그의 창작론과 관련하여 분석해 보기로 하자.

풀잎이 출렁거리듯
새로운 혁명이 부르는 흔들림,
새로운 파멸의 不正처럼
물살지는 가슴을
실한 머슴은 들여다 보면서

「여, 여, 저, 저,」

들고 치고, 살짝 놓고 치고
소리를 만들면서
먼지가 소리를 만들면서
마을을 울리던
도리깨질을 하면서

「여 안때리고
어데 때리노

---

11) 논의의 편의상 필자는 손광은의 시세계를 두 시기로 구분했는데, 두 번째 시집 발간 이전의 '초기'와 이후의 '후기'가 그것이다.

복판을 때리라
가를 때리라」
도리깨질을 하면서
머슴은 머슴인 아버지를
머슴으로 길들였다.

― 「보리打作」 일부

시인은 분노와 저항의 감정을 들고 치고 살짝 놓고 치는 "여, 여, 저, 저"라는 민중의 소리로 박진감 있게 미메시스하고 있다.

북받치는 감정의 격랑(激浪)을 밖으로 드러내지 않고 안으로 삭혀서 풍자하는 수법이 인상적이다. 시인의 감정을 직접 배설하는 것은 그의 시창작관에 맞지 않는다. 손광은의 논리에 의하면 "현실에 대한 시의 올바른 참여는 오히려 직접적인 방법보다 간접적인 방법"에 있고 "가치 있는 체험으로 형상화된 인생의 의미가 내포"된 것이 진정한 참여시에 해당한다.[12] 언어의 내포성에 초점을 맞추어 쓴 「보리打作」이 사회적 기능을 보인 시로서 성공을 거둘 수 있었던 까닭이 여기에 있다.

그 스승에 그 문하생답게 노정의 예술관과 다형의 그것은 닮은 면이 있다. 마음 내키는 대로 쏟아버리는 정서의 배출은 "예술이 될 수 없다"고 다형은 말한다. 생경하고도 조잡한 표현은 반드시 우리 문단의 참여문학에서만 발견되는 것은 아니지만, "참여문학의 적지 않은 작품 가운데서 발견되는 것"이 사실이다. 아무런 내용을 가졌든 문학은 언제나 예술이고 예술이 되어야 한다. 예술의 특질은 "독자적인 형식을 갖는 데"에 있다.[13] 개성적인 예술형식을 갖추는 것이 문제이지 내용

---

12) 손광은, 『현대시의 논리와 현장』, 태학사, 2001, 33쪽.
13) 사상의 토대 위에서 토의를 전개하는 학문과, 사상마저도 정서화한 토대 위에서

이나 소재 그 자체가 문제인 것은 아니다. 그것들을 어떠한 방식으로 갈무리하여 '언어예술의 형식으로 완성하느냐'가 중요하다. 참여문학에 대한 손광은의 시 창작 관점이 암암리에 스며 있는 작품은 두 번째 시집에 수록된 '수몰 고향 연작' 시리즈이다.

> 내 고향은 물면에 떠서
> 출렁거린다
> 들 언덕 쑥 냄새 끝에서
> 삐비꽃 하얗게 숨결을 일으키듯.
>
> 미묘한 어둠의 깊이가
> 하얗게 어덕지어 묻혀나듯
> 엷은 속옷처럼 안개를 감고
>
> 죽어도 못 잊을 귓속말처럼
> 무지개로 깎아 세운 고운 말처럼
> 달삭이는 물면에 떠서
> 출렁거린다.
>
> — 「水沒 고향 (6) — 물면에 떠서」 일부

"자연을 상관물로 삼은 시 속에도 개성적인 인생과 보편적인 현실"이 살아 움직이고, 또한 그러한 시일수록 "우리를 정서적으로 긴장하게" 만든다. "자연이 한국시의 진한 바탕이라면 그것을 통해서 참여할

상상력을 전개하는 문학은 그 표현수단이 근본적으로 다르다. 한편은 진술의 방법을 쓰고, 한편은 상상력에 의한 변형의 방법을 구사한다. 그러므로 문학작품이 현실의 사실을 작자의 상상력으로 보다 강력하게, 혹은 보다 진실하게, 혹은 보다 아름답게 변형시켜 읽는 사람에게 먼저 쾌감을 주어야 한다. 이러한 감동에 의하여 보다 자연스럽게 사상의 핵심으로 안내되지 못할 때 그 문학은 생경한 학문투(學文套)의 진술성에 주저앉게 된다. (김현승, 「參與文學의 眞意」, 앞의 책)

수 있는 새로운 가능성"을 모색할 수 있다.14) 손광은의 논리에 의하면,
수몰된 고향의 자연을 그리움의 정서로 형상화한 「水沒 고향 (6) – 물면
에 떠서」가 '특정한 장소'를 노래한 단순한 서정시로 취급되어서는 안
된다. '한국시의 진한 바탕'이 된 자연을 노래한 '수몰 고향 연작시'에
서 노정은 '참여의 새로운 가능성'을 실험했는지도 모른다. 노을에 불
타는 강을 바라보면서 "마음의 그림을 그린" 「水沒 고향 (8) – 저녁노을」
은 "정지된 자연현상이 아니라 시인의 전 생애가 투영된 역사적인 것"
으로 평가되기 때문이다.15) 노정을 다룬 글에서 진지하게 논의되지 못
했지만, 그의 시세계의 한 축을 형성하는 '사회적 기능을 보인 작품'을
조명하는 자리에서 빼놓을 수 없는 초기시가 있다. 그 작품은 4월의 혁
명을 노래한 「내 안에 돋는 소리」이다.

> 내 안에 돋는 소리, 四月을 들어 보니
> 오늘은 다만 소리 뿐이다.
> 視野
> 내가 끌려가는 밖에
> 일렁이는 숨살, 살아오는 死者들.
> 피의 꽃 소리,
> 어디선가, 내 안에 달려와
> 맑은 도랑물 속을 흐른다.
> 가슴 한편
> 쓸어진 쪽을 걸려 흐른다.
>
> ― 「내 안에 돋는 소리」 일부

14) 손광은, 『현대시의 논리와 현장』, 33~34쪽.
15) 김병욱, 「토포필리아의 詩學 – 손광은의 시세계」, 『고향 앞에 서서』, 문학세계사,
    1996.

상당수의 시인들이 시대정신을 표현한다는 명분으로 당대의 흐름과 풍조에 영합하며 두서없는 작품을 남발하거나 생경한 목소리로 참여와 저항의 기치를 내세운 질풍노도(疾風怒濤)의 시대가 있었다. 그 시절에도 노정은 시의 정도(正道)를 벗어나지 않았다. 그는 '내면에 있는 나의 나'를 성찰하면서 있는 그대로의 그 모습에서 한 치도 벗어나지 않는 일관성을 유지했다. 문학에 대한 이러한 태도가 그의 유일한 시론집에 그대로 반영되어 있다. 시론의 기본과 한국시문학사의 요체만을 기술한 『현대시의 현장과 논리』(2001)에는 서구의 난삽한 이론에 대한 인용이 거의 없다. 군더더기 없이 간단명료하게 요점만을 제시하는 그의 학문적 스타일이 시 쓰기에 그대로 적용되면서 그것은 절제와 겸양으로 승화된다. 잔인한 달 4월을 왁자지껄한 함성으로 그려내지 않은 점이 그러한 미덕을 암시한다.

"껍데기는 가라./ 한라에서 백두까지/ 향그러운 흙가슴만 남고/ 그, 모오든 쇠붙이는 가라"(「껍데기는 가라」)는 신동엽의 외침과는 다른 방식으로 노정은 4·19의 모습을 표현하고 있다. 그것은 터져 나오는 분노의 감정을 밖으로 발산시키는 것이 아니라 자기의 의식 내부로 끌어들여 옹골차게 갈무리한 수법을 말한다. 「내 안에 돋는 소리」에서 4월 혁명이 한 개인의 의식의 내부 깊은 곳에서 아픈 자성의 목소리로 회상되고 있는데, 그것은 만해 선사가 읊었던 「님의 沈默」의 오묘한 마음의 소리를 연상시킬 만큼 정숙하고 울림이 깊다. 침묵의 그 소리는 어떤 절규보다도 우리의 마음을 아프게 파고드는 소리, 즉 "내안에 돋는 소리", 또는 "피의 꽃 소리"이다. 내 마음의 깊은 곳에서 울려나오는 피의 꽃 소리는 외부/타인을 향하여 내지르는 외침의 소리가 아니라 의식 내부의 깊은 곳에서 솟아나는 자성(自省)의 소리이다. 유치환 식으로 바꾼다면 그것은 "소리 없는 아우성"(「깃발」)이다. 그 소리는 상대방에게 들려주는 것이 아니라 내부의 자기 소리를 듣는 것을 뜻한다.

4·19 혁명의 의미를 한 개인의 의식의 내부에서 자책하는 목소리로 되새긴 것은 손광은만이 가능한 예술적 형상화의 방식이다. 소박하지만 확고한 자기 신념의 시창작관이 정립되어 있지 않으면 이러한 스타일의 시 쓰기는 불가능하다.[16] 그것이 가능했던 것은, 겸양과 절제의 미덕을 갖춘 노정이 타인보다는 나 자신을, 보이는 것/외부보다는 보이지 않는 것/내부를 성찰하는 자세를 견지해 왔기 때문이다. 그는 남에게 말하는 것보다 남의 이야기를 듣는 성격의 소유자이다. 시각보다는 청각이라는 감각기관에 호소하는 손광은 시에 나타난 기법상의 특징도 이러한 평소의 생활태도와 무관하지 않다.

3

'내 마음의 몸부림'을 표현한 예술적 행로에서 '감촉(感觸)이 조금씩 미쳐가는 몇날'을 방랑(放浪)한 산책자(散策者)로서의 고뇌[17]가 시인으로 하여금 '자기 안에 있는 또 다른 자기', 즉 '나의 내부의 나'를 예술적

---

16) 시인은 무엇보다도 현실과 사회를 바탕으로 하여 새로운 제2의 현실, 시적 미와 시적 진(眞)으로 창조된 시적 현실을 찾아야 하고 노래해야 한다. 사회 참여시가 현실사회의 복사라면 신문 삼면기사만으로도 족하다. 어떻게 표현하느냐보다 무엇을 표현하느냐 하는 주제에 얽매어 있는 시가 때론 사회에 대한 비평시로 인식되기도 하지만, 참여시는 기본적으로 풍자의 방법을 근간으로 삼아야 한다. 그리고 그 풍자의 대상은 인생의 암흑면, 정치악, 도덕악, 위선 등이다. (손광은 지음, 『현대시의 논리와 현장』, 33쪽)

17) "나를 부르는 사람이 있다./ 나를 이끄는 사람이 있다./ 나를 항상 떠나 살게 하는 사람이 있다./ 실상,/ 나는 몇날을 放浪하고 있다.// 感觸이 조금씩 미쳐가는/ 午後./ 풍성한 音樂. 그리고/ 술./ 拍手가 남아 있는 午後 한 때,/ 투덜대고/ 날름거리는 허다한 事件들 사이,/ 내가 몰림을 당하고 있을 때……/ ─理性이 밀려간다./ ─空虛가 밀려간다." (「散策」)

화두로 삼게 만들었다. 자연스럽게 그것은 한 개인의 실존의 문제와 연결되는데, 자아의 내면세계를 파헤치는 「散策」이나 「第三廣場」 또는 「나의 反亂」[18] 등이 여기에 해당하는 작품이다. 이러한 유형의 초기작들이 관념적이고 상징적인 성향으로 흐른 것은 그 표현대상이 외부의 세계가 아니라 '눈으로 볼 수 없는' 내부의 세계에 초점이 맞춰져 있기 때문이다. 보이지 않는 정신/의식의 세계를 표현하기 위해서 그는 청각적 이미지를 활용한다. 복잡하고 미묘한 개인의 내면세계를 보여주기는 어렵지만, 그것을 들려줄 수 있는 가능성은 있다. 관념적이고 상징적인 경향을 보여주는 초기시가 모호성이라는 함정을 피해갈 수 있었던 까닭도, 그리고 초기 시에 소리 모티프가 우세하게 나타나는 이유도 여기에 있다.

<blockquote>
욕망의 결합을 펼쳐든 항해,
하늘의 맥박속
자꾸 밀려 닥치는
소리속에 나를 누르고
</blockquote>

— 「波濤의 말(1)」 일부

<blockquote>
나를 끌어 덮고,
옷을 흰옷을 벗어서
나를 끌어 덮고,
일어서서 휘청거리는 밑으로
넘어오는 소리……
</blockquote>

— 「波濤의 말(2)」 일부

---

18) "–나는 떠나가리./ –푸른 뿌리밑의 물면 밖으로.// 한참은 歸納的인 나를 잃을 수도 있을/ 저쪽을 지나/ 누군가 나의 밖과 안을, 지금 지나간/ 所聞이 떠돌라치면/ 나는 分別도 없이 달려가리./ …(중략)…/ 나는 모든 세상을/ 形象에 가득 넌더리치고,/ 얼마만큼 세상에 信賴와 交錯를[을] 하리"(「나의 叛亂」). 원문의 인용에서 '交錯를' 다음의 [ ] 안에 삽입한 '을'은 인용자가 첨가한 것이다.

　‘파도의 말’ 연작시들은 손광은의 정신적인 성장과정에서 중요하게
취급되어야 한다. 이 작품들은 깊은 자의식(自意識)의 밑바닥으로부터
분출되는 실존의 몸부림, 즉 영원한 영혼을 갈구하며 그것을 충족시켜
줄 예술의 혼－문학의 생명을[19] 자기의 것으로 정립하려는 정신적인
고뇌의 흔적을 보여준다. 시인의 내부에서 꿈틀거리던 격정이 빚어낸
초기의 대표작 「波濤의 말」의 역동적인 이미지들이 그것을 말해준다.

　　　　어느날 밤 파도는
　　　　내 방에 들어와 나를 깨웠다.
　　　　다른 事物들은 일제히
　　　　다른 이름들을 하나씩 더 갖고
　　　　눈뜨기 시작했다.

　　　　모양도 없고 그림자도 없는
　　　　거대한 것이
　　　　엄청난 사람같은 것이
　　　　내 목을 누르고
　　　　내게 말했다.
　　　　그냥 이대로만 있기냐
　　　　그냥 있기냐
　　　　다시 태어난 다음에야 볼 수 있는
　　　　벌판의 외침 소리 하나
　　　　나를 죽이고
　　　　끝끝내 들려 왔다.

　　　　　　　　　　　　　　　　　　　── 「波濤의 말」

---

19) 김현승의 ‘생명의 자기정립’이라는 다소 추상적이고 난해한 이 말은 문학의 생명,
　　즉 ‘세상에 찌들지 않은 예술혼’을 자기 스타일로 구현하거나 완성하라는 뜻으로
　　해석해 볼 수 있다.

　이 작품은 '밤'이라는 시간과 '방'이라는 공간에서 화자인 내가 듣는, 또는 나에게 들리는 '내면의 소리'를 상징적으로 표현하고 있다. 그러나 '파도의 말'이라는 제목이 암시하는 것처럼, 이 시가 외부의 자연풍경을 묘사한 작품은 아니다. 관념적인 이 작품을 이해하기 위해서는 시인의 내부 의식에 주의를 기울여야 한다. 그 의식의 세계를 파악하기 위해서 우리는 시인이 설정한 시공간적 배경을 주목할 필요가 있다. '밤'이라는 시간을 설정한 것은 청각적 이미지의 효과를 극대화하려는 의도의 소산이다. 그것은 표현대상인 파도의 모습을 감춘 대신에 파도 소리만 들리도록 하기 위한 시인의 배려이다. 그 결과 '방'이라는 좁은 공간에 갇혀 있는 '나'는 파도 소리만 듣게 된다. 그러나 그 소리는 단순한 자연의 소리가 아니다. 그것은 인간의 언어—의미 있는 소리, 즉 인격화된 파도의 '말/이야기'이다.

　"사람처럼 내 의식 내부에까지 찾아 들어와"라는 구절이 지시하듯이, 어둠 속에 나를 가두어 놓은 그 방은 인공적인 공간이 아니라 '나'의 의식의 내부 공간을 상징한다. 그 의식의 '방'이라는 보이지 않는 공간에서 파도소리는 청각을 자극하는 바다의 소리가 아니라 나의 의식의 눈을 뜨게 하는 '어떤 목소리'로 바뀐다. 밝은 대낮이었다면 무심코 흘려버릴 수도 있는 파도의 물결소리가 "그림자도 없는 엄청난 것"이 되어 "나를 짓누르고" 있다. 일어서고 포효하는 듯 들리는 그 소리는 더 진솔한 목소리로 나의 의식을 깨우면서 준엄한 힐문(詰問)을 한다. 그 질책의 소리는 "푸른 물면을 궁글려 가는 벌판의 외침 소리"가 되어 나를 압박하면서 "나를 죽이고 끝끝내 들려"[20] 왔다.

　'엄청난 것이 되어 나를 짓누르는' 파도/물결의 역동적인 이미지는

---

20) 손광은, 『현대시의 논리와 현장』, 39쪽.

한 개인의 의식 내부를 온통 뒤흔들어 놓은 체험을 재현해 내는 기능을 수행한다. '죽어버린 나'에게 '끝끝내 들려왔다'는 아이러니와 패러독스가 가능한 것도, 그 역설과 모순이 '현상/외부의 나'를 죽이고 '본질/내부의 나'로 부활하는 자아탄생의 과정을 함축하는 것도 이미지의 역동성과 관련이 있다. 물결/파도의 소리를 소재로 택하여 '한 개인의 의식 내부에서 전개되는 또 다른 자기와의 투쟁'으로 형상화한 생생한 사례가 이 작품이다. 그 어떤 현실의 음악/예술로도 표현하기 어려운 '실존의 격렬한 몸부림'을 재현한 역동적인 이미지 속에는 방황하는 젊음의 정신적 고뇌를 상징하는 그 무엇이 내재해 있다. 위태로운 실존의 모습과 그 실존에게 부여된 참 생명에 관한 각성의 몸부림을 표현한 '나를 죽이고 끝끝내 들려온 목소리'가 그것이다.

그 누구도 침범할 수 없는 정신의 개안(開眼) 과정을 한순간에 펼쳐낸 「波濤의 말」은 언어로 표현한 실존무(實存舞)에 해당한다. 그것은 현실 세계에서 전혀 들어볼 수 없는 '파도의 말'이라는 상상의 소리를 통하여 불안한 실존의 위기감이나 자학적 젊음의 소용돌이를 그려낸 '언어의 춤'에 해당한다. 적절한 상징과 역동적 이미지를 구사하여 관념적인 시가 빠지기 쉬운 함정을 비껴가면서 노정은 끝없는 자아탐구와 성찰의 자세를 보여준다. 자기와의 투쟁에서 나타난 그러한 예술적 투혼(鬪魂)의 진지함이 의식 내부의 '나의 반란'을 잠재운 것이다.

인간이 또 다른 한 인간을 탄생시키기 위해서는 살을 찢어내는 고통이 필요하다. 피 흘리지 않고 새로운 생명이 탄생하는 것은 불가능하다. 인간 영혼의 영원한 그 무엇을 찾아 헤맨 그의 시 쓰기 또한 '내 마음의 몸부림'이라는 고통을 동반하지 않을 수 없었다. 그리스 이래 고귀한 과제였던 존재 일반의 의미를 밝혀보려는 철학자의 그것과는 접근방식이 다르지만, 노정은 인간의 실존을 밝힐 수 있는 유일한 장소인 내부 의식으로부터 그의 예술적 구도(構圖)를 마련한다. 이것이 그가 평생에 걸쳐 추구해야 할 문학의 화두를 자기 자신으로 좁힌 이유이고 그 자신과의 대결을 피할 도리가 없게 만들었던 까닭이다.

손광은 자신의 삶의 여정(旅程)을 짙게 반영한 그의 초기작은 비유컨대 실존의 예술적 분석 작업에 해당한다. 그것은 존재의 방황과 불안을 언어적으로 접근한 것이다. 자기에서 탈출하여 새로운 자기의 탄생을 노래한 그의 힘찬 언어와 약동하는 이미지 속에는, 하이데거의 논리를 빌려 말한다면 "현존재의 현존재 자신에 대한 본원적인 이해의 방식"이 용해되어 있다.21) 억압과 결여의 상황에 내던져진 실존을 탐구하는 그의 사유구조의 초점은 초월적이고 이상적인 삶을 제시하는 것에 맞춰져 있지 않다. 현실의 파행성 가운데에서 '한 개인이 지닌 예술에 대한 열정과 실존에 대한 고뇌로서의 삶'을 함축하는 데 핵심이 놓여 있다. 그것은 한 마디로 "신을 잃은 고독, 구원을 포기하는 고독, 구원을 잃어버리는 고독, 그리하여 완전한 고독의 무(無) 속으로 잠기는"22) 김현승의 극심한 정신적 방황과 유사한 구조를 보여준다.

신과 신앙에 대한 변혁을 내용으로 한 '관념의 세계'에 발을 들여놓았던 김현승 문학의 공감의 폭을 넓혀준 것은, 그가 보여준 '결단과 확

---

21) '삶의 진실'을 추구하는 문학예술가의 언어사용 방식은 H. G. 가다머(O. 푀겔러, 앞의 책, 161-195쪽)가 '삶의 진리'를 찾는 그것과 다르다. 존재 일반에 관한 철학자의 접근방식과 한 예술가의 실존의 문제를 문학적으로 접근하는 방법도 같을 수가 없다. 철학자의 사색이 깃든 언술이 이 글에서 원용될 때 오용(誤用)과 오해(誤解)의 여지를 남기는 것은 이러한 두 학문 사이의 '방법의 차이'와 더불어 철학에 대한 필자의 이해 부족 때문이다. 그럼에도 손광은이라는 한 시인의 예술세계를 밝히기 위해서 이 글에 실존철학의 내용 일부분이 불가피하게 동원되었다. 번잡을 피하기 위해 세세한 각주를 생략했으며 『「하이데거」의 哲學思想』(그리스도교 철학연구소편, 서광사, 1979)과 『現象學과 分析哲學』(박이문, 일조각, 1983)을 비롯하여 기초적인 철학관련 서적/사전을 이 글에서 참고했다.

22) 김현승, 「나의 文學白書」, 앞의 책.

신보다 방황과 번민의 자세'였다. 손광은의 시문학이 인간존재를 밝혀
주는 하나의 빛이 되어 우리의 공감대를 넓힐 수 있는 개연성 또한 번
민과 방황으로 일관한 '나의 나'를 응시하는 마음의 몸부림이다. 그 몸
부림을 효과적으로 전달한 기법의 비결이 청각적 이미지의 활용에 있
었다. 고뇌에 찬 사색으로부터 이끌어낸 소리의 울림은 '자아'라는 한
인간의 실존의 몸부림을 효과적으로 전달하는 데 적격(適格)이다.

4

기독교와 분투함으로써 김현승이 고독이라는 실존의 소외상황을 극
복했던 것처럼, 손광은도 '나를 죽이는'(「波濤의 말」) 과정을 거쳐 실존의
고뇌를 벗어 던진다. 그리하여 '또 다른 나'를 발견하는 새로운 세계/
길을 찾아 나선다. '존재의 빛'을 찾아 나서는 그 길/세계가 두 번째 시
집의 주요 모티프인 '고향'이다. 초기 시집과 다른 변모를 보여준 이
시집에서 노정은 의식 내부의 세계에 집중되어 있던 관념적 언어를 버
리고 새로운 언어를 찾아 나선다. '토포필리아'의23) 언어가 그것이다.
그러나 그 언어들 역시 '자기 자신을 응시하는' 초기시의 자아성찰, 혹
은 자기반성의 자세를 겨냥한 것들이다.

시인은 「고향 앞에 서서」라는 작품에서 "무엇으로 우뚝 서랴", "무
엇을 다짐하랴"라고 묻는다. 여기서 묻는 주체는 '나'이다. '나'가 누구
에게 묻느냐가 중요하다. 통상 무엇에 대해 묻는다는 것은 2인칭으로
서의 '당신/너'나 3인칭으로서의 '그/그대'를 향한 질문의 의미를 담고
있다. 손광은의 질문은 일반관례를 벗어나 있다. 타인에게 물어봄으로

---

23) 김병욱, 앞의 글.

써 답을 얻을 수 없기 때문이다. '나의 실존'에 관한 것, 그리하여 자신의 필생의 예술적 화두로 자리 잡은 그것을 누구에게 묻겠는가?

> 나는 고향 앞에 서서
> 무엇으로 우뚝 서랴.
> 아흔아홉 굽이 봇재바람에 마음을 열어
> 무엇을 다짐하랴.
>
> 가슴 헤집는
> 세월을 뒤적이고 비비꼬면서
> 옷섶품으로 스며드는 산바람 되랴.
> 강바람 되랴.
> 들꽃이 되랴. 풀꽃이 되랴.
> 고향을 떠난 나그네 되랴.
> 봇재를 넘어
> 저만큼 가까이 마음을 보내
> 수천 년 부르고 이끄는 사람이 되랴.
> 정든 땅에 돌아와 씨뿌리듯
> 내 마음 여기 심어 놓고
> 나는 고향 앞에 무엇으로 우뚝 서랴.
>
> ──「고향 앞에 서서」

'서랴, 하랴'는 시인이 자신에게 묻는 형식이다. "아무것 가진 것 없으면서도" "저절로 넉넉한 듯"[24] 살아왔던 고향 앞에 서서 그는 왜 자신에게 묻는 것일까? 그것은 '나의 내부에 있는 또 다른 나'를 성찰하기 위해서이다. 아름다운 삶을 동경하는 정신의 솟구침이나 추억의 그

───

24) "아무것 가진 것 없으면서도/ 밥 짓는 연기인 듯/ 산안개 피어오르고/ 물안개 정자 강을 휘돌아 금성산 벽옥산 뫼봉산까지/ 구름되어 가든 오든 한가히 한눈팔고/ 산 바람 넘고나 돌면 이래저래 저절로 넉넉한 듯"(「칩거」).

리움을 노래하려는 데 그의 귀향의 본래 목적이 있었던 것이 아니다. 나의 탄생 장소인 그곳에서 '나의 나'를 되돌아보려고 예술적 회향(回鄕)을 감행한 것이다. '지금 여기'에 이렇게 '나의 나'를 있게 만든 본향의 장소가 고향이다. 고향은 나의 정신의 뿌리이자 '나'라는 존재의 육체의 출발점이다.

나를 반성하는 장소, 즉 자기라는 구체적인 개인의 실존을 숙고하기 위한 공간이 고향이다. 추상적이고 관념적인 정신의 공간이 아닌, 구체적이고 실제적인 신체의 장소로 회귀하여 실존의 현재 모습을 응시하려는 시인의 의지를 읽어내는 것이 두 번째 시집의 의미를 파악하는 올바른 길이다. 사반세기에 가까운 세월 동안 "謙虛한 母國語"에 "言語의 날개"를[25] 달기 위해 노정은 그의 작품에서 관념적이고 추상적이고 복잡하고 상징적인 시어의 난해성을 몰아냈다. 명쾌하고 구체적이고 실제적인 시어의 단순성이 돋보이는 것이 후기시의 특색이다. 예술적 개성의 깃발을 드높인 「序詩 – 旗를 올려라」[26]와 「無等山」의 언어들이 그것을 암시해 준다.

> 저하늘을 향하여
> 그리워지면서 그리움을 외쳐부르면
> 山메아리 되어 다시 돌아오는 그리움이 있다.
> 다시 목청껏 부르면
> 無等山 山바람이 되었다.

---

25) 김현승의 「가을의 祈禱」와 「絶對孤獨」에서 인용했다.
26) "旗를 올려라. 旗를 올려라. 손으로 쓴 글보다 가슴으로 쓴 글을 새겨/ 旗를 올려라. 푸르른 하늘빛 묻어 나도록 旗를 올려라./ 역사의 현장에서 어둠을 몰아내고 빛으로 자라면서 박수가 남아있는 맥박을/ 안아들인 빛으로 자라면서/ 가슴으로 외쳐 펄럭이는 빛이여/ 그늘과 밝음을 다시 밝히고/ 다시 빛으로 살아있는 旗를 올려라"(「序詩 – 旗를 올려라」).

삼밭실 바람재 장원봉
능선을 굴러가 山바람이 되었다.

—「無等山」 일부

　저 하늘을 향하여 신명의 소리를 들려주기 시작한 그의 언어는 무등
산의 능선을 굴러가 산바람이 되기도 하고 본향에 대한 그리움의 세계
로 우리를 인도하기도 한다. 고향의 평화로운 들녘을 가로질러 들려오
는 북소리와 장구소리에 우리를 신바람 나게 하는 흥겨움이 담겨 있다.
하늘과 어우러진 그 소리를 들으면 우리의 마음이 뿌듯해지고 우리의
기분이 새로워진다. 남도의 독특한 가락이 배어 있는 그의 언어가 감
미로운 선율을 선사한다. 자연스럽게 구사된 언어의 악음(樂音)에는 실
존의 방황과 고통과 번뇌를 벗어 던진 해방감이 충만하다.

　위대한 예술은 자신을 해방시키려는 투쟁을 표현한 것들이고 인류
의 고귀한 사상이 이러한 투쟁의 산물임을 강조할 필요는 없다. '자기'
라는 필생의 화두를 끌어안고 시 예술과의 싸움을 마다하지 않은 손광
은이 고향의 언어에 빛깔을 부여함으로써 그의 노래 소리에 어떤 존재
의 그림자가 구체적인 모습/형상으로 자리 잡기 시작한다. 아름다운 색
채가 입혀진 남도 예향의 언어가락의 울림 속에 마침내 그 형상/모습
을 드러낸다. 시각과 청각이 앙상블을 이룬 눈부신 소리의 빛깔 속에
시인 손광은의 예술적 자화상이 서서히 각인되기 시작한다.

내 그림자 속에는
장구치고 북치고
하늘치고 북치고
보이지 않는 또 다른 그림자가 있다
가장 고요하게 물들어 가는 화선지처럼

발묵으로 스며 번지는 화면일 게다
아무리 보아도,
끝끝내 껴안아지지 않는 영혼일 게다
만나지도 못하고 떠나지도 못한
먼, 먼 날을, 신바람으로 덧칠하는 물감일 게다

우리 서로 가장 가까이
숨겨 놓은 숨소리같이 가까이 스며들지만
물들지 않은 시간의 무거운 무게일 게다

내가 풍부한 몸부림으로 부르면
장구치고 북치고
하늘치고 북치고
안기어 오는 메아리 같이 되돌아오지만,
마음결로 되돌아오는 내 마지막은
눈부신 무슨 빛깔일 게다

— 「그림자의 빛깔」

　한 개인의 실존이 투영된 그림자의 '빛깔'을 노래한 이 시는 손광은
의 예술적 혼/생명을 함축한 것으로 읽히기도 한다. 귀로 듣는 소리/청
각에 눈에 보이는 빛깔/시각을 융화시킨 이 시의 미덕은 감각의 균형
이다. 어긋나지 않고 조화를 이룬 노정의 문학세계는 그의 인격을 암
시하는 바로미터이다. 거칠고 메마른 세상을 넉넉히 품어주기에 부족
함이 없는 그의 인품은 슬프고 괴로운 일이 더 많은 '지상의 삶'을 살
면서 어두운 면을 감추고 빛만을 보여주어 왔다.[27] 이것이 그와 어울

---

27) 손광은 시인은 '웃으면서 우는' 시인이다. 우리가 그러한 그의 마음의 밑둥을 감
　　지해 내지 못한다면 그의 '시세계는 절반으로 축소'되고 만다. 그는 삶의 한을
　　"표면적으로 표출하는" 법이 없다. 그러기에 더욱 "우리의 가슴을 아리게"(김병
　　욱, 앞의 글) 한다. 개인사적인 삶의 고난과 고통, 그리고 전기적 사실과 관련된 손

리게 되면 인간에 대한 깊은 신뢰와 사랑을 배우게 되는 이유이다. 우리는 「그림자의 빛깔」을 잔잔하고 포근하고 울림이 깊은 품성을 상징하는 손광은의 '예술적 분신(分身)'으로 이해할 필요가 있다. 타인에게 말하는 것을 배우는 시간은 길어야 3년이면 족하다. 그러나 남의 이야기를 듣는 훈련은 60년이란 세월이 요구된다. 한 평생을 살아도 공자가 말한 이순(耳順)의 경지에 이르기는 쉽지 않다.

이순의 경지에 도달한 인격의 소유자가 노정 손광은이다. 인격이 스미지 않는 예술이란 "한낱 風角이나 정서의 유희에 지나지 않는다"고 다형 김현승은 말했다. 정신의 가치를 창조하는 사람들에게서 "인격과 양심을 떨어버리면 남을 것은 감정의 배설"밖에 없다. 문단 생활에서 온갖 거짓 술수를 거침없이 자행하면서 시에 있어서는 언어의 예술성만을 내세우는 "문인들의 작품은 오래가지 못할" 것이라는[28] 김현승의 탄식을 가슴 깊이 새기고 평생을 그렇게 살아온 시인이 손광은이다.

"생명의 자기정립에 대한 강렬한 추구"로 명실상부한 시인의 자격을 갖춘 노정은 다형의 문학정신을 올곧게 실천한 몇 안 되는 문인에 속한다. 김현승의 시풍과 기질을 흠모하는 문하생이 없지는 않을 것이다. 그러나 작품과 인격의 일치를 최상의 덕목으로 삼았던 다형의 예술정

광은의 문학적 생애에 관한 좀더 자세한 내용을 알고 싶은 독자는 김동근의 「'소리'의 시학과 존재론적 메타포」(앞의 책)를 읽어 보라.

[28] 도대체 정신의 가치를 창조하는 사람들에게서 인격과 양심을 털어버리면 남을 것이 무엇인가. 필연적으로 그것은 감정의 배설밖에 없을 것이다. 내가 가장 배격하는 것이 이러한 부류의 문인들이다. 온갖 거짓 술수를 문단 생활에서는 거침없이 자행하면서 시에 있어서는 또한 언어의 예술성만을 내세우고 있다. 그들에게 있어서는 생활(인격)과 문학은 완전히 유리되어 있다. 그리고 남는 것은 예술성뿐이라고 강변한다. 그러나 나는 이러한 문학관에는 정면으로 도전한다. 골격이 없는 육체를 생각할 수 없는 것과 같이 인격이 스미지 않는 예술이란 한낱 風角이나 정서의 유희에 지나지 않는다. 따라서 오래가지 못할 것이다. (김현승, 「나의 文學白書」, 앞의 책)

신을 이어받은 시인은 노정이 있을 뿐이다. 김현승 문학의 정신적 후
계자 손광은이 시를 쉽게 썼다면 그것은 이상한 일이다. 결벽(潔癖)의
예술가 윤동주가 노래했듯이, '천명'을 부여받은 시인의 시가 "쉽게 씨
워지는 것은/ 부끄러운 일"(「쉽게 쓰여진 詩」)이다. 참다운 정신으로 참다
운 사물을 노래하는 고귀한 정신의 수련장에서 절제의 덕목을 상실한
시인이 진정한 시문학의 장인이 될 수는 없다.

5

　노정은 1972년『현대문학』에 김현승의 추천으로「第三廣場」을 발표
했다. 깐깐하기로 소문난 다형이 연속 3회에 걸쳐 추천했을 만큼 손광
은 시인은 천성적으로 시적 기질을 부여받았고 자신의 삶의 여정을 담
아낸 몇 권의 시집을 발간했다. 긴 시력(詩歷)에 비추어 볼 때 손광은의
시쓰기 작업은 풍부한 것이 아니다. 남도인 특유의 풍류 기질과 사람
좋아하는 그의 성격과 바쁜 사회생활의 여파에 기인한 측면이 없지는
않을 것이다. 그러나 과작(寡作)의 주된 이유는 첫 시집의 서문에서 "作
者 自身의 魂을 注入하는 强度와 熱度의 如何"가 작품의 가치를 좌우한
다는 김현승의 충고를 가슴 깊이 새겼기 때문일 것이다.
　한 시인이 평생에 걸쳐 몇 편의 빼어난 작품을 남기기는 쉽지 않다.
하지만 그보다 더 어려운 일은 문학의 품격을 유지하면서 작품 같지
않은 작품을 남발하지 않는 일이다. 손광은 시인이야말로 이러한 점에
서 모범적이다. 문단으로 이끌어준 다형의 문학정신을 한시도 잊지 않
으며 매 작품마다 혼신의 힘을 쏟는 열정이 과작(寡作)의 결과를 낳았을
것이다. 또 다른 요인으로는 '인간의 근원적인 생명에 관한 보다 본질

적이고 보편적인 문제'에 접근하기 위한 방황과 번민이 노정으로 하여
금 다작(多作)을 가로막았을 것이라는 점이다.

'생명의 자기정립'이라는 필생의 예술적 화두를 던져준 김현승의 기
대와 촉망은 손광은에게 시인으로서의 자부심과 사명감을 심어주었고
다른 한편으로는 중압감으로 작용했을 것이다. 견고한 고독의 성안에
서 신과 종교, 그리고 종교와 인간의 문제를 재정립하기에 골똘했던
김현승의 예술적 화두에 비견될 생명의 자기정립에 관한 문제가 노정
으로 하여금 작품발표에 대한 유혹을 떨쳐내게 했을 것이다. 뿐만 아
니라 그것은 '극히 순간적으로 전체의 삶을 담아' 보이는 영원한 예술
의 생명–문학의 혼을 찾으려고 몸부림쳤던 노정의 작품세계에 중량
감과 일관성을 부여한 요인으로 작용했다. '존재의 빛'을 찾아 그 빛깔
을 드리운 언어의 춤사위가 유감없이 발휘된 세 번째 시집이 그 증거
이다.

눈부신 언어의 무도(舞蹈)

―소재호

1

소재호(蘇在浩)의 첫 시집 『耳鳴의 갈대』(1993)에서 구상은 "만물조응(萬物照應)의 상징력을 지니고 또 발휘하는 시인이 있음"을 귀하게 여겼다. 당시의 시단이 "운율 중심의 서정이나 서경, 아니면 사변(思辨)이나 수사(修辭)가 판을 치는데" 그의 시세계에는 그러한 시류에서 벗어난 독특한 그 무엇이 있었다. 그것을 구상은 '만물조응의 상징력'이라고 지적했다. 그러나 이번 시집은 물론이고 이전 시집의 주조적 경향을 상징주의에 귀속시키기 어렵다. 이러한 점에서 '만물조응의 상징력'이 상징주의의 본령과 직접 관련된 것은 아니다.

첫 시집의 "박진(迫眞)한 시심(詩心)만으로 깃발처럼 나부끼고"(「자서」) 싶은 작시법의 관점에서 '만물조응의 상징력'이 재해석되어야 한다. 당대 시단의 창작 방식이 보여준 언어기교나 율동, 혹은 풍경 묘사에 전적으로 의지하여 그 자신만의 예술적 감각을 발현시키기에 소재호는 무언가 부족함을 느꼈던 것 같다. 그 대안으로 모색된 그의 작시법이 '주변의 모든 사물들과 조응(調應)하는 친화력'으로 발현된 것이다.

박진감 넘치는 시심을 펼쳐내기 위해 그는 특유의 친화력을 바탕으로 표현대상과 자신이 한 몸을 이루는 상상적 일체감을 추구했다. "몸부림으로 詩를 퍼올리는 박쥐"(「박쥐-作詩法」)가 그러한 예에 속한다. 어둠 속을 헤매는 박쥐는 시인 자신의 분신에 해당한다. 박쥐와의 상상적 일체감을 통해 '천지를 온통 어둠 하나로 둥지 틀어' 그 안에서 시를 설계하고, 시의 기둥을 세우고, 시의 지붕을 얹었다. "원고지 한 칸 한 칸/ 몸뚱아리로 들어가 스스로/ 크고 검은 글씨가 되어/ 몸부림으로 詩를 퍼 올리는" 박쥐는, '박진한 시심'과 그것을 '깃발처럼 나부끼게' 하고 싶은 열망의 화신(化身)인 시인 자신을 지칭한다.

2

박쥐가 된 시인은 "아직/ 아침을 만들지"(「모닥불」) 못하는 '빛'을 뒤집고 "하늘을 뒤집고"(「박쥐-作詩法」) 시간까지 뒤집는 시쓰기에 몰두한다. 그것은 "가슴에서 가슴으로 흐르는/ 강 한줄기"(「섬진강 2」) 같은 서정을 표현하기 위한 불가피한 몸부림이었다. "실로 悠然하고 大器다운 자세와 精進에 감복한" 이유도 시인의 감각과 개성이 발휘된 치열한 시쓰기를 구상이 예리하게 간파했기 때문이다. 첫 번째 시집의 시세계가 지향하는 방향이 여러 갈래로 분산되었음에도 불구하고 구상에게 뚜렷한 인상을 각인시킨 이유가 여기에 있다. 현대 시인은 전통 서정의 세계에 타협하는 자세를 가져서는 안 된다. "총알처럼 목숨의 끝까지 허막(虛漠)을 뚫고"(구상, 「시와 현대 문제의식」) 나아갈 필요가 있다. 소재호의 작시술이 이러한 요구에 부응했던 것이다. 따라서 고투(苦鬪)의 몸부림으로 출렁였던 창작의 열기에서 수반된 '삶의 초조와 동요와 혼란과 불안'이 귀한 시인의 탄생을 예고했을 것이다.

두 번째 시집에서 "붉던 감성의 이파리들"(「외박」)을 가슴에서 하나씩 이울이기 시작하면서 소재호는 "의미를 삭혀야 들리는/ 산울림 같은 것"(「자서」, 『용머리고개 대장간에는』)이 시라는 사실을 깨닫게 된다. 초기시에서 그가 보여준 열정을 내면에서 한 단계 승화시키는 삭힘의 과정이 그것인데, "禪定에 든 강에서/ 나도 안으로 환해지며/ 平和를 얻는"(구상, 「강 3」) 경지에 비유될 수 있다. 동시에 그것은 첫 시집의 '박쥐가 되어 어둠의 동굴 속을 헤맸던 치열한 시쓰기'가 두 번째 시집에서 뚜렷한 성과로 결집되었음을 뜻한다. 그 증거가 "하늘이 하나인 조국을 날고 싶은 꿈"(「소만 국경의 해오라기」)이다. 시인은 민족화해와 조국통일의 개인적 염원을 이 한구절로 함축해 낸다. '지금 여기'에 삶의 뿌리를 내린 우리민족의 꿈을 '소만 국경의 해오라기'에 의탁한 수법을 통해 시인이 보여준 개인적 차원의 역사인식은 단순 소박하다. 간단명료하지만 강렬한 인상으로 우리의 가슴을 두드리는 그의 역사의식은, 그러나 음미할 가치가 충분히 있다. 이번에 출간되는 세 번째 시집에서도 개인의 희망을 넘어 공동체의 염원을 반영한 그의 역사감각이 발현되어 있다. 그것은 한 개인의 사유를 통해 민중사적 고난의 궤적을 우회(迂廻)하는 간접적 방식이다. 민중의 존재에 대한 자각과 연민이 암시적인 형태로 가시화된 「개망초」가 이러한 예이다.

　　너는 천만송이로 흐북이 피어도
　　단 한 송이 꽃도 아니야

> 쭈빗쭈빗 함께 고개 내밀며
> 무더기로 모이기만 하면
> 산야는 온통 너희 흰 빛 나라
> 소금밭보다 더 짜디 짠
> 조선 벌판 흰 눈물인 것을
>
> ─「개망초」일부

산야에 널려 있는 천만송이 개망초는 '단 한송이 꽃'도 아니다. 이것은 한송이 꽃으로 대접받을 수 없음을 뜻한다. 국토의 어디에나 산재해 있는 버려진 존재이기 때문이다. 그러나 미적 대상의 관심 밖으로 벗어난 개망초에는 민중의 모습이 오버랩되어 있다. "소금밭보다 더 짜디 짠/ 조선 벌판" 흰빛나라의 주인이 개망초이듯이, 민중 또한 그것과 마찬가지로 척박한 이 땅에 생명을 의탁하고 있다. 염토(鹽土)에 비유되는 황량한 벌판에서 흐북이 피어난 개망초는 민중의 모습이고 그들은 다 같이 흰 빛깔이다. 조선민중의 몸을 가려줬던 흰옷을 닮은 그 꽃의 백색이 눈물인 까닭이 여기에 있다. 소외되고 버려지고 돌봄의 손길이 미치지 않는 하찮은 존재에 대한 성찰을 통해 보여주는 시인의 역사에의 관심은, 대부분 궁핍한 시대상이 반영된 척박한 삶의 현장에 관한 것이다.

거창한 명분과 고도한 논리의 역사관을 거부하는 소박한 역사의식이 자리 잡은 작품에는 시인이 딛고 살아온 조선 땅의 자취와 숨결이 간직되어 있다. 그가 다루는 대상은 대부분 일상적인 것들이고, 주변에 널려있는 흔한 것들이다. 생경한 구호나 난해한 이론이 그의 작품의 소재나 재제로 등장하는 경우는 드물다. 그러나 그가 접근한 자연이나 사물의 세계, 혹은 인간사회에 관한 것에는 그것들의 실재(實在)를 밝히려는 노력, 즉 형이상학적 인식이 간결하면서도 평이하게 반영되어 있다. 문학의 궁극적인 목표는 '인간이나 자연이나 사물의 본래적 모습을 밝혀 놓으려는' 작업에 있다. 그것은 "존재에 대한 성실하고 끊임없는 물음"(구상, 「현대문명 속에서의 시의 기능」)과 다르지 않다. 소재호의 시 세계에는 존재에 대한 성실한 물음이 내재되어 있다. 그 물음에는 오늘의 우리사회에 대한 관심과 인식이 자리 잡고 있다.

> 어린 시절 외갓집 벽에 걸렸던
> 구룡폭포 사진 한 장
> 몇 십년 전 기억 속에 묻혔다
> 적송赤松 숲 헤치고
> 금강산 여기와 걸려 있네
>
> 조선 천지 고운 풍경 다 놓아두고
> 외삼촌은 하필 구룡폭포 한 장만 걸었을까
> 곧게 사시며, 수궁가 한 마당 잘 뽑으시던
> 외삼촌 조경환 선생 소리 마당에는
> 토선생이 산천경개 구경하던 모습 선연하고
>
> — 「금강산 구룡폭포」 일부

이 작품의 소재는 구룡폭포를 찍은 빛바랜 사진 한 장이다. 그 한 장의 사진을 통해 외삼촌의 삶을 회고하는 것이 「금강산 구룡폭포」의 내용이다. 그러나 과거에 대한 향수로 이 시의 의미를 제한하는 것은 감상의 핵심을 간과하는 것이다. 북녘의 금강산을 구경하는 그날을 기원하는 통일에의 염원을 민중적 관점에서 상기시키고 있다는 점을 놓쳐서는 안 된다. 이 작품과 더불어 「해란강의 조약돌」도 이러한 깊은 읽기가 요구되는 작품이다. 김수영의 풀을 연상시키는 「생각하는 갈대」 또한 민중사적 인식이 나타나 있는데, 군건한 저항의식과 침묵의 함성을 형상화하고 있다. "까마득한 미래의 강 굽어보노라면/ 언 땅, 밑둥에서부터/ 솟아오르는 연록의 칼 빛/ 은밀한 함성이 불끈불끈 터져 나왔다"(「생각하는 갈대」). 자연사물에서 민초(民草)의 생리를 은유적으로 표현하는 소재호 스타일의 역사의식이 이번 시집의 서정에 은은한 무늬를 이루며 우리의 관심을 끈다. 또 한 축의 빛깔로 교직된 무늬에 형상화된 주제는 사랑에 관한 것이다.

3

세월의 늪을 건너면서 가슴에 묻어두었던 사랑의 문제를 우리는 이번 시집에서 조우(遭遇)하게 된다. 그것은 소재호 시세계의 중요한 또 다른 측면을 형성하고 있으며, "인고의 세월"(「마늘밭에서」)을 곰삭여 터득한 사랑의 진경(眞景)이다. 만물과의 친화력을 바탕으로 존재하는 모든 것을 용납하고 감싸안으려는 휴머니즘적 인간애(人間愛)의 발견이 그것이다. 그에게 있어서 사랑은 그 대상이 어떤 것이든, 그것에 대한 무한한 포용이며 지극한 애정과 관심을 뜻한다.

너는 진정 한 그루 사과나무이지
나의 모두로 너에게 몰려가서
조랑조랑 매달리면 비로소
너는 사과나무가 되지

너에게 가서만 볼 불그레
나는 분분분 윤이 나지

네 맥박 불근거려

뽑아올린 네 목숨으로만 나는
한 줌 한 줌 시간을 연명하고

비바람 다 함께 내 체질이 되고
마침내 네 몸 안을 나로 채우게 되지

그리하여
너에게 나는
황금빛 사과

태풍이 너를 위태롭게 하면
내가 먼저 너에게서 찢기어
어둔 구렁텅이로 내쫓기지
다음날 다시 네가 내 안에서
무성하기를 소망하며

사랑이란 이름의
우리는 함께 사과나무

— 「사과나무」 전문

이 작품은 사과나무와 그 열매의 관계에 대해 성찰한 내용을 담고 있다. 그것이 바로 '너와 나 사이'의 사랑의 관계이다. 너-나무는 나-열매가 있기에 사과나무이다. 너와 내가 '함께하는 사랑, 너와 더불어 네 몸 안으로 나를 채우는 사랑'이 아니면 너-사과나무의 존재 가치는 없다. 그러나 '나-열매'는 '너-사과나무'에게로 가서만 "분분분 윤이 나는" 아름다운 본래의 모습을 유지한다. 너와 나 사이의 이와 같은 관계에서 사랑의 진정한 모습이 구현된다. 내가 있음으로 너 자신의 가치가 빛나고, 너에게로 가있을 때 나는 본래의 아름다운 모습을 유지하게 된다. "함께 사과나무"인 나와 너의 관계야말로 자연이라는 스승이 우리에게 가르쳐주는 최고의 사랑이다. 따라서 태풍이 너를 위태롭게 하면 내가 너에게서 먼저 찢기어 어둔 구렁텅이로 나를 몰아넣는다.

나를 키워준 너에게 무조건 바치는 이러한 사랑이 사과나무와 그 열매의 관계에 국한된 것은 아니다. 자연의 나무와 그 열매보다도 인간 사회에서 정작 필요한 것이 이러한 사랑의 모습이다. 불화와 갈등과 대립과 부조화로 생의 소용돌이에 휩싸이는 인간들의 관계, 즉 너와 나 사이에서 절실히 요구되는 사랑이 '사과나무와 그 열매가 보여준 것과 같은 사랑'이다. "심금 서로 울리며/ 꽃 없이도 얼얼이 맺히는 사랑"(「무화과나무」)처럼, 이해관계와 이기심과 정해진 순서와 제한된 규칙을 넘어서서 "얼얼이 맺히는" 사랑을 아무나 이야기할 수 있는 것은 아니다. 사과나무에 배가 열릴 수 없듯이, 예술의 형질을 결정하는 것은 예술가 그 자신이다.

"내가 그대에게 가리/ 한 그루 은행나무로 뿌리내려/ 이 강산 뜨지 못한다면/ 바람 일으켜 그대에게 가리/ 사철 내내 형형색색 몸 감던 바람/ 오직 사랑의 눈빛/ 여울여울 바람으로 가리// 내가 그대에게 가리/ 아침부터 햇빛받아 온 몸 더웁고/ 반짝반짝 빛나다/ 그 빛 그 체온/ 눈부신 언어로 그대 창가에 가리// 가을엔 노오란 사랑의 밀어/ 익으면 흩날리나니/ 무상히 낙엽 떨구고/ 모든 계절로 사무쳐온 빛깔/ 이제는 우수수 발치에 내려놓고/ 호수만 하던 그리움/ 한 그루 은행나무로 서서/ 깊은 겨울 잠 덮으리"(「한 그루 은행나무로」). 모든 계절로 사무쳐온 시인의 '눈부신 언어'는 가을바람에 날리는 은행잎의 노란 빛깔과 닮았다.

사철 내내 형형색색 몸 감던 사랑의 눈빛과 그대 창가에 다가가는 노오란 사랑의 밀어가 앙상블을 이룬 「한 그루 은행나무로」가 절창인 까닭이 여기에 있다. 호수만 하던 그리움으로 그대의 깊은 겨울잠을 덮는 장면의 마지막 은행잎의 모습은 우리의 마음에 긴 여운을 남긴다. 우리는 자연에서 아름다운 삶의 모습을 발견할 수 있다. 생의 마지막을 눈부시게 치장한 결별의 아름다움을 다룬 또 한 편의 작품이 있다. 시인이 관찰한 사랑의 뒷모습을 다룬 「낙엽」이 그것이다.

　인생사에서 만남이 있으면 반드시 헤어짐이 있다. 이별이 전제되지 않는 사랑은 없다. 사랑이 아름다운 것은 이별이 아쉽기 때문이다. 그 헤어짐이 살 떨리는 또 다른 사랑을 예비한다. 한 단계 높은 사랑의 실현을 위해 이별의 아픔은, 역설적이지만 아름다워야 한다. 소재호 특유의 빛나는 서정의 언어들이 유연한 율동을 펼쳐낸 「낙엽」은 이형기의 「낙화」에 대한 절묘한 변주곡(變奏曲)이다. "가야할 때가 언제인가를/ 분명히 알고 가는 이"(이형기, 「낙화」)의 아름다운 모습을 그는 '낙엽'에 의탁하여 감칠맛 나는 감동을 우리에게 선사한다.

　　　　붉게 익는 노을
　　　　사그라질라, 사위어질라, 마음 졸이면
　　　　순간을 아름답게 이별이 들라하네

　　　　떠나려거든
　　　　몸매 아름답게 꾸미거라
　　　　세상과 바람
　　　　에서 너의 그윽한 눈빛 거두거라

　　　　하늘은 메아리가 없느니
　　　　메아리 한 줄기 만들지 말고
　　　　천지에 떠도는 은밀한 선율에
　　　　몸 맡겨 마지막 눈부시게 나부끼거라

아름다운 이별 위해

—「낙엽」 일부

　낙엽이 나뭇가지로부터 떠나는 이별의 순간을 포착한 것이 「낙엽」의 주요 내용이다. 특히 이 시에서 눈부신 몸치장으로 예쁜 무희처럼 흩날리는 낙엽의 아름다운 장면이 인상적이다. 인간의 감정을 자연의 빛깔로 전이하는 수법으로 인해 우리는 이 작품이 의도한 메시지에 공감하면서 가슴 울리는 감동의 순간을 맛보게 된다. 자연과 인간의 삶이 다르지 않다. 천지에 떠도는 은밀한 선율을 표현하기 위한 '언어의 무도(舞蹈)'는 지상의 모든 존재들이 그것들의 자리로부터 이탈하는 몸짓인 것이다. 이승에서 저승으로 자리를 옮겨야 하는 인간이나 나무로부터 분리되어 낙하해야 하는 낙엽이나 그 모습이 어떻든 본래의 자리로부터 떠나야 한다는 점은 같다. 이 작품은 인간과 자연의 대조를 통해 자연의 낙엽처럼 인간의 마지막 장면도 아름다워야 한다는 사실을 강조한다.

　소재나 제재의 빈곤을 한탄하는 시인들이 있다. 그러나 시대를 관통하는 예술정신은 옛 것으로 새것을 창조하는 온고지신(溫故知新)에 그 핵심이 놓여 있다. 노쇠한 정신을 자극하는 감성의 섬광들이야말로 이형기와 다른 소재호의 개성이 만들어낸 감각의 빛이다. 노익장의 숨결이 약동하는 이 한 장면의 묘사에서 우리 자신을 끊임없이 성찰하게 만드는 생동하는 언어의 생명력을 느낄 수 있다. 감성의 경역(境域)을 확장하면서 맘껏 구사하고 빌려와도 불유구(不踰矩)의 경계를 넘어서지 않는 작시법은 과유불급(過猶不及)에 빠지지 않는 '고운 언행과 인품'을 상기시킨다. 이러한 품성이 그의 시작품에 허세와 과장이 비집고 들어갈 틈을 주지 않았다.

4

　"詩는 詩이어야 하고, 사람은 사람이어야"(「시인의 말」) 한다. 인간이 인간다워야 하듯이 시는 시다워야 한다. 그러나 시다운 시를 쓰기 위해서는 시간이 필요하다. 시간은 문학을 성숙시키고, 그 성숙도는 시간에 비례한다. 소재호의 문학이 여기에 해당한다. 등단으로부터 30여년, 그 견딤의 시간들이 세 번째 시집의 농익은 서정을 발효시켰다. "아, 꽃이 질 때" 낙화의 무상함을 경건하게 맛보며 시인은 "나풀나풀 경쾌히/ 삶의 짙던 무게"(「장미」)를 흩날려버렸다. 아득한 삶의 정적(靜寂)에 몰입했던 관조의 세월이 생에 대한 깊은 성찰을 이끌어 냈다.

　"순항이란/ 바람에 흔들리는 것/ 물굽이 따라 흐르는 것/ 그러므로 유랑은 배의 운명/ 삶은 떠도는 유전(流轉)"(「폐선 2」). 그는 세파의 흐름에 몸을 맡기며 인생의 굽이굽이 험한 역정을 "배의 운명"처럼 물굽이 따라 유랑해 왔다. '떠도는 유전'과도 같은 인생을 순항으로 이끌었던 요인은 그의 '친화력과 고운 말씀'이었다. 세상의 온갖 분노와 미움과 시기와 질투와 욕심과 과시의 감정을 녹여내는 사랑의 용광로가 그의 마음에 둥지 틀고 있다. 그 마음에서 비롯된 고운 말씀과 특유의 친화력이 모든 것을 용납한다.

　"용납한다는 말은 적응한다는 말보다 더 적극성"을 띤다. "자연을 용납하고 사람을 용납하고 삼라만상의 모든" 것을 용납하는 삶의 태도가 너무도 굳건하게 그의 문학에 뿌리내리고 있다. "나를 비우고" 상대방을 "나에게 들여 놓겠다"는 자기 자신과의 약속이, "고등정신에 이끌린 지점"(「문학의 본거지에 다가가기」)에 놓인 그의 문학에 고매한 품위를 부여했다. "보이는 것보다/ 보여지지 않는 진실들이/ 내 시의 그늘이 된다는 것/ 내가 움켜쥐고 있는 일상은/ 대개 위선이었다는 것/ 그

후론 시의 아득한 내면이나/ 어둔 뒷등을 살피기 시작한 거야"(「시의 그늘」). 어둔 뒷등이나 아득한 내면을 살피면서 "핍진하는 추구력과 고양된 심혼의 개안(開眼)"으로 "정혼(精魂)을 기울여 쓴"(구상, 「현대시와 난해」) 사랑의 시편들에 소재호 시인의 진면목(眞面目)이 잘 나타나 있다.

아름답고 그리운 것들

—김영진

1

하해(夏海) 김영진 시인은 1997년에 첫 시집 『주님 찾기』를 펴냈다. 주님 찾기에 대한 간절한 소망을 밝힌 첫 시집에서 그는 독실한 신앙 생활 속에서 느끼고 생각하고 실천했던 기독교인으로서의 참 모습을 보여주었다. 이번에 발간한 『내 마음의 수채화』는 첫 시집과 다른 시 세계를 추구하고 있는데, 신앙인의 자세를 벗어나 일상적 삶의 한가운데에서 바라본 생활세계가 이번 시집의 중심 제재이다. 고향을 지키면서 자식을 기다리는 어머니의 애끓는 마음과 그 마음을 헤아리면서 어머니에 대한 그리움을 간절하게 노래한 시, 이미 변해버린 고향의 모습을 안타까워하며 어린 시절 자신이 뛰어 놀던 고향의 모습을 하나의 수채화처럼 그려낸 시, 시인의 일상 속에서 만나는 무수한 사물들에 대한 느낌을 그때 그때마다 기록한 시 등 이번 시집에 수록된 시편들에는, 자신의 삶의 주변을 형성한 그 모든 것들에 대한 따뜻한 애정의 숨결이 스며 있다.

총 5부로 구성된 『내 마음의 수채화』는 단일한 주제를 중심으로 엮어진 것이 아니다. 각 부마다 내용상 유사성이 있는 작품들을 모아 놓았는데, 첫 시집과는 달리 일관된 주제를 찾기가 쉽지 않다. 우리의 눈길을 끄는 것은 한 인간의 내면을 은밀하게 기록한 일기를 엿보듯 간단명료하면서도 단순하게 녹아든 스토리이다. 그리운 어머니에 대한 간곡한 정이 표현되어 있는 1부 '다듬이 소리'에서 그것을 확인할 수 있다. 어머니에 관련된 이야기는 물론이고, 사랑하는 아내에 대한 고마움, 일찍 돌아가신 아버지에 대한 추억, 짧은 생을 마감한 누이의 죽음과 장모님의 장례식이 행해진 직전과 직후의 감정을 누구나 이해하기 쉬운 평이한 언어로 서술하고 있다.

2부 '잃어버린 고향'에서는 급격히 변해버린 고향의 모습을 아쉬워하면서 어린 시절 경험했던 공동체적 삶에 대한 그리움을 서정적인 언어로 표현하고 있다. 3부 '뜸부기'에서는 계절의 변화에 따라 달라지는 자연풍경의 모습을 형상화했는데, 그 소재는 목련 수선화 안개꽃 찔레꽃 코스모스 등의 아름다운 꽃이나 뜸부기 뻐꾸기 도요새 비오리 등 우리의 추억을 자극하는 각종 새의 모습을 서정적인 언어로 노래하고 있다. 4부 '수채화'는 수려한 자연의 경관을 스케치한 시들과 더불어 전통적 정감을 자아내는 민족고유의 소리문화에 대한 시인의 감상을 표현한 작품이 주류를 이루고 있다. 5부 '간이역'은 일상의 주변에서 일어나는 신변의 사건들을 담담하게 그려낸 작품으로 구성되어 있다.

2

　첫 시집과 달리 시적 대상을 일상의 삶으로 확대한 이번 시집에서 김영진 시인은 영원한 모성으로서의 어머니의 모습을 그려내고 있다. 그러한 모습을 구체적으로 표현한 대목이 「눈물」이라는 작품에 잘 나타나 있다. 그의 삶에서 어머니라는 존재는 자신이 간절하게 추구해왔던 주님의 모습처럼 하나의 신앙으로 자리잡고 있는 듯한데, 그것은 자신의 생활을 받쳐주는 디딤목의 역할을 한다. "나이 오십인데도/ 어머니 치마 자락을 벗어나지 못하고/ 목매기 송아지처럼/ 징징 울고 다니는 아들입니다."(「눈물」)에 반영되어 있듯이, 어머니는 '나'의 삶의 변화와 상관없이 어린 시절의 그것처럼 하나의 생활공간으로 묶여져 있다. 지천명의 나이에도 불구하고 그가 어머니의 치마 자락을 벗어나지 못하고 있다는 진술이 그것을 뒷받침한다. 그는 영원히 어머니 곁을 벗어나지 못하는 아들이다. 때문에 그의 삶을 지탱하기 위해서는 "어머니와 아들이 옛 방에 앉아/ 눈맞춤을 하고 심장 고동소리를 맞추는" "정겨운 시간"(「정겨운 시간」)이 필요하다.

　지금의 나를 나로서 유지하는 그 힘이 어머니로부터 나오는 것이다. 이러한 전제는 시인 자신뿐만 아니라 이 시대를 견뎌내는 대부분의 중년 남성 모두에게 절실한 공감을 불러일으킨다. 어머니를 다룬 작품들이 대부분 큰 기교와 고도의 수사에 의존하지 않으면서도 농촌에 삶의 뿌리를 두었던 오늘의 장년층 모두에게 심정적으로 다가서는 이유가 여기에 있다. 오늘의 삶은 이 시대의 중년남성들로 하여금 행복했던 과거의 삶을 동경하게 만든다. 그 동경심을 불러오는 그 정서에는 고향에 대한 향수와 추억이 자리잡고 있으며 그 한복판에 어머니가 존재한다.

바쁜 시간을 벗어나서 정겨운 시간을 갖는 것, 그것은 현대문명의 속도에 매몰된 우리들에게 얼마나 소중한 자리인가? 김영진의 일상생활에서 가장 정겨운 시간은 고향의 옛 방에서 어머니와 눈맞춤하고 심장의 고동을 맞추는 바로 그 시간이다. 그 시간에 대한 그리움이 도시로부터 벗어나 어머니가 삶의 뿌리를 내린 농촌으로 발걸음을 돌리게 한다. 다시 말하면 모든 것이 시간의 속도에 의해 그 가치가 결정되는 속도전의 경쟁시대에서 살아남아야 했던 시인의 생활이 그로 하여금 고향을 찾게 만든 것이다. 그것은 어머니에 대한, 고향에 대한, 그곳의 산천을 이루고 있는 모든 것에 대한 그리움을 확인하는 길이기도 하다.

한 구비 돌아서면
어머니는 저만치 떨어진 곳에서 서성이고
다가서면 다가설수록 멀어지는 어머니.
어머니 생각을 하면 가슴이 어찌 답답해지고
아린 가슴 생가슴 문질러
고향 앞산 진달래꽃이 흐드러지게 핍니다.
　　　　　　　　　　　　　　　—「생가슴 문질러」일부

다가서면 다가설수록 멀어지는 어머니에 대한 생각, 그것은 단순히 아들과 어머니의 관계에 국한되는 그리움을 뜻하지는 않는다. 그것은 좀더 근원적인 것, 그리고 그 근원의 가장 중심부에 자리잡고 있는 조선적 삶의 원형에 대한 그리움으로 확산된다. 그러나 중요한 점은 직접적이든 간접적이든 그 그리움이 어머니의 모습과 관련된 형태의 그리움과 연결되어 있다는 사실이다. 1부의 여러 시편들에 나타나 있듯이, 그의 시심(詩心)을 자극하는 원천은 어머니이다. 고향 찾기의 핵심에는 어머니에 대한 그리움이라는 정서가 가로놓여 있고, 그 어머니를 찾아 새 뚝 건너 목화밭을 가노라면 "허연 몸짓으로/ 모래 굵은 메마른 땅을 득득 긁고"(「엄니」) 계신다. 그 모습은 시인이 태어났던 고향산천의 풍경을 곧바로 떠올리게 하는데, 이러한 대목에서 우리는 어머니의 모습과 함께 클로즈업되는 조선적 소리문화의 원형과 만나게 된다. 다듬이질 소리가 그것이다. 선배 시인들이 곡진하게 표현했던 그 다듬이질 소리는 전통사회의 붕괴와 더불어 사라져버린 여인의 삶을 환기시키는 원형적 소리로 다가온다.

<blockquote>

찬 서리 내리는 이슥한 가을밤
어머니는 마루에 앉아 다듬이질을 합니다.
힘겹게 살아온 주름살을 곱게 펴기나 하듯이
풀먹인 옥양목을 다듬이 돌에 올려놓고
다듬다듬 방망이를 두들깁니다.

어려운 시절 가난에 찌들고
부엌과 논밭에서 칼바람 재우고
얼기설기 얽어진 한과 아픔을 올려놓고
두 손으로 힘차게 두들깁니다.

따당 따당 따가다가당
따닥 따닥 따가다가닥.

봉긋봉긋 솟아오르는 기쁨 두드리고
시집살이 살림살이 삭여 두드리고
밤을 넘어 한을 넘어
물먹는 별을 따라 그 소리 퍼져 갑니다.

참죽나무 달 그림자 사이로 새어 나오는
어머니의 한이

</blockquote>

다듬이 소리로 서러운 밤입니다.

— 「다듬이 소리」 전문

다듬이 소리로 상징되는 어머니에 대한 그리움은 김영진 시인의 과거와 현재를 가로지르며 그의 일상을 지배했던 슬프고도 아름다운 추억을 불러내는 역할을 한다. 그것은 「땅 머슴」, 「형제」, 「누이」, 「입관」, 「하관」 등 그의 가족과 고향사람의 삶을 재조명하고 그들의 따스했던 삶을 자신의 삶으로 맞아들이는 시쓰기를 가능하게 만든 요인이기도 하다. 가까운 거리에서 늘상 함께 숨쉬면서 생활했던 형제나 땅 머슴은 물론이고, 이 세상과 하직했던 누이나 장모님에 대한 슬픔까지도 하나의 그리움으로 맞아들이는데, 중요한 점은 그 그리움이 시간의 흐름 속에서 하나의 아름다운 마음의 수채화로 그의 가슴속에 자리잡는다는 것이다. 뿐만 아니라 그것이 현재의 그를 모성적 사랑으로 감싸는 아내에 대한 감사의 정으로 표현되기도 한다. 첫 시집 『주님 찾기』에서 갈등관계로 묘사된 아내와의 불화를 극복하면서 지극한 남편애로 반전시킨 「아내」라는 작품이 바로 그것이다. 이 작품을 비롯하여 「서재방 아씨」에서는 그리움이라는 정서가 화기애애한 부부애의 원천으로 작용하기도 한다.

출근하면 아내는
서재에 조용히 들어와
방안을 아름다운 향기로 채웁니다.

창문을 열어 신선한 공기로 바꾸어 놓고
구석구석 소제며 옷가지를 정리하고
펼쳐놓은 시집도 슬쩍슬쩍 읽어보고

책상 위의 사진에 생긋 웃어 주기도 하고
직장에 나가 어려운 일 궂은 일 만나지 않도록
두 손 모아 기도합니다.

아내는 남편이 비운 서재에 들어와
가슴 두근거리며 남편을 생각하고
묵은 냄새를 맡는 일이 행복한 시간이라고
가만히 귀띔해줍니다.

— 「서재방 아씨」 전문

서로가 서로를 그리워하는 것, 그것이 서재를 향기로 가득 채운다. 이러한 점에서 그의 시쓰기는 여타의 시인들과 다른 의미를 지닌다. 훌륭한 작품을 써내는 것, 그것이 시인된 자의 최대 욕망일 수 있는데, 김영진 시인의 경우는 그렇지 않다. 평소의 그의 삶이 그렇듯이 그는 세속의 명예에 집착하지 않는다. 대인관계를 비롯하여 교사로서 학생에 대한 교육관이나 인간관 등에 나타나 있듯이 극과 극을 배제한 채 지극히 담담한 중용적 생활자세를 취한다.

3

김영진 시인은 일상사에서 무리를 범하는 일이 없고 과욕으로부터 멀리 떨어진 삶을 추구한다. 그것은 인격의 성숙을 말하는 것이기도 한데, 그 성숙한 인격만큼 그의 시에는 욕망이 발디딜 틈이 없다. 매일의 생활을 기록하듯이 마음속에 자리잡은 일상의 세계를 언어로 옮겨놓는 일, 그것이 시쓰기의 최종 목표이자 목적이다. 그가 인간의 희로애락을 심각하게 다루지 않는 까닭이 바로 여기에 있다. "노오란 귀 쫑

굿 멈춰 선 사슴 … 먼데 산을 본다"(「수선화」), "내 영혼에 반딧불을 달아/ 바다 위의 한 점/ 섬으로 갈거나"(「섬」) 등의 구절에 반영되어 있는 것처럼, 김영진 시인은 노천명이나 유치환과 같은 유수한 선배 시인들의 시세계에 대한 철저한 연구작업을 거쳤다. 그럼에도 불구하고 그는 이들과 달리 '우리의 삶을 이루고 있는 모든 것은 아름답고 그리운 것'이라는 시창작관에 입각해 있다. 그는 짜고 쓰고 시고 매운 인생의 고락(苦樂)도 세월이라는 긴 시간의 흐름 속에서 그립고 아름다운 정서로 변화된다는 사실을 이야기하려고 노력한다.

> 산그늘 더듬어 가던 묵정밭
> 가시덤불 텃새 놀이터가 되고
> 다랑다랑 다랑가리 논배미
> 우우 억새와 쑥대가 살아서
> 동강샘에서 미역감던 고향은 아니데.
>
> 어미 잃은 목매기 송아지
> 이리닫고 저리닫고
> 어룽어룽 눈시울을 훔치고 보아도
> 갈퀴로 솔잎 긁던 뒷동산은 아니데.
>
> — 「잃어버린 고향」 일부

낯선 시간 속에서 고향을 찾는 것이 오래 전 돌아가신 아버지 얼굴 떠올리듯 부질없고 쓸데없는 일인지도 모른다. 하지만 고향에 대한 추억마저 잃어버린다면 우리의 삶은 얼마나 쓸쓸할까? 소꿉놀이 할 때 짝이 되어주던 순이, 그녀는 오래 전에 고향을 떠나버렸고 어디에 있는지도 모르지만, "알록달록 가슴을 엮어" 치렁치렁 곱게 다가오는 그리움을 만들어 준 여인이다. 그 그리움마저 없었다면 시인의 삶은 얼마나 삭막할 것인가? "감꽃 떨어지는 유년의 언덕에서/ 봄비로 무성히 자란 각시풀"(「각시풀」)을 떠올리는 시쓰기가 우리의 오늘을 되돌아보게 만든다. 어디 그뿐이랴? "단발머리에 검정 치마가 어울리는 여자"(「그 시간 그 자리」)를 비롯하여 병옥이, 용싱이 성, 고서방, 응대 아재, 생선장수, 샌님 등 그의 시에 등장하는 인물들 모두가 농촌공동체의 추억을 자아내는 과거의 우리 이웃들이었다.

　닳고 낡았던 고무신에 얽힌 추억, 눈 내리는 겨울저녁 구워 먹던 고구마, 미래의 꿈을 담아 날리던 방패연 등 시적 소재의 하나 하나가 우리의 향수를 자극하는 것들이고 우리의 일상에 널려 있는 친근한 것들이다. 이러한 점에서 그의 시는 이 땅의 중년층의 향수와 추억을 불러내는 동화적 상상력에 기대고 있는 측면이 강하다. 특히 이야기하는 내용도 그렇지만 무엇보다도 쉽게 다가오는 시어들과 평이한 서술은 물론이고 각시풀과 같은 일상의 소재들이 조성하는 분위기가 한데 어우러지면서 순수서정의 동화적 세계를 형성해 낸다.

한길을 따라
산길로 들어섭니다.
콩밭과 옥수수 밭이 있고
논배미를 지나 개울이 흐르고
산마을이 수채화로 그려집니다.
소나무 밤나무가 파란 숲을 이루고
맷새와 꿩이 산그늘 속에 서성이다
퐁당 여름이 푸름 속에 잠겨갑니다.
하늘 닿은 물가로 산이 크게 출렁이고
덧칠한 초록 능선이 겹쳐 흐르고
그리운 것들이 숨바꼭질하고
산과 하늘이 볼을 부비는 산마루

> 그 너머엔 무엇이 있을까
> 그리움 너머
> 그 너머에는
>
> ─ 「수채화」 전문

　이 작품은 제목이 지시하는 것처럼 자연풍경을 언어로 그려낸 한 편의 수채화에 비유될 수 있는데, '퐁당'이라는 의성어가 불러일으키는 청각적 이미지가 전체적인 시상을 동화의 공간으로 이끌어 간다. 이와 같은 의성어뿐만 아니라 그의 작품에 빈번하게 등장하는 의태어의 쓰임새가 그것을 더욱 보강한다. 사계절의 변화를 다양한 빗소리로 표현한 「비」라는 작품을 비롯하여 「한산 모시」, 「설장고」, 「대금 산조」가 여기에 해당한다. 동시에 "따그르르 따그르르 소리가 정겹지요"(「순이」), "다글다글 꽃동네"(「안개꽃」), "동글동글 냇가에 앉은"(「기다리며」), "콩닥콩닥 뛰는 가슴"(「종이 우산」), "퍼렁 똥을 뚬방뚬방 떨어뜨리는"(「누에」) 등의 예들이 이러한 사실을 잘 말해준다. 인간의 감각기관에 직접 호소하는 의태어나 의성어는 이 시인의 주요한 수사적 기교에 속하는데, 거기에 덧붙여 "간질간질 갈증만 더한다"(「부부」)나, "어리어리 물살지어/ 빤닥빤닥 이랑지어"(「섬」) 등의 표현법이 시의 분위기를 동화의 세계로 이끄는 역할을 한다. 그러나 그럼에도 불구하고 그의 작품들을 동요나 동시의 차원에서 접근하는 것은 옳지 않다. 현대문명의 도시적 삶을 벗어나 자연 속에서 유유자적 노니는 듯한 그의 시에는 반문명적인 지혜, 다시 말하면 물질문명의 속도에 매몰된 현대인의 삶에 대해 어떤 깊은 성찰의 시각을 제공해 준다.

> 울창한 전나무 숲길을
> 가진 것 버리고 빈손으로

가만가만 오라 하데.

능가산 내리치는 실바람이
단풍나무 서늘한 길을 따라
덥혀진 가슴을 식혀주고
천년의 느티나무가 보살이 되어
햇살 고운 연초록 잎새로 피어나데.

대웅보전 꽃무늬 문살 너머로
슬며시 넘겨보니
부처는 허물을 벗어 놓고
종적없이 사라지데.

바람결에 뒤 안을 지나
소나무 숲을 가로질러
세봉 바위에 앉아
껄껄 웃으시데.

나를 찾아오시는가
가진 것 버리고 빈손으로
가만가만 오라 했는데
덕지덕지 끌고 온 것이
무겁지 아니한가?

— 「내소사」 전문

　탐욕이 들끓는 세상에서 인간들은 더 많은 것을 소유하려고 몸부림친다. 그러나 진정한 삶은 그것이 아니라는 것을 이 시의 마지막 부분이 가르쳐 준다. 가진 것 버리고 빈손으로 오라는 것, 그것은 물질중심의 이 세상을 살아가는 데 많은 것을 생각하게 만든다. 여행에 비유되는 인생살이에서 불필요한 것들을 덕지덕지 끌고 다닌 것은 아닌가? 몸에 지닌 것을 버리면 버릴수록 그 인생길은 가벼운 것이 된다. 그런데 대부분의 인생은 그렇지 못하다. 시인은 부처님의 말을 빌어 우리 인생의 삶이 어떠해야 되는가를 암시적으로 이야기한다. 독실한 기독교 신앙인으로서 부처님을 찾는 것도 쉽지 않은데, 그 면전에 서서 진실된 부처의 말소리을 듣는다는 것은 얼마나 어려운 일인가. 이러한 점에서 우리는 김영진 시인이 첫 시집과는 또 다른 세계를 향해 시적인 발걸음을 옮기고 있다는 사실을 조심스럽게 단언해도 좋을 것이다. 그러나 그 세계는 궁극적으로 그가 갈구해마지 않던 주님 찾기 작업과 가까운 거리에 놓여 있는 것이라는 점을 간과해서는 안 될 것이다.

4

　현대문명은 모든 것이 시간에 의해 결정되는 하나의 큰 특징을 보여준다. 시간의 속도에 의해 지배되는 현대문명 사회는 우리에게 그것에 적응할 것을 요구한다. 매일 반복되는 우리의 일상을 지배하는 속도전은 절망에 가까울 만큼 심각하다. 문명의 속도를 벗어나는 일, 그리하여 발광에 가까운 현대문명의 왜곡된 삶을 견뎌내기 위해서는 느림의 지혜를 터득할 필요가 있다. 일상적 삶과 시인이 거주하는 주변 지역을 둘러싸고 있는 자연풍광이라는 두 가지 테마로 이루어진 이번 시집은 느림의 미학에 초점이 맞춰져 있다. 근대 이전의 전통사회에서의 삶의 속도가 그러했듯이, 빠르게 진행되지 않는 그의 시는 현대의 도시생활보다는 과거의 농촌생활, 그리고 문명보다는 자연을 노래하는 데 적합하다.

전주 주변과 그 인근의 자연산천에 대한 서정을 읊은 작품을 비롯하여, 시인 자신의 과거와 현재를 이어주는 삶의 중심부에 놓여 있는 사람들에 관련된 추억을 동화처럼 표현한 작품이 바로 그것들이다. 그의 시는 가속화되는 문명의 속도에 삶의 리듬감을 잃어버린 현대인들에게 시간에 대한 새로운 관점을 제공해 준다. 지극히 일상적이고 사소한 주변의 이야기들을 섬세하고 따뜻하게 표현해온 김영진 시인의 장점이 여기에 있다. 바쁜 생활 속에서 잃어버렸던 전통적 삶에 대한 향수를 자극하는 그의 시는, 아름다운 시절에 경험했던 인간에 대한 순수한 정을 느끼게 해준다.

어머니와 아내와 고향 사람들, 일찍 돌아가신 아버지와 안타까운 나이에 세상을 등진 누이와 장모님, 아름다운 자연과 그 자연산천의 무늬를 수놓은 각양각색의 꽃들과 그 속에 삶의 둥지를 튼 새들이 등장하는 그의 시는, 우리 각자의 마음속에 소중하게 간직된 한 폭의 수채화에 비유된다. 뿐만 아니라 우리의 가슴 깊숙이 자리잡은 한국적 삶의 원형적 리듬—다듬이 소리를 비롯하여 판소리, 대금소리, 장고소리 등을 통해 김영진 시인은 조선적 삶의 이면에 자리잡은 소리문화에 대한 간결하면서도 소박한 탐구 작업을 보여주었다.

시인 자신의 내면세계를 꾸밈없이 있는 그대로 서술한 『내 마음의 수채화』에는, 심각한 삶의 고통이나 생의 아픔에 대한 진지한 접근이 결여되어 있다. 독자의 마음을 파고들면서 통째로 흔들어대는 절실한 호소가 없다는 바로 그 점이 약점일 수 있다. 하지만 오히려 그것들을 배제하면서 생활세계의 잔잔한 느낌을 표현한 그의 시편들이 독자들을 심각한 아픔과 처절한 고통의 정서적 질곡으로부터 해방시키는 기능을 수행하기도 한다. 한 인간의 마음 속 깊이 간직된 은밀한 내면을 토로한 이번 시집의 미덕을 이러한 대목에서 확인해 보는 것이 중요하다. 현대문명이 강요하는 속도의 삶으로부터 벗어나려는 독자가 있다면, 한여름 밤의 산 속 샘물처럼 찰랑거리는 맑고 깨끗한 순수 서정의 세계를 펼쳐낸 『내 마음의 수채화』에 잠시 몰입해 보는 것도 좋으리라.

텅 빈 삶의 향기

―복효근

1

복효근은 세 권의 시집을 펴낸 시인이다. 『당신이 슬플 때 나는 사랑한다』(1993)와 『버마제비의 사랑』(1996) 그리고 『새에 대한 반성문』(2000)이 그것들이다. 이러한 시집들은 1991년 『시와시학』 겨울호로 등단한 그가 서정시인으로서의 위상을 확고히 다져왔음을 보여준다. 단순한 서정의 심화나 문체의 매력에 의해 감흥을 자아내는 종류의 시편들이 아님에도 불구하고 그것들은 우리 시단에서 주목받을 만한 요소를 지니고 있다. 한국 서정시의 형식미를 계승해 온 점도 그렇지만, 보다 중요한 것은 그의 작품이 전통 서정시의 내용미를 풍부하게 개척할 여지를 지녔다는 점이다. 세 번째 시집에 실린 「소리물고기」가 그것이다.

"내소사 목어 한 마리 내 혼자 뜯어도 석 달 열흘 우리 식구 다 뜯어도 한 달은 뜯겠다 그런데 벌써 누가 내장을 죄다 빼먹었는지 텅 빈 그 놈의 뱃속을 스님 한 분 들어가 두들기는데……// 소리가 하, 그 소리가 허공중에 헤엄쳐 나가서 한 마리 한 마리 수천 마리 물고기가 되더니 하늘의 새들도 그 물고기 한 마리씩 물고 가고 칠산 바다 조기떼도 한 마리씩 온 산의 나무들도 한 마리씩 구천의 별들도 그 물고기 한 마리씩 물고 가는데……// 온 우주를 다 먹이고 목어는 하, 그 목어는 여의주 입에 문 채 아무 일 없다는 듯 능가산 숲을 바람그네 타고 노는데……// 숲 저쪽 만삭의 달 하나 뜬다"(「소리물고기」).

이 작품은 그의 시세계를 가늠하는 중요한 바로미터이다. 목어(木魚) 소리에서 촉발된 행위들은 시인이 한순간 우연히 떠올려 본 상상력이 아니다. 그것은 현대적 삶에 대한 깊은 사색의 결과이다. 표현내용이 현실세계에서 불가능한 환상의 세계를 다루었음에도 불구하고 「소리물고기」는 거침없고 활달한 액션들을 통하여 우리의 마음으로부터 온갖 물질적 탐욕을 사라지도록 만들었기 때문이다. 물질세계 너머로 상승하는 정신세계의 무한한 가능성을 노래했다는 점에서 환상적인 '목어이야기'는 현실의 맥락에서 중요한 생의 의미를 담아낼 수 있었다. 텅 빈 그곳의 소리가 빚어낸 나눔의 기적과 그 기적이 발산하는 삶의 향기가 그것이다. 그 향기는 목어 한 마리가 불러낸 것이다. 「소리물고기」가 '텅 빈 삶의 향기'를 그윽하게 풍겨주는 이유가 여기에 있다.

그의 시 쓰기는 일상의 삶을 반성적으로 성찰하는 행위의 연속선 위에 놓여 있다. 그것은 『누우떼가 강을 건너는 법』이라는 이번 시집에서도 동일하게 나타난다. 사회에서 쟁점이 된 이슈나 난해한 현대시론을 가지고 잔꾀를 부리지 않는 대신에 복효근은 시문학의 사명에 대한 자각만큼은 철저하다. 철학의 사명에 해당하는 '삶의 존재방식에 관한 전체적인 조망'을 찾는 일에 그의 관심이 집중되어 있다. 네 번째 시집의 주된 내용도 여기에 초점이 맞추어져 있다. 무엇을 쓰든, 그것을 어떻게 다루든, 혹은 그것이 현실의 맥락을 벗어난 것이든 그렇지 않은 것이든 그의 시 쓰기는 삶의 존재방식에 관한 탐구와 연결되어 있다.

시문학이 일상생활에 없어서는 안 될 어떤 것이라는 믿음, 다시 말하면 자신이 살아가는 것과 긴밀하게 연결되어 있다는 생각이 그의 시 쓰기에 기본 바탕을 이루고 있다. 이러한 생각과 믿음을 실천한 결과가 이번 시집이라는 사실도 의심의 여지가 없다. 한 권의 시집으로 묶였을 때 전체를 관통하는 내용의 응집력이 부족한 것도 삶에 관한 전체적인 조망을 '어떻게 전달할 것인가'에 관한 문제에 고심했기 때문이다. 최근 작품은 물론이고 그 이전의 초기 시부터 복효근은 자신이 의도한 예술적 메시지를 간단하고 명료하게 전달하는 것의 중요성을 깨달았던 시인이다.

2

'삶의 존재방식에 관한 조망'을 겨냥하는 그의 창작활동은 상당 부분 일상의 체험을 평이한 언어로 옮겨놓는 일로부터 시작된다. 「구두 뒤축에 대한 단상」 역시 일상생활과 밀착된 소재를 다루고 있다. 시인은 닳아버린 구두뒤축을 표현대상으로 삼아서 우리의 삶의 주요 국면을 조감하고 있다.

> 겉보기에 멀쩡한데
> 발이 빠져나간
> 구두 뒤축이 한쪽으로 심하게 닳았다

보이지 않은 경사가 있다
보이는 몸이 그럴진대는
헤아릴 수도 없을 마음의 경사여

구두 뒤축도 없는 마음의 기울기는
무엇이 보정補正 해주나 또
뒷모습만 들켜주는 그 경사를 누가 보아주나

마지막 구두를 벗었을 때
생애의 기울기를 볼 수는 있는 것인가
수평을 이룰 때 비로소 완성되어버릴 생이여, 비애여

닳은 구두 뒤축 덕분에 나는 지금 멀쩡하게 보일 뿐이다
　　　　　　　　　　　　　　—「구두 뒤축에 대한 단상」

　구두의 감추어진 부분, 즉 구두 뒤축에 관한 이야기가 이 시의 표면적 내용이다. 그러나 그 이면의 핵심 의미는 인생의 "보이지 않은 경사"의 문제이다. 한쪽으로 심하게 닳아버린 구두 뒤축은, 생애의 기울기를 비유하는 적절한 소재이다. 구두 뒤축의 기울기와 생애의 기울기를 대비시킴으로써 시인은 수평을 이루지 못한 삶에 대한 반성적 성찰의 계기를 마련한다. 평범한 일상의 소재에 그 자신의 삶을 접합시켜 형상화하는 방식이 복효근 시의 감동의 폭과 깊이를 결정하는 요인이다. 중요한 것은 시인의 삶에 대한 반성적 자기성찰이 한 개인의 생활 범위를 넘어 보편적인 삶의 국면으로 확산된다는 점이다.

　복효근 시에서 의미의 울림이나 감동의 효과는 일상의 소재보다는 자연에서 택한 소재를 다룬 시편들이 훨씬 크다. 자연을 소재로 한 작품들이 그렇지 않은 것들에 비해 풍부한 서정성과 더불어 의미심장한

감흥을 불러일으키는 데 효과적이다. 자연을 다룬 시편들은 자연현상
의 관찰을 통하여 삶의 근본원리를 발견하고 이것을 통해 일상생활을
되돌아보는 과정에서 탄생된 작품들인데, 자아의 내면을 비추어 내거
나 자신의 삶을 숙고하는 경우가 대부분이다. 바닥을 드러냈을 때 자
신의 모습을 바로 보는 강의 모습을 그려낸 「강은 가뭄으로 깊어진다」
가 여기에 해당한다.

가뭄이 계속되고
뛰놀던 물고기와 물새가 떠나버리자
강은
가장 낮은 자세로 엎드려
처음으로 자신의 바닥을 보았다
한때
넘실대던 홍수의 물높이가 저의 깊이인 줄 알았으나
그 물고기들과 물새를 제가 기르는 줄 알았으나
그들의 춤과 노래가 저의 깊이를 지켜왔었구나
강은 자갈밭을 울며 간다

기슭 어딘가에 물새알 하나 남아 있을지
바위틈 마르지 않은 수초 사이에 치어 몇 마리는 남아 있을지……
야윈 몸을 뒤틀어 가슴 바닥을 파기 시작했다 강은
제 깊이가 파고 들어간 바닥의 아래쪽에 있음을 비로소 알았다

가문 강에
물길 하나 바다로 바다로 이어지고 있었다
— 「강은 가뭄으로 깊어진다」

　자연의 모습과 인간의 삶이 다르지 않다는 인식이 그의 시의 바탕이

되고 있다. 그것은 고난을 겪어본 후에야 인생의 깊이를 안다는 사실과 연결되어 있다. 자연현상과 사회현상이 근본적으로 유사하다는 시인의 생각은 자신만의 독특한 관점으로 자연을 관찰한 결과에서 비롯된 것이다. 그 관점은 물고기와 물새의 "춤과 노래가 저의 깊이를 지켜왔었구나"라는 진술에 나타나 있다.

강의 깊이를 지켜 온 것은 '물새와 물고기의 노래와 춤'이라는 해석은 일반과학의 그것과 다른 문학적 상상력의 소산이고, 그것은 시인이 세계를 지각하는 방식과 결부되어 있다. 주목해야 할 중요한 점이 여기에 있다.

그의 작품에 등장하는 자연은 우리의 감각에 지각되는 그대로의 물질세계와 다르다. 그의 작품에 나타난 자연은 원래 모습 그대로의 자연이 아니다. 그것은 시인의 내면공간에 자리 잡은 풍경을 대신한다. 그 풍경이 시의 공간적 배경을 이룰 때 인간과 자연은 둘이 아닌 하나가 된다. "저 길도 없는 숲으로/ 남녀 여남은 들어간 뒤/ 산은 뜨거워 못 견디겠는 것이다"(「단풍」) 등 그가 다룬 자연은 인간과 공존한다. 인간과 자연은 분리된 존재가 아니라 결합의 관계로 맺어져 있다. 단절이 아니라 끊임없이 이어지는 인연의 연속, 그것이 인간과 자연의 본연의 관계이다. 과학자가 매장해 버린 인간과 자연의 공존을 복원시킨 「복사뼈에 대한 단상」은 그 둘 사이의 뗄 수 없는 인연을 확인시켜 준다.

> 복숭아를 먹다보면
> 필연코 단단한 씨를 만난다
> 그것은 말하자면
> 복사꽃의 끝
> 단맛으로 깊어가던 복숭아의 끝
> 끝나버린 복숭아씨, 그것은

또 꽃피울 복숭아의 머언 먼 시작이려니
귀 기울이면
그 속에 비가 내리고 새가 울리라
나에게도
복숭아뼈라 부르는 씨 하나가 있어
살아버린 나는 무엇인가의 맛 나는 과육이 되어야겠다
언젠가
내 과육을 다 먹은 시간이 그 끝에 만나고야 말 그 씨는
나의 시작인지도 모르는 일이어서
들으면 들리리라 비 내리는 소리
내 안에서 우는 새소리
꽃 피는 소리
끝이 시작으로 이어지는 지점
내게도 복숭아씨가 있다

— 「복사뼈에 대한 단상」

"끝나버린 복숭아씨, 그것은/ 또 꽃피울 복숭아의 머언 먼 시작"이라는 구절에 복효근의 세계관을 형성한 불교사상이 나타나 있다. 자연에 속한 모든 존재는 그 어느 것도 우연히 생겨난 것이 아니다. 자연계의 이것과 저것은 윤회의 끈으로 이어진 필연을 통해 본연의 모습을 드러낸다. 자연의 섭리에 의해 존재를 부여받은 인간의 복사뼈나 복숭아씨도 마찬가지이다. 서구과학과 자본주의 문명이 자연과 인간을 구분하면서 그 둘 사이를 분리시켜 온 것을 시인은 거부한다. 분리와 구분을 없애는 것이 그의 예술적 과업이다. 그 과업은 인간을 다시 자연으로 인도해야 할 시문학의 사명과 통하는 것이다. 작은 씨앗과 인간 신체의 일부가 서로 의미 있는 관계로 설정된 이 시가 그것을 알려준다.

"들으면 들리리라 비 내리는 소리/ 내 안에서 우는 새소리/ 꽃 피는 소리" 등 그의 시는 물질의 탐욕과 속도의 시대에 매몰된 현대인이 잃

어버린 소중한 것이 무엇이며, 그것을 회복하는 길이 어떤 것인가에 대한 메시지를 담고 있다. 속도의 시대가 만들어낸 함정에 빠져 허둥대는 인간의 구원이라는 보다 심원한 프로젝트가 그의 시에 있다. 그것은 우리가 흔히 이야기하는 자본주의적 근대과학이 기획한 프로젝트와 방향을 달리 한다. 한 시인의 소박한 상상력에 입각해 있지만, 그것은 현대과학이 지배하는 자본주의적 문명세계에서 해결하기 어려운 난제를 풀어내는 명쾌함이 돋보인다.

3

자연관찰을 통해 자신의 삶의 정체성을 확인하는 복효근은 순간순간의 삶의 장면들을 다양한 자연풍경으로 치환시킨다. 그 풍경은 기억 너머의 과거생활을 반추하는 추억의 공간이 아니다.

그것은 자본과 속도가 지배하는 인공적 도시의 반대쪽에 놓여진 생명 나눔의 장소이고, 화해의 삶이 이루어지는 인간과 자연의 조화와 나눔을 함축하는 것이다. 따라서 자연생태와 인간생활의 대조적 국면을 부각시킨 복효근의 시 쓰기는 인간사회의 여러 현상을 파악하는 것이며, 현재 당면한 우리의 삶의 문제를 성찰하기 위한 것이다. 그의 시가 우리에게 깨우쳐 주는 것은 자연미의 본질과 특성을 표현하는 서정시 본연의 임무가 자연경관 자체의 속성을 파악하는 것으로 한정되어서는 안 된다는 점이다. 자연 질서의 모순을 포용하고 자연생태계의 평화 뒤에 숨어 있는 투쟁까지도 우주만물의 질서로 파악할 때 우리는 자연의 근본 법칙의 진실에 근접할 수 있다. 「누우떼가 강을 건너는 법」에서 자연이라는 미적 대상이 집단과 집단, 혹은 집단과 개인의 특수

관계를 상징하는 의미를 지닌 까닭이 여기에 있다.

　　　　　　　　　　　　　　— 「누우떼가 강을 건너는 법」

　낭만적 이상향으로 자연을 대해온 시각에서 도달할 수 없는 삶의 질
서나 법칙에 대한 예리한 인식이 「누우떼가 강을 건너는 법」에 반영되
어 있다. 그것이 직접 경험이든 간접 경험이든 그것은 상관없다. 문제
는 냉혹한 자연의 법칙을 응시하는 시인의 시선에 자신의 삶의 실체에

대한 명상이 자리 잡고 있다는 점이다. 공동체의 지속 가능한 생존방식과 그러한 목적을 위해 자기희생을 감수하는 누우의 모습을 표현한 점이 그것이다. 조화와 균형이 지배하는 평화로운 자연풍경 내부에서 벌어지는 비정한 생존의 모습, 그것은 고귀한 또 다른 생명의 희생이 뒷받침된 것이다. 그 생존은 또 다른 존재의 죽음에 빚진 것이다. 자연의 질서는 동정과 연민을 용납하지 않는다는 복효근의 관점에서 현실 사회의 난맥상—이기주의와 개인주의의 문제가 해결될 수 있다. 누우를 포식하는 악어의 행동은 약육강식의 정글법칙이 아니라 우주만물의 자연스런 운행일 뿐이다. "누군가의 죽음에 빚진 목숨이여"가 말해주듯이, 한 존재의 생존은 또 다른 존재의 희생에 의한 것이다. 우리의 생명은 누군가의 목숨, 다시 말하면 다른 사람의 죽음에 의해 연명되는 것이다.

이 땅에서 쓰여진 상당수의 생태시들이 자연의 진정한 모습을 조작함으로써 유토피아적 자연관을 형성하는 기획에 협력해 온 것이 사실이다. 자연의 모습을 왜곡하여 경험적 자연이 아닌 환상적 자연을 그려냄으로써 그것들은 자연의 진실을 은폐하는 기획에 동참해 왔다. 그대로의 자연현상을 이해하려는 진지한 자세가 부족하거나 없었던 우리 시단의 생태시들과 비교되는 복효근 시의 진면목이 여기에 있다. 그의 시가 진한 서정성을 기반으로 하고 있으면서 스스로 감상과 낭만의 나락에 떨어지지 않는, 그리하여 생경한 관념의 토로에 그치지 않는 비결도 이 대목에 있음은 자명하다. "숲엔 언제나 숲의 향기가 있다"(「숲, 혹은 사랑에 관한 변주 1—독초에게도 향이 있다」)나, "때로 슬픔도 모여서 힘이 된다"(「숲, 혹은 사랑에 관한 변주 2—슬픔도 모여서 힘이 된다」)는 자연현상에 관한 경험의 진술이 우리의 삶의 고통과 상처를 치유하는 힘을 발휘하는 것도 이러한 비결과 무관하지 않다.

4

뜨거운 사랑의 문제를 다룬 「석류」나 「석쇠의 비유」 등 그의 수사기법은 간단명료하다. 난삽하거나 현란한 비유가 없고 지리산 물같이 투명하다. "낙엽소리에/ 먼 하늘 별이 돋는다"(「낙엽을 밟았다는 사건」)나 "나도 꽃인 척 무얼 피워내야겠는데/ 내 전 생애를 쥐어짠대도/ 꽃 하나가 될 수 없어"(「산수유 노란 때깔마냥」) 등 그의 시어도 평범하기 이를 데 없다. 「단풍」, 「낙엽」, 「산길」 등 자연을 소재로 삼은 시가 많은 것도, 그가 일상생활에서 친밀하게 접하고 있는 고향산천에 삶의 뿌리를 내렸기 때문이다. 꾸밈없는 삶이 반영된 그의 시는 순박한 비유와 단순한 이미지, 그리고 명료한 문장으로 구성되어 있다.

난잡한 수사기교나 복잡한 통사구문이 배제된 그의 시편들에서 기법적으로 주목할 만한 특성을 지적해내기 어렵다. 잘 달여 낸 녹차의 향기 같은 탈속(脫俗)의 은은함이 묻어난다고나 할까. 그러나 그의 작품들이 쉽게 쓰여진 것이라고 속단하는 것은 금물이다. 그것들은 불면의 밤을 견뎌낸 고통의 시간을 필요로 한 것이다. 이 점을 잊어서는 안 된다. 시인의 자화상을 그려낸 「탱자」가 그것을 말해준다. "가시로 몸을 두른 채/ 귤이나 오렌지를 꿈꾼 적 없다// 자세히 들여다보면/ 밖을 향해 겨눈 칼만큼이나/ 늘 칼끝은 또 스스로를 향해있어서/ 제 가시에 찔리고 할퀸 상처투성이다// 탱자를 익혀온 것은/ 자해 아니면 고행의 시간이어서/ 썩어문드러질 살보다는/ 사리 같은 씨알뿐// 향기는/ 제 상처로 말 걸어온다"(「탱자」).

"사리 같은" 언어를 만들려고 복효근은 무수한 고뇌의 시간들을 견뎌냈을 것이다. "번개의 언어 은장도 하나 찔러" 넣기 위해서, "연꽃다운 화두 하나" 걸쳐주기 위해서 그는 불면의 밤을 하얗게 밝혔을 것이다. "밖을 향해 겨눈 칼만큼" 늘 칼끝을 갈아서 시심(詩心)의 중앙을 겨누거나, "가시로 몸을 두른 채" "제 가시에 찔리고 할퀸 상처투성"의 몸으로 "탱자를 익혀" 왔던 그의 고행은 "귤이나 오렌지를 꿈꾼" 적이 없다. 그럼에도 시인은 "시詩는 개뿔이라 해야 옳다" "아, 아직은 개뿔일 뿐인 나의 시여"(「자서」)라고 시혼(詩魂)을 자해(自害)하는 발언을 서슴없이 내뱉는다.

간결하게 표현대상을 그려내려는 절제의 미덕을 발휘하기 위해 그는 '번뜩 한 눈에 들어오는 빛나는 시 구절'을 버렸을 것이다. 허튼 언어놀림을 자제하는 자기검열의 엄격성이 언어의 보석에 무늬 그려 넣는 것을 용납하지 않았을 것이다. 이 점이 복효근 시의 장점이자 한계이다.

자연과 생명에 대한 경외

—박남준

1

박남준 시인이 4번째 시집 『다만 흘러가는 것들을 듣는다』를 상재했다. 첫 시집 『세상의 길가에 나무가 되어』를 발간한 이래 『풀여치의 노래』 그리고 『그 숲에 새를 묻지 못한 사람이 있다』에 이어 최근에 선을 보인 이 시집은, 시인의 시적 역량이 원숙의 경지에 진입했음을 확신케 한다. 하나같이 고르고 정제된 시들로 그득히 차 있는 이 시집에서 단 한 편의 어설픈 작품을 찾기 어렵다. 자연을 소재로 삼아 그가 빚어낸 한편 한편의 시들은 한마디로 아름답다. 그 아름다움은 세속의 티끌을 걷어낸 모악산의 삶으로부터 이끌어내진 것들이다. 언어 하나하나를 엮어 나가는 시인의 솜씨가 모악산 계곡물의 흐름처럼 자연스럽고 막힘이 없다. 해맑고 투명한 시심(詩心)의 밑바닥을 흐르고 있는 그 아름다움 속에는 세속과 절연하듯 살아가는 박남준의 소박한 삶이 녹아 있다. 이번 시집에서 그는 자연을 벗 삼아 풀과 나무와 꽃과 교감하면서 하늘에 떠도는 구름처럼 한가롭게 생의 의미를 반추하고 있다.

2

'자서'에서 시인이 밝힌 것처럼, 이 시집은 "내일의 일보다는 지나온 길을 반문하는 일"이 내용의 상당 부분을 차지한다. 하지만 그것들이 과거의 흘러간 삶에 대한 단순한 회한의 토로에 그친 것은 아니다. "이렇게 흘러온" 불혹(不惑)의 삶을 자연의 변화에 의탁하여 시 예술의 세계로 재해석한 대부분의 작품들이 보여주듯이, 그의 지나온 삶에 대한 이야기는 덧없이 흘러간 과거를 회고하는 추억거리가 아니다. 그것들은 보다 근원적인 인간의 삶과 관련된 깊은 의미를 담고 있다. 유구한 자연의 모습에서 지나온 생의 의미를 성찰하고 있는데, 그것은 시인이 뿌리를 내린 모악산정의 밤하늘을 수놓은 별처럼 반짝인다. 대표적인 예로 '아름다운 것도 때로 슬픔이 된다'는 사실을 알려준 「상수리나무 그 잎새」라는 작품이 주목된다.

들어보아
나 그때 그 늙은 상수리나무의 노래를 들었지
바람이 불 때마다 마른 잎새 흔들어
누구인가 끊임없이 부르고 있다는 걸
그 노래는 마치 언제인가 그의 곁을 떠나가던
소년의 발자국 소리 언 눈길을 밟고 오던
수우수우 사각사각
아름다운 것은 때로 슬픔이 되어서
그 많던 잎새들 어느덧 보이지 않네

늙은 상수리나무는 그에게 남은 마지막 일이라는 듯
지나간 유년의 산너머로 굽은 가지를 틀어
마른 잎새 이제 한 잎 옛길의 적막 속에 풀어 보낸다
그때 몸 안에서 일어나는 아지랑이 아지랑이
전율처럼 수만 송이 피어나는 햇살의 새순들
순간 숲의 저편이었던 세상이 초록에 감겨 눈부시다
                              ― 「상수리나무 그 잎새」

　1연에서 시인은 계절의 변화와 세월의 흐름을 청각적 이미지로 표현하고 있다. 그것은 늙은 상수리나무의 노래와 "언 눈길을 밟고 오던" 소년의 발자국 소리이다. "수우수우 사각사각"이라는 의성어와 마른 잎새 흔드는 바람소리를 통하여 시인은 시간의 변화를 제시하면서 자연스럽게 자신의 내면정서를 표출한다. "아름다운 것은 때로 슬픔이 되어서"라는 구절이 그것이다. 상수리나무의 모습에서 '자연의 아름다움에 간직된 슬픔'을 발견하고 시인은 그것을 인간의 삶으로 전이시킨다. 자연과 서로 동화되면서 그 풍경에 의탁하여 자신의 감정을 표현한 이 구절에 나타나 있듯이, 인생살이도 계절의 변화 속에 놓여 있는 늙은 상수리나무의 모습과 유사하다. 덧없이 흘러간 시간 속으로 사라진 젊은 시절의 아름다운 삶도 나무의 그것과 마찬가지로 슬픔이 된다.

　무심한 나무의 모습에서 아름다움과 슬픔이라는 정서와 감정의 변화를 읽어내어 그것을 인생살이에 비유한 것은, 눈으로 보고 마음으로 느껴 상수리나무와 감응하게 되는 상태에 이르지 않으면 불가능하다. 2연에서 시인은 지나간 유년의 산 너머로 굽은 가지를 틀어 마른 잎새 한 잎을 적막 속에 풀어 보내는 늙은 상수리나무의 몸 안에서 봄을 알리는 아지랑이가 피어나는 모습을 그리고 있다. 물아일체의 경지에서 객관적 자연을 마음속의 자연으로 바꾼 시인의 진면목이 그러한 모습에 잘 나타나 있다. "전율처럼 수만 송이 피어나는 햇살의 새순들"이 돋아나는 그 순간 "숲의 저편이었던 세상이 초록에 감겨 눈부시다"는 구절이 그것이다. 마지막 부분에 의미의 핵심이 놓여 있는데, '옛길'로 표현된 과거의 적막 속에 마지막 모든 것을 풀어버릴 때 우리의 삶도 새순이 돋고 이 세상은 초록에 감긴 눈부신 모습으로 변한다. 시집에 수록된 대부분의 작품이 그렇듯이, 「상수리나무 그 잎새」라는 작품에서도 시인은 '정확히 설명하기 어려운 존재의 근본적 변화'를 비롯하여 '유한한 인간이 자연의 무한성'을 이해하면서 자신의 한계를 파악해 가는 우아한 예술정신을 보여주고 있다.

3

박남준의 시는 자연의 생명에 대한 경외심을 불러일으킨다. 잡다한 기교를 뛰어넘어 예술정신의 진수를 펼쳐 보인 그의 시속에는 삼라만상의 모든 변화가 함축되어 있다. 마음을 맑게 하여 대상을 음미하고 그것을 통하여 시인의 영혼이 얼마만큼 자연과 교감하고 친화를 이룰 수 있는가에 대한 시금석이 바로 이 시집이다. 뿐만 아니라 이 시집은 변화하는 자연의 모습에서 표현대상을 구했기 때문에 미묘한 자연의 정취가 감돌면서 약동하는 자연의 맥박이 느껴진다.

박남준은 자연을 인격화했을 뿐만 아니라 자신을 의자연화(擬自然化)의 경지까지 끌어올렸다. 범속함을 훌훌 떨쳐버리고 생명감 넘치는 자연의 풍부한 변화를 그려낼 수 있었던 이유가 여기에 있다. 가슴속에 담아둔 자연의 신비를 언어로 표출한 그의 시가 충분히 내면화된 정서

를 바탕으로 순수한 감정표현이 가능하게 된 것도, 그리고 구체적인
자연의 형상을 통해서 인생의 본질과 구경(究竟)의 모습을 조명할 수 있
었던 것도 이러한 점과 관련이 있다.

기법의 혁신과 시조의 정체성

―전병희

1

전병희는 단아한 감정과 어울리는 표현을 중시하는 전통장르의 압력을 극복한 시인이다. 그것은 생에 대한 새로운 인식을 일깨우기 위해서이다. 엄격한 정형으로부터 벗어나려는 몸부림이 여실히 반영되어 있는 그의 작품에는 감정의 표현방식이나 정서 처리가 파격적인 것은 물론이고 언어사용과 시행의 구성에서 시조라는 문학 양식이 요구하는 규범을 깨뜨린 실험정신이 나타나 있다.

아랍의 모래벌판에 대한 체험이 말해주듯 정신적 방랑의 모티프가 인상적인 그의 작품은 자신이 살아온 이력만큼이나 특이하고 정상을 벗어나 있다. 뿐만 아니라 현대적 색채가 짙고 인간의 내면세계에 육박해 가는 특징을 보여주며 산업사회의 도시적 삶이 불러일으키는 욕망과 고전적인 시형식이 낯선 모습으로 해후한 느낌으로 다가온다.

사물을 관찰하고 그것을 표현하는 전병희 스타일의 수사법이 전통 시조의 그것과 다르다. "산수유 팝콘처럼 터지고/ 뻥이요 세상이 터지고"(「채광」)나, "풀 먹인 광목의 흰 날 펄럭이던 하늘 폭/ 고장 난 달구지처럼 넘어가던 저녁노을"(「외가」)이라는 구절이 여기에 해당한다.

그는 하루 종일 내리는 비를 보고 "우라질 비만" "자작자작 지글지글/ 우산 위에서 끓고/ 가끔씩 프라타나스 아래/ 뚱! 뚱! 하고 떨어진다."(「괜찮아 비」)라고 표현한다. 사물의 형상을 창조하는 참신한 감각을 바탕으로 신선한 언어와 대담한 비유를 사용하는 그는, 자신의 독특한 감정과 태도를 통해 개인 체험을 특유의 방식으로 시적 소재에 투사한다.

2

관찰된 사물 속에 개인 체험을 확대하는 뚜렷한 자각이 뒷받침되어 있는 대부분의 작품에는 감각적인 언어로 그것을 어떻게 표현할 수 있는가에 대한 관심이 나타나 있다. 특히 직접 내비치지 않는 감정의 숨김으로 인하여 그의 표현은 복잡하고 미묘하게 압축되어 있는데, 상당수의 작품에서 연상이 짙지 않은 낱말들을 선택하여 자기감정의 등가물로 활용하는 현대적 감각을 보여준다. 어둠이 내린 도시골목의 겨울밤 풍경을 그린 「이 어둠 속에는」에 이러한 특성이 잘 나타나 있다.

시적 정서의 진행과 관련된 현장의 사물들이 단조로운 내용을 지시하고 있음에도 불구하고, 모던한 감각적 터치로 인해 그것들은 도시 뒷골목의 밤 풍경과 그곳에 질퍽이는 삶의 둥지를 내린 인간의 내면심리를 치밀하게 암시해 낸다. 겨울비와 불빛, "오구라붙고 바스러진 단풍잎과 국화송이" 그리고 팅팅 불은 하수구의 밥알들은 "치욕과 몸부

림과/ 질퍽이는 시간"(「저승의 거울」)이 연속되는 도시적 삶의 모습을 형
상화한 것이다. 그 사물들은 표현논리 이전의 직관에서 분출된 것들인
데, 산업화된 현대도시에서 시달리는 도시인의 정신상황을 비춰주는
거울의 역할을 수행한다.

>   겨울비
>   단풍잎
>   오구라붙은
>   바스러진
>   불빛
>   국화송이
>   옆집 개
>   낑낑대는
>   하수구
>   철망을 잡고
>   밥알들
>   팅팅 불은.
>
>   ― 「이 어둠 속에는」

　　초겨울 도시 뒷골목의 저녁풍경은 어수선하고 을씨년스럽다. 그러한
풍경을 조성하는 것은 옆집 개가 낑낑거리는 그곳에 아무렇게나 널려
있는 사물들이다. 그 사물들이 그곳 사람들의 그로테스크한 정신적 분
위기를 미메시스하는 기능을 수행하는데, 무작위로 나열된 듯한 어순
이나 문장의 배열에서 시적 의미의 효과를 빚어내는 첨단기법이 등장
한다. 정상적인 의미생성 기능을 끊어버린 이러한 기법은 인간 내면에
깊숙이 자리 잡은 자의식의 심연을 그려내는 데 제격이다. 겉보기와
달리 무질서 속의 질서를 형성하면서 불규칙하고 불연속적인 인간의

심리상황을 떠올리게 만드는 것은 일관된 메시지 전달을 방해하는 불규칙한 언어배열과 시행구성이다.

활기 있고 발랄하며 극적인 긴장감을 조성하는 효과를 빚어내기 위해 전병희는 전통적인 시조 형식의 파격을 두려워하지 않는다. 이러한 현대적 기법이 작품의 구성에 탄력과 밀도를 부여하는 비결이다. 난해성이 부가되는 결함이 있지만 그것은 그의 작품을 전통시조와 판이하게 다른 모습으로 태어나게 하면서 인간 의식의 내부로 파들어 가는 표현효과를 보장한다. 자연의 아름다움을 살아 움직이는 조형 감각으로 포착한 「아무도 모르는 애인」에서 순수한 자아감각의 비중을 높인 자연 풍경 묘사는 깊이 숨어 있는 인간의 내면정서와 직통으로 연결된다.

> 박살난 유리병 위
> 눈부신 햇살들과
> 빼앗긴 기억처럼
> 멍청히 선 가로등과
>
> 언덕엔 루우즈를 바른
> 꽃나무와 또 水平과……
>
> — 「아무도 모르는 애인」

눈부신 햇살과 가로등과 언덕의 꽃나무와 수평 등이 아무도 모르는 애인이다. 외부 자연의 모습에서 발견한 그것들은 "박살난 유리병" 위에 비친 햇살이고 "빼앗긴 기억"처럼 멍청히 서 있는 가로등이고 "루우즈를 바른" 꽃나무로서 원래의 그것들과 다른 이미지를 불러온다. 상상력과 정서의 원천을 이루는 것이 삶의 현실 한복판에 놓여 있는 시인의 내면의식이기 때문에 순간의 의식 속에 스쳐 지나가는 자연 풍경이 낯선 모습으로 재탄생되는 것이 당연하다.

전병희는 내면의식을 비춰내는 감정의 등가물에 해당하는 사물들을 끌어들여 자신의 감정을 전달하는 매개물로 이용한다. "봄날이 절뚝거리며/ 목발을 짚고 온다.// 와장창 엉망진창이/ 휠체어를 타고 온다"(「봄의 목발」)의 경우 '목발과 휠체어'는 "金治에 말아먹은 갱제"로 고통 받는 이 땅의 현실에 대한 시인의 감정을 전달하는 매개물이다. "북엔 기근이 들고/ 남엔 문민이 들었다,/ 권리는 비껴가고/ 의무는 늘 날아들었다"(「史草」)에서 '의무와 권리', 그리고 '문민과 기근'이라는 관념적이고 추상적인 시어들이 남과 북의 현실을 풍자하면서 현실비판적인 시인의 감정을 대변하고 있다.

그는 대부분의 작품에서 감정의 과잉을 용납하지 않는다. 언어 다루는 솜씨가 빚어낸 절도 있는 감정표현의 예는, "나비가 찾아 왔다/ 어머니 손바닥에 머물다/ 슬프게/ 사라졌다."(「하관」)를 비롯하여 「別」과 「그리운 나의 아버지」 등이다. 이러한 점이 심각한 생의 의의를 냉정하게 성찰하려는 그의 작업에 공감대를 형성하는 요인이다. 「빈 콜라병과 바다」를 살펴보기로 하자.

누군가 버린 빈 콜라병 하나
뒤뚱거리고 있다
절룩거리고 있다
세상이 문 닫는 시간 혼자 파도와 싸우며.

이미 흔들림도 잊은 흔들림으로
이·러·는·게·아·닌·데
이·런·것·은·아·닌·데
중년의 답답한 바다, 정체 모를 어둠은 오고.
— 「빈 콜라병과 바다」

　시인은 '누군가 바다에 내다버린 빈 콜라병'을 실제의 인생을 모사하는 대상으로 부각시켜서 각각의 인간존재가 처한 현실상황을 뭉뚱그려 형상화하고 있다. 정체 모를 어둠이 깔린 바다 위에서 뒤뚱거리고 절룩거리며 "세상이 문 닫는 시간 혼자 파도"와 싸우는 것은 빈 콜라병이 아니라 바로 우리 자신임을 깨우쳐 준다. 버려진 존재로서의 소외와 고독을 느끼며, 바다의 모습과도 같이 막막한 사회 속에서 "이·러·는·게·아·닌·데, 이·런·것·은·아·닌·데"라면서 중년의 답답한 현실을 "이미 흔들림도 잊은 흔들림으로" 견뎌내는 현대인의 모습이 바로 파도에 밀려다니는 빈 콜라병의 모습과 유사하다. 아주 작은 일상의 체험에서 인생의 복잡하고 본질적인 그 무엇을 성찰하는 날카로움이 이 작품에 나타나 있다. 우리 자신의 삶, 혹은 존재의 모습을 어떻게 파악할 것이냐에 관한 것이 그것이다. 전통적인 시조형식으로 전병희만큼 이러한 문제에 돌진해 간 시인도 드물다.

　혼자 파도와 싸우며 방향과 목표도 없이 떠도는 빈 콜라병 그 자체가 현대인의 모습과 유사하다는 사실을 강조한 「빈 콜라병과 바다」가 말해주듯, 그는 일상생활에 널려 있는 평범한 것들을 매혹적인 소재로 만드는 재능을 지니고 있다. 함축과 암시가 뛰어난 표현기법과 언어를 능란하게 다루는 솜씨는 물론이고, 복잡한 사회현실에서 솟아난 감수성을 바탕으로 전통적인 정형양식을 쇄신하려는 야심 찬 기획이 그의 작품형태에 반영되어 있다. 그 기획에 현대적 속성을 부여한 요인이 통상적인 언어사용을 뿌리친 점에 있다. 일상생활에서 부딪히는 사적 경험이 언어의 근거가 되기보다는 언어의 규제를 받으면서 그것이 형성되는 과정을 보여준 「呪文으로 오는 봄」이 그것을 확인시켜 준다.

　　쿡쿡 등어리엔 신경통이 도지고,

봄은 고양이로다
봄은 고약이로다
봄은 고쟁이로다
봄은 고장이로다
봄은 고자이로다
봄은 고민이로다
봄은 고름이로다
고로 지랄이로다

진종일 쥐떼가 달리는
뇌 속에는
쥐틀을 놓자.

은밀히 청진기를 대고
여린 잎을 듣고 있는,

봄은 최면이로다
봄은 치매이로다

저기 저 가사 상태의 목련
안락사를 시키자.

— 「呪文으로 오는 봄」

    시조의 주변을 맴돌면서 그가 씨름한 문제는 시적 언어에 관한 현대
적인 인식에 관한 것이다. 미래의 새로운 시조문학을 발견하는 경로로
서 그의 작품이 지니는 중요성이 여기에 있다. 그것은 언어의 가능성
에 의해 이 세계가 제한되며 세계에 의미를 부여하는 방식으로서의 시
적 언어는 시인의 체험을 전달하는 유일한 수단이라는 점이다. 그렇기
때문에 시인의 자아는 언어의 산물로 이해될 수 있고 언어의 의미는

삶의 형식과 불가분의 관계를 갖는다. 따라서 시적 의미는 특정대상과의 결합에 의해 주어지는 것이 아니라 언어가 사용되는 방식으로부터 주어진다는 믿음을 반영한 이 작품은 주목될 필요가 있다. 그 이유는 기법의 탁월성이나 파격의 미 때문이 아니라, 다루고 있는 주제들이 현대인이라면 어느 누구도 도외시할 수 없는 그런 성질의 것이기 때문이다. 「呪文으로 오는 봄」이 확인시켜준 것처럼, 그의 시조 쓰기 작업은 형식뿐만이 아니라 내용 모두에서 전통장르의 표준에 대한 도전을 표명한 것이고, 동시에 현재 직면한 기성시조 문학의 위기를 반영하고 있다.

3

외부 사물의 묘사에서 내부 심리 표현으로 이동하면서 자연과 분리된 도시문명을 비판적으로 성찰하는 그의 작업은 전통장르의 한계 넘어서기라는 위태로운 모험의 성격을 지니고 있다. 풍부한 인생경험과 예리한 현실관찰, 그리고 기계문명에 대한 깊은 이해를 바탕으로 시작된 그것은 의심할 여지없이 현대의 물질문명이 망가뜨린 삶의 폐허와 메마른 도시의 황폐한 내면풍경을 그려내는 데 기여한다. 그러나 개인의 내면 감정을 표현하려는 은밀한 시도는 그의 작품을 난해하게 만드는 한 요인이 되며, 독자의 이해를 가로막는 장애가 되기도 한다. 그것은 현실세계의 묘사로부터 예기치 않은 관념을 솟아나게 하여 독자의 감각을 자극하는 즐거움을 준다. 그렇지만 그것은 작가의 정신 속에 깊이 자리 잡고 있는 어떤 것, 즉 독자/타인에게 이해되기 어려운 시인 자신의 의식의 심연(深淵) 속에 있는 어떤 것이기 때문에 타인/독자의 공감을 쉽게 얻지 못하는 한계가 있다.

> 고대 어느 지층 사이
> 우린 아직 남아 있다
> 차단된 하늘과 땅
> 화석이 된 소문과 噴水
>
> 숨가쁜 전화벨 소리가
> 가래처럼 끓었다.
>
> 가로등은 웅크린 채
> 음모를 시작했다
>
> 비밀경찰처럼
> 서성이는 자동차들
>
> 희미한 정신을 가누어
> 안테나를 올린다.

— 「꿈꾸는 黃砂」

이 작품에서 숨 가쁜 전화벨 소리, 웅크린 가로등, 서성이는 자동차는 현실상황을 묘사한 것이다. '가래와 음모와 비밀경찰'이라는 언어들이 지시하는 것처럼 이 작품은 도시문명의 환각 속을 헤매는 혼미한 정신적 상황을 암시한다. 그러나 표현기법 효과의 총합(總合)으로서의 메시지, 즉 내적 의미가 외적 형식과 융화되지 않고 겉돈다. 다른 말로 바꾸면 시인이 전달하고자 하는 메시지가 시적 소재에 의해 표면화되었지만, 그것들이 제대로 형상화되지 못하고 관념으로 맴돌 뿐이다. 관념과 소재가 뒤엉킨 「꿈꾸는 黃砂」에는 의미 있는 내용이 거세된 형식미와 표현기법만이 두드러진다. 이러한 경향은 시인 자신의 일상체험을 명쾌하고 질서정연하게 의미화하는 데 장애가 되며, 인간의 정신을 혼란시키는 현실 조건을 극복하고 개선하려는 열정을 식혀버리기도 한다. 현재 상황 자체의 현상을 관찰하는 방관자적인 태도는 미래의 비전을 거부함으로써 삶을 긍정하지도 않고 부정하지도 않는다. 뚜렷한 방향도 없고 도달해야 할 목표도 없이 일상의 체험을 기술하는 전병희의 글쓰기는 그것이 추구하는 의미/목적을 스스로 망각하는 스타일을 보여준다.

> 이상한 일이었다 그것은,
> 빌딩들은 일제히 아가미를 벌린 채 검붉은 피를 흘리고 어깨를 들썩이고 조금 지나자 그것은 페스트처럼 온 도시로 번져가고 있었다.
> 그리고 아무도 이런 수상한 사건을 눈치채지 못하고 있었다.
>
> 열차는 몸을 비틀며 비틀며
> 도시를 빠져나가고
>
> 도시는 거대한 磁場에 말려
> 모든 時計가 섰다고 한다.
>
> —「細雨 3」

이 작품에서 시인은 일상의 현실을 다양한 해석이 가능한 텍스트로 생각하면서 실존의 상황에 맞서고자 하는 욕구를 보여준다. 빌딩들이 아가미를 벌린 채 검붉은 피를 흘리는 이상한 사건이 페스트처럼 온 도시로 번져 가는 풍경은 개인의 특수한 체험을 형상화한 것인데, 소박한 일상 그 자체를 환상적인 분위기로 이끌어 가는 표현대상의 밀도 있는 묘사는 그 욕구를 인상 깊게 각인시키는 효과를 발휘한다. 그러나 마지막 행의 "섰다고 한다"라는 관찰자적 언술에 함축되어 있듯이 1연의 이상하고 수상한 사건 이후의 진행은 개인적이고 특이한 체험과 무관한 일반적 현상인 것처럼 기술되어 있다.

개별적인 것에서 보편적인 것으로 발걸음을 내딛는 순간 그가 성찰한 삶의 의미는 도시를 빠져나간 열차처럼 음울한 여운을 남기면서 사라져버리거나, 거대한 자장에 말려 서버린 시계처럼 기능이 멈춰버린다. 따라서 생생한 회화적 상상력과 감각적 이미지가 뒷받침된 첫 연의 사건은 물론이고 2연과 3연의 '도시탈출과 시간의 정지'가 뜻하는 표현의도를 짐작하기 어렵다. 삶의 충돌과 갈등을 다루면서 그것의 공허함을 극복하려는 탐구정신을 반영한 그의 작품은 도시적 인간과 기계문명에 대한 의미 있는 발언에 해당한다. 그러나 그것에 대한 의미부여 작업이 문제이다. 뚜렷한 의미가 부재하는 현상이 시적 전망의 상실이나 소멸이라는 결과를 낳게 만든다. 「오래된 비밀」이 그러한 사례의 하나이다.

> 남도행 완행열차
> 가다 쉬다 닿으리
>
> 산 까치 두어 마리
> 댓잎 물고 나는 그곳
>
> 바람이 경을 읽는 곳
>
> 경을 읽다 잠드는 곳
>
>   ― 「오래 된 비밀」

프로이트에 의하면 모든 꿈은 욕망충족을 반영하는 비밀스런 의미

를 갖는다. 이 작품에서 '오래된 비밀'은 어떤 비밀스런 장소, 즉 '그곳'
에 도달하려는 꿈-욕망을 뜻한다. 그 욕망을 실현시킬 비밀스런 그곳
은 일상의 현실을 벗어나기 위한 단순한 도피처가 아니다. 그곳은 인
생에 대한 목적과 가치를 실현하는 장소여야 한다. 그럼에도 불구하고
오래된 꿈을 펼쳐낼 그곳은 세속의 세계와 유리된 비현실-선(禪)의 세
계로서 비관적 전망과 낙관적 전망 모두를 초월한 공간이다.

감각에 직접 호소하면서 표현대상이 의미하는 이상의 것을 추구하
는 그의 수사법은 함축과 암시의 힘이 뛰어나지만, 뚜렷한 메시지 전
달을 거부하는 속성을 지니고 있다. 상당수의 작품에서 '인생에 대한
체험과 성찰'의 의미를 찾는 것은 독자의 몫으로 남겨진다. 과도하게
부여된 독자의 역할을 줄여주는 글쓰기 작업과 더불어 시조라는 전통
양식이 요구하는 율격과 정형(定型)의 파괴작업이 제기하는 근본과제는,
어떻게 현대적 감성과 조화를 이루면서 '시조문학의 정체성을 확보할
수 있는가'라는 문제이다. 이러한 난제가 해결될 때 전병희의 작업은
미래의 시조문학 발전을 추동하는 기회로 작용할 가능성이 크다.

4

시조문학은 봉건시대의 사대부 문학, 혹은 음풍농월의 유한문학이라
는 부정적 평가에도 불구하고 근대 자유시의 산만한 형식에 대한 안티
테제로서 그 역할을 훌륭히 수행해 왔다. 도시화와 산업화의 충격 속
에서 시조의 정체성이 의문시되는 시대에 접어든 지금도 그것은 근대
서정양식의 주도권을 확보한 자유시와의 경쟁에서 질긴 생명력을 과
시하며 민족 전통문학으로서의 자기 위치를 스스로 확보해 왔다. 복잡

해진 현대 도시의 삶에 맞는 형태의 다양화, 제재영역의 확대, 풍부한 표현기법의 개발에 밀려 조선민족 고유의 품격과 향기를 잃어버린 측면이 있지만 현재까지 보전된 유일한 정형시 양식이 바로 시조이다.

최남선의 말을 빌리지 않더라도 시조는 '조선인 조선심 조선어 조선음률'을 통하여 표현된 필연적 서정양식이자 우리민족 특유의 정제된 운문문학의 유산임에 틀림없다. 그러나 형식과 깊이 관련되어 있는 공식적인 표현의 애호와, 세계를 질서 있는 전체로서 기술하려는 사변적인 태도, 그리고 감각보다 정신에 호소하는 경향을 답습한 시조문학은, 세속적 정서나 일상적 감정을 표현하기에는 부적합한 장르로 인식되면서 밀려나는 추세이다. 농경 문화적 삶으로부터 도시 문명적 삶으로 이동하면서 재래의 기법을 버리고 현실적 삶의 모순과 불만을 노래한 전병희의 시조작품은 이러한 추세에 대한 거부의사를 표명한 것이다. 삶의 훼손이 지속되는 고통을 견뎌내는 문제로 집약되는 그의 시조 쓰기는 「서울 편지」, 「도적」, 「눈」 등의 작품이 보여주듯이, 대중감각과 거리를 유지하고 정제된 시 형식을 추구함으로써 옛 시조의 정신적/전통적 자양분을 흡수하고 있다. 그러나 대부분의 작품에서 조선적 리듬과 한국적 정서의 흔적을 발견하기가 쉽지 않고 너무 급진적인 변화를 추구하고 있다. 첨단기법으로 무장된 그의 시조작품들은 상당 부분 그것의 정체성이 의문시된다.

자연스러운 시조 쓰기의 과정 속에서 진행되는 전통장르에 대한 모험적인 반란이 성공을 거두기 위해서는 시조문단 전체의 폭넓은 승인과 지지를 끌어내는 일이 관건이다. 시조가 아닌 새로운 양식 창조의 딜레마는 최남선이 지적한 대로 "회화적이기보다는 음악적인 민족성"에 관한 문제로 요약된다. "조선인의 시가는 의미중심이 아니라 곡조중심으로 발전할 수밖에 없다"는 그의 인식 모두가 옳은 것은 아니다.

그러나 조선인을 힘 있게 묶어줄 민족예술 형식의 재창조의 핵심에는 '곡조중심의 음악성'이 자리 잡고 있다. 이 점이 언어사용의 특수성과 구성의 기법에서 고시조 창작방법을 답습하게 만든 원인이 되었고, 현대의 많은 작가들이 시조시형의 개혁에 두려움을 느껴 왔던 문제이다. 조선 사람의 생명을 조선말로 표현하기에 알맞은 조직형태이며, 조선인다운 조선말에 들어맞는 형식인 시조양식을 현대화하기 위한 작업의 중심에는 민족적인 음악성을 살려내는 문제가 가로놓여 있다.

새 천년의 시읽기

—김새나리

1

　김새나리는 황지우, 함민복, 이윤택 등과 유사한 경향/계열의 연장선상에 있는 시인으로 판단된다. '중생들 사이 떼밀려 자빠지지 않으려고 찰싹 달라붙은 시인'이라는 긴 부제가 붙은 이윤택의 「막연한 기대와 몽상에 대한 반역·2」, 일상의 현실에 놓여 있는 삶의 모순과 매일매일 대면하게 당혹감을 패러독시컬하게 접근해 간 함민복의 작품, 더 멀리까지 추적한다면 황지우의 「한국생명보험회사 송일환씨의 어느 날」이 보여주었던 작품세계가 그것이다.

　「8월, 행복한 서점」, 「결론에 책임지지 않는」, 「김만수 씨는 행복해」 등 신세대적 감수성을 통하여 현대적 삶의 이면을 야멸차게 파고든 김새나리의 작품은, 그러나 일상적 삶에 매달려 허우적거리는 시인 하재봉의 삶을 시니칼하게 그려낸 이윤택을 비롯하여 함민복이나 황지우 등 선배 시인들의 작품에 나타난 그것들과 다른 모습으로 다가온다.

2

김새나리는 '이다'와 '아니다'의 긍정과 부정이 공존하는 삶을 「김만수 씨는 행복해」에서 "일요일이 아니다"로 시작하여 "일요일이다"로 끝나는 앞뒤 문장의 모순된 진술을 통하여 이야기하고 있다. '막연한 기대와 그것이 어그러지는 것에 대한 반역'을 시도하는 당혹감 그 자체를 일상의 한 부분으로 받아들이는 그녀의 삶에 대한 접근방식은 앞선 세대의 시인들이 보여준 시 쓰기와 차이가 있다. 이러한 점이 신인으로서의 새로운 가능성과 더불어 신선함을 보장하는 요인으로 작용한다.

> 8월 16일은 일요일이 아니다. Y 물산 주식회사 김만수 씨는 밥을 두 사발 째 후딱 비운다. 순간 8시를 알리는 종소리가 의식의 저편에서 들려온다. 김만수 씨는 정류장으로 냅다 달리기 시작한다. 그의 시계는 6월 21일에 고장이 났다. 6월 23일은 목요일이 아니다. 고장 난 시간 속에서 해가 거꾸로 떠오르고 비는 하늘로 올라가고, 거꾸로 사는 것도 즐거운 일이지. 아침마다 그에게 고함을 쳐대는 사무실 벽시계. 한 번만 더 지각하면 해고야 해고. 김만수 씨는 3월 5일에 입사했다.
> 3월 9일은 금요일이었다. 가까스로 버스를 잡아탄 김만수 씨는 거꾸로 돌아가는 시계를 바라보며 이마의 땀을 닦는다. 짝짝이로 신은 김만수 씨의 양말이 행복한 아침을 알리는 시그널 뮤직 속으로 빨려들어간다. 오늘은 왠지 좋은 일이 일어날 것만 같다. 8월 16일은 일요일이다.
>
> ― 「김만수 씨는 행복해」

비유와 수사에 의존하거나 그것들을 동원하지 않으면서 탱글탱글하게 쏟아내는 언어의 다발들에는 표현의도를 함축해 내는 숙련된 솜씨가 뒷받침되어 있다. 뒷받침된 솜씨는 김새나리의 시 쓰기 작업이 긴 세월의 진통을 견뎌냈음을 의미한다. 진통의 기간만큼 수련의 강도 또한 만만치 않다. 서정 장르 특유의 언어 쓰임새를 위반한 산문언어의 나열로 선배시인과 차별화된 메시지를 함의해 낸 것은 시 쓰기의 내공 덕분이다.

도시적 삶이 강요하는 모순의 늪 속에서 '해고의 위협에 시달리며 갈팡질팡 그날그날을 꾸려나가는 회사원의 모습'은 현대인의 일상적 삶의 모습을 함축한다. 고장 난 시간 속에서 거꾸로 살아가는 김만수 씨의 하루도 특정한 개인의 일상이 아니라 우리의 삶의 풍속도일 뿐이다. 「김만수 씨는 행복해」의 인물은 하루하루의 삶을 힘겹게 견디면서 행복감에 젖어 있는 우리 자신의 비정상적인 삶의 모습을 미메시스한 전형적인 인물이다.

현대인의 보편적 삶을 형상화한 인물형상과 드라이한 서술어구, 그리고 수사와 비유를 배제한 언어의 나열과 빠른 장면전환 등 김새나리는 냉혹하리만큼 감정표현을 절제하고 있다. 이와 같은 점이 그녀의 시가 지닌 독특한 개성이자 미덕으로 작용한다. 「결론에 책임지지 않는」에도 이러한 미덕과 개성이 반영되어 있다.

> 햇살이 추락하는 초여름의 한복판, 스스로 미쳤다고 생각하는 안 미친 놈과 안 미쳤다고 생각하는 미친 놈이 만난다. 사람들이 북적대는 도심 한복판, 차츰 더위가 다가오는 길 위에서 스스로 미쳤다고 믿는 안 미친 놈과 안 미쳤다고 믿는 미친 놈이 만난다고 가정(假定)해 보자.
>
> 나는 그를 사랑한다. 우리는 작년 크리스마스에 만났고, 나는 지금

그의 손을 잡고 사랑에 미친 연인들을 생각하고 있다. 그를 만날 때마다 나는 너무나 외로워 햇살 사이로 간드러지게 불어오는 더운 바람을 붙잡아 보다가 문득, 손가락 사이로 빠져나가는 바람처럼 떠나버린 한 남자를 떠올린다.

나는 그를 사랑했다. 나는 그와 헤어지지 않았다. 지금 마주 앉아 있는 그를 미친 듯이 사랑하고 있다고 가정해 보자.

다시 햇살이 추락하는 초여름의 한복판
더위는 복병처럼 스멀스멀 기어들고
스스로 미쳤다고 생각하는 안 미친 놈과
스스로 안 미쳤다고 생각하는 미친 놈, 혹은
서로 사랑하고 있다고 믿는 사랑하지 않는 사람들과
서로 사랑하지 않는다고 믿는 사랑하는 사람들은

지루한 관계와 관계 사이로
서로 스쳐 지나갔다

— 「결론에 책임지지 않는」

시인은 이 작품에서 가정적(假定的)인 상황을 설정하고 그 상황 속에 상호 대비되는 두 인간을 등장시키고 있다. 이것은 '미친' 만남과 '허망한' 사랑의 문제에 접근하기 위한 전략이다. 그 전략의 목표는 가상현실처럼 진행되는 현실세계의 이면에 도사린 인간관계에 대한 비판적 성찰에 주안점이 놓여 있다. "지루한 관계와 관계 사이로/ 서로 스쳐"(「결론에 책임지지 않는」) 지나가는 현대인의 만남과, 그 만남에서 빚어지는 사랑의 실상을 접근하는 방식이 특이하고 인상적이다.

부정의 어법이 그것이다. 때로는 그것이 시니컬한 풍자와 고발의 형식으로 나타나기도 하고, 또 다른 한편으로는 인간과 인간 사이의 잘못된 관계를 비판하는 비유의 힘으로 작용하기도 한다. '만나서는 안

되는 사람들의 만남'을 미친놈과 안 미친놈의 관계 속에서 이끌어낸 경우가 여기에 해당된다. 그것은 "손가락 사이로 빠져나가는 바람처럼 떠나버린 한 남자"와의 사랑과 관련하여 시인이 의도한 표현의미를 구체화한다.

3

김새나리의 시 쓰기는 왜곡된 사회현상의 이면에 도사린 모순을 직시하고 그것을 시의 문맥으로 과감하게, 그리고 거침없이 끌어들이는 특징을 보여준다. 그 특징이 반영된 작품이 "8월호 여성지의 커버 걸"을 보며 흥분하는 남자를 다룬 「행복한 서점」이다. 이 작품에도 일독을 권할 만큼 김새나리의 개성이 나타나 있다.

신세대 독자의 감수성을 파고드는 '촉기'―미당 서정주가 단 두 글자로 영랑의 시를 평한 언어의 감각, 혹은 언어의 기운이 첨가된다면 이 시인의 작품은 자본시장의 상품논리를 견뎌내는 21세기 시 예술의 가능성을 열어줄 것이다. 김새나리 같은 새 천년의 신예 주자(走者)들이 어떻게 활약하는가에 따라 미래 한국 시단의 풍성함/빈약함이 결정될 것이다.

저물면서 빛이 나지 않는 시인

—황지우

1. 발문 다시 읽기

나는 쉽게 읽히지 않는 지루함이 후반부에 이를수록 겹겹이 가중되는 황지우의 『어느 날 나는 흐린 酒店에 앉아 있을 거다』를 고통스럽게 읽었다. 발문에다가 이인성이 쓴 것처럼 나도 문득 시가 불꽃놀이 같다는 생각을 했다. 특히 이번 시집에 실린 황지우의 시가 그런데, 중요한 기억이 되살아날 때면 어김없이 다시 어둠의 높은 곳에서 터져오르는 황홀한 빛 무늬라는 의미에서가 물론 아니고, 오히려 한 순간 현란하다가 덧없이 스러져 버린다는 의미에서 그의 시는 불꽃놀이와 상통한다. 활활 타오르다가 한 줌의 재로 풀썩 주저앉아 버릴 것 같은, 그리하여 미래에도 살아남을 우리 모두의 자산으로서의 당대적인 대응물이 아닌, 비유컨대 사하라 사막을 횡단하는 모든 이들의 저 깊은 갈증 속에서 거듭거듭 나타났다가 지친 몸을 이끌고 다가가면 사라지는 신기루처럼 허망하게 스러져 갈 것 같은 느낌이 든다. 차라리 첫 시집 『새들도 세상을 뜨는구나』를 다시 한 번 더 읽을 걸 하는 후회스런 실망감이 겹치기로 뭉게구름같이 피어오르는 덧없는 허망감이여.

솔직히 나는 황지우가 더 이상 시를 쓰지 않더라도 그의 시들이 계속 살아남으리라는 이인성의 믿음에 절대적인 신뢰를 보낸다. 이번 시집이 보여주고 있는 그대로, 실존적 인간으로서의 황지우 시인은 현재 두터운 현실의 벽을 벗어나려고 한쪽 귀퉁이에 구멍을 뚫는 데 온 힘을 소진해 버려서, 거꾸로 그 벽 속에 갇힌 채로 절망에 가까운 몸부림을 처절하게 반복하고 있는 듯하다.

아마도 떠돌이 삶을 끝내고 문창과 교수를 거쳐 연극원에 몸담고 있는 실제 상황과도 관련이 있지 않을까 짐작되는데, 그럼에도 불구하고 다른 무엇이기보다는 시인으로 남고자 안간힘을 쓰며 초기시의 정체성마저 위태로운 무지막지한 혼란을 스스로 자청하는 이유는 무엇인가? 과거의 이름 있는 시인이었기 때문에 현재도 그래야 되는 실존적 이유가 아직도 남아 있는 것인지 의아스럽다. 밥 먹고 똥 누는 자리가 바뀌면서 "시를 쓰려고 하면 숨이 턱 막히는 이상한 병 때문에 편지 한 장 쓸 수 없었다"고 이인성에게 고백한 것처럼 두 번째 시집 『겨울―나무로부터 봄―나무에로』 이후 그의 시가 헷갈리고 있다는 많은 지적들은 정확한 것이었다.

말이 나온 김에 덧붙이는 바이지만 "의식이 거의 퇴화하자 촉각만이 남았고, 뜻밖에도 그 촉각은 나에게 시원의 감각을 열어 주었으며, 그때 내 손끝에 물컹하게 잡혀 있는 것"이 "똥 다음으로 더러운 진흙이었다"고 『저물면서 빛나는 바다』라는 조각시집 첫머리에 써 있는 시인의 말처럼 "서투름과 욕망이 합쳐져 무엇을 빚어내는지 가는 데까지 가보자"는 막된 심정으로 시 쓰기에 매진하나 그럼에도 그의 시가 쉽게 길을 튼 것 같지는 않다.

시대가 바뀜에 따라 그는 뭔가 새로운 감(感)을 잡기는 잡은 게 분명하지만 적어도 시에서 그는 프로였고, 프로에게 감만으로 완성에 이르는 작품이 있을 리가 만무하다. 그 감을 최대한 의식화시키고, 다시 그것을 구체적인 언어로 형상화시킬 방법론을 찾지 못한 것을 확인시켜준 이번 시집을 곰곰이 생각하지 않고 경솔하게 산 것을 나는 지금도 후회하고 있다. 분명 황지우의 또 다른 경지가 스스로 선택한 제도권의 벽 속에 갇혀 있음을 여지없이 증명한 이 시집에서 80년대 황지우 스타일이 스스로 몰락하는, 도저한 황지우다움이 급전직하 추락을 거듭하는 이유는 어디에 있는 것일까?

2. 겹겹이 엉겨 붙은 서문 다시 읽기

"나는 내가 쓴 시를 두 번 다시 보기 싫다. 혐오감이 난다. 누가 시를 위해 순교할 수 있을까? 나는 시를 불신했고 모독했다. 사진과 상형문자 사이를 오락가락하며, 아 그러니까 나는 시가, 떨고 있는 바늘이 그리는 그래프라는 것을, 波動力學이라는 것을, 독자께서 알아주시라고 얼마나 시의 길을 잃어버리려고 했던가. 죄송합니다."라고 쓴 첫 시집의 「자서」는[1] 얼마나 단순 명료하면서 정직했던가. 그런데 이번 시집에 수록된 시에서 "젊은 시절, 내가 自請한 고난도/ 그 누구를 위한 헌신은 아녔다/ 나를 위한 헌신, 한낱 도덕이 시킨 경쟁심"이었고, "사람들에게 강한 인상을 심어주려고 했던 젊은 시절의 행동들이/ 생각나면, 오싹해지기도 하고" "옷에다 똥 싸고 교실에 그대로 앉아 있을 때처

---

1) 황지우, 「자서」, 『새들도 세상을 뜨는구나』, 문학과지성사, 1983.

럼"(「밑」) '게적지근 꺼림칙 하다'라고 옛날의 명성에 먹칠하는 발언을 앞뒤 가리지 않고 까발려 놓고 있는데, 발문쟁이마저도 이러한 사실을 의도적으로 은폐하거나, 혹은 무조건 칭찬 일변도로 이번 시집의 내용을 건강부회하기로 시인과 담합하여, 세 번째 시집 낼 때처럼,[2] 시집 판매 전략에 부응하려는 혐의가 농후하다는 생각을 떨쳐버릴 수가 없다. "일탈의 자유"를 포기하고 제도권의 굴레로 스스로 찾아간 변괴 때문인지 어쩐지 시인과 친하지도 않았고 같은 동인도 아닌 나는 도무지 감을 잡을 수 없는 것은 물론이거니와, 나아가 이번 시집의 「시인의 말」이 얼마나 부정직하고 복잡다단하면서도 불투명한가?

"시를 피했다. 그 동안 잘 놀았다." 중간 중간 띄엄띄엄 중언부언 부질없는 말들을 생략하고 뛰어넘어 가서, "다소 침울한 목소리로 말했다. 이 세상에 인간으로 나와 생을 누리고 있다는 것에, 다시 한번 어지러움과 경이를 표하지 않을 수 없다."라는 시인의 말은 도대체 모호하고 애매하고 불투명하고 부정직스럽기 이를 데 없는데 곧바로 이어지는 끝말 "출판사가 있는 홍대 거리를 걷다가 대낮에도 머리 위에 돌고 있을 별자리를 생각했다."를[3] 곱씹을 때마다 도저히 섞이지 않을 듯한 것들이 함께 반죽되어 있는지라, 또한 이인성이 말한 대로 내가 재미없는 것을 억지로 재미있게 풀어 가는 '평론가님'이 아닌 관계로, 나아가 헛소리로 겉멋이나 부리는 '평론쟁이'인 관계로, 또 한번 더 나아가 "이번 시집에 개작되어 수록된 「노스탤지어」[우리말 놔두고 뭣헐

---

2) "재우가 나에게 전화로 세 번째 시집 뒤에 붙일 글을 부탁하여 왔을 때 나는 그게 해설인지 발문인지를 물었다. 그러면서 해설을 쓰라고 하면 비판을 할거고 발문을 쓰라고 하면 칭찬을 할거라고 말했다. 그랬더니 그는 발문이 좋겠다고 했다" (홍정선, 「황지우, 그 따뜻함과 부드러움과 섬세함」, 『나는 너다』, 풀빛, 1987).
3) 황지우, 「시인의 말」, 『어느 날 나는 흐린 酒店에 앉아 있을 거다』, 문학과지성사, 1998.

러 영어를 쓰냐]의 변모과정이 매우 미묘한데 짐작하겠지만[뒤에 붙은
컴마가 말썽을 불러일으키는디, 독자도 그 점을 충분히 짐작하라는 뜻
이냐, 혹은 변모과정이 매우 미묘한 것이라는 이인성이 자신의 말이
맞다는 것을 독자에게 은연중 강요하려는 의도가 개입된 것이냐, 그
내용들이 심오하여 심오하지 못한 독자에게 설명할 필요가 없다는 말
이냐, 도대체 무엇이다냐], 나는 그 '심오한' 내용들을 가르쳐줄 생각이
전혀 없다."라고4) 발문쟁이가 전혀 가르쳐주지 않은 관계로, 오사허게
깊고 깊은 오오심심(奧奧深深)한 이번 시집의 내용을 불 보듯이 이야기
할 수 없음을 이 글을 읽는 독자여 양해하시라.

　너무나 볼썽사납고 아름답지 못한 희한한 겹/치기들이 여지없이 뭉
쳐진 언어덩어리가 첫 시집과 두 번째 시집의 일관성을 무너뜨리는 이
질감으로 범벅이 되어, 마치 똥싸놓은 뭉팅이에서 김이 모락모락 나는
것처럼 여기저기 나른한 봄날 아지랑이 피어오르듯 가물가물 어질어
질 현기증을 일으키게 하는 관계로, 두뇌가 한없이 피곤하여 나의 의
식 또한 갈팡질팡하는데, 심심(深深)하게 이 글을 읽는 독자여, 오오(奧奧)
양해하시라.

3. 발문쟁이 이인성과 정반대로 황지우 시 읽기

　80년대에 우리 세대가 짊어져야 했던 몫을, 허둥대거나 의도적으로
잊고 있는 난해한 심오성을 무기로 삼은 『게 눈 속의 연꽃』은 물론이
고, 너는 내가 될 수 없는 것이 자명한데, 『나는 너다』라는 말도 안 되

---

4) 이인성, 「'영원한 밖'으로 떠나고 싶은, 떠나기 싫은~그 길 위의 유랑극」, 황치우,
　앞의 시집.

는 제목을 붙이고 소제목을 달기 귀찮아서 '일이삼사' 초등학생맹이로 숫자로 제목 붙이는 수고로움을 얼렁뚱땅 뭉기작거려버린 '풀빛시선 26'의 자포자기적인 시집을 비롯하여 이번 시집에서도 언듯번듯 처녀귀신같이 나타났다 사라졌다 어두컴컴한 오밤중에 지멋대로 왔다갔다는 것맹이로 "선에의 몰입은 물론이고 그 연장선상에서 조금만 더 깊이 읽으면" 그의 잠언/잡언들은 『새들도 세상을 뜨는구나』와 『겨울-나무로부터 봄-나무에로』라는 두 시집과 여기저기서 부딪치며 갈등을 일으킨다. 『나는 너다』 이후의 시집들이 이전에 나온 시집들의 무게를 깎아 먹을 것이라는 생각을 나는 문득 떠올렸다.

　말이 나온 김에 뱉어보자면 『나는 너다』의 숫자 제목이 '어째서 가지런허지 못헛꼬'라고 한바탕 욕을 해주고 싶다. 첫머리부터 '503.' 중간에 '3-1.' 끄트머리에 '1.'이라고 뒤죽박죽 번호 붙여 놓고 "만세, 나는 너다. 만세, 만세 너는 나다. 우리는 全體다."라고 다시 대한독립 길이 보전하세 허는 심정으로 뙤똥맞게 나라 다시 찾은 것맹치로 만세를 불러쌓는디 '니가 아닌 나는' 그 이유를 도통 모르것고, "성냥개비로 이은 별자리도 다 탔다."라고 써놔서 다시 하늘을 쳐다보니 여전히 안 타고 있는 별자리가 있는디 왜 그렇게 거짓말로 써노았는지 그 심오헌 유언비어를 짐작도 못허것고, 어쨋든지 아무케나 써논 시집을 읽은 관계로 내 글도 아무케나 되는 대로 무원칙허고 무질서허게 막무가내로 갈디까지 가보는디, 아무케나 쓰는 것이나 남의 것을 베끼는 것이나 그것이 그것인 걸로 사료되는디, 되나 못되나 앞에서 끄러주고 뒤에서 미러주고 끼리끼리 오순도순 잘낫건 못낫건 한번 매즌 어냑 변치 말세 허고 '오부래기 둘러안자서 무지막지허게 패거리를 만든 동인'이라는 누구나 아는 사실을 까먹은 양 자기들끼리 동인 아닌 것처럼 시집 발간허고 서로서로 칭찬을 일삼는 낯뜨거운 짓거리를 스스럼업시 자행

허는, 동인지나 동인시집 발행소 주식회사가 발행헌 동인시집을 여기
저기 뒤적거려 인용허기 알마즌 시를 찾는 것도 부질업는 짓가트니까,
이인성이가 발문에서 인용한 시를 그대로 다시 옮겨 보것는디, 그 방
면의 전문가가 써논 "반가사상 연군"가 무엇인가 두툼헌 책을 일꼬 또
일거도 그것이 무엇인지 확연치 안은디, 그 어려운 사상을 "모든 것이
이미 늦었을 때"일망정, 깨달은 것이 기특 망칙허기도 헌디. "어찌하겠
는가, 깨달았을 때는/ 모든 것이 이미 늦었을 때/ 알지만 나갈 수 없는,
무궁의 바깥/ 저무는 하루, 문 안에서 검은 소가 운다"(「바깥에 대한 반가
사유」)나, "한때 나는 저 드높은 華嚴 蒼天에 오른 적 있었지/ 수캐미 날
개만한 재치 문답으로!/ 어림 턱도 없어라"(「우울한 거울 3」)라고, 혹은
"그 누구도 나를 믿지 않으며 기대하지 않는다"(「뼈아픈 후회」)라고 시인
이 스스로 인정헷꼬, 이인성이 잘 파악헷드시 그냥 막 말해버리자면, 「바
깥에 대한 반가사유」를 포함하여 이 계통의 대부분의 시가 애절하게
보여주는 바의 핵심은 "불교적 수사가 복잡하게 동원되고 있음에도 불
구하고 방황의 힘겹고 쓸쓸함"에5) 대한 푸념이거나, "집으로 돌아가
아내에게 안기고 싶다"는6) 아양이다.

그렇다고 이번 시집에서 어떤 인간적인 진정이 그려져 있지 않다는
뜻은 전혀 아니다. "내내 멍한 얼굴로 사람을 북받치게" 하는 어머니
"당신의, 이 영혼의 停電"(「이 세상의 밥상」)에 대한 애틋한 감정의 표현
이라든지, 나아가 "당신은 똥싼 옷을 서랍장에 숨겨놓고/ 자신에서 아
직 떠나지 않고 있는/ 생을 부끄러워" 하는 어머니를 보고 "사랑은 도
대체 어디까지 필사적인가?"(「안부 1」)라고 스스로에게 자문하는 인간적
인 대목이 전혀 없는 것도 아니다. 어디 그뿐이랴.

5) 이인성, 앞의 글.
6) 위의 글.

　보릿대 냉갈 옮기는 담양 들녘을 노릿노릿한 늦은 봄날, 차 몰고 휙 지나가면서 순간적으로 포착한 풍경을 묘사한 "논에 물 넣는 모내기철이/ 눈에 봄을 가득 채운다// 흙바닥에 깔린 크다란 물거울 끝에/ 늙은 농부님, 발 담그고 서 있는데/ 붉은 저녁빛이 斜線으로 들어가는 마을,/ 맑은 논물에 立體로 내려와 있다"(「아직은 바깥이 있다」)의 경우 시각적 이미지의 활용이 뛰어난 예에 속하는디, 일찍이 인세가 궁했던지 어쩟든지 비싸게 채까블 매긴 조각시집이라는 그림책을 발간한 선배 시인의 "저물면서 빛나는 삶"에 바치는 후배 이영욱의 "송가(頌歌)"에서 적절히 지적헷듯이7) "일상 사이사이에서 끊임없이 드러내 보이곤 하는" 억제된 욕구 표출의 시도로 무작정 써 내려간 황지우 시 중 가장 성공적인 것들은 "시각적인 이미지들을 적절하게 활용한 것들"이다.

　"따가운 喉頭音을 남겨두고 나아가는 배"(「몹쓸 憧憬」). 얼라―왜 보이는 것이 아니라 소리나는 거시기가 걸린다냐? 요구저리 귀꾸멍을 간질거리는 거시기다냐, 눈꾸녁 앞에서 어질거리는 머시기다냐? '후두음'을 귀꾸녁으로 가져가고 '배'는 눈구녁으로 가져가도 남는 저시기가 있는디, '따가운' 저시기는 옷을 버서버리고 살까테다가 문질러 볼거나, 어찌 이리 복잡허다냐? 복잡허니께로 냅다 떤져뻐리고 아무꺼나 골나보는디, "펑! 튀밥 튀기듯 벗나무들"(「여기서 더 머물다 가고 싶다」). 어메 시끄러버라, 웬 소락빼기가 이러케 크다냐? 놀래워라 후배 이영욱이는 시각성만 야기허고 왜 청각성이 뛰어나다고는 야기 안혀갖꼬 믿는 도끼에 발등 찍히는 것맹치로 무안스럽게시리 사람 놀래키며 애를 먹인다냐?

　나이 오십도 채 안된 인간에게 아양떨며 '송가'를 바칠려며는 요모

---

7) 이영욱, 「저물면서 빛나는 삶」(황지우, 『저물면서 빛나는 바다』, 학고재, 1995).

조모 머리도 돌리고 찬찬히 여러 가지 걸로 마니마니 일거서 청각성도 뛰어나다고 야기혀야지 그걸 안해각고 사람 헛다리집게 혔다냐? 튀밥 생각도 나고 그냥 여기서 더 머물다 가고 시픈디, 그런디 원고 보내야 되는 시간은 다가오는디, 지금은 저물면서 빛나다가 비치 안나는 밤이 칠흑가치 어둡은디, 집허가는 어둠 소게서 조금만 더 조금만 더 천천히 어쩌구허든 70년대 여자 노래가 궁상맞게 떠오른다냐? 시간은 다 되어가는디 차근차근 야 시를 상대로 노닥거리며 여기서 머물다 갈 수가 업는디, 에라 모르것다, 평소래에 놀래서 정신업스니까 그냥 절망적으루다가 골라뻐리자.

"공중 가득 흰 꽃팝 튀겨놓은 날"(「여기서 더 머물다 가고 싶다」)이라든지, 강혜숙이 미친년처럼 드디어 날뛰고 흰 무명천을 가르고 시멘트 바닥에 나뒹굴고 섹스하듯 허공을 어루만지며 지랄허는 모습을 "아, 그 더운 체온이/ 순수한 허공을 육체로 만들었다"(「춤 한 벌 ─故김남주 시인 노제에 추었던 강혜숙의 넋풀이 춤」)로 표현한 대목이라든지, 혹은 "꼭 둘이 붙어 다니는 몰몬교도들이 펭귄처럼 지하도로 갔다."(「等雨量線 3」)와 "하늘과 땅을 鎔接하는 보라 섬광"(「섬광」)을 비롯하여 "출항했던 곳에서 녹슬고 있는 폐선처럼/옛집은 제자리에서 나이와 함께 커가는 흉터"(「타르코프스키 監督의 고향」)나 "세브란스 병원 영안실 뒤편 미루나무 숲으로/ 가시에 긁히며 들어가는 저녁 해"(「망년」) 등의 시 구절이 보여주듯이, 후배 이영욱의 선배에 대한 헌사가 노상 거짓말이 아님을 알 수 있다.

한 시절 물 좋은 데서 잘 놀던 시인답게 "이데올로기가 사라지니까" 주절주절 이어진 말 빼고, "그 흔해빠진 짜증스런 어떤 운명이 미리서 기다리고 있던"(「몹쓸 憧憬」) 다리[脚/橋]를 절뚝거리며 걷는 모습을 상상하거나, "그 누구에게도 말할 수 없는 비밀; 나의 사상이 없어졌어!"(「석고 두 개골」)라고 용감무쌍하게 자백하는 만용, 혹은 뒤늦게나마 "삶이 이토록 쓰구나"(「타르코프스키 監督의 고향」)라는 깨달음이라든지, "발가락 으로 마감 뉴스를 끌 때" "이것도 삶이라면, 삶은 욕설이리라"(「점점 진 흙에 가까워지는 존재」)라고 자책할 줄도 아는 모습에서 인간적인 어떤 진 정이 묻어나기도 한다.

그런데 과유불급(過猶不及)이라, 그 인간적 진정성이 도가 지나쳐 "이 생이 마구 가렵다"(「11월의 나무」)고 병적인 증세를 실토허기 시작허는 디, "큰 나무 보면 발가벗고 그 속으로 들어"(「나무 崇拜」)가려고 발버둥 치는 증상이 "병원을 나와서도 病名을 받아들일 수"(「11월의 나무」) 없을 만큼 깊어져 가고 있는디, "아아, 울고 싶어라; 투명한 것 가지고는 안 돼" 다음에 이어붙인 꽁알꽁알한 말 빼고 "그해 겨울, 그 통유리창에 눈보라 몰려올 때/ 나, 깨당 벗고 달려나가/ 흰 벌떼 속에 사라지고 싶 었다"(「유혹」)와 "어떤 죄악도 아름다워/ 아무나 붙잡고 입맞추고 싶고/ 깬 소주병으로 긋고 싶은 봄밤이었다"(「수은등 아래 벚꽃」)의 자포자기적 절망감, 혹은 "무슨 시름으로 하여 나는 동구 밖을 서성이는지/ 방죽 물 우으로 뒷짐진 내 그림자/ 나, 아직도 세상에 바라는 게 있나"(「가을 마을」)라는 무력감, 그리고 "턱 밑 털을 밀기 위해 추어올린 내 얼굴:/ 비누 거품을 허옇게 쓴 나의 헛것,/ 이것, 아무것도 아닌데"(「우울한 거울 1」)와 "때로 나는 내가 두려워! 내가 나를 어떻게 믿어?"(「우울한 거울 2」) 에서 나타나는 자기부정의 불안증세, 또는 "아아, 옛날에 내 노래를 들 어주던 아이들은 어디로 갔는가?/ 다시 탄압이나 받았으면!"(「서해까지 밀려 있는 강」)이라는 편집증적 과거집착 등의 구절에서 병이 도져가고 있는 징후를 발견할 수 있다.

이러한 증세들을 싸그리 뭉뚱그려 보면 "자살하고 싶은 한 극치"(「세 상의 고요」)를 느끼는 분열적 자아와 그렇지 못한 현실적 자아의 갈등과 불화와 고통의 상황을 그려낸 것이 이번 시집의 주요한 내용을 이룬다. 이 모든 것들을 종합하여 볼 때, 『게 눈 속의 연꽃』과 『나는 너다』 이후의 황지우 시 대부분은 그 두 자아의 애증의 드라마에 해당한다. 한마디로 그 드라마는 과거의 영광과 일치될 수 없는 현재 상황이 빚어내는 숙명적인 갈등이 뒤죽박죽된 잡탕이라 할 만하다. 그 잡탕들은 맛없는 선문답집이거나 역겨운 감정의 배설 드라마 이상의 의미를 지니기 어려우며, 게다가 공연한 몸부림과 난잡한 말부림이 엉겨붙게 됨으로써 시적 실존의 팽팽한 긴장감을 상실하고 있다. 특히 이번 시집은 연극적 효과를 극대화함으로써 시와 연극의 경계를 무너뜨리려는 안간힘이 드러나 있으나, 후반부의 시들이 보여주는 노골적인 쪽수 늘리기의 경향에 대해 시인 자신도 양심이 찔렸는지 "내가 위조한 연극, 내가 꾸미고 있는 생체 실험"(「석고 두 개골」) 같은 구절로 모종의 변명을 흘리고 있다.

황지우의 나르시시즘을 객관화시키는 방법으로 끌려나온 언어들이 곳곳에서 괴로운 신음(呻吟/新音)을 질러대나 결과적으로는 주관적인 넋두리 이상의 효과를 기대하기 어렵다. 무엇보다 여전히 실망스러운 것은 그 과정에서 시를 개차반으로 대우하고 있다는 점이다. 그의 이런 불경한 태도야말로 90년대 이후 날림의 글쓰기 속에서 시문학의 명맥마저 위태롭게 하는 마지막 발악행위가 되리라는 불길한 징후가 묻어난다는 것이다.

이곳저곳을 쑤석거리고 다녀야만 직성이 풀리는, 나아가 그래야만이 시의 흐름에 뒤지지 않는다는 못된 경향을 추수하는 태도, 그리하여 문학의 창부(娼婦)가 돼야만 스스로 안도감을 느끼는 지금 시인들의 못된 버릇이여. 황황히 날림의 유행을 뒤쫓아 다니는 매문꾼들이 너무 많아 하는 말이지만, "무엇보다도 다만 정신일 뿐인 귀족주의! 그것이

문학의 길"이라고 생각하는 황지우의 항변에는, 결국 난해성을 상표로 등록하여 그 상표 값을 빌미로 차별화된 언어덩어리를 귀족주의에 눈이 먼 속물 문학지망생들에게 비싸게 팔아치우려는 의도가 은밀하게 개입되어 있다.

언어는 그것을 사용하는 인간의 이데올로기를 은연중 반영한다. 양복바지에다가 패랭이 쓰고 짚신 걸친 우중충한 모습으로 과거의 미망(迷妄)에서 벗어나지 못하는 자세가 문제이다. 귀족은 봉건시대의 유물이고 더구나 그 귀족이 물건을 팔았다는 이야기를 들은 적이 없다. 어떻든 시집 겉표지 안짝에다 써놓은 말도 안 되는 선전 문구를 바로 잡아 보면, '이번 시집은 황지우 시인의 시집들 중에서도 특별하지 않은 위치를 차지할 뿐만 아니라 우리 시사에서도 보기 드문 아름답지 못한 시집 중의 하나임에 틀림'없는 시집을 낸 인간이 순진한 어린 아해들에게 탈시대적인 망언을 일삼으며 문화 산업화 시대의 정신노동제품에다가 철 지난 과거의 명성/상표를 붙여서 독과점 품목으로 입도선매하려는 것이 어디 귀족을 자처하는 시인이 할 짓이랴!

4. '한없이 낮은 숨결'로 속썩이는/속싹이는 당부 말씀

"初經을 막 시작한 딸아이, 이젠 내가 껴안아줄 수도 없고/ 생이 끔찍해졌다/ 딸의 일기를 이젠 훔쳐볼 수도 없게 되었다/ 눈빛 형형한 아프리카 기민들 사진;[얼라 여기까지는 무사허게 옮겨놨는디 뒷것이 문제를 이르키네, 내가 아페서 쌍따옴표를 써먹었는디 야도 똑가치 쌍따옴표를 써먹고 있네, 어떻게 헌다냐 내가 물릴 수도 없고, 야보고 새칠로 따옴표 하나짜리로 고치라고 부탁혀도 들어줄 것같지도 안코 대책이 없는디, 아마도 시를 길게 쓰려고 어디서 주서온 구절인 모양인디, 꼭 평론쟁이를 미워허는 시인들이 지껏 좀 베껴 먹는다고 인용허기 거북허게 쌍따옴표를 써싸터니만 야도 그런가 본디, 모르것다, 여기서 되돌아 갈 수도 업꼬, 멈추자니 그러코, 내 맘대로 쌍따옴표를 홑따옴표로 바꾸어서 나머지 부분도 용감허게 베껴버리자/ '사랑의 빵을 나눕시다'라는 포스터 밑에 전가족의 성금란을/ 표시해놓은 아이의 방을 나와 나는/ 바깥을 거닌다, 바깥;/ 누군가 늘 나를 보고 있다는 생각 때문에/ 사람들을 피해 다니는 버릇이 언제부터 생겼는지 모르겠다/ 옷걸이에서 떨어지는 옷처럼/ 그 자리에서 그만 허물어져버리고 싶은 생;/ 뚱뚱한 가죽부대에 담긴 내가, 어색해서, 견딜 수 없다/ 글쎄, 슬픔처럼 상스러운 것이 또 있을까// 그러므로, 어느 날 나는 흐린 酒店에 혼자 앉아 있을 것이다/ 완전히 늙어서 편안해진 가죽부대를 걸치고/ 등뒤로 시끄러운 잡담을 담담하게 들어주면서/ 먼 눈으로 술잔의 水位만을 아깝게 바라볼 것이다// 문제는 그런 아름다운 廢人을 내 자신이/ 견딜 수 있는가, 이리라"(「어느 날 나는 흐린 酒店에 앉아 있을 거다」)라고 시집 제목으로 동원된 작품에서만큼은 솔직 투명하게 이야기하고 있는데, 그는 "그런 아름다운 廢人"의 모습을 견딜 수 없을 것이다.

시인 "당신, 이 지독한 뜻을 알기나 해?"(「거울에 비친 패종시계」). 그런데 황지우 당신이 "왜 여기 있지?" 갑자기 "모든 게 낯설어진다"(「거대한 거울」). 당신 황지우 시인, 내가 이인성이 것을 끝까지 베껴먹는 것에 대해 그리고 그의 글의 문맥을 절단하여 내 뜻대로 시인 황지우 당신을 비난하는 것에 대해 "혹시(그렇다면 필경), 당신은(나는), 그러한 당신 자신을 스스로 의식치 못하고 있을지 모르겠다(당신에 의해 쓰여지는 이 소설을 실제로 쓰기는 내가 쓴다는 문제를 의식화시키지 않을 수 없다). 그래서(그러나), 위의 몇 줄만을 읽은 당신은(위의 몇 줄만을 쓴 나는), 그것을 어이없는 속임수로 받아들여(그것을 당신 뜻에 대한 내 뜻의 갈등으로 여겨), 당신 뜻이 내 뜻에 의해 조작되고 있음을 주장할 법도 하다(슬그머니 뒤섞어 얼버무리고 싶은 유혹을 안 받는 것은 아니다). 물론 당신은(그래도 나는), 끝내 그러한 판단을 뒤엎을 어떤 이유도 찾을 수 없을 때(이 어쩔 수 없는 갈등과 정직하게 맞설 때), 이 또한 당신 뜻대로(이것만은 내 뜻대로), 내가 공연히 자기 진술에 당신을 연루시켜 자기 합리화의 근거를 삼으려 한다고" 당신 시인 맘대로 "나를 이 지면의 벽 너머로 흘겨보고 꾸짖거나 남들 앞에서 비난할 자유를 가지고 있다."8)

---

8) 이인성, 『한없이 낮은 숨결』, 문학과지성사, 1989, 34~35쪽.

3부

토속어 활용과 구술문화적 표현

―이문구

1. 서언

초기 작품 『장한몽』부터 『소설 김시습』까지 이문구는 농촌공동체의 토속어와 속담을 활용하여 "우리의 전통적인 어법과 가락"[1]을 독특한 문체로 되살려낸 작가이다. "자칫하면 심상한 방담에 그쳤을지도 모를 그의 이야기"가 문학적으로 아름답게 형상화될 수 있었던 것은 "바로 토착어 지향의 독자적인 문체"[2] 덕분이다.

그의 문학세계의 상당 부분은 방언과 고유어, 한자어와 속담을 활용하여 빚어낸 문체에 힘입고 있다. 하나의 이야기를 어떻게 형상화하는가의 문제와 관련하여, 그의 문체는 인물의 성격과 사건의 구성, 그리

---

1) "내 문장이 비논리적이고 읽기에 어려워 보인다면, 『춘향전』이나 『사씨남정기』를 읽기 어려울 것이고 판소리의 문장들을 이해하기 어려울 것입니다. 문제는 우리의 전통적인 어법과 가락이 잊혀져 가고 있는 것이죠."(「『우리동네』, 우리 문체와의 만남」, 『동서문학』, 1996, 겨울)
2) 황종연, 「도시화·산업화 시대의 방외인」, 『작가세계』, 1992, 가을.

고 소설의 배경과 작중 분위기 조성에 중요하게 기여하는 소설적 장치에 해당한다.

단순한 의미로 말하기와 글쓰기의 표현방법을 뜻해 왔던 문체야말로 이문구 문학의 특성을 규정하는 요소이다. 그의 대표작에 속하는 『冠村隨筆』과 『우리동네』의 경우 한국 고유의 전통문화를 반영한 토속어와 관용적 표현이 문체 형성에 크게 기여하고 있다. 그것들은 할아버지로부터 물려받은 한자어와 고유어, 아버지로부터 습득한 민중의 토속어와 지방어, 그리고 농경문화 사회에 유포된 속담과 성구[3] 등이다.

이문구 소설의 문체 특징을 파악하기 위해서는 작가 고유의 언어습관이나 문장구성과 같은 언어현상을 고찰할 필요가 있다. 텍스트에 나타난 언어현상이나 언어형식을 살핌으로써 언어표현의 특수한 양상을 이해할 수 있다. 문체론의 관점은 텍스트에 변별적으로 나타나는 특징적인 언어자질의 총체적인 현상으로 정의된다.[4] 작품에 나타난 특수한 언어형식으로 문체를 이해할 때, 그것의 연구는 텍스트에 나타난 언어현상을 파악하는 작업과 동궤에 있다.[5] 이 글이 텍스트 해석의 기능적 의의를 확인하거나, 또는 문학효과와 관련하여 적절하다고 느껴지는

---

3) "유교적인 풍속과 어휘들은 할아버지에게서, 농민들의 사는 모양과 어휘들은 아버지로부터 배운 셈입니다. 이런 어휘들을 소설에 꾸준히 써먹은 인연으로 1989년에는 충남 보령시에서 그 지역 방언집을 내 이름으로 발간하기도 했어요."(「『우리동네』, 우리 문체와의 만남」, 앞의 책.)

4) K. Wales, *A Dictionary of Stylistics*, London and New York(Longman, 1989, 435~437쪽)와 M. Groden and M. Kreiswirthu *The Johns Hopkins Guide to Literary Theory & criticism*, Baltimore and London(The JonmsHopkins Univ. Press, 1994, 99. 701~706쪽) 참조.

5) 언어현상이나 언어형식의 관점에서 '문체'를 연구하려는 경향이 문체이론의 주류를 형성해 왔다. T. A. Sebeok ed, *Style in Language*, Massachusetts, The M . I . T. Press, 1960, S. Chatman ed, *Literary Style : A Symposium*, London and New York, Oxford Univ. Press 1971, D. Birch and M. O'Toole ed, *Functions of Style* : London and New York, Printer Publishers, 1988 참조.

언어적 원인들을 설명하는 것에 주안점을 두는[6] 이유가 여기에 있다.

특히 이 글은 텍스트에 나타난 언어현상과 관련하여 이문구 소설의 문체에 나타난 구술문화적 특징과 그것의 문학적 효과의 상호관련성을 파악하기 위해 다음과 같은 점에 논의의 초점을 맞춘다. 첫째, 『冠村隨筆』과 『우리동네』의 문체 형성에 기여한 언어현상을 찾아내고 그것의 문학적 효과를 밝힌다. 둘째, 구술문화적 특징과 관련하여 이문구 문장의 구성상의 특성을 살피고, 소설기법의 차원에서 그것들을 종합적으로 고찰한다.[7]

2. 토속어의 활용과 관용구적 표현

『冠村隨筆』과 『우리동네』의 공간배경은 충청도와 경기도 농촌지역이다[8]. 지역적 차이에도 불구하고 소설의 인물들은 대부분 충청방언을 사용하고 있다. "모이(묘), 오이상(외상), 워째(어째), 워디(어디), 올러(올라), 골러(골라), 뒤루는(뒤로는), 오기루(오기로), 봐유(봐요), 올래유(올래요), 읎는 규(없는 것이요), 모른다는 규(모른다는 것이요), 기셔유(계

---

6) 현대 문체론을 대표하는 두 경향은 밸리(Bally)로부터 출발한 전통문체론과 프라그 구조주의에서 시작된 야콥슨(Jakobson)의 새로운 문체론이다. 이 두 가지 방식은 코드의 문체자질을 밝히거나(전통문체론), 메시지의 미적 구조를 기술하는(새로운 문체론) 데 역점을 두고(Chatman, 1971:16) 있다. 그럼에도 T. A. Sebeok(1960) 이후 K. Wales(1989)의 '문체론 용어' 사전이나 M. Groden and M. Kreiswirth(1994)의 '문학이론과 비평' 사전 등에서 설정한 현대 문체이론의 중요한 목표는 "문학효과의 언어적 원인"을 설명하는 것이다.

7) 이 글은 S. Chatman(1971)과 W. J. Ong(이기우·임명진 옮김, 『구술문화와 문자문화』, 문예출판사, 1995)의 이론을 원용/인용했다. 특히 후자의 저서 내용이 직접적/간접적으로 이 글의 본문에 인용/원용되었다. 가급적 각주를 생략했다.

8) 분석대상이 된 텍스트는 『冠村隨筆』(창작과비평사, 1977)과 『우리동네』(솔, 1996)이다.

서요), 왜 그류(왜 그래요), 안 갈류(안 갈래요), 영낙읎구먼(영낙없구만), 즌기(전기)” 등 그의 소설에 나타난 방언은 중부지역어의 특징을 보여주기도 하나, 충청도 방언 일색이다. 작중 분위기 조성과 사건 구성의 사실성을 보강하는 문학효과는 인물의 능숙한 방언구사와 관련되어 있다. 그리고 그의 소설에 “늦들잇들, 별똥지기, 따비밭, 메갓, 무술이, 앞벵이, 조브네 들, 부레, 버덩, 에우기”[9] 등 헤아리기 어려울 정도로 고유어가 많이 나타난다.

우리말의 미묘한 뉘앙스를 담아낸 고유어는 그의 문학세계에 토속적 정취와 고전적 정감을 부여한다. “먹탕[黑浦], 마가목[馬牙木], 헛묘[假墳墓], 보앵[鹽度計], 소금막[製鹽幕], 안옷[黃布], 갈머리[冠村部落]” 등의 단어는 농경문화의 향토적 정서를 불러일으킨다. 한자어는 고유어의 활용과 유사한 문학효과를 빚어낸다. 하지만 경우에 따라 그것은 인물의 행동을 희화화(戲畵化)하거나 풍자하는 기법과 연관되어 있다.

> 멀리는 여러 백리를 상거하여 한 해에 고작 한두 번 만나 볼 수 있던, 천리상봉 만리별(千里相逢萬里別)의 선배들을 비롯하여 (179쪽)
>
> — 「空山吐月」

> 그 많은 도깨비들이 저녁마다 논다니패의 난장을 이루던 왕대뫼(王竹山) 곱은탱이의 먹탕곶(黑浦) 개펄과 무저지를 자주 뒤저먹던 사람들도 (248쪽)
>
> — 「關山芻丁」

> “시방 저기서 공자가 공짜로 맹자 맹장 수술이나 허구 있다면 혹

---

9) 『冠村隨筆』의 지역적 배경은 충청도 농촌마을이고, 『우리동네』는 경기도 일원의 농촌마을이다. 이문구는 소설의 공간 배경에 상관없이 충청방언을 사용하고 있다. 이 지역 언어의 음운현상과 어휘를 판별하는 데 도움을 준 전북대학교 김규남(음운론) 선생에게 감사드린다.

쳐다볼까 물러두” (163쪽)

— 「우리동네 崔氏」

십칠 년 맞수와 부질없이 다툴 일도 끔찍스러웁거니와, 한 번도 눌러본 적이 없으니 더욱 오불관언할 수밖에 없었다. (361쪽)[10]

— 「우리동네 趙氏」

“천리상봉 만리별(千里相逢萬里別)”을 비롯하여 “황당무계(荒唐無稽), 우유부단(優柔不斷), 난파삼동(暖波三冬), 매두몰신(埋頭沒身)”, “유택(幽宅), 초례(醮禮), 고원(雇員)” 등 『冠村隨筆』의 한자성구와 한자어는 고풍스런 분위기를 조성하거나 유교문화적 교양을 표현하는 기능을 한다. 그러나 『우리동네』의 “공자(孔子)가 공짜로 맹자(孟子) 맹장 수술, 십칠년(十七年) 맞수” 등에 나오는 한자어들은 작중분위기를 해학적으로 이끌거나 인물의 행동을 희화화하는 풍자적 효과와 관련되어 있다.

특히 일반에 통용되는 언어를 작가 스스로 개성 있게 조립하여 만든 어휘의 문학효과가 주목된다. “동냥풍월, 구이지학(口耳之學), 세계명작개칠사(世界名作改漆師), 문래병(門來病)”과 “웃음성, 없음증, 가로왈 세로왈, 냇자갈” 등이 작가 개인의 조립어에 해당한다. 이것들은 우리 고유의 언어자산을 창조적으로 활용한 예에 속하는데, 상황에 맞게 재조직된 우리말식 한자어와 한자어식 우리말을 결합하여 이문구는 특유의 문체를 개발하고 있다. 대화문체와 관련하여 인물의 어투를 살펴보기로 하자.

“지난번 반상회 석상에서두 대략적인 측면으루다가 말씀드린 바와 같이, 빚 보인 스는 자식일랑 두지두 말라는 옛말까장 무시해버리구 설랑은이, 나는 주민 여러분들의 원활한 영농을 위해설랑은이 연대

---

10) 이문구 작품 인용은 ‘「空山吐月」, 179쪽’과 같이 작품명과 그 작품이 수록된 책의 면수를 제시한다.

> 보증을 스느라구, 금년 칠칠년도만 해두 인감 증명을 여든 두 통이나
> 떼였던 것입니다. …(중략)… 나는 마음적인 측면으루다가 이장질을
> 집어치구설랑은이, 내 나름대루 달리 살어볼 요량이나 허면서 살구
> 싶어두” (97쪽)
>
> ― 「우리동네 李氏」

이문구가 우리말과 한자어를 이용하여 새롭게 조립한 “사괏적, 생각적, 마음적” 등의 단어에 이장 변차섭의 성격과 행동이 암시되어 있다. “대략적인 측면으루다가”, “나는 주민 여러분들의 원활한 영농을 위해 설랑은이 …(중략)… 떼였던 것입니다” 등 이장의 발화에는 지식층의 언어와 서민층의 언어가 뒤섞여 있다.

그의 말투는 마을 주민의 번영과 이익을 위해 헌신하는 자신의 모습을 은연중 내비치고 있다. 점잔을 빼며 장황하게 이야기하는 그의 말투는 발화자 변차섭이라는 인물의 형상을 제시하고 있을 뿐만 아니라 그의 일상의 삶을 구체적으로 반영하고 있다. 주목되는 것은, 묘사나 서술로 인물의 성격이나 행동을 창조하지 않고, 어투 등에 의존하여 그러한 문제들을 해결한다는 점이다.

> 이 사람은 의욕에 넘치는 희생적 봉사정신을 보다 활성화해서, 이
> 지역 사회에 뭣인가를 남기구, 이 사람의 개인적인 측면으루는 이름
> 을 이룰 수 있는 결정적인 계기루 삼자, 사실은 이것이 이 사람의 마
> 음적인 포부라 이것이올시다. (198쪽)
>
> ― 「우리동네 鄭氏」

“이 사람은 의욕에 넘치는 희생적 봉사정신을 보다 활성화해서 …(중략)… 개인적인 측면으루는 …(중략)… 결정적인 계기루 삼자, 사실은 이것이 이 사람의 마음적인 포부라 이것이올시다”라고 이야기하는 김형각의 발화 속에는 상대방을 이해시키고 설득하는 목적 이외에 자

기가 상대편과 다른 신분임을 과시하는 신분 차별적 인식이 스며 있다. 지식층의 언어를 흉내낸 그의 어투에는 선거에 출마한 자신의 모습을 희생적이고 봉사적인 지도자상(指導者像)으로 주민들에게 주입시키려는 의도가 내포되어 있다. 그러나 신분과시를 함축한 그의 말투는, 발화자의 의도와 달리 지식층이나 부유층의 교활함과 기회주의적 출세욕을 희화화한다. 말투가 인물의 신분과 성장배경을 암시하는 예를 「日落西山」에서도 찾아볼 수 있다.

> 본디 사람 보는 눈이 달랐던 할아버지는 그녀를 보자 대뜸 싹이 있겠다고 판단하여 나이부터 물었었다.
> 「그래 너는 몇 살이나 되었다더냐?」
> 그러자 그녀는 아무 어렴성 없이 아는 대로 대꾸했다.
> 「지 에미가 그러는디 제년이 작년까장 제우 여섯 살이었대유. 그런디 시방은 잘 몰르겄유.」
> 「늬가 늬 나이를 모른다 허느냐?」
> 「예. 워떤 이는 하나 늘어서 일곱 살이라구 허던디 또 누구는 하나 먹었응께 다섯 살이라구 허거던유.」 (17쪽)
>
> —「日落西山」

'더냐?' '허느냐?' 등에서 풍기는 시골 양반의 어투에 할아버지의 형상이 투영되어 있다. 그리고 "여섯 살이었대유", "잘 몰르겄유", "허거던유"의 방언어투와, "워떤 이는 하나 늘어서 일곱 살이라구 허던디 또 누구는 하나 먹었응께 다섯 살이라 허거던유"라는 관용구적 표현이 어울려 옹점이의 성격을 그려낸다. 옹점이라는 인물의 성격을 살려내는 방법과 할아버지의 형상을 제시하는 방식의 차이를 유심히 살펴볼 필요가 있다. 살아 움직이는 인물의 개성을 말투에만 의존하여 표현하는 것은 일정한 한계가 있다.

이러한 한계를 극복하기 위해 작가는 관용적 표현을 활용한다.11) 방언의 어투와 관용적 표현이 알맞게 결합될 때, "어른 앞에서 소견이 넓었고", "덜렁쇠에 수다장이"이기도 했던 옹점이라는 인물의 개성이 살아난다.

> 「뵐고가 무고(無故)지…… 어서 그늘루 앉게. 여태두 게 가서 독(石)일 헌다나?」
> 「예. 모집(징용)가서 밴 것이 그 노릇인디 워칙허겄유. 고연시리 븐다 허구 지집 색긔만 고상시키는 개뷰.」
> 「집 벗어나면 고상이니 어서 솔가해다가 뫼 살으얄 텐디…… 갱갱이(江景邑)가 예서 워디간…… 타관살이보담 한내(大川)루 들어오는 게 안 나은감.」
> 「즤야 암시러면 워떻간디유. 서방님이 고상되시겄구면유. 가나오나 증챌서 순사만 보면 서방님이 걱정되더먼유.」 (81쪽)
> ― 「行雲流水」

> "성님, 대관절 어쩔려구 이냥 이러슈? 이 날 가무는디 장사가 되유 제사가 되유. …(중략)… 핑계야 여북 좋아유. 이 날 가무는디 워느 늠이 외상을 갚느냐는 겨. 염치가 읇으면 염통이나 즉으야지. 처먹을 때마다 짜니 싱거니 허구 찍자 붙더니, 처먹구 달소주 거짐 됐으면 더러 갚을 중두 알으야지. 몽땅 창새기를 끄내 창란젓 담어놓구 내년 이때까지 먹어두 션챦을 인간들이유." (189쪽)
> ― 「우리동네 鄭氏」

「行雲流水」의 옹점아비의 말투와 「우리동네 鄭氏」의 우춘옥 주인 우승민의 어투는 인물의 성격을 형상화하는 데 기여하고 있다. 첫 번째

---

11) 관용구(慣用句)는 형태론적 관용구, 의미론적 관용구, 형태·의미론적 관용구 등이 있다. '관용적 표현과 공식적 표현'은 용어사용에서 구별되기도 하나(서울대학교 동아문화연구소 편, 『國語國文學 事典』, 1980), 표현/비유와 관련하여 이 글에서 '공식구, 관용구, 상투구' 등은 유사한 의미로 사용되었다.

발화는 느릿느릿 이어지는 속 좋고 충직한 인물상을 그려낸다. 두 번째의 거칠 것 없이 장황하게 뱉어내는 발화는 옹점아비와 전혀 다른 인물의 개성을 제시한다. 대개의 경우 이문구 소설의 인물은 전형적인 농민의 모습으로 부각되어 있다. 그것은 동일한 방언권의 인물이 대다수를 차지하기 때문이다. 그럼에도 불구하고 옹점아비와 우승민의 인물형상이 차이를 보이는 것은, 그들이 사용한 공식구적 표현이 작중상황과 어울려 각각의 개성을 살려내기 때문이다. "워칙허겄유, 워떻간디유, 걱정되더만유"와 "제사가 되유, 여북 좋아유, 인간들이유" 등 충정방언의 독특한 어감이, 작가가 만들어낸 관용구적 표현인 "뵐고가 무고(無故)지", "몽땅 창새기를 끄내 창란젓 담어놓구 내년 이때까지 먹어두 션찮을 인간들" 등과 효과적으로 어우러져 인물의 성격을 창조한다. 이문구는 방언 화자의 어투에 반영된 실제 소리효과를 "무고지"나 "창란젓 담어놓구"라는 상투적 표현으로 보강한다.

「우리동네 金氏」에서 수시로 변하는 어투는 사적 언어와 공적 언어가 뒤섞이면서 인물의 행동을 희화화하고 시대상을 풍자하는 효과를 발휘한다. 그것은 점잔 빼며 거들먹거리는, 그러나 참을성 없고 자기과시적인 성격을 은연중 그려내는 이문구 고유의 인물성격 부여 방법의 하나이다. 이문구의 풍자적 문체와 밀접하게 관련된 인물의 어투 변화양상과 그것의 문학효과를 구체적으로 살펴보기로 하자.

> "안녕허십니까. 신을쳉(申乙鍾)이올시다. 이름이 션찮여 부민장백이는 못헙니다마는, 지가 여러분들보다 배운게 많다거나, 위디가 잘나서 이 앞에 슨 건 아닙니다. 이 점 양해해주시기 바랍니다. 오늘 교육에 면장님께서 꼭 나오실라구 허셨습니다마는 급헌 호이가 있어서 아직 못 나오시는 걸루 알고 있습니다. …(중략)… 그 동안은 지가 몇 말씀 드리겄습니다." …(중략)… 풀 벼서 남 줘유? 퇴비허면 누구 농

사가 잘되느냐 이 애깁니다. 식전 저녁으루 두 짐쓱만 벼유. 그런디
저기, 저 구석은 뭣 땜이 일어났다 앉었다 허메 방정떠는 겨? 왜 왔다
리갔다리 허구 떠드는 겨? 꼭 젊은 사람들이 말을 안 탄단 말여. 야—
저런 싸가지 읎는 늠으 색긔…… 야늠아, 말이 말 같잖여? 너만 덥네?
저늠으 색긔…… 즤 애비는 저기 즘잖게 앉어 있는디 자식은 저 지랄
혀. 이중에는 동기간이나 당내간은 물론이구 한집에서 둿씩 싯씩 부
자지간이 교육을 받으러 나오신 분두 즉잖은 줄로 알구 있습니다마
는, 웬제구 볼 것 같으면 아버지나 윗으른은 즘잖게 시키는 대루 들
으시는디, 그 자제들은 당최 말을 안 타구 속을 쎅이더라 이겝니다.
교육 중에 자리 이사 댕기구, 간첩모냥 쑥떡거리구…… 야늠아, 너
시방 워디서 담배 피는 겨? 너는 또 워디 가네?" (37~38쪽)

— 「우리동네 金氏」

　인용된 부분은 면장을 대신하여 민방위 교육장에 나온 부면장이 면
민을 상대로 퇴비 쌓기를 설득하고 강요하는 장면이다. 면민을 상대로
퇴비 쌓기를 설득하던 부면장의 공식어투는, 마지못해 교육장에 참석
한 젊은이의 행동을 꾸짖는 대목에서 사사로운 어투로 바뀐다. 사적
언어와 공적 언어가 뒤섞인 발화는 작중상황과 신을종 자신의 성격을
함축하고 있다. 수시로 변하는 부면장의 말투는 민방위 교육장이 본래
의 목적과 상관없이 진행되는 형식적인 교육장소이고, 동시에 그것은
공무원이나 면민들이 잡담이나 푸념을 늘어놓는 사적 장소임을 암시
한다. 그 자리는 상황에 따라 정부시책을 독려하는 공적인 자리이고,
신을종과 같은 인물이 자기 과시적인 사담(私談)을 지껄이는 비공식적
인 잡담의 자리, 즉 사적 장소가 되기도 한다. 부면장의 어투 변화를
통하여 작가는 정부정책을 비판하고 부조리한 관행을 희화화(戱畫化)한다.
등장인물의 어투는 당대의 사회상을 풍자하고 비판하는 문체 형성에 기
여한다. 속담과 성구, 고유어와 한자어, 그리고 작가 개인이 만든 구절/성
구(成句)나 단어들이 인물의 형상과 농민의 삶의 모습을 담아낸다.

　　“하여간 누가 뭐래두 베농사를 엎었다 잦혔다 허는 것은 볍씨가
아니라 날씨유. 사람을 봐두 그려. 요새 크게 된 사람덜이 족보 좋아
크게 됐간디, 다 사정에 맞춰 그렇게 됐지. 그러게 농사 기술은 책상
물림헌티 배우는 게 아니라 흙허구 물헌티 즉접 배워야 쓰는 규.”

　　“첫배 과부 코고는 머슴방 엿보듯이 무심헌 하늘이나 힐끔거리는,
그 자연 농법?” (16·25쪽)

— 「우리동네 李氏」

　작가는 상투적 표현으로 굳어버린 속담이나 성구 등 관용구적 표현
을 농촌공동체의 실정에 맞게 재조직하고, 그것을 일상적 삶의 사실감
을 표현하는 수단으로 사용한다.12) 능숙한 솜씨로 운자를 맞춘 ‘볍씨
와 날씨’를 비롯하여 “족보 좋아 크게 됐간디”, “농사 기술은 책상물림
헌티 배우는 게 아니라 흙허구 물헌티 즉접 배워야 쓰는 규”, “첫배 과
부 코고는 머슴방 엿보듯이” 등과 같은 관용적 표현은, 농민의 생동하
는 삶을 생생하게 포착한다. 그 생생함은 단어의 끝 글자를 ‘씨’로 맞
춘 ‘볍씨와 날씨’의 소리효과와 의미대조의 경우처럼 이문구 식의 언
어사용에 힘입고 있다. 그것은 날씨에 의해 볍씨, 즉 벼농사의 성패가
좌우되는 농촌의 현실을 즉흥적으로 잘 표현하고 있다. 특히 “고민이
농민이다”와 같은 이문구 고유의 운자(韻字) 맞춤식 신공식구(新公式句)는
문장의 리듬에 탄력을 부여한다. 이러한 언어현상들이 소설문장의 호
흡과 리듬 효과를 보강하는 요인이고 이문구 스타일의 문체에 개성을
부여하는 요소이다. 그리고 “오장에서 부레가 끓어오르지 않을 수 없
던, 점심마저 굶어 허당이 된 가슴 속을”, “부엌은 도가술에 물타서 느
루 팔던 술청이었고”, “끓는 소댕에 김서리듯 부실거렸고”(「日落西山」,

---

12) “성구속담은 그가 가진 민족성과 통속성, 생동성과 형상성으로 하여 그 활용에서
　　는 매우 높은 표현적질을 얻게 된다”(오영환, 『작가의 문체』, 북한 : 문예출판사,
　　1992, 28쪽).

9~13쪽) 등 관용적 표현은 농경문화의 토속적 정감을 감싸 안으면서 그의 문체에 뚜렷한 향토색을 부여한다. 그 향토색이 그의 작품에 반영된 농촌 특유의 환경과 풍속, 그리고 정서를 풍부하게 한다. 공식구적 표현으로 구성된 이문구 비유의 특성을 살펴보기로 하자.

> "나는 중국집 근처도 못 가봐서 짜장면에 된장을 푸는지 꼬치장을 푸는지, 열번 쥑인대두 모르는 답답선이니께"
>
> "선생쳇것이라구 가무숙숙헌 상판이 코쭝배기에 제비똥 떨어진 늠마냥 잔뜩 으등그러지구 지르숙은 게, 팔모루 봐두 오종종헌 줄품이던디……"
>
> "그런 것은 대학이 아니라 논어를 나왔어두"
>
> "흔히 소갈머리 읆이 소가지만 부리는 법이니께, 말 한마디를 허더래두 다다 부드럽게 웃는 낯으루 허슈. 공중 덧내놓지 말구."
>
> "민폐와 다르지 않은 염치없는 행패라고 되게 꾸짖을 셈이었다."
> (182~183쪽)
>
> ― 「우리동네 鄭氏」

"열번 쥑인대두 모르는 답답선", "팔모루 봐두 오종종헌 줄품", "그런 것은 대학이 아니라 논어", "민폐와 다르지 않은 염치없는 행패" 등에 나타난 "답답선"과 "줄품"이라는 단어들은 생소함에도 불구하고, 그 쓰임의 적절성 때문에 의미를 직감할 수 있다. 그리고 '대학과 논어'의 의미론적 대비형식과, '민폐와 행패'의 소리효과와 언어유희의 측면을 정교하게 응용한 대구형식은, 길게 늘어지는 문장의 호흡과 리듬의 마디를 구분해 주는 요소이다. 그것은 실타래처럼 복잡하게 얽힌 문장을 추스르는 기능을 한다. 이러한 언어현상이 대화체 문장의 호흡과 리듬의 마디를 구분해 준다. 그리하여 의미가 이미 굳어져 참신한 비유의 기능을 상실한 상투적인 표현이, 생기발랄한 구어체로 구현되는 그 순간 살아 숨쉬는 인물의 이미지가 부각된다.

　"남댑문이구 앞댑문이구 간에 수재민 고쟁이 걱정허는 사람은 팔도강산에 느티울 춘자아버지뿐일규. 확실히 우리게는 꽃동네 새동네여." (「우리동네 黃氏」, 54쪽)의 창근어매나 "무슨 애기를 듣는다나. 눈뜨면 논에 가 엎어지구, 별뜨면 배(腹) 위에 엎어져 젖는 늠이—대사리구 흑싸리구 줄초상에 과부 사태 안 난 담에야 벙어리 사둔 따루 옶이 사는 걸"(「우리동네 黃氏」, 62쪽)의 길수아버지 형상은 대화문체에 의해 구체화된 인물상의 대표적인 예이다. "남댑문이구 앞댑문이구"나 "꽃동네 새동네여", 혹은 "눈뜨면 논에 가 엎어지구, 별뜨면 배(腹) 위에 엎어져 젖는 늠"이나 "줄초상에 과부 사태 안 난 담에야 벙어리 사둔 따루 옶이 사는 걸"과 같은 정형구인 대화체 문장 속에서 인물의 이미지가 선명하게 부각된다.

　　　"즘생까장 멕여준다니 심심찮게 가봐유. 아침은 생일집에서 델러 올 게구, 즘심일랑 게 가서 에끼구, 오늘은 사발농사만 전문허겄구먼. 쌀밥 두 그릇이 워디여." (100쪽)

　　　난봉난 계집 옷고름 여미기, 보릿동(麥嶺期), 사무실 큰 장사꾼(조합), "놀랠노짜 위에 깜짝감자여." (105~126쪽)
　　　　　　　　　　　　　　　　　　　　　　　— 「우리동네 李氏」

　　　철난 사위처럼 든직한 황소도 한 마리, 하늘이 너그러워 물이 흔해야 하고, 초승에 다니러 와서 보름 쇠고 가는 처삼촌댁 뒤꿈치는, 쌍꺼풀 수술이 잘못되어 눈두덩이 달팽이 지나간 자리 같은 연지색 치마, 닭장 둘레에 쏟아졌던 맷방석만한 참새 떼가 번쩍하며 울타리에 더뎅이져 엉기는데 (136~139쪽).

"술덤벙 물덤벙 초싹거리구 들랑대는겨? 등잔불을 쓨어두 내가 하루 더 쓨을 텐디, 워찌 위아래두 몰러보너? 게, 내 말은 새소리만두 못허다 이 얘기여?"

"그 새우젓눈만 깜작그리지 말구" (142~143쪽)

— 「우리동네 崔氏」

"하늘이 너그러워 물이 흔해야 하고", "오늘은 사발농사만 전문허겄구먼", "등잔불을 쓨어두 내가 하루 더 쓨을 텐디" 등에 농촌공동체의 일상생활과 농민의 모습이 담겨 있다. 작가가 개인적으로 환골탈태(換骨奪胎)하여 만든 새로운 공식구적 표현이, 토속적인 농경문화에 삶의 뿌리를 내린 정감적인 인물의 이미지를 강화한다. 상투적인 표현으로 이미지화된 인물이 독자에게 친근감을 주고, 전통적 농경문화의 삶을 다룬 이야기에 활력을 부여한다. 그가 창조한 인물들이 대부분 정형구적인 사고와 표현에 익숙한 농경 사회적 인물유형, 즉 "기억에 의해 재조직된" 인물유형에 속한다.[13)]

관용구적 표현이 이문구의 수사법을 대신하는 경향이 있는데, 그것은 인물의 모습과 이야기의 내용을 웅숭깊게 하고, 사건 진행과 작중 현실의 사실감을 증진시킨다. 농업협동조합을 장사꾼에 비유한 "사무실 큰 장사꾼"이나 능청스럽게 상대방의 말을 되받아치는 "놀랠노짜 위에 깜짝깜자여"(「우리동네 李氏」, 126쪽) 등을 비롯하여 "닭장 둘레에 쏟

---

13) 이문구 소설에 등장하는 인물은 구술문화 세계의 인물유형과 일치하는 면이 있다. 이 점과 관련하여 "서사민요가 지닌 서사구조는 암기에 의한 재생이 아니라 기억에 의한 재조직"(이헌홍, 「판소리의 '포뮬라'에 대하여」, 『민속예술』, 교문사, 1989, 507쪽)이라는 언급이 참조될 수 있다.

아졌던 맷방석만한 참새 떼"가 이러한 사례에 속한다. 작중상황의 정황이나 분위기에 어울리도록 변형시킨 관용구적 표현과 농민의 생활지식을 이용하여 작가는 즉흥적인 사건이나 부득이한 행동의 서사적 밀도를 유지한다. 이야기 진행의 얼개─서사구조가 미약함에도 불구하고 그의 소설이 농민의 생활감정과 정취에 어울리는 리얼리티를 획득하는 것은 이러한 요인들이 복합적으로 작용하기 때문이다.

> "복덕방 뿌로카들이 마빡이 한 번 찍어 당기구 한 번 풀릴 적마다 이제사 때가 왔구나 허구 가슴 졸이는 게 요새 농사꾼 신셍디, 어채피 남아닌 좆심이 있는 것두 아니구, 딱 부러지게 믿는 구신이 있는 것두 아니구…… 나라구 남들 허는 대루 따러가지 말라는 법이 워디 있어?"
> 그 말이 떨어지기도 전에 아내는 대번 얼굴이 함박만해지며 기중 것이 아는 소리를 늘어놓았다.
> "그러매 내가 장 뭐래여. 농사지어 자식 가르치는 늠 옳구, 왔다갔다허는 늠 차비 떨어질 적 옳더라구 벌써 원제부텀 일렀간디." (320~321쪽)
> ── 「우리동네 張氏」

이문구 소설은 평범한 장삼이사(張三李四)가 등장하여 장면장면 제시되는 사건을 그때마다 풀어나가는 이야기 진행방식을 취한다. 그 방식은 사건의 긴밀한 짜임새나 행동의 인과관계에 의존하는 것이 아니라 장면 단위의 대화로 이야기를 구성해 간다는 것을 뜻한다.

그의 소설에서 대화 장면은 내러티브 구성의 고리역할을 한다. 그것은 작중사건에 갑자기 등장하는 인물의 행동과 이야기의 전후관계를 이해시키는 뛰어난 기법의 일종이다. 이러한 이문구 특유의 이야기 진행방식이 단편구성식의 『冠村隨筆』과 『우리동네』의 종합적 구성력을 뒷받침하는 요인이다.

3. 문장구성의 구술문화적 특성과 표현기교

『冠村隨筆』과 『우리동네』의 문장은 '말하기식'으로 구성되어 있다. 대화나 서술의 어느 부분을 막론하고 장황하게 이야기를 늘어놓는 다변의 담화형식으로 되어 있다. 이문구의 문장구성 스타일은, 어떤 현상이나 사실을 구술하는 우리 고유의 전통담론과 구조적으로 유사하다. 그의 문장이 문자문화에 익숙한 현대 독자의 취향에 맞지 않는 것은, 옹(Ong)이 말한 구술적 사고와 표현에 입각해 있기 때문이다.[14] 그의 언어와 문장은 "상황으로부터 자유로운 언어"나 "자율적인 담론"과 다르다.

> 점심을 굶어 허당이 된 가슴 속을, 조갑지 같은 초가 세 채가, 도가술에 물 타서 느루 팔던 술청이었고, 이발기계와 면도 하나로 깎고 도스리던, 기와의 오죽잖은 블록집이, 끓는 소댕에 김서리듯 부실거렸고, 탱자나무 울타리 곱은탱이만 돌아가면, 집과 함께 모개흥정으로 처분하고 떠났던, 팔백여평의 터알이 나타날, 터지게 얼었던 거죽이 풀린 길은 해토머리가 다 된 것이나 아닌가, 맑은 물이 흐르던 길가의 개랑은 수채만이나 하게 좁아진 반면, 그 구거지(溝渠地)에는 지질한 블록집들이 잇대어 서 있어, 등산객의 걸음이 잦은 서울 교외의 오진 동네와 다르지 않은 느낌이 들었다. (13쪽)
>
> ─ 「日落西山」

"… 초가 세 채가, … 이었고, … 도스리던, …블록집이, … 부실거렸고, … 돌아가면, … 떠났던, … 나타날, … 아닌가, … 반면, …서 있어" 등 이문구 문장의 한 단위는 큰 단락을 이룰 정도로 길고 지루하다. 수다스럽고 장황하고 겹겹이 중복되는 특징을 지닌 그의 문장은, 서술자

---

14) Walter J. Ong/이기우·임명진 옮김, 『구술문화와 문자문화』, 문예출판사, 1995, 123쪽.

의 감정과 주관적 판단을 적극적으로 개입하여 현실의 모든 것을 말하는 형식으로 구성되어 있다. 문장의 구문구조는 온갖 부수조건을 달고 복잡하게 부연되는 연설조 담화 스타일로 엮어져 있다. 따라서 그것은 객관적으로 현실을 묘사하거나 서술하는 것이 아니라, 생각나는 대로 이것저것 말해주는 대화식 구성이다.

> 아직은 누구 들으라고 허투루 떠들 주제가 아닌 것 같고, 입이 싸고 걸은 것이 평생 못 고칠 고질이기에 아내까지도 젖혀놓고 운조차 떠보지 않았지만, 농협과 단위 조합에서부터 축산 조합, 원예 조합, 엽연초 생산 조합, 산림 조합, 나아가 농촌지도소까지도 농사꾼들 스스로 일꾼을 뽑아 농업 정책과 농산물의 제 값이 농민으로부터 나오게 하고, 농사는 농사꾼의 것임을 분명히 하여 영농의 자유가 보장되며, 정부의 미덥지 못한 통계를 바탕으로 한 농축산물의 무모한 수입 정책을 중단함은 물론, 집권자의 업적 선전에 목적을 둔 눈비음 행정과 거리의 농업이 이에서 그치고, 갈피 없는 유통 구조의 외면이나 무관심에 의한 농촌의 회생이 이 이상 계속되지 않는다는 판단이 서기 전에는, 여태껏 몸서리나게 받아온 차별과 업신여김을 팔자소관으로 돌려가면서까지 그대로 농사에 매달려 덧없이 죽어날 생각은 조금도 없었던 것이다. (320쪽)
>
> ─ 「우리동네 張氏」

"허투루 떠들 주제가 아닌 것 같고", "운조차 떠보지 않았지만", "계속되지 않는다는 판단이 서기 전에는", "죽어날 생각은 조금도 없었던 것이다" 등 누군가를 상대로 대화하는 방식으로 문장이 짜여 있다. 이러한 문장이 난해하게 느껴지지 않는 것은, 부사구 위주의 서술어구로 구성되어 있기 때문이다. 일반적으로 어떤 행동이나 사건을 하나의 개념으로 추상화시켜 명사형으로 표현하는 것은, 그 사건이나 행동의 내용을 이해하기 어렵게 만든다.15)

그러나 독자에게 쉽게 다가오는 요인을 구문론적 관점에서만 설명하는 것은, 이문구 문장의 중요한 특색을 밝혀내지 못하는 결과를 초래하기 쉽다. 쉴 사이 없이 이어지는 이문구의 문장에는, 인간의 대화처럼 멈추고 계속하는 호흡마디로서의 휴지(休止)가 요소요소에 숨어 있다. 휴지마디가 끝없이 뻗어나간 줄기처럼 어수선하게 얽힌 문장을 추스른다. 청중과 교감을 이루는 판소리의 사설처럼 문장의 매듭이 내용의 의미단위를 구분해 주기 때문에 그의 문장은 난해하지 않고 쉽다. 정형구로 문장을 짜나가고, 비유조차도 그것에 의지하는 그의 문장은, 기본적으로 구술문화적 사고와 표현을 수렴한 측면이 강하다. 문장상의 이러한 특징이 대상이나 소재를 취급하는 방식에서도 나타난다.

> "아니, 앉어두 생기구 누워두 번다는 황선주가 품팔어 먹는 사람 젖혀놓구 돈 사십원 깎어 내어? 그런 잡어서 내장으루 창란젓을 담을……" (55쪽)
>
> —「우리동네 黃氏」

> "뒤퉁수에 학문이 들었나 이마빼기에 상식이 묻었나 엊그제까지두 장도리 하나루 남의 넘어간 뒷간이나 만저주러 댕기던 바닥것인디……" (189쪽)
>
> —「우리동네 鄭氏」

"앉어두 생기구 누워두 번다", "뒤퉁수에 학문이 들었나 이마빼기에 상식이 묻었나", "엊그제까지두 장도리 하나루 남의 넘어간 뒷간이나 만저주러 댕기던 바닥것" 등 이문구는 공식구적 표현을 활용하여 작중 사건이나 행동을 이해시키고, 그에 합당한 분위기를 조성한다. 그의 표

---

15) 명사어구 중심의 문장을 많이 사용한 헨리 제임스(Henry James)의 문체가 난해하다는 것은 널리 알려진 사실이다. (박승윤, 「문체와 언어」, 『언어학과 인지』, 한국문화사, 1992)

현기교는 대부분 농경문화 사회에 보존되어온 생활지식과 공식구적 표현에 의존하고 있다. 대구법과 대조법을 사용하여 작가는 생활체험에 근거한 상식이나 속담으로 대상의 성질이나 모양을 표현한다. 필요에 따라 작가는 농민의 실생활에 어울리는 단어를 만들어 내거나 관용적 표현을 새롭게 변화시켜 고도의 비유효과를 얻기도 한다. 이러한 효과를 대상의 표현기법과 연관 지어 설명하면 쉽게 이해된다.『冠村隨筆』의 "오가리들 듯 푸른 빛, 가리마 같은 오솔길, 싱금싱금한 청포묵, 부얼부얼 엉기던 순두부솥, 한동안 주멱주멱 뒤에 비슬비슬 들어가면 청솔가지 연기가 비거스렁이에 눌려 안개처럼 번져 나가고"의 경우 표현대상의 모습이 선명하게 떠오르는 것은, 농촌공동체의 생활지식으로 비유의 내용을 구성했기 때문이다.

『우리동네』의 "뭉쳐둔 빨랫거리 같던 얼굴에 금방 복사꽃이 피면서, 해거름에 중 내빼듯 네 활개를 휘저어가며, 꾸역꾸역 쏠려가고, 바글거리는 조무라기들"을 비롯하여 "달소수나 얼녹인 손은 오리발 사촌이었고, 얼굴도 굴뚝새 못잖게 바짝 탄 것이, 까마귀가 지나다 보면 너나들이하자고 넘성거릴 지경이었다."나 "으악새가 길닿게 욱어 서로 칼질하는 둠벙 뚝셍이, 늡늡한 기생, 지루퉁 외오 앉으며, 짓둥이로 멥쌀하게 쏘아붙이는데" 등도 마찬가지이다.[16] 비유의 내용이 전통사회의 생활지식과 관용구적 표현으로 이루어졌기 때문에 이문구 소설이 토속적 농경사회의 체험을 탁월하게 그려냈다는 평가가 가능하다.

> 본래 곡식되라도 떠내지 않으면 당장 담배부터 끊어야 될 우스운 살림이기도 했지만, 말이 그렇지 요새같이 밭곡식으로 반양식하여

---

16) "남다른 관찰력은 개성적인 문체의 기초"(오영환, 앞의 책, 65쪽)가 된다. 이문구의 표현은 농촌생활의 체험과 관찰에 바탕을 두고 있다. 이러한 점이 그의 개성적 문체 형성에 기여하고 있다.

해톱을 대는 보리동이고 보면, 옴니암니 나가는 쏨쏨이조차도 기워
낼 도리가 없었던 것이다. …(중략)… 다 지은 농사를 고스란히 참새
모이로 인심쓰기 십상이도록 새떼가 극성이었다. …(중략)… 원수진
참새와 반타작하느니보다 …(중략)… 굴뚝에 연기 있는 뜸집 한채 안
보이고, 어린것들에게만 내맡기기에는 자못 뜨악하고 뗘름한 곳이었
다. …(중략)… 좀상좀상하게 찧고 까부는 소리에도 …(중략)… 닭장
둘레에 쏟아졌던 멧방석만한 참새 떼가 번쩍하며 울타리에 더뎅이져
엉기는데 …(중략)… 여물 썰 무렵이 되면 새가 낮게 앉은 버릇이 있
으므로 새를 잡기에 다시없이 좋을 때었다. (133~ 140쪽)

— 「우리동네 崔氏」

"밭곡식으로 반양식하여 해톱을 대는 보리동"이 농민의 핍진한 생활
형편을 그려내고, "농사를 고스란히 참새모이로 인심쓰기 십상이도록
…(중략)… 원수진 참새와 반타작하느니보다"라는 구절이 극성스런 참
새떼가 다 지은 농사를 망치는 들녘의 실정을 표현해 내는 데 부족함
이 없다. 그것들은 농촌공동체의 생활세계에서 늘상 접해온 경험을 바
탕으로 했기 때문에 비유효과가 크다. "굴뚝에 연기 있는 뜸집 한채 안
보이고", "여물 썰 무렵이 되면 새가 낮게 앉은 버릇이 있으므로 새를
잡기에 다시없이 좋을 때었다"라는 구절은 작가의 시간의식이 농민의
생활체험에 근거해 있다는 좋은 예증이다. 이문구 소설에서 시간표현
은 "아궁이의 연기"나 "여물을 썰 무렵" 등 농민의 생활습관과 체험에
근거해 있다. 생활에서 습득한 지식을 관용구에 절묘하게 결합시킨 비
유는 표현대상이나 이야기의 전후 관계를 쉽게 이해시킨다.

대상의 실제 모습을 생생하게 제시하는 비유의 효과는, 상당 부분
농민의 생활 지식과 우리 고유의 속담에서 비롯된다.17) 그 효과는 참

---

17) "생활의 제반사와 자연에 대한 정밀한 지식"은 이문구의 작품에서 "활력소로 작용
하는 것"(김종철, 「감동과 깨달음의 문학세계」, 『第三世代 韓國文學』, 삼성출판사,
1983)이 사실이다. 그러나 그것을 정확히 지적하면 '비유의 활력소'로 작용한다.

신하다거나 고도의 기교의 소산이 아니라 단어나 구절을 교묘하게 배
치하는 작가의 한국어 활용능력에서 비롯된다. "옴니암니 나가는 씀씀
이", "기워낼 도리", "닭장 둘레에 쏟아졌던", "멧방석만한 참새 떼"
"번쩍하며 울타리에 더뎅이져 엉기었다", "좀상좀상하게 찧고 까부는
소리", "오금이 졸밋거렸던", "차림새가 뒤퉁스럽지 않았으며" 등은 대
상의 모습을 표현하는 이문구 고유의 능력과 비유 특색을 잘 보여주고
있다. 그는 표현대상들을 단순하게 서술하지 않고, 그것들의 모습을 행
동화하여 하나의 사건처럼 제시하고 있다. 대상을 움직이는 모습으로
포착한 표현효과는 그의 소설에 구체적 사실감을 부여한다. 이러한 표
현상의 특색이 문체에 생동감을 부여하고 그것의 구술문화적 성격을
강화한다.

>   "드런 년. 물말어놓구 국 처먹는 소리 허구 자빠졌네. 돈 가져갔으
> 면 그저 가져가데? 물 나는 아궁이 불때줬으면 구만이지 무슨 쌍소리
> 여, 아가리를 짓찧어놀라."
>   "도둑늠, 초약 풍약 다 해쳐먹더니 오관 떼구 자빠졌네. 동짓날에
> 개떡 찧는 소리 구만 허구 갚어, 못 떼먹는다, 일곱 매 묶구 하늘 관
> 광 가기 전에는……" (235쪽)
>
>   — 「우리동네 柳氏」

"물 나는 아궁이 불때줬으면 구만이지", "오관 떼구 자빠졌네", "개
떡 찧는 소리 구만 허구 갚어", "못 떼먹는다", "일곱 매 묶구 하늘 관
광 가기 전에는" 등의 표현단위들은 농촌공동체의 일상생활의 습관 가
운데 중요한 특징의 하나인 '기억하는 일'과 밀접하게 결부되어 있다.
구술문화 세계에서는 관용구적 표현을 이용하여 일상생활의 모든 것
을 기억해 내는 것이 일반적 관행이다. 그 표현 단위들은 각각 흩어져
있는 것이 아니라, 한데 모여서 덩어리를 이루는 특징을 보여준다. "막

걸리루 막된 속이지만 날마다 소주로 소독하고 약주로 약칠하고 맥주로 맥질해서 법주로 잡아놓은 속이니까”처럼 앞의 표현 단위와 뒤의 표현 단위는 전체적으로 묶여지면서 비유의 전체 내용이 결정된다. ‘막걸리, 소주, 약주’는 기억하기 쉽게 서로 상응하는 대구나 대조형식을 취하면서 그것들의 의미가 하나로 통합된다. 예컨대 “장 담었던 메주 건져 된장 담는 정도여”의 경우, 만약 앞부분과 뒷부분의 표현단위가 상호조응하지 않고 분리된다면 비유의 효과는 물론이고, 그 내용이 이해되기 어렵다. 모여서 하나로 결합될 때, 전체 효과가 극대화되는 이문구의 비유 스타일은 구술문화의 그것처럼 집합적인 특징을 지닌다.18) 이러한 점이 그의 수사법에 나타난 중요한 구술문화적 속성으로 지적될 수 있다. 구술문화적 특징과 관련하여 인물의 의사소통 방식을 살펴보기로 하자.19)

> “같은 말 같어두 비싼 말 따루 있구 싼 말 따루 있는 중 몰라서 그려? 커피 한잔으루 십억 백억이 담뱃불 근너댕기듯 허게 허는 말이 있구, 술을 사가며 한나절 내 떠들어두 단 몇만 원을 못 두르는 말이 있는 중 몰라설랑은이 하는 소리여? 말허는 쪽과 듣는 쪽 어간에 담을 친 게 담화여. 공제허지 말어라 상쇄허지 말어라 허기 전에 이장

---

18) 구술문화에 입각한 사고와 표현은 첨가적이고, 그것들은 뿔뿔이 흩어져 있다기보다는 한데 모여 덩어리를 이룬다. 특히 정형구에 의존하는 구술문화의 표현과 사고는 “집합적이고 전체화되는 경향”(Ong, 앞의 책, 59~65쪽)이 강하다.

19) 『冠村隨筆』의 경우는 말싸움식 대화의 성격이 약화되어 있다. 그러나 대화가 인물 형상에 기여하는 정도는 『우리동네』와 큰 차이를 보이지 않는다. “「워디 가서 입주래두 한잔허야 옳은디 일진이 이 지경이니 그건 안 되겠구 …(중략)… 시방 저 다방서 만날 사람이 있는디 나랑 하냥 가지.」의 장부식이나, “「나봐 – 나 좀 봐 – 공보실장에게서두 아무 거시기 옳었구? 아니 대일기업으 강사장헌티서두 전화가 옳었다 그게여? 이상헌디. 나봐 – 즌화는 왔는디 누구 다른 것이 잘못 받은 거 아녀? 그럴 리가 옳는디. 나봐, 거북선 있으면 한 갑 가져와.」”(「與謠註序」, 317~319쪽)의 처삼촌이 이러한 예에 해당한다.

이나 안 볶었으면 살겄어." (298쪽)

— 「우리동네 姜氏」

구술문화는 그 세계에 있는 많은 것을 보관하고 조직하고 전달하기 위해 인간행동에 관한 이야기를 이용하는 경향이 있다. 물음에 대해 직접 응답하는 경우는 거의 없고, 질문을 회피하고 딴전을 피우거나, 다른 것을 묻는 방식으로 대화가 진행된다.[20] "색대잽이가 싸가지읎어서 내장텅 안 끓이는 사람이 읎던디, 이장이 여기 이러구 있으면 워쩌자는 겨. 믿다 말 것이 동창 많은 여편네 허구 칠월 구름인디, 이러다가 비라두 한줄금 해서 보리 붉으면, 겉보리니 엿지름을 지르겄나 밀 같어 누룩을 디디겄나……" 등 「우리동네 姜氏」의 이장 변씨와 농민 강씨의 대화 장면을 비롯하여 인물의 의사소통 방식은 대부분 구술문화적 특징을 보여준다.

> "요새 유지가 원제는 인격적으루 놀았간디, 그 사람덜은 한달에 얼마를 쓰느냐가 아니라 얼마나 버느냐, 순전히 손에 쥐는 것만 가지구 거기 먼저 여기 먼저 해왔지. 그래두 알어줄만헌 사람은 알어주는 디가 여적지 남어 있긴 허더먼. 핵교는 역시 다르더라구. 놀미 학부형 대표 육성회 이사루 아빠를 뽑은 것 봐. 툭배기 십년 묵었자 새루 나온 사기대접만 허간……"
> 병시어매는 내동 한 물에서 놀던 사람들을 통밀어 평이레로 갉겨 담으며
> "즤덜이 그래봤자 올빼미 부엉이 사이여. 또 즤들이 그런다구 우리게 놀미는 아무두 읎간디. 누구 신명나라구 짐장독에 우거지 절 듯 허여. 이 병시어매는 나이 사십 오이상으루 갖다 먹었간디." (356~357쪽)

— 「우리동네 趙氏」

---

20) Ong, 앞의 책, 108~109쪽, 211쪽.

이문구 소설의 인물은 대부분 판에 박은 듯한 모습으로 제시된다. 우리 고유의 속담이나 토속적인 농촌사회의 생활지식에 근거한 관용적 표현을 이용하여 인물을 형상화했기 때문이다. 인물의 성격이 모호한 것도 이와 관련이 있다. 주지하듯이 구술문화 세계의 인물형상화는 항상 기억되는 모습으로 인물을 부각시키는 경향이 농후하다. 앞서 살펴보았듯이 "즘생까장 멕여준다니 심심찮게 가봐유. 아침은 생일집에서 델러 올 게구, 즘심일랑 게 가서 에끼구, 오늘은 사발농사만 전문허겄구먼. 쌀밥 두 그릇이 워디여."의 아낙과 "술덤벙 물덤벙 초싹거리구 들랑대는 겨? …(중략)… 우렁두 두렁 넘어가는 꾀는 있더라구, 생긴 값에 벌써 교제허는 청년이 있데야. …(중략)… 자동차 운전이 요새두 기술 축에 찌느냐 이 애기여."의 아낙네들은 공통적인 생활정서를 지니고 있다.21)

때문에 「이씨」와 「최씨」의 두 아낙네는 개성이 다른 인물임에도 불구하고, 농촌사회의 촌부이미지를 지닌 전형적 인물로 유형화되고 있다. 작가가 관용구적 표현을 이용해서 형상화한 인물이기 때문에 이들은 농촌공동체의 사회상과 분위기를 그대로 간직하는 유사 부류의 인물상으로 나타난다. 물론 공동의 생활감각과 감정을 지닌 인물이기 때문에 이들의 행동이 농촌사회 현장의 리얼리티를 반영한다. 따라서 작가는 인물의 개성을 살려내기 위해 행동을 서술하는 방법을 쓰지 않고, 주로 대화에 의존한다. 사건을 이끌어가는 진행과정에서 인물의 성격이 부각되는 것은, 앞서 살펴본 어투와 관용구적 표현이 독특하게 결합된 대화문체, 다시 말하면 발랄한 발화 장면의 생명력에서 비롯된다.

---

21) 「우리동네 李氏」(100쪽)와 「우리동네 崔氏」(166~167쪽)의 농촌부인들은 각각 개성 있는 인물로 그려지고 있다. 그러나 전체적으로 전형적인 촌부(村婦)의 이미지를 지니고 있다.

　　"아따, 망건 쓰나 탕건 쓰나 살쩍 밀기는 일반이랍디다. 읃어가는 사람이 찬밥 더운밥 가릴 져를 있겠수. 이 동네 아줌니들은 워째서 이리 까닭스럽다우?"

　　황은 비양거리듯이 말했다.

　　"읃어가다니유?"

　　충서 안사람이 부르튼 소리를 하는데 창근어매 복장 터져 하는 소리가 곁바대로 들렸다.

　　"춘자아버지두, 우리가 시방 춘자아버지 입던 빤스를 읃으러 왔단 말유? 희치희치허구 낡음낡음헌 흔 빤스를 …(중략)… 빤스 장수가 보면 불쌍해서 하나 그저 주게 생긴 걸레를 읃으러 예까장 펄렁그리구 왔대유? 세상에 원 (53쪽)

— 「우리동네 黃氏」

　　이문구 소설의 대화 현장은 논쟁적이다. 상대편을 공격하는 장면이나 자신의 용감함을 자랑하는 장면으로 구성되어 있다. 인용된 부분은 이재민 구호물품을 걷으러 다니던 아낙네들이 황씨와 말다툼을 벌이는 장면이다. 그들의 의사소통은 논쟁적인 형식으로 진행된다. 인물 상호간의 말하기는 상대편에 대해 무엇인가를 행하는 방식, 즉 연행 지향적 방식으로 진행된다. 그의 인물이 논쟁식의 대화에서 성격과 행동이 뚜렷이 부각되는 것은, 인물끼리의 경쟁적인 말다툼식 대화가 인물의 이미지를 강화하기 때문이다. 이러한 점에서 인물의 대화체 문장이 작중상황의 모든 것을 떠맡고 있는 까닭과, 그것이 농촌 공동체의 생활세계에 밀착된 체험을 담아낸 이유도 분명해진다. 이문구는 인물의 개성적인 행동이나 성격, 혹은 사건의 흥미로운 전개를, 걸쭉한 대화 문체로 처리한 유일한 소설가이다. 전통 판소리의 구성이 그렇듯이, 너무나 엄격한 이야기 구성은 특유의 '말하기/구술성' 속에 구현된 '장면의 극대화' 효과를 감소시킬 가능성이 있다.

4. 맺음말

이문구가 만든 개인어나 새로운 속담구절은 농촌공동체 생활의 실제 상황에 의해 의미가 발생하는 특징이 있다. 토속어와 한자어, 그리고 속담과 생활지식을 재조직하여 그 의미를 '지금 현재의 그것'으로 되살려냈기 때문이다. 그의 언어와 문장은 어조와 어투, 혹은 표정과 몸짓 안에서 의미가 생성되고, 행동과 사건이 발생한 당시 그 상황의 현장에서 의미가 첨가되는 "지극히 실존적이고 인간적인 삶의 전체 상황을 포괄하는 특성"을 지니고 있다. 옹(Ong)이 구술문화의 특성으로 지적한 이와 같은 언어현상에 힘입어, 우리 고유의 삶의 체험을 '과거의 것이 아닌 오늘날의 것으로' 담아내고, 농민들의 정서와 감각을 '지금 현재의 그것'으로 탁월하게 형상화한 이문구 특유의 문체가 탄생한다.

문장구성 방식이나 수사법의 경우 이문구는 새로운 재료를 도입하지 않고 전통적인 자료를 상황에 맞게 재조합하는 특징을 보여준다. 그의 수사법이 대상을 적실하게 표현하고 작중상황의 리얼리티를 확보하게 되는 것은, 농촌생활의 일상체험에 토대를 둔 지식과 관용구적 표현을 적절히 결합했기 때문이다. 그의 문체에 반영된 한국어의 미감은, 농촌공동체의 저변에서 이끌어낸 토속어와 관용적 표현의 활용과 밀접히 관련되어 있다. 이문구의 문체가 토속적인 정감을 불러일으키고, 잃어버린 농촌공동체에 대한 동경심을 자극하는 이유가 여기에 있다.

특히 생활지식과 관용적 표현으로 이루어진 대화문체가 이문구 소설의 구술문화적 성격을 강화한다. 그것은 상당 부분 논쟁식으로 진행되고, 의사소통의 과정에서 말다툼의 형식을 취한다. 이러한 점이 그의 문학세계의 바탕에 구술문화적 특징이 자리 잡은 중요한 증거이다. 그리고 소설의 행동과 사건의 진행, 분위기 조성과 작중상황의 설정 등과 관련하여 주목되는 현상의 하나는 대화문체의 어투이다. 그것은 사건의 미세한 추이와 분위기를 이끌어가고 인물 각자의 개성을 살려낸다. 이것이 특별히 인물의 성격과 행동을 그려내기 위해 구체적인 묘사가 없으면서도, 혹은 사건을 구성하기 위한 치밀한 짜임새가 드물면서도 『冠村隨筆』과 『우리동네』가 소설로서 성공할 수 있었던 요인이다.

작가는 일상생활의 상식과 상투적인 표현을 농경사회의 상황에 맞게 재구성한 대화 속에 구술문화 세계의 특성을 담아내고, 그것을 문체의 한 특성으로 부각시켰다. 이문구 소설에서 문체는 인물의 형상뿐만 아니라 기교를 대신하는 역할을 한다. 그리하여 전통적 삶의 과정에서 형성된 민족 고유의 경험과 진리를 담고 있는 생활지식과 관용구적 표현들이 결합하여 해학적인 인물의 대화로 익살스럽게 구현될 때, 그의 문체는 당대의 시대상을 예리하게 풍자하는 효과를 발휘한다. 고유하고 독특한 문체가 이문구 문학의 특성으로 이야기될 수 있는데, 그것이 사건진행의 미숙함과 인물의 행동의 불일치에 따른 결함을 보충해 준다.

삶의 아이러니와 패러독스

―라대곤

1

신곡 라대곤은 『한번만이라도』(1993)와 『취해서 50년』(2000)을 비롯하여 『악연의 세월』(1995)과 『굴레』(1999)를 발간한 수필가이자 소설가이다. 두 권의 소설과 수필집을 발간할 만큼 왕성한 창작활동을 전개했으나, 그의 문단진출은 상당히 늦은 시기에 이루어졌다. 월간 『수필문학』(1993) 추천과 『문예사조』(1995) 소설 신인상 수상으로 문단에 발을 들여놓은 것이 그렇다. 그러나 월간 『자동차』(1982)를 인수하여 그곳에 「공범자」라는 단편소설을 발표하여 젊은 시절의 꿈을 펼쳤던 사실에 비추어 볼 때, 그의 뒤늦은 등단은 하나의 요식 행위에 불과했다. 등단 이전부터 라대곤은 상당한 수준의 작품 활동을 해 왔으며 등단한 해에 각각 수필집과 소설집을 발간한 것이 그것을 증명한다.

지천명의 나이를 넘어선 시기에 굳이 등단절차를 밟은 것에서 보듯이, 그는 순서와 원칙을 중시하는 삶의 태도를 지니고 있으며 상당한 집념을 가지고 자기가 필요하다고 생각하는 일에 도전하는 자세로 살아 왔다. 젊은 시절부터 사업가로 일관한 자신의 경력을 팽개치면서 또 다른 생의 목표를 설정하고 그것을 향해 매진하는 자세 등 그는 보통의 인생과 다른 독특한 스타일의 삶을 엮어내고 있다. 그것을 가능케 한 것은, 쉽지 않은 세상살이의 역경을 헤쳐 나온 다부진 결단력과 의지였다. 그러한 결단력과 의지가 후반부 인생에 접어든 그로 하여금 문학의 세계로 발길을 돌리게 했다. 그것을 가능케 한 원동력은 자기가 목표한 일에 매진하는 적극성과 청소년기에 꿈꾸어 왔던 문학에의 동경심이었던 것으로 판단된다.

문학을 향한 열정이 그 누구 못지않게 강했던 라대곤은 1940년 전북 군산에서 출생했으나, 아버지를 따라 김제로 이주하게 됨으로써 청소년기를 그곳에서 보냈다. 중학교와 고등학교 시기에 문학에 대하여 많은 관심을 보였으며 실제로 각종 글짓기 대회에서 입상한 경력을 지니고 있다. 학창시절부터 동경해 왔던 글쓰기에 대한 꿈을 실현하기 위해 그는 1960년 수도권대학 국문과에 입학했지만, 집안사정으로 학업을 중단하고 곧바로 군대에 입대하게 된다. 그는 감수성이 왕성한 청년 시기에 집안사정으로 문학에 대한 꿈이 좌절되는 경험을 하게 된다.

제대 후 형의 갑작스런 죽음으로 가족의 생계를 떠맡으면서 그는 문학의 길을 포기하고 생활전선에 뛰어든다. 여러 직장을 전전하다가 석유난로 생산업체인 '신신기업'을 창업하였으나, 그 이듬해인 1972년에 일어난 석유파동으로 파산을 하게 된다. 파산 이후 쓰라린 인생의 가시밭길을 걷다가 건축회사를 설립하여 오늘의 주식회사 '동영산업'의 토대를 마련하게 된다. 조그마한 지방신문의 기자생활로부터 중소기업체의 사원을 거쳐 전북지역을 대표하는 기업가로 성장하기까지의 애

환과 삶의 자취가 자전적 성격이 강한 수필집에 기록되어 있다.[1]

2

『한번만이라도』와 『취해서 50년』에 펼쳐진 인생살이의 개인적 파노라마가 보여주듯이, 라대곤은 자신의 체험 속에 용해된 이야기만을 다루는 작가이다. 그 이야기의 주된 내용은 생활세계에 관련된 것들이고, 그것들은 라대곤 식의 인생담을 서술하는 데 적격이다. 생활전선에서 직접 경험한 인생사의 우여곡절을 기록한 그의 글쓰기가 보여주는 장점이 대부분 수필작품에서 발견된다.

그것이 문학양식상의 차이가 종종 무시되는 그의 글쓰기에 나타난 두드러진 특성 중의 하나이다. 문학 장르가 요구하는 글쓰기의 규범을 염두에 두지 않고 거침없이 쓴 그의 작품은 읽는 사람에게 전혀 부담을 주지 않으면서 독특한 흥미와 공감을 자아낸다. "언제나 이사를 하지 않을 아담한 2층 양옥집"[2]을 마련하여 살면서 겪는 이웃간의 갈등과 그 갈등을 해소해 가는 동안에 느끼는 보통사람들의 애환이 아름답게 펼쳐진 첫 수필집 『한번만이라도』에 그러한 점이 잘 나타나 있다.

미국인 부부에게 2층방 전세를 주면서 겪은 에피소드의 마지막 장면 처리는 물론이고 이웃집 박영감과의 다툼 속에서 서민적 삶의 진정한 재미를 그려내는 대목 등이 인상적이다. 친구가 준 수석(壽石)에서 자신의 모습을 발견하는 「자화상」을 비롯하여 변해 가는 세태의 모습을 비

---

1) 라대곤의 개인적 삶에 대해서는 그의 작품집 『한번만이라도』(신아출판사, 1993/ 1995)와 『취해서 50년』(수필과비평사, 2000)을 비롯하여 「생의 근원에 대한 해학적 질문」(정주환, 『수필과비평』, 1999. 3)을 참조했다.
2) 『한번만이라도』, 15쪽.

판적으로 접근한 「티켓 다방으로」 등 작가 개인의 체험이 용해된 그의 작품세계는, 밋밋하고 건조한 수필문학의 평면적 흐름에 서사적 박진감을 부여하는 미덕으로 작용한다.

술과 관련된 에피소드를 통해 작가의 반생기(半生記)를 펼쳐 놓은 두 번째 수필집 『취해서 50년』이라는 장편수필에서 그의 장기가 유감없이 발휘되어 있다. 이 수필집은 어린 시절부터 술에 관련된 추억을 더듬는 것으로 시작하여 마지막 장에서 술벗과 관련하여 작은 소망을 술회하는 것으로 끝맺고 있다. "겨울 함박눈이 쌓이는 뜰을 바라보며 50년 벗인 술을 가슴에 담고 지나간 세월을 그리워하는 것에 대한 작은 소망"을 담았다는 겸양에도 불구하고 그것은 결코 순탄하지 않았던 라대곤의 삶이 '술'이라는 둘도 없는 친구와 더불어 '이 풍진 세상'을 견뎌 왔음을 보여준다. 4부 20꼭지의 글로 구성되어 있는 이 작품집은, 1부 「똥통에서 건져 올린 내 주력」, 「어머니가 주신 한 주전자의 막걸리」, 「출렁거리는 낭만택시」, 2부 「다시 빈손으로」, 「천국은 얼마나 따뜻할까」, 3부 「끊겨진 필름」, 「뒤바뀐 팬티」, 4부 「영원한 청춘」, 「마지막 소망」 등 한편 한편이 독립된 꼭지를 이루면서 그것들이 시간적 순서의 고리로 연결되면서 라대곤의 인생 역정을 그려낸다.

> 나는 애시당초 넉살도 용기도 모자란 나약한 소년이었다. 하지만 힘들고 지칠 때 술을 한잔씩 하면 흔들리던 마음도 가라앉고 아랫배에 힘이 실리면서 알 수 없는 용기가 생겨나곤 했었다.
> 입대하는 날도 어머니가 주신 한 주전자의 막걸리 덕분에 나약해지던 마음도 잊고 사나이답게 갈 수 있었다. 뿐만 아니라 그날 털어버린 술의 알레르기로 어려운 군생활을 하면서 술과 벗해 즐겁게 보내기도 했고 또 친구들과 어울려 외롭지 않게 보낼 수 있었다.3)

---

3) 『취해서 50년』, 32~33쪽. 이하의 인용은 쪽수만을 밝힌다.

그의 인생은 술과 함께 시작되었다고 해도 과언이 아니다. 그는 이미 일곱 살 때 술에 취해 가지 밭에 있는 똥통에 빠져버린 초유의 술꾼이었고, 흐느적거리는 걸음으로 희뿌옇게 안개 낀 세상을 보았다. 그것은 공복을 달래주고 기분도 황홀해지게 만들었고, 지금껏 마음속으로 요동치던 알 수 없는 두려움도 암울했던 기분도 사라져 버리게 만들었던 진정한 삶의 동반자였다. 술은 하나의 운명처럼 그의 인생살이의 반려자였는지도 모른다. 외로움을 달래고 친구들과 어울려 생의 애환을 나눌 수 있었던 것은 대부분 술 덕분이다. 평생을 넉넉한 술값 없이 가난하게 살면서도 세상을 원망한 적이 없고 누구에게 이유 없이 욕 한 번 한 적이 없는 심성 고운 술친구 풍월과의 에피소드가 그것을 말해준다.

> 풍월과 내가 어울려 술을 마시던 1960년대 군산은 낭만의 도시였다. 도심까지 들어온 내항의 부두에 정박된 외항선에서 뿜어대는 고동 소리는 안개 낀 새벽 어디론가 떠나고 싶은 이국의 정취를 풍겨주었고 서해의 낙조가 한눈에 보이는 월명산 석양은 방황하는 내 가슴을 후벼서 눈물을 찔끔거리게 하기에 충분했다. (63~64쪽)

> 나는 출렁거리는 낭만택시에 등을 걸친 채 섬하늘을 쳐다보았다. 유난히도 초롱초롱한 별빛들이 금세 쏟아져 내릴 듯 하늘 가득 메웠다.
> 그날 이후 이상하게도 술이 취하면 개야도의 달밤이 생각나면서 세상이 아름답게 보였다. (71~72쪽)

하릴없이 갈매기 따라 부둣가를 서성거리다가 학교 선배를 만나 섬마을에 가서 대취하여 리어카를 타고 달빛이 교교히 비치는 산길의 낭만을 즐겼던 기억을 써놓은 「출렁거리는 낭만택시」에서도 예외 없이 술은 가슴속을 울렁거리게 만드는 젊은 시절의 낭만을 되살려주는 감동의 소재이다.

그러나 무엇보다도 우리를 진한 인간애의 세계로 안내하는 작품은 「화류계의 첫날밤」이다. 오랜 세월이 지났는데도 그의 마음속에 그대로 남아 있는 술친구 강진두 중사와의 추억은 끝내 잊을 수 없는 일로 기억되고 있다. 군화에 술을 부어 호기를 자랑하던 부대 주변 성천옥에서 명희의 허연 허벅지를 뒤로하고 성천옥의 뒷담을 넘어 귀대했던 추억을 비롯하여 비 오는 날 북한강 상류의 강가에서부터 시작하여 강둑까지 범람하는 물을 피해 산중턱으로 올라가 빗속에서 강중사와 더불어 풍류를 즐기며 마신 술 이야기는 작가 세대의 모든 남성에게 군대 생활의 애환을 되살리는 그리움 그 자체로 다가온다.

> 억수처럼 쏟아지는 장대비 소리를 들으면서 오늘밤은 또 강원도 화천으로 달려가 강진두 중사와 북한강 둑에서 매운탕 안주로 술이나 마셔야 할까 보다.
> 하지만 마음일 뿐 강중사와의 마지막 술자리에서의 약속처럼 나는 그 뒤 한 번도 북한강 상류로 옛 술벗을 찾아가 보지 못한 아쉬움이 한으로 남아 있다. (59쪽)

지금까지 지키지 못한 강중사와의 약속을 떠올리는 대목에서 우리는 작가의 진솔한 인간성과 대면하게 되는데, 라대곤 수필의 압권은 「뒤바뀐 팬티」이다. 부천옥의 빨간 팬티 사건의 전말을 기록한 이 글의 특징은 그 무엇에도 거리낌 없이 있는 그대로의 사실을 진솔하게 기록한 점이다. 감추거나 적당한 수사로 사건의 진상을 호도하는 식의 점잖음을 버렸기 때문에 독자의 흥미와 관심을 끌 수 있었다.

> 그날 밤 우리는 완전히 원시인처럼 발가벗고 술을 마셨다.

맥주가 목에 차서 넘어가지 않으면 머리에 붓고 머리가 식으면 또
목으로 넘기고 그렇게 자정을 넘긴 지 오래였다. 어느새 방 벽 쪽엔
빈 맥주병이 여러 겹 병풍처럼 둘러쳐져 있었다. 앞자리에 앉은 형의
얼굴이며 벌거벗은 기생의 모습이 가물가물 보이기 시작한 지도 꽤
되었다. 나는 몽롱한 기분으로 일어나 벽에 걸어둔 옷을 챙겨 입었다.
(180쪽)

라대곤 수필의 특징은 허튼 수사나 과장이 없이 있는 그대로의 사실
적 경험을 진솔하게 기술한 점이다. 경험에 바탕을 두고 당시의 해프
닝을 박진감 넘치게 서술해 나간 글쓰기의 모습이 매 편마다 아로새겨
져 있는 이 작품집에서 그는 인생에 대한 섣부른 교훈이나, 설교적인
자세를 일소했다. 그로 인해 라대곤 개인사뿐만이 아니라 그 시대의
풍속도를 살펴볼 수 있는 소중한 경험을 전달해 주려던 본래의 목적을
성취할 수 있었다. 어디 그뿐인가. 라대곤의 반평생 명정기(酩酊記)를 장
식한 인간적인 너무나 인간적인 인물들을 만나는 즐거움 또한 무시할
수 없다. 이 인물들과 더불어 그가 연출한 주연기(酒宴記)는 한 시대의
풍속도 속에 녹아든 개인의 은밀한 삶의 이면을 엿보는 즐거움을 제공
한다.

『명정 사십년(酩酊四十年)』을 쓴 수주 변영로와 막상막하였던 라대곤
의 주력(酒歷)은, 두주불사의 호기로 일관했던 『文酒半生記』의 저자 무
애 양주동의 술에 대한 편력보다는 약간 앞섰다. 무애와 수주의 수필
집이 상당한 현학과 자기과시에 기울어 있는 데 반하여 라대곤의 그것
은 가식과 위선을 벗어 던지고 명정(酩酊) 50년의 인생을 솔직하고 생생
하게 돌아본 것이다. 이와 같은 점이 그의 수필문학을 선배들의 유명
한 명정기와 특색을 달리하게 만든 측면이다.

송명희가 지적했듯이, 라대곤의 수필은 "고백적 성격과 인생에 대한

성찰 위에 서사적 구성과 소설적 흥미가 부가됨으로써 수필을 읽는 재미를 한층 더해 주고" 있다. "소설적 기법을 자유자재로 구사함으로써 수필의 평면성을 뛰어넘는 입체적 형식미와 표현기법을 보여" 주는 대부분의 글들이 한 편의 단편 소설이나 완벽하게 짜여진 콩트를 읽는 듯한 흥미를 불러일으킨다. 라대곤 수필이 독자를 사로잡는 비결이 여기에 있다. '사건이 있고, 살아 움직이는 인물이 있고, 일정한 시간과 공간 위에 펼쳐지는 인물의 생동감 넘치는 행동'이 소설과 수필의 경계를 허물어버린다.

라대곤은 『취해서 50년』에서 수필가로서의 진면목을 유감없이 보여주었다. 그의 수필이 지닌 독특한 매력은 허식과 과장을 털어버린 진솔한 이야기를 통하여 인생의 단면을 보여주는 서사성에서 기인한다. 거창한 어떤 이념이나 사회운동, 혹은 정치적 이데올로기와 같은 거대담론의 허장성세를 배제함으로써 그의 수필은 일상인의 평균적 생활감각에 어울리는 내용을 정확하게 구현해 냈다. 대부분 그것은 작가자신의 직접 체험에 근거한 것이다. 체험 속에 용해된 세상살이가 주된 이야기를 구성하는 요소이기 때문에 그의 작품은 생생하고 명확한 전달력을 지니게 된다.

가난과 관련된 가족사, 6·25 동족상잔의 아픈 기억, 고향에 대한 추억과 그곳을 향한 근원적인 그리움 등 그의 수필 속에 라대곤 개인의 과거사는 물론이고 그 당대 민중의 생활사가 온전하게 보존되어 있다. 김남곤이 지적한 대로 그것들이 "기발한 상상력과 심리묘사의 전개과정"을 통해 그의 문학세계를 형성한다.

3

 수필이든 소설이든 장르에 관계없이 그의 작품세계를 구성하는 것은 작가의 생활 이야기이다. 그 이야기의 내용은 과거에 일어났던 개인적 체험에 한정되는 경향이 있다. '악연(惡緣)의 세월'이라는 첫 소설집의 제목이 지시하듯이, 그의 이야기는 잘못된 인연과 연루된 아이러니나, 혹은 두 번째 소설집 '굴레'의 표제어처럼 부조리한 세태의 희생자로 전락하여 엉뚱한 굴레를 덮어쓰게 되는 인생사의 패러독스에 초점이 맞추어져 있다. 「견축기」나 「견분」의 '나'가 그러한 삶을 대변하는 인물이다. 그러나 그러한 인물이 펼쳐내는 사건이나 액션의 시간대가 과거에 집중되는 경향이 있다. 현재형의 이야기가 전혀 없는 것은 아니지만 대부분이 과거의 이야기에 집중되어 있고, 그 이야기의 실마리나 진행은 고향과 관련된 것들이 상당 부분을 차지하고 있다. 「엉뚱한 출세」의 첫머리 부분을 살펴보기로 하자.

> 그날 오후 들창문을 반쯤 열어 놓고 담 너머로 파아란 초가을 하늘을 쳐다보고 있었다. 무척 맑은 하늘 속으로 고향의 들녘이 달려왔다.[4]

 "그날 오후 들창문을 반쯤 열어 놓고" 담 너머의 파아란 초가을 하늘을 쳐다보는 그 순간 "맑은 하늘 속으로 고향의 들녘이 달려" 왔고, 화자의 마음은 "어느새 고향의 뒷동산에 누워" 있게 된다. 등장인물의 '일상의 한 순간을 서술한 이 부분에 암시되어 있듯이, 작가는 소설의 인물을 내세워 고향에 대한 그리움, 혹은 과거의 추억으로부터 이야기

---

 4) 라대곤, 『악연의 세월』, 1995, 신아출판사, 36쪽.

의 실마리를 풀어간다. 고향을 벗어난 공간에서 이야기가 펼쳐진 이 소설의 경우, 이야기의 핵심은 내가 놓여 있는 '현재의 생활' 이야기가 아니라, 과거 교도소에서 수감생활을 할 때 만났던 김칠복과의 인연에 관한 것이다. 그 만남은 20년 전에 이루어진 까마득한 옛일이다.

나는 고등고시에 합격하기를 바라는 아버지의 기대를 저버리고 현재 입시/진학 학원 강사로 그날그날 생계를 이어가는 40대 노총각이다. 주인집 여자의 히스테리에 마음 졸이며 살아가는 나에게 배달부의 편지 한 통이 전해진다. 발신인 김칠복이 조잡하게 쓴 편지글을 읽고 과거의 회상에 잠기는 그 순간 이 소설의 진짜 이야기가 전개된다. 그의 소설에서 사건의 발단과 전개, 그리고 진행은 철저할 정도로 과거의 시간대에 묶여 있다. 현재는 그 과거를 이야기하기 위한 장식에 불과하다. 「예기치 못한 수렁」도 마찬가지이다.

> "철거덕."
> 철문 닫히는 소리였다. 그는 어렴풋이 정신이 들고 있었다.[5]

형사를 사칭하는 건설회사 사원의 액션을 통하여 현실사회의 이면에 도사린 부조리에 접근해 간 이 소설은, 상당히 박진감 넘치는 이야기의 진행을 보여주면서 풍자의 기법을 통해 인생사의 아이러니를 제시한다. 형사를 사칭한 회사원의 말로가 그러하다. 이 소설의 처음 부분은 그 회사원이 불량배에 의하여 인신매매 되는 장면으로 시작된다. 팔려오기 전의 이야기는 자연스레 과거형의 지나간 이야기이다.

두 번째 소설집에 수록된 「흔적」도 영문을 알 수 없는 분묘이장 통지서를 받는 것으로부터 이야기가 진행된다. 그것의 진상을 밝히기 위

---

5) 위의 책, 63쪽.

해 '나'는 과거의 기억을 더듬지 않을 수 없다.

> 젊은이는 나를 세워 놓은 채 군청 직원 앞으로 걸어갔다. 아마도 직원과는 구면인 듯싶었다.
> "우기영 씨라고 아세요?"
> 잠시 후 돌아온 젊은이가 부르는 이름을 듣고 희미한 기억을 떠올리느라 한참 동안 멍하니 서 있었다.[6]

라대곤 소설에는 현재와 미래가 들어설 틈이 없다. 그의 소설은 하나의 시간대, 즉 '지금의 나', 혹은 '현재의 그'의 현실로부터 벗어나 과거의 '지나간 일'에 초점이 맞춰져 있다. 그리하여 어린 시절 고향에 대한 그리움을 비롯하여 향수나 추억, 혹은 동족상잔의 비극과 관련된 인간과 인간 사이의 잘못된 만남이나 얽힘에 관한 과거의 이야기가 전개된다. 시간적 배경이 그렇다보니 그의 소설의 공간설정도 자신의 체험이 녹아든 장소로 제한된다. 등장인물의 활동무대는 상당 부분 그의 고향에 국한되어 있고, 그 인물 또한 현재의 기억 속에 자리 잡은 과거의 인물이다.

각각 다른 작품에서 색다르게 진행되는 스토리를 떠맡고 있는 인물들과 그들이 활동하는 시간과 공간이 대동소이한 것은 다양한 이야기의 전개라는 측면에서 긍정적으로 작용하지 않는다. 작가가 '나'를 내세워 이야기를 이끌어 가는 1인칭 시점의 소설은 말할 것도 없고, 3인칭인 '그'를 앞세워 전개시키는 소설도 '과거 이야기'로 환원되는 느낌을 준다. 두 권의 소설집을 검토해 볼 때, 이야기의 내용과 인물 설정, 그리고 사건의 진행과 등장인물의 액션은 물론이고 시공간도 중복되

---

6) 라대곤, 『굴레』, 신아출판사, 1999, 13쪽.

는 부분이 발견된다.

뿐만 아니라 「허욕」에서 강경댁의 집으로 논문서를 들고 간 홍영감이 보리밥을 먹고 배가 터져 죽는 것으로 끝나는 장면이라든지, 「악연의 세월」 초두에서 '김승복'과 술집에서 갑작스럽게 만나는 장면 등 "참으로 알 수 없는"[7] 사건이 그의 소설에서 빈번하게 일어난다. 그것은 세부의 디테일에서 상당한 문제를 일으키면서 그의 이야기를 현대적 의미의 소설에서 이탈하여 설화나 민담의 세계로 후퇴하게 만든다. 이러한 현상이 원숙한 인생의 경험을 서술하는 부분에서 작가의 메시지에 대한 신뢰를 떨어뜨리는 요인이 되기도 한다.

문학양식상의 차이를 고려하지 않는 라대곤 스타일의 이야기 진행이 자기 고백적인 수필양식에서 장점으로 부각된다. 반면에 허구의 세계 속에 그것이 자리 잡게 될 때 리얼리티에 손상을 주는 약점으로 작용하기로 한다. 수필과 소설의 차이를 고려하는 글쓰기 작업과 더불어 세부의 디테일에서 소설의 리얼리티를 확보하려는 노력이 필요한 것으로 판단된다. 고향을 벗어난 넓은 세계의 추구, 현재와 미래를 향한 이야기 시간의 확대, 나의 체험보다는 우리 체험의 기록, 개인적 특수성을 벗어난 보편성 확보 등에 대한 폭넓은 관심이 요구된다.

4

청소년기에 주변 환경의 영향으로 포기하게 된 '글쓰기에 대한 동경심'이 그의 인생에 적잖은 영향을 끼치면서 사업가 라대곤의 인생을 문학세계로 보람 있게 이끄는 견인차 역할을 했다. 문인보다는 사업가

---

7) 『악연의 세월』, 116쪽.

로서의 이름이 더 많이, 그리고 친숙하게 알려져 있음에도 불구하고 그는 자신이 성취한 모든 것을 버리고 문학 쪽에서 후반부 인생의 의미를 찾는 모험을 감행하고 있다. 이 지역을 대표하는 수필가로서의 위상이 그 모험의 정당성을 확인시켜 주었다. 수필문학회 회장의 직책을 비롯하여 비중 있는 문학상을 수상한 것이, 그가 추구한 후반부 삶이 성공적이었음을 시사한다. 그것은 젊은 시절의 꿈을 실현하는 것을 의미하며, 현재의 삶에 활력과 위안을 얻는 것을 뜻한다. 그러나 소설가 라대곤의 이미지는 수필문학의 그것에 비해 선명하지 않고 그의 문학에 대한 평가 또한 석연치 않은 대목이 있다.

첫 번째로 그의 문학이 지닌 중요한 특성으로 풍자성을 거론하는 경향이 있는데, 그것은 적절치 않다. 우리의 판단에 의하면 인생살이의 아이러니나 패러독스가 그의 문학세계의 핵심에 자리 잡고 있다. 그것은 파란만장한 삶의 역정에서 작가가 실제로 겪은 사회경험에 바탕을 둔 상상력의 결과로 해석할 수 있다. 나의 친구 우기영의 아들이 황민수가 되어버린 이야기를 다룬 「흔적」이나, 산삼 삶은 물을 '혼자서 먹으려고 욕심' 부리다 죄받은 이야기를 다룬 「심봤다」를 비롯하여 「굴레」와 「불륜시대」에 이러한 점이 나타나 있다. 세태의 잘못된 풍조와 부조리한 현실을 비판적으로 성찰하는 고발과 풍자의 성격이 전혀 없는 것은 아니지만, 채만식의 소설로부터 유추한 풍자성을 그의 소설에 대입한 평가는 재검토되어야 한다. 그가 관찰한 인간관은 성선설보다는 성악설에 주안점이 놓여 있다. 부조리한 사회에 대한 실제경험이 반영된 그의 현실관을 대변하는 개념은 패러독스와 아이러니이다.

두 번째 문제는 그의 문학세계에 대한 주례사적인 글쓰기에 관한 것이다. 본격적인 비평의 시각에서 긍정과 부정, 찬성과 반대의 객관적 읽기가 시도될 필요가 있다. 찬사 일변도의 비평적 접근태도의 이면에는 라대곤 문학을 괄목상대하려는 불순한 경이감이 작용한 것이 아닌가 하는 우려감이 있다. 그의 작품을 다룬 상당수의 글에서 문단의 주요 인사로서의 문학 외적 활동이, 그의 문학의 내적인 모든 면을 수긍하고 찬양하는 반대급부가 되는 경향이 있다. 라대곤의 소설에 관한 평가에서 문단활동과 작품세계를 구별해서 다루어야 하는 비평의 기초상식이 도외시되는 현상은, 작가와 독자 모두의 미래를 위해서 바람직하지 않다.

라대곤을 이 지역을 대표하는 작가의 한 사람으로 정당하게 평가할 필요가 있다. 독특한 인생경험을 서술한 그의 소설이 탄탄한 구성과 리얼리티를 확보하여 명실상부한 의미의 감동을 전달할 수 있도록 질책하는 수고를 아끼지 말아야 한다. 그리하여 작가의 체험에 보편적 성격을 부여하는 문제와 긴밀하게 관련된 그의 문학적 글쓰기 작업이, 자기 위안적인 성격에 경도되는 것을 막아야 한다. 후반부 인생을 건 그의 모험이 열악한 이 지역 문단의 문학적 자산으로 자리잡을 때까지 그에 대한 찬사를 유보할 필요가 있다. 그것이 그의 문학을 아끼는 방법이며 그의 문학에 관심을 가진 독자의 요구에 부응하는 길이다.

가슴에 차오르는 생명의 노래

—김애자

1

　지필묵(紙筆墨) 들고 '문학의 제단에 올릴 제물'을 마련하려는 문학적 낭인이 수렛골에 터를 잡았다. 그가 찾아가는 장터는 동서고금의 유수한 책이다. 그것들은 인간적 품위와 인간적 가치와 인간적 신념의 고귀함과 예술의 위대함을 깨우쳐준다. 시대를 초월하여 선인(先人)의 사상과 감정을 우리에게 전달해 주는 통로가 책이다. 그의 문학에 웅숭깊은 고전미가 배어있고 전통의 맛이 느껴지는 이유가 여기에 있다.

　그에겐 장터가 하나 더 있다. 스콧 리어링 부부가 추구한 "조화로운 삶"을 닮은 산골생활이 그것이다. 눈 내리거나 빗물이 추녀를 타고 떨어지는 적막과 고요가 깃든 밤 그는 독서에 몰입한다. 이런 모습은 유용하고 가치 있는 노년의 삶을 동경하는 현대인들에게 많은 것을 생각하게 한다. 매캐한 종이냄새 속에는 "황폐한 인간의 풍경에 광채(光彩)"

(박인환, 「서적과 풍경」)를 가져다주는 영원불변하고 확고한 것들이 있다. 서간문 형식으로 그것을 우리에게 조곤조곤 속삭여 주는 전달방식 또한 일품이다. 괴테가 유럽의 젊은이들을 열광케 했고, 조선민중의 궁핍을 온몸으로 항의했던 최서해가 문명(文名)을 날린 서간체가 그것이다.

김애자의 삶의 자세는 노추(老醜)를 경계했던 다산의 말년을 떠올리게 한다. 그는 생의 마지막 순간까지 긴장의 끈을 놓지 않았다. "어떻게 내 생애를 마무리할까(何以了平生)"(「야(夜)」)라고 다산은 노심초사했다. 이러한 정신이 『목민심서』를 탄생시켰다. 고전은 쓰인 당대의 제한과 특수성에 구애받지 않는다. 벤 존슨이 지적한 대로 셰익스피어 문학은 "한 시대를 위한 것이 아니라 모든 시대를 위한 것"이다. 그것은 세월이 바뀌어도 변하지 않는 인간의 본성에 호소한다.

2

본향에의 그리움을 자극하는 김애자 문학의 터전은 충청도 산골이다. 그는 수렛골을 현대판 에덴동산으로 각인시키는 작업에 열성적이다. 그곳의 하늘과 땅과 산천과 주민의 정서를 문학으로 옮긴 것이 『수렛골에서 띄우는 편지』(2008)이다. 그 주제 또한 자연과 인간의 직접적 연관성을 상실한 현대인이 잃어버린 소중한 그 무엇을 찾는 작업이다. 진행 중이지만, 언젠가 이곳이 지리적 공간의 의미를 넘어서서 문학적 공간으로 자리매김 될 것이다. '수렛골 편지'로 압축된 김애자 문학의 미래적 의의가 여기에 있다.

하늘과 땅이 밤마다 얼마나 몸을 자주 섞었으면 저 많고 많은 벼이

삭이 수런수런 꽃을 피우는지. 또 수많은 야생화들이 저리 야단스럽
게 빛깔과 향기를 뿜어내는지 그 비의(秘意)가 못내 궁금합니다.
— 「수렛골의 밤」

　모든 것이 잠든 어둠 속에서 자연은 음양의 극치를 빚어낸다. "하늘
과 땅"이 밤마다 몸을 섞어야 벼이삭이 수런수런 꽃을 피우고, 야생화
들이 빛깔과 향기를 야단스럽게 뿜어낸다. "얼마나 숨가쁜 고요가/ 저
숲을 움켜쥐고 있는가"(김완하, 「일순(一瞬)」). 자연은 한 순간도 쉬지 않는
다. 밤의 어둠 속에서 숨 가쁜 운행(運行)의 묘리(妙理)를 연출한다. 작가
는 그 비의를 깨닫는다. 전등을 끄면 수렛골 하늘의 별들은 저마다 제
빛깔로 빛난다. 산의 능선과 언덕의 경계도 어둠 속에서 본래의 아름
다운 모습을 드러낸다. 골짜기를 빠져나가는 냇물은 도란도란 감청색
물소리를 주민에게 들려준다. '스스로 그러한' 자연이 베푸는 경이로움
이 또 있다. 토란잎에 노숙하는 날렵한 잠자리의 자태는 물론이고, 모
감주나무 밭머리에서 군무(群舞)를 펼치는 반딧불들은 어둠을 빛나게
하는 밤의 요정들이다. 그것들은 고요 속에서 숨 가쁜 원무(圓舞)를 펼
쳐낸다. 본래의 어둠을 되찾기까지 원주민과의 불협화음이 적지 않았
을 것이다. 그들과 단절된 벽을 허물기 위해 수고로움 또한 많았을 것
이다.

　　바자울도 치지 않은, 팔순 노인과 함께 늙어 온 집 샘가에는 사철
스테인리스 요강 하나와 플라스틱 대야만 달랑 놓여 있습니다. 밤이
면 간헐적으로 밭은기침을 토하며 이슥도록 혼자 앉아 텔레비전을
보면서 우물우물 고욤을 씹거나, 무를 깎아 깔깔한 입안과 마른 목을
축이곤 하십니다. 아들딸 모두 키워 외지로 내보내고 조석은 전기밥
솥에 맡겼습니다. 어느 날 노인은 저희 내외에게 참으로 어이없는 청

을 하고 가셨습니다. 당신네 집 굴뚝에 연기가 나지 않으면 방문 좀
열어 봐 달라는 부탁이었습니다.

— 「봄눈」

"참으로 어이없는" 부탁을 받을 만큼 김애자는 주민들과 신뢰를 쌓
았다. 중심으로부터 밀려난 주변부 삶의 고적함을 돌보는 것도 그의
중요한 일상사의 하나이다. 노인의 안부를 확인하기 위해 새벽 굴뚝의
연기를 기다리는 그의 모습에서 진한 인간애를 느낄 수 있다. 그것은
"된장 풀고 커피 넣어"(「수렛골 사람들」) 삶아낸 도야지 고기의 향기와 같
다. 그뿐만이 아니다. 산촌 남정네들의 도로변 풀깎기 작업 후에 그는
먹고 마시는 축제의 잔치도 베푼다. 그것은 주민들과 낯가림을 트는
방법이다. 백석이 노래했던 "인절미 송구떡 콩가루차떡의 내음새도 나
고 끼때의 두부와 콩나물과 뽂은 잔디와 고사리와 도야지비계"(백석, 「
여우난골족」)의 선득선득한 맛이 어우러진 먹거리 공동체의 현장은 도시
적 삶이 넘볼 수 없는 활력을 준다. 그곳에는 "새끼오리도 헌신짝도 소
똥도 갓신창도 개니빠디도 너울쪽도 짚검불도 가락닢도 머리카락도
헝겊조각도 막대꼬치도 기왓장도 닭의 짖도 개터럭도 타는 모닥불"(백
석, 「모닥불」)처럼 비천(卑賤)과 존귀(尊貴)를 뛰어넘는 평등의 따스함이 스
며있다. 모닥불과 같은 따스함과 부창부수(夫唱婦隨)의 화음이 깃든 그곳
에 청향당(聽香堂)이 있다. '귀로 듣는 경지'에 이르러야 향기의 진면목
을 느낄 수 있다. 청향당의 바깥주인도 그러리라. 해바라기 씨앗을 갈
무리하여 한겨울 날짐승의 먹이를 마련하는 그곳은 '너와 나, 나와 사
물'의 경계가 있을 수 없다. 경계를 넘어선 그곳에서 김애자는 후반부
생을 보람되게 이끌어 가고 있다.

저는 풀을 뜯는 노루의 행위보다는 노루를 보는 그이의 모습이 더

좋습니다. 무겁게 매달고 있던 권위주의와 지식인의 자존심을 뺀 그는, 로마 카토릭 교황으로 추대된 베네딕트 교황께서 말씀하였듯 "포도원의 보잘것 없는 미천한 농부"로 돌아왔기 때문입니다. 미천한 농부인 그가 검은 면포를 쓰고 벌통 앞에서 벌들을 살필 때면, 누런 비늘을 단 구렁이가 돌 틈에서 기어 나와 그의 곁에서 볕을 쬐곤 합니다. 구렁이와 그이 사이엔 두려움의 경계가 없습니다.

―「한 컷의 삽화」

"노루를 보는 그이"의 자연을 닮은 마음이 '사람과 구렁이 사이의 두려움'을 무화(無化)시킨다. "이 신묘한 대지"(「수렛골의 밤」)는 그러한 대동화합의 세계를 지향한다. 그 세계는 만물의 고저(高低)와 심천(深淺)과 장단(長短)의 모든 경계를 없애는 위대한 어머니의 품이다. 그러한 모성(母性)의 포용력이 조선팔도에 펼쳐지기를 백석도 염원했을 것이다. "재당도 초시도 문장 늙은이도 더부살이 아이도 새사위도 갓사둔도 나그네도 주인도 할아버지도 손자도 붓장사도 땜쟁이도 큰 개도 강아지도 모두 모닥불을 쪼인다."(「모닥불」)

시인이 꿈꾼 이상향을 문학 속에 구현한 김애자 문학의 수렛골이 현실의 수렛골과 다를 수도 있다. 그러나 산골 작은 공동체에 합류하여 생의 전환점에 이르기까지 김애자는 수많은 난관에 봉착했고 그것을 헤쳐 나가는 험로에서 조력자를 만나기도 했을 것이다. 「영혼의 닻을 내리고」에 나타나 있듯이, 한 송이 국화꽃을 피우기 위해서는 무서리가 내리는 시련의 시간이 필요하다. 천둥소리와 먹구름과 한로(寒露)를 견뎌내는 가운데 그가 평생을 의탁한 한 남자와 '당신'을 만난 것은 행운이다. 남편이 방풍림(防風林)이라면, 당신은 '한여름의 햇살을 가려 주는 그늘'에 해당한다. 당신과 나눈 영혼의 대화가 수렛골의 글밭을 일궈냈다.

오늘 보내신 편지의 첫 줄은 아침 산책길에 나섰다가 아파트 화단

블록 사이에 핀 제비꽃에 관한 얘기로 시작되었습니다. 이른 봄에 피었어야 할 제비꽃이 보도블록 사이에서 목을 빼고 핀 것이 신통하여 걸음을 멈추고 눈을 맞추니 "사는 게 힘드시죠? 저도 블록을 비집고 나오느라 힘들었어요. 그런데 사람들은 우리가 피어 있을 때만 사랑해요. 꽃이 진 뒤의 아쉬움까지도 사랑해 주었으면 좋겠어요." 그래 당신은 미안하다고, 앞으론 그렇게 해주기로 약속했다면서요.

…(중략)… 허무의 극점은 끔찍하리만치 사람을 무력하게 했습니다. 이런 제게 당신은 아침저녁으로 손을 뻗어 허무의 심연에 빠진 저를 끌어 올려 주었습니다.

이제는 당신이 전해주신 블록틈새에서 핀 제비꽃의 거룩한 생명의 본능과 꽃 진 뒤의 아쉬움까지도 가슴에 품을 수 있게 되었습니다. 큰 가르침으로 저를 또 한 번 일으켜 세워주셨습니다.

— 「편지」

침묵의 언어로 조선민중의 설움을 달랬던 만해 선사의 '알 수 없는 누구'가 이 작품에 얼굴을 드러낸 당신에 비유될 수 있을까? 수직의 파문을 내이며 고요히 떨어지는 오동잎의 발자취. 서풍에 몰려가는 무서운 검은 구름의 터진 틈으로 언뜻언뜻 보이는 푸른 하늘. 옛 탑 위의 고요한 하늘을 스치는 알 수 없는 향기. 굽이굽이 돌부리를 울리는 시내물. 옥 같은 손으로 저녁놀을 곱게 단장하는 연꽃 같은 발꿈치. 그칠 줄을 모르고 타는 나의 가슴을 지켜주는 등불. 「편지」의 '당신'은 「알 수 없어요」의 '누구의 모습'을 닮았다. 당신은 모습을 드러내지 않고 나의 영혼을 맑게 씻어준다. 당신은 "한 여름 정자나무의 그늘"(남민정, 「그림자」)처럼 꼭 필요한 삶의 동반자이다.

당신은 "척추에 주사바늘"을 꽂게 만든 운명의 신의 매정함에 괴로워했던 작가에게 생의 활력을 되찾아 준다. 이인칭으로 명명된 그는 상대방의 빛을 가리지 않기 위해 적당히 거리를 두는 관계의 미학을 터득한 인품의 소유자이다. 김애자의 뒤편에 숨어 있는 그는 적당히

떨어져서 평생을 서로에게 도움이 되는 사이의 미덕을 갖췄다. '사이'
는 동양적 인관관계를 함의한 단어이다. 그것은 공간적 의미로서의
'틈새'와 시간적 의미로서의 '짬'을 아우르는 낱말이다. 그 어휘의 진
수(眞髓)를 터득한 당신의 인간적 품격을 배경으로 삼고, 수렛골의 자연
을 전면에 내세워 김애자의 가슴에 차오르는 '생명의 노래'가 선보인
것이다.

　단순한 생각과 간소한 생활로 자연의 속도에 맞추어진 김애자의 체
험이 '생명의 노래'를 빚어낸 것이다. 그러나 삶의 도정(道程)에서 만난
인연도 그러한 결과에 소중하게 기여했다. 그중의 중요한 인물이 당신
이다. "돌아와 거울 앞에 선 내 누님 같은"(서정주, 「국화 옆에서」) 수렛골
생활의 안분지족과 당신과의 인연은 우리의 동경심을 불러일으키기에
충분하다. "흙과 농부, 닭 우는 소리, 장작더미와 저녁연기, 빨랫줄과
바지랑대"가 어우러진 조화로운 생활은 우리가 꿈꾸는 삶이기도 하다.
주경야독의 생활 속에서 "질화로에 잉걸불" 담아놓고 안도현의 '그리
운 여우'를 읽는 그의 삶은, 그러나 우연이 가져다준 행운은 아니었다.
여기에 이르기까지 김애자는 "남의 집 문간방에 세들어 사는 것"(「미완
의 집」) 같은 '정신적인 허기'에 시달렸다.

　　　내 귀는 다시 자박자박 빗소리에 젖는다. 아니 내 귀만 젖는 게 아
　　니다. 온 산천이 죄 젖고, 정원의 후박나무 갈색잎이 젖으며, 노랗게
　　떨어진 솔잎도, 담장 밖에서 날아온 버짐나무 너른 잎사귀도 함께 젖
　　는다. 이리저리 바람에 끌려다니던 낙엽의 남루한 잔해들이 비로소
　　한줌 부토(腐土)로 돌아갈 숙명의 자리에 누워 있음이다. 그 위로 내
　　리는 겨울비는 고운 수심이 아닌, 임종의 비읍(悲泣)이 절절하다. 더
　　는 원혼처럼 떠돌지 말고 영면하거라. 낙엽이라는 이름으로도 존재
　　할 수 없는 한계에 다다랐음을 알아야 하느니. 이렇게 타이르는 비의

말씀이 진종일 그치지 않는다.

— 「어머니의 귀거래사」

자박자박 내리는 겨울비를 "임종의 비읍(悲泣)"에 비유한 다섯 글자 속에 그의 삶의 역정이 응축되어 있다. 니체에 의하면 "과학을 예술의 렌즈로, 예술을 삶의 렌즈로 보아야" 한다. 문학이 지닌 진정성의 문제는 작가의 삶과 분리하여 생각하기 어려운 측면이 있다. 오상고절(傲霜孤節)의 기품은 시련과 고통이라는 거름을 필요로 한다. 최서해 문학의 명성은 인간이기를 포기하게 만든 극한의 궁핍으로 요약되는 간도체험이 아니었으면 불가능했다. 괴테의 『젊은 베르테르의 슬픔』은 롯테 부흐와 이루어질 수 없는 비극적 사랑의 좌절이 엮어낸 한 시대의 신화다. 체험이 뒷받침되지 않은 문학은 진정성을 확보하기 어렵다. 상상력이 문학형성의 주요 요인임에 틀림없다. 그러나 직접체험을 통해 가공의 현실을 부여하는 통찰력도 그것 못지않게 중요하다. 통찰력은 '생활세계에서의 세심한 관찰'로부터 비롯된다. 텃밭을 가꾸며 터득한 하심(下心)으로 '산다는 것의 의미'를 통찰한 김애자 문학의 장점이 여기에 있다.

3

"정갈한 구도의 아름다움을 품고 있는 하현달"(「돌아오지 않는 여우와 하현달」)을 바라보는 김애자의 모습은 미적 구도가 절묘한 동양화를 연상케 한다. 그러나 고독한 가운데 '생명의 빛'을 찾기까지 그는 애간장 녹이는 고난과 고행의 긴 세월을 삭혔다. "내 문학의 원류는 한(恨)"(「영혼의 닻을 내리고」)이라는 언급처럼, 그의 글쓰기는 해원(解冤)의 과정이기도 했다. 조갯살의 아픔이 진주를 만들어내듯, 상처를 견뎌낸 인고의 세월이 감동적인 예술을 빚어낸다.

'평생의 한'을 삭혀서 판소리로 승화시킨 명창 임방울의 빛나는 성취가 그렇듯이, 보석처럼 반짝이는 예술의 세계는 그냥 이루어지지 않는다. 그것은 많은 대가와 희생을 요구한다. 우리의 가슴에 와 닿은 몇 편의 김애자 작품도 마찬가지이다. 서른여섯 해에 하늘로 소풍간 아버지. 밤톨 같은 어린 것들을 부여안고 밤마다 울혈(鬱血)을 토해내던 어머니. 송화 가루 날리는 외딴집에서 유명을 달리한 오빠. 이 모든 운명의 철조망을 그는 수없이 넘었다. 김애자는 "차라리 죽기를 소망"하면서 일생에 단 한 장뿐인 청춘티켓을 암자에 맡겼었다.

고군분투의 처절함이 육십 평생 책속에 파묻혀 "쓰지 않고는 견딜 수 없는 절절한 갈증"을 불러일으켰다. 『달의 서곡』(1996)과 『숨은 촉』(2003), 그리고 최근에 발간한 작품집이 그것의 증거들이다. 노자의 말씀처럼 "손유여이보부족(損有餘而補不足)"하는 것이 하늘의 도(道)이다. 후반부 생의 전환점이 된 수렛골 산천은 그에게 많은 선물을 예비해 놓았다. 그곳 대지의 정령(精靈)이 파랗게 물들인 수렛골의 그 하늘이, 김애자 문학의 '남는 것을 덜어내고 모자라는 것을 채워줄' 것이다. 춘하추동의 조화(造化)가 축복을 내리는 그 시점에서 그의 문학은 세월의 풍화작용을 견뎌내는 생명력을 지닐 것이다.

언어로 그려낸 세한도

—김용옥

1

심천(心泉) 김용옥의 수필에는 시적 감성이 스며 있다. 언어사용의 정밀성이 돋보이는 그의 작품들에서 장황하게 묘사하거나 지루하게 설명하는 대목을 찾기 어렵다. 문학성이 풍부하게 느껴지는 표현들이 주종을 이루는 이유가 여기에 있다. "초목들이 삼십대 사내처럼 푸르른"(「내 친구 내 스승 제비」) 유월이라든지, "대접 같은" 야산, 혹은 "줄자를 풀어 주욱 그어놓은"(「사람이 길을 낸다」) 길과 같은 구절들은 산문이라기보다는 시에 가깝다. 풀어내거나 펼쳐내는 것을 특색으로 하는 산문의 영역에서 펼쳐지고 풀어지려는 언어들을 갈무리하는 수법이 인상적이다. 낱낱의 언어가 지닌 속성과 쓰임을 파악하여 그것들과 친화를 이루는 글쓰기는 아무나 할 수 있는 일이 아니다. 그 작업은 자잘한 어휘 하나, 토씨 하나, 점 하나까지 세심하게 선택하고 그것들과 씨름하는 과정에서만 가능한 것이다.

> 비록 아주 짧은 시 한 구절, 수필 한 꼭지일지라도─사실 가장 중
> 요한 문학입니다.─그에 가장 적당한 옷들 즉 문체, 기교, 사상, 시간
> 성까지도 고려해야 합니다. 자잘한 어휘 하나, 토씨 하나, 점 하나까
> 지 세심히 선택하려고 씨름해야 합니다.
> ─「허虛人, 허虛人, 허虛人」

그가 찍어 놓은 구두점에는 김용옥 스타일의 호흡과 리듬이 담겨 있
다. 뿐만 아니라 그것에는 언어로 표현하기 어려운 어떤 생각이 반영
되어 있음으로 해서 우리는 그것에서 언외지의(言外之意)를 실현시킨 듯
한 느낌을 받는다. 짧은 구절 속에 응축된 삶의 진실을 밝힌 대부분의
작품에서 말을 아끼는 모습이 역력히 나타나 있는 것도 이러한 글쓰기
의 정밀성(精密性)과 관련이 있다. 그러한 모습과 시 쓰기로 다져진 문학
적 역량이 그대로 반영된 그의 작품에서 "문학적이라는 허울 좋은 변
명 아래 설익은 생각의 미사여구로 포장하는 일"이 용납되지 않는 것
은 당연하다.

"관념과 삶을 옥죄던 것들을 무더기로 벗어" 던져버리고 "나의 뼈로
서는" 치열한 자기반성을 거친 그의 작품들은 "쓰잘데기 없는 군살들
을 발라"(「나 마이너스 나」)내고 "문인이라는 허명에 빠져 남의 생각을 끌
어다가 왈가왈부 중언부언 군소리를 늘어놓는 미혹"(「허虛人, 허虛人, 허虛
人」)을 일찍이 떨쳐버렸다. 자기검열에 한치의 오차도 없는 그의 작품
들은 거칠어 보이면서 아름다운 겨울 보름달 아래 서 있는 시린 모습
의 "분재목의 굳건하고 당당함"과 같은 "뼈의 아름다움"을 추구한 것
들이 대부분이다.

적막한 겨울밤. 마른 잎새 한 잎 붙어있지 않은 나목이 동짓달 보름달 아래 의연하다. 저 꾀벗은 분재목들. 거칠어 보이면서 아름답고, 시린 모습이나 굳건하고 당당하다. 저 뼈의 아름다움이여!
　　　　— 「정말 잊고 싶지 않은 노래들 – 삽살개야, 또 짖지 마라」

　흔히 생각하는 것처럼 수필은 누구나 쉽게 접근할 수 있는 장르가 아니다. 문학창작의 정상에 섰을 때 쓸 수 있는 글이 수필이다. 김용옥은 이러한 생각에 입각하여 작품을 창작하는 드문 수필가이다. 그의 수필은 예술적 글쓰기가 무엇인지, 그리고 어떻게 써야 하는지에 대해 모범을 보인 답안지에 비유될 수 있다. 소재의 새로움이나 가벼운 이야기 위주의 글쓰기에 치우침으로써 상당수의 문인들이 수필 고유의 문학 장르가 갖는 특성과 그것의 문체에 관심을 보여주지 못한 것이 사실이다. 김용옥은 이러한 한계를 넘어서려는 자세가 돋보이는 문인이다.

2

　고유의 특성을 살리면서 수필의 문체에 시적인 무드를 부여하는 글쓰기가 김용옥 문학의 성격을 결정하는 중요한 요인이다. "달캉달캉 밥짓는 소리"(「정말 잊고 싶지 않은 노래들 – 삽살개야, 또 짖지 마라」), "송알송알 빛나던 별", "수만 가닥 명주실을 풀어내리는 것 같은 달빛"(「정말 잊고 싶지 않은 노래들 – 문각시는 또각또각」), "땅글거리는 추억"(「기다리는 매화 심」), "쇠물닭들이 차르르르 물길을 내며 수면을 달리는 모습", "간당거리는 보라꽃"(「매화정」), "무장무장 깊어지는 그리움"(「매화덕」), "애면글면 설한풍"(「백설매 피고 진 자리」), "매옴한 격려"(「매화차를 마신다」), "짜르락 짜르락 쪽쪽쪽쪽 딍그는 소리"(「행복합니다」)를 비롯하여 "솔솔 찾아와"(「사람이 길을 낸다」), "사슴사슴 오르며"(「조선사람의 살빛같은 화암사」) 등 그의 수필은 서사성보다는 서정성이 농후하다. 시적인 분위기로 인도하여 우리를 그윽한 정감의 세계로 몰입하게 만드는 김용옥 작품의 매력이 여기에 있다.

> 죽은 나무에 꽃 피우기랄까. 그 첫촉은 생명있는 것들에겐 모두 자생력이 있다는 걸 깨닫게 했고, 무엇보다도 뿌리째 썩어 흔들리는 것 같던 내 삶에 용기와 생기를 주었다. 병들어 죽어가던 난과 함께 나는 기다렸고, 함께 견뎠고, 함께 일어선 셈이다.
> 난을 기른다는 것은 선비의 품격도 거창한 재배술도 그 아무것도 아니다. 농부가 벼를 기르고 배추를 가꾸는 게 제 삶을 사랑하는 일이듯, 그저 내 삶을 꾸리는 정성으로 함께 살아가면 된다. 나는 내 울안의 가장(家長)이고, 저 난들은 나와 하루 하루를 나눠먹고 사는 가족일 뿐이다. 그렇게 함께 살았다.
> 난화주 맛 중에 달콤하기로는 옥화란주가 으뜸이며 깊은 맛이 여울지기로는 설월화주가 제격이다. 채울래야 채울 길 없는 공허를 달빛에 널어두고 섰는 청한(淸閑)과 난으로 하여 얻어지는 청랑(晴朗)은 삶의 여백이다. 동양화의 여백처럼 생각 깊게 하는 여백이다. 달빛에 젖은 난화주에 일렁이는 내음은 그리움이다.
> ― 「문향견성이 멀어도」

"채울래야 채울 길 없는 공허를 달빛에 널어두고 섰는", 혹은 "달빛에 젖은 난화주에 일렁이는 내음은 그리움" 등 자연스럽게 자신의 삶으로 스며드는 서정성을 바탕으로 김용옥은 주변의 사물들과 교감하는 모습을 보여준다. 가식과 꾸밈을 벗어던진 그 모습에서 우리는 생에 대한 깊은 통찰과 삶의 지혜를 전달받게 된다. 내 삶을 꾸리는 정성으로 함께 살아가는 난초와의 삶을 통하여 그가 말하는 "생명 있는 것들에겐 모두 자생력"이 있다는 성찰이 그것이다. "뿌리째 썩어 흔들리는 것 같던" 우리의 삶에 "용기와 생기"를 주는 울림으로 다가오는 김용옥 문학의 감동의 비결도 이러한 대목에서 확인이 가능하다.

　제비는 둥지를 짓느라 끈질기게 노력했다. 수성페인트로 덧칠된 콩크리트벽에 흙은 수이 붙어주질 않았다. 날개를 퍼득이며 쥐눈이 콩만한 흙방울을 부리로 한참씩 누르고 있다가 또다른 흙을 물러 날아간 사이에 땅바닥으로 흙방울은 떨어져버린다. 공수내 개천흙을 물기가 촉촉한 채로 물어 날랐지만 헛수고가 더 많았다. 그러나 제비는 포기하지 않았다.
　봄 내내 제비의 둥지짓기를 지켜보기 안쓰럽고 안타까웠다.
　결국 조류원에서 둥그럼한 짚둥지를 사다가 딴엔 근사하게 헌납했다.
　그런데 아이고, 제비는 옆자리를 찾아 새로 집짓기를 시작하는 게 아닌가. 사람의 생각으로, 만물의 영장이므로 가장 지혜롭고 현명하므로, 제비의 헛수고를 가엾이 여긴 나다. 무지몽매하기 짝없다. 얼마나 많은 어리석음을 의젓하게 발현하며 살아왔을까. 부끄럽기 한량없다.
　제비들은 스스로 살아가는 것을.
　해마다 삼짇날이면 귀향하는 새물제비들은 반드시 둥지를 증축했다. 백수건달은 아직 한 녀석도 만난 적이 없다.
　살아가는 일에 거저는 없다. 지름길로, 덤으로 질러갈 수도 없다. 자기의 길은 스스로 내며 간다. 자기의 삶은 스스로 개척해가는 것이다. 부지런히 사는 것이다.
　제비들은 삶의 방법과 태도를 일깨워주었다. 제비들의 살이를 지켜보는 일은 딸아이에게 무엇보다도 큰 교훈이 되었다.
　내 삶도 뒤돌아보았지만.
　비 내리는 날에는 쇼팽을 들려주고 햇빛 맑은 아침에는 모짤트나 쇼스타코비치의 피아노곡을, 때론 해저문 어스름에 마주앉아 빌라로보스의 아리아를 조용히 함께 듣는다. 우리에게 어둠이 내리듯이 투명하고 깊은 슬픔 하나가 안개 깔리듯 번져날 때까지.

저 애들의 맑은 혼을, 깨어있는 삶의 정직성을 어찌하면 모두 배울 수 있을까. 제비들의 지저귐은 신의 음악이며 자연의 반영이다. 늘 내가 한 수 뒤지는 걸 느낀다.

— 「내 친구 내 스승 제비」

봄 내내 제비의 둥지 짓기를 지켜보며 안쓰럽고 안타까웠기 때문에 필자는 조류원에서 둥그럼한 짚둥지를 사다가 헌납했다. 그러나 제비는 옆자리를 찾아 새로 집짓기를 시작한다. 지혜롭고 현명한 생각으로 제비의 수고를 가엾이 여긴 것이 얼마나 무지몽매했던가를 깨닫는 그 순간 김용옥은 인간들의 삶을 되돌아본다. 사람들도 제비들처럼 스스로 살아간다. 제비의 삶과 인간의 삶이 다르지 않은 것이다. 스스로의 삶을 꾸려가는 제비의 모습처럼 그렇게 살아가는 것이 자연스럽고 올바른 인생이다. 제비와의 동거 속에서 생의 깊은 의미를 파악한 이야기가 보여주듯이, 글을 쓴다는 것은 자신의 성장을 위해서 도전하는 일이며 삶의 등불을 밝히는 일에 비유될 수 있다.

3

인생의 등불을 밝히면서 스스로의 성장을 위해 도전하는 정신은 무엇보다도 생의 의미를 탐구하는 신실한 자세가 뒷받침될 때 가능한 것이다. 체험에 바탕을 두고 삶의 진실을 추구하는 김용옥 문학은 이러한 태도를 일관되게 추구해 왔다. 그 진면목이 「기다리는 매화심(梅花心)」에 나타나 있다. 그것은 단순히 자기 자신의 삶의 문제를 성찰하는 데 머물지 않는다. 매화 그림을 보면서 같은 여성으로서 어머니의 모습을 그려낸 대목이 우리의 주목을 끈다.

문고리에 물기 묻은 손을 댈라치면 쩌억 늘어붙는 엄동설한을 견
    디내고서 발화한다. 한국의 어머니처럼, 내 어머니처럼 시련과 고난
    을 의연히 견디며 삶을 꽃피워내는 이가 어디 있으랴. 절개는 고통의
    연단 위에서 태어나는 것. 매화는 절개의 꽃이다.
                                        ― 「기다리는 매화심(梅畵心)」

엄동설한을 견디낸 매화는 "한국의 어머니처럼, 내 어머니처럼 시련
과 고난을 의연히 견디며 삶"을 꽃피워낸다. 고통의 연단 위에서 태어
나는 매화 꽃봉오리에서 필자는 우리 어머니들의 삶의 모습을 발견해
낸다. 이 작품에서 그가 이야기하고 싶었던 것은 '절개의 꽃' 매화가
아니라 어머니의 삶이다. 이 세상에서 가장 아름다운 이름이라고 그의
시에서 명명했던 '어머니'에 대한 이야기를 매화 그림에 빗대어 말하
고 있는데, 그것은 전통적인 여성상과 그 여성이 꾸려온 삶의 미덕을
구현해 내는 데 기여하고 있다.

"정해진 논리나 합리성보다는 황당무계하고 감성적인" 어머니에 대
한 추억의 옛이야기 속에는 "인생의 비논리성과 다양성과 아름다움이
담겨"(「안 끝나는 이야기」) 있다. "정이 그득, 인생이 그득, 상상이 그득"한
그 이야기를 꺼내는 것은 작가 개인의 어머니를 빌려서 '이 땅에 삶의
뿌리를 두었던 모든 어머니들의 삶'을 재구성하는 데 초점이 놓여 있
다. 이러한 작업은 '어머니 이야기'를 통하여 앞 세대 여성의 삶을 숙
고하는 것이고, 그것은 강인하고 지혜로운 어머니상, 바꾸어 말하면 이
세상의 '빛과 소금'이 된 그분의 삶을 후세대 여성들에게 전수하는 의
미 있는 일이다.

    어머니의 무릎 아래서 듣는 얘기는 슬퍼도 좋고 기뻐도 좋은 거죠.
    어머니에게서 그 끝을 듣지 못한 채 어른이 되었고, 아이에게 또 그

애기를 들려주었습니다. 아직 그 끝을 마치지 못했지만.

지금도 이따금씩 쥐가 바다로 풍덩, 풍덩, 뛰어드는 소리를 듣습니다. 사람이 살아가는 내내 숨을 쉬고 밥을 먹듯이, 산다는 것은 끝이 없는 일을 끊임없이 반복하는 건지도 모릅니다.

— 「안 끝나는 이야기」

가파른 풍랑을 견뎌야 하는 인생길, 그리고 밤바다의 험난한 파도를 헤쳐 나가야 하는 고행(苦行)의 여로(旅路), 그것이 어머니의 일생이었다. 그 이야기는 우리의 삶이 끝나지 않는 한 끝없이 이어질 수밖에 없다. 동화적 상상력으로 엮어나간 「안 끝나는 이야기」를 필두로 유사한 몇 편의 작품에 함축되어 있듯이, 김용옥의 삶이 그러했고 그의 딸 또한 그럴지도 모른다. 그 딸에게 세상의 모든 어머니들의 삶의 이면에는 고난과 고통이 가로놓여 있다는 사실을 알려주고 싶은 것이다. 어머니의 삶에 대한 추억을 통하여 글쓰기를 지속해야 하는 까닭이 여기에 있다. 김용옥의 글쓰기는 험난한 세상길을 걸어온 어머니들의 이야기를 다음 세대에게 전해줘야 한다는 일종의 소명의식과 연결되어 있다. 그것은 어머니 이야기에 '고난과 고통'이 자리 잡고 있기 때문이다. 김용옥 문학의 존재 근거이자 그 자신의 현실적 삶을 지탱해 주는 보루로서의 의미를 지니는 이 두 단어는, 아이러니컬하게도 그의 생을 이끌어 온 추동력이자 예술적 자양분이기도 했다.

아무리 멀쩡해 보여도 상처 한번 입지 않고서 어찌 인생이라는 장강을 도강할 수 있으랴. 태풍을 원한 적 없대도 태풍은 불어닥칠 수 있으며, 누구라도 상처받을 수 있는 거지요.

언젠가 최후의 태풍이 몰아쳐와서 삶을 송두리째 반납해야 할 때까지, 상처는 살아가는 증거라며 의연히 바라볼 수 있고 싶습니다.

자신의 상처 덕분에 타인의 고난을 이해하며 인생의 의미를 들여다

봅니다.

— 「상처는 살아가는 증거」

　　살맛나고 아름다운 삶은 스스로 선택하고 가꾸어야 한다. 행과 불
행의 잣대를 스스로 쥐어야 한다. 자기의 생각과 자기의 행동이 인생
을 달라지게 한다.
　　고통받고 소외되고 외로워 보자. 그리하면 정직해질 것이다.
　　마음이 열릴 것이다. 작은 것에 아름다움이 있다는 것을 보게 될
것이다.

— 「아름다운 사람들 - 약속」

　　살아가는 증거로서의 상처를 솔직하게 이야기한 것은 김용옥 자신
이 결핍된 존재로서 그 존재의 결핍을 채우는 과정으로 문학을 생각하
기 때문이다. "자신의 상처 덕분에 타인의 고난을 이해하며 인생의 의
미"를 들여다본다는 구절은 "세상엔 용서해야 할 것이/ 많습니다/ 세상
엔 내가 용서해야 할 것이/ 없습니다"(김용옥, 「覺」)와 같은 시작품에서
보여준 '깨달음'과 일치되는 부분이다. 인생의 격랑(激浪)을 겪지 않은
사람이 함부로 '용서'를 이야기하고 "고통받고 소외되고 외로워 보자"
고 제안을 하는 것은 가소로운 일이다. 고독과 소외와 고통의 가시밭
길을 걸으면서 "작은 것의 아름다움"을 발견하는 기쁨은 오직 그것들
과의 맞서서 격렬한 투쟁을 견뎌낸 인간만이 누릴 수 있는 특권이다.
절망적인 삶을 살아보고, 그 삶을 되돌아보면서 생의 의미를 다시 성
찰하는 김용옥 문학에서 세한도(歲寒圖)를 대하는 것과 같은 어떤 정신
의 결기를 느끼게 되는 것도 동시에 언어유희와 같은 표현을 찾아보기
어려운 것도 이러한 점과 무관하지 않다.

4

김용옥 수필의 장점은 기억과 일상에 가로놓인 미묘한 인생사의 문제들을 특유의 여성적 감수성으로 펼쳐낸 점이다. 교묘하게 은폐된 가부장적 사회의 폭력과 그 폭력을 감내하는 아름다운 고통을 '어머니'로 대표되는 여성적 삶에 초점을 맞추어 이야기하고 있는데, 그 중심에는 전통미학에 대한 동경이 자리 잡고 있다. 개인적인 정감의 울타리를 벗어나서 한국적 생활문화에 반영된 심미의식과 전통적 여성성에 관한 문화적 함의를 담아내고 있는 「기다리는 매화심」과 「매화정」을 비롯하여 「매화덕」과 「매화차를 마신다」 등은 조선적 사유방식과 그 속에 존재하는 한국적 삶의 보편적인 연관성을 발견하기 위한 문학적 탐색의 결과이다.

디지털 시대의 속도 속에서 옛것이 천대 받은 지 오래이다. 우리 것을 버리고 서양 것을 숭상하는 오늘의 세태에 대한 반성의 자리를 마련한 김용옥의 작품들은 바삐 사는 삶 속에서 옛 추억이 문득 생각날 때 햇빛이 다사로운 창가에 앉아 차분히 읽어볼 가치를 충분히 지니고 있다. 새로운 것이 항상 좋은 것은 아니다. 새것에 정신이 팔려 있는 동안 우리는 소중한 옛것을 무심코 버려 왔다. 이러한 시대에 여성의 섬세함으로 전통미학의 진경(眞景)을 펼쳐 보인 김용옥 수필을 만난 것은 일종의 행운이다. 그의 작품이 동시대에 살면서 정서적 공감대를 형성할 수 없었던 구세대와 신세대를 이어주는 문화코드의 역할을 하기에 부족함이 없다는 점에서 그렇다.

평이한 언어로 인생에 대한 성찰의 깊이를 보여준 그의 작품에 암시되어 있듯이, 삶의 의미를 성찰하는 일이 문인이라는 이름만으로 가능한 것은 아니다. 깊이 있는 생의 통찰을 위해서는 사물이 가지고 있는 이면의 세계를 응시하는 눈이 필요하고, 쓰는 기간보다도 걸러내고 다듬는 수많은 퇴고의 시간을 바쳐야 한다. 「허虛人, 허虛人, 허虛人」에서 밝힌 것처럼 단어 하나의 선택은 물론이고 마침표의 점 하나까지 고심하는 자기검열이 필요하다. 시적인 감성이 "놀뭄하게 우러나는"(「매화덕」) 그의 수필은 엄격한 글쓰기 작업 속에서 잉태된 것이다. 사이비 문학이 남발되고 범람하는 시대에 심천 김용옥 같은 문인이 있다는 것은 우리 문단의 풍요로운 미래를 위해서 다행스런 일이다.

상처받은 사랑과 고난의 시간

―정도상

1

서사문학 본연의 자리를 고집스럽게 지켜온 소설가 정도상이 두툼한 장편소설 『누망』(실천문학사, 2003)을 발간했다. 이 작품은 『지상의 시간 1-2』(한뜻, 1997) 이후 6여 년의 산고(産苦) 끝에 탄생된 것이다. 누구도 가보지 않은 길을 걷고자 하는 의지를 다짐한 점이나, 그 의지를 펼쳐내기 위한 문학적 여로(旅路)에 때때로 "안개가 첩첩"(「후기」)하기도 했었다는 언급에서 자신의 예술적 목표를 실현하려는 옹골찬 작가정신의 일단을 읽어낼 수 있다.

그는 「십오방 이야기」로 작품 활동을 시작한 이래 『친구는 멀리 갔어도』, 『아메리카 드림』, 『시간의 상처』 등 비중 있는 작품을 발표했다. 이러한 작품집에 '진정한 작가적 삶이 무엇인가'에 대해 고민해 왔던 흔적이 나타나 있다. 시대정신을 저버리지 않는 글쓰기를 통해 정도상은 상업주의와 결탁한 가벼운 글쓰기를 외면하고 묵묵히 자신의 길을 추구해 왔다. 바람직하지 않다고 생각하는 문단의 풍조와 시대의 유행을 뒤쫓아 갈 수 없었던 이유가 여기에 있다. '시대와의 불화'를 거론한 까닭도 이러한 점과 무관하지 않다.

1990년대를 거쳐 현재에 이르는 동안 우리 소설문단은 거대담론을 포기하고 미세담론에 집착하는 경향을 보여주었다. '우리'라는 공동체보다는 '나'라는 개인의 이야기에 치중해 왔다. 전부는 아닐지라도 그것이 서사의 왜소화 현상과 공동체 정신의 와해를 은연중 조장해 왔다. 그 와중에서 상당수의 작가들이 역사를 통찰하는 힘을 상실했다. 무겁고 진지한 담론을 피하면서 광고처럼 얄팍한 이야기에 몰두해 온 당연한 결과이다.

바람직하지 못한 문단의 풍토에 영합하지 않았다는 점에서 정도상이 주목될 필요가 있다. 그러나 중요한 사실은 정도상이 과거와 현재를 단절이 아닌 연속의 눈으로 꿰뚫을 수 있는 통찰력을 지닌 작가라는 점이다. '우리와 나'의 차이를 뛰어넘어 개인과 집단의 문제를 종합하는 눈을 가진 그가 '한 가닥 실낱같은 희망'을 뜻하는 『누망』을 펴낸 것도 이러한 맥락에서 이해할 필요가 있다.

2

시작 부분의 엘리베이터 살인사건은 『누망』의 성격을 미스터리의 범주로 오해하게 만들 소지가 있다. '암에 걸린' 늙은 여인―길자가 엘리베이터 안에서 "별 두 개 달고 사단장으로 위세를 날리다가 퇴역한 뒤 정부산하 무슨 공사의 사장으로 낙하산 타고 내려간 예비역 중장"(12쪽) 영필의 두툼한 배에다 날카로운 회칼을 들이대는 살인사건이 그것이다. 그러나 이 소설의 결말은 "여한은 많이 남지만 후회는 없는"(357쪽) 생을 살아온 예순다섯 살 여인 '길자의 이야기'로 끝난다.

길자와 짝귀, 그리고 영필의 생의 궤적을 더듬는 이 소설의 구성 방식은 단순하고 명쾌하다. 『누망』의 서사는 고아원 출신인 이들의 현재와 과거의 시간이 축적한 인생을 그려내는 방식으로 이야기가 진행된다. 짜임은 '서-중-종'의 3단 구성으로 되어 있다. 도입부의 '서'는 2000년 현재의 이야기로부터 시작하여 1960년대라는 과거를 더듬는 이야기로 마무리된다. '중'은 다시 현재의 이야기로 실마리를 풀어 가면서 과거의 이야기로 돌아간다. '종'은 현재의 이야기로 되돌아오는 순환구조를 보이고 있다. 등장인물의 액션이 펼쳐지는 시간대가 1960년대라는 점에서 이 소설은 특정한 시기/시간 속에 놓인 삶의 문제에 초점을 맞추고 있다. 특정의 시간이 주동인물의 삶을 어떻게 변화시켰는가에 작가의 관심이 집중되어 있다.

주동인물은 길자와 짝귀, 그리고 영필이다. 앞의 두 인물에 비해 영필의 액션은 상당 부분 축약되어 있다. 하지만 그는 짝귀와 길자의 대립 축을 형성하는 인물이고 『누망』의 이야기 전개과정에서 중요한 기능을 수행한다. 육군사관학교 출신인 영필은 출세하기 위해 고아원 동기이자 죽마고우인 짝귀를 헌신짝처럼 버리고 끝내 그를 죽인다. "절대적 순수가 존재한다고 믿었던" 시절에 그 순수는 "삶에 대한 갈증이었고 누군가에 대한 사랑"(76쪽)이었다. 영필은 그러한 사랑을 나눈 친구를 죽인 것이다. 그 친구는 씨라이막의 넝마주이로 5·16 군사쿠테타 이후 국토건설단에 끌려가서 탈출을 시도하다 친구인 육군장교 영필에 의해 사살된다. 길자는 짝귀와의 사랑을 실현하기 위해 그를 찾아가지만 그의 죽음으로 그것은 무산된다. 넝마주이와 창녀의 삶으로 표상된 밑바닥 인생살이의 애환과 고난, 5·16 군사쿠테타 직후 국토건설단 단원들이 겪은 참상과 굴욕, 의리를 저버린 인간의 출세 지향적 삶의 종말 등 이 소설은 1960년대의 암울하고 음습했던 시간들이 만들어낸 사건들을 추적하고 있다. 이러한 점에서 "그저 길자와 짝귀의 이야기, 그들의 이루지 못한 사랑 이야기를 쓰고"(「후기」) 싶었다는 작가의 말을 액면 그대로 받아들여서는 안 된다.

기본 줄거리가 두 남녀 사이의 이루어질 수 없는 사랑을 다루고 있는 것이 사실이지만, 『누망』의 스토리 이면에는 '원래의 나로서 사는 것'이 좀처럼 허락되지 않았던 '짝귀와 길자의 삶' 나아가 '영필의 부정적인 삶'이 자리 잡고 있다. 『지상의 시간』은 물론이고 그 이전의 『시간의 상처』에 함축되어 있듯이, 정도상의 글쓰기의 핵심에 놓여 있는 테마는 시간의 문제이다. 『누망』 역시 시간의 흐름 속에 내던져진 인간의 삶을 구체화한 이야기라는 점에서 각각의 존재가 이 땅에서 견뎌내야 했던 '시간의 기록'을 다루고 있는 앞의 작품들과 일맥상통한다. 작가의 말을 빌리면 "시간은 흐르는 것이 아니라 쌓이는" 것이다. 이러한 인식이 정도상으로 하여금 시간의 축적물과 인간의 생에 대한 탐구로 이끌었다. 그것은 '축적된 시간의 갈피에 기록된 생의 여러 형상'에 대한 문학적 사색으로 요약된다.

지상의 모든 것들은 시간을 견디지 못하고 풍화하면서 시간에 상처를 입힌다. '시간의 상처'가 그것이다. '시간이란 불가사의한 괴물'은 하나의 은유이고 공간을 통과하는 은유의 시간 속에는 생의 기록이 집적되어 있다. 그것 없이 시간은 홀로 존재하지 않는다. 시간의 흐름을 타고 집적된 생은 수많은 선택을 강요한다. 작고 사소한 것에서부터 크고 무거운 것에 이르기까지 그것은 끊임없는 선택을 집요하게 요구한다. 그러나 그 선택에는 책임이 따른다. 선택한 자가 감당해야 할 몫이다. 고아원 동기이자 퇴역장성인 영필의 '두툼한 배'에 회칼을 들이대는 길자의 행위도 따지고 보면 영필의 선택과 그 선택에 따른 그의 몫을 되돌려 준 것에 불과하다. 엘리베이터의 살인은 지금까지 살아왔던 '시간의 몫/대가'를 확인시켜주는 행동이었다. 돌발적인 것 같지만, 그것은 우연이 아니라 치밀하게 짜여진 생의 행로에서 예정된 필연이었다.

고아원에서 나온 이후 영필이 피를 나눈 형제와도 같은 짝귀를 서울에서 만난 것도, 출세를 위해 그 친구를 죽인 것도 '우연히 그러나 필연적으로' 그렇게 되도록 되어 있는 시간적 사건 때문이었는지도 모른다. 피를 팔기 위해 영필이 "서울역 앞의 세브란스병원"(78쪽)에 갔다가 짝귀를 만난 것도 우연이었다. 그 친구가 "회현동의 여인숙에 넣고 찢어진 교과서를 구해다 넣어"(79쪽)준 것도 그런 것인지 모른다. "우연이었지. 하지만 그 우연이란 게 얼마나 많은 필연으로 점철"(78쪽)된 것인가? "정말이지 우연은 필연과 필연이 씨줄과 날줄로 엮어내는 인생의 한 지점"(78쪽)과 같은 것이다. 우리의 삶이 우연성으로 인해 비논리적인 경우가 발생할지라도 그것은 '치밀하게 짜여진 시간의 거미줄 위에 걸린 나비의 행로와 흡사한 것'이다. 나비는 결코 우연히 거미줄에 걸리지 않는다. 나비는 자신의 길을 따라서 비행했고 거미는 나비의 길에 함정을 만들어 놓은 것이다. 도입부의 살인사건의 그것이나 '이루지 못한' 두 남녀의 사랑도 시간과 공간이 교차하는 지점에서 '우연히 그러나 필연적으로' 그렇게 되도록 짜여져 있었다.

『누망』에서 두 남녀의 '순수한 사랑'은 시간의 문제와 맞물려 있다. '우연히 그러나 필연적으로' 그들을 통제하고 있던 시간 때문에 그들의 사랑은 실현될 수 없었다. 작가의 독특한 생의 탐구 결과인 이러한 인식은 1960년대의 특정 시기의 시간이 '우리가 희망했던 그런 시간'

이 아니었다는 사실로부터 비롯된 것이다. 이 소설이 과거의 이야기를 한 것도 아니고 그 시절에 대한 향수가 더더욱 아닌 이유가 여기에 있다. 특정시기/특정시간을 탐구하는 것은 그 시간/시기의 역사를 탐구하는 것이다. 그것은 인간 존재에 대한 탐색작업과 상통하는 주제에 해당된다. 오스카 와일드는 "역사에 대한 우리의 의무는 역사를 다시 쓰는 것"이라고 말한 적이 있다. 우리가 놓쳐서는 안 될 『누망』의 의의가 여기에 있다.

이 작품의 포인트는 '남녀 간의 순수한 사랑'을 통해 그것의 실현이 불가능한 '시간적 사건'을 문제 삼은 점이다. 그것은 개인의 시간이 아닌 '특정시간의 역사에 대한 기록'의 의미를 지닌다. 남녀 간의 사랑의 문제를 통해 그들이 속한 사회의 변화와 그 변화가 불러온 민중들의 고난에 눈을 돌리게 만든 점도 이러한 사실과 연결되어 있다. 집단과 개인의 갈등과 부딪침 속에서 '시간이라 부르는 괴물'이 인간의 삶을 어떻게 핍박했는가에 작가의 관심이 집중되어 있다. 중요한 점은 작가의 관심의 초점이 시간 그 자체가 아니라 그것이 불러온 변화 속에 놓인 '우리의 삶의 문제'라는 사실이다.

세계를 바라보는 정도상 스타일의 관점과 맞물려 있는 시간의 문제는 물리적이고 인공적 단위의 개념이 아니다. 그가 사용하는 시간의 개념은 변화하는 세계에서 인간의 삶의 방향을 정해주는 운명의 나침반으로서의 '시간적 사건'과 관련되어 있다. 그것은 '시간으로 혹은 시간을 통해서' 개인과 집단에 영향을 미치는 역사적 사건을 뜻한다. 사색의 과정을 거쳐서 그가 도달한 결론은 다음과 같다. 즉 시간은 인간을 가두는 일종의 그물망이고 우리 인생은 그것에 걸려든 나비와 같다. 『누망』은 5·16 군사쿠데타라는 사건이 만들어낸 역사의 그물망에 걸려 버둥거리는 인간의 몸부림에 대한 이야기이자 개인이 자기 고유의 시간을 향유하지 못한 시대의 비극적 체험을 재현한 것이다.

시간이 흘러가면서 일어나는 사건의 결과에 따라서 인간의 운명이 '우연히 그러나 필연적'으로 결정된다. 짝귀의 운명도, 재건단원으로 배속된 그를 찾아 떠돌다 그의 죽음을 확인하고 절망하는 길자의 이루지 못한 사랑도, 그리하여 애인이자 친구를 죽인 영필에 대해 40여 년의 세월 동안 복수의 칼을 갈아오면서 그를 죽이려고 다짐했던 여인의 한 많은 인생도 '시간이 쌓아놓은 우연/필연'의 결과일 뿐이다. 이들의 인생의 나침반을 돌려놓는 직접 계기가 된 것이 바로 군사쿠데타라는 '시간적 사건'이다. 깡패나 양아치, 좀도둑과 통금위반자를 빼면 젊은 대학교수들과 소위 혁신계의 젊은 인사들이 국토건설단원으로 끌려갔다. 그들을 "마구잡이로 끌고 온 게 분명했다."(148쪽) '구악(舊惡)을 일소한다는 명분'으로 국토건설단에 끌려온 그 사람들 중에는 "평생을 땅만 파먹고 살아온"(196쪽) '당나귀 정씨'도 있었다. 그가 끌려온 것은 "지서 차석한테 미움"(195쪽)을 받았기 때문이다.

군사쿠데타는 그 이전의 시대와 동일한 실수를 범한다. 독종 중의 독종인 단춧구멍은 "독종인 만큼 뇌물이라면 환장"을 한다. 그것도 더욱 성급하고 과격하게 "돈 없고 빽 없는 놈"(198쪽)을 다그치는 행동을 반복하고 가속이라는 수단을 동원하여 몰아붙인다. 가속의 수단을 동원할수록 가속이라는 늪에 빠져 허우적거릴 뿐인 그 상황에서 우리에게 필요한 것은 아주 다른 것을 볼 수 있게 하는 동경과 희망과 기대이다. 실낱같은 희망을 이야기한 정도상의 『누망』이 담고 있는 교훈의 메시지가 이것이다. 이 작품의 주동인물들을 통해 작가는 진짜 중요하고 의미 있는 것을 놓쳐버린 채 중요하지 않은 것과 무의미한 것을 강요하는 군사쿠데타의 역사적 시간을 되돌아본 것이다. 그런 잘못을 저지르지 않기 위해서 그 시대/시간의 고난과 고통의 삶을 재현하는 것이 작가에게 부여된 중요한 임무의 하나이다. 정도상이 그 일을 해낸 것이다. 성급한 속도전의 양상을 띠는 것은 "혁명의 그늘"(146쪽)을 만들어 낸다.

느림과 완만함이 중요하고도 긍정적인 역사의 동력이 되어 왔다는 점을 망각한 집단들의 폭압을 통해 희생된 개인의 시간을 재현함으로써 그 개인의 삶을 착취하지 않고 보호해주는 구역이 필요하다는 점, 속도는 사회를 파괴하는 폭력이 된다는 점, 새로운 어떤 것―기대하지 않았던 어떤 것이 다가오는 기회가 곧 '기다림이라는 점' 등이 『누망』이 함축한 메시지이다. 인도에 가려다 미국을 발견한 탐험가처럼 빙 돌아가는 길이 창조적일 수 있다. 실낱같은 희망으로서의 '누망'이 지닌 상징적 의미가 여기에 있다. 기다리는 자만이 무엇인가를 기대할 수 있고 빠른 것이 효율적이지만은 않다. 단기적이고 빠른 것은 근시안적이다. 군사쿠데타의 그 시간들이 그것을 함축하고 있다. 그러나 우리의 역사는 그것을 반복했다. 전두환 파쇼정권의 시기는 물론이고 문민정부 이후 우리 사회의 혁명적인 민주화 물결에 떠밀렸던 기간도 '짝귀와 길자 사이의 비극적 사랑을 반복시킨 시간들이 아니었는가' 스스로 되돌아볼 필요가 있다. 영필과 같은 유형의 인물들이 여전히 활보했던 시간이 아니었는가를 『누망』은 심각하게 되묻고 있는 것이다. 이것이 작가가 말한 "과거의 이야기가 아닌 현재의 이야기"가 될 수 있는 점이다.

3

영필이 이화여자 대학생과의 단 한번의 만남으로 여관까지 직행하여 몸을 나누는 것이라든지, 길자의 양동/창녀굴 탈출과 부를 쌓은 과정 등 『누망』에 석연치 않은 대목이 없는 것은 아니다. 그러나 사랑이라는 진부한 소재로 역사적 사건과 개인의 시간이라는 문제를 다루면서 군사정권의 정신구조에서 탈피하는 존재의 몸부림을 생생하게 재현한 것에서 이 소설이 지닌 의의를 찾는 것이 중요하다. 진정한 사랑을 찾아 헤매는 충족되지 않은 여인 길자의 인생을 당대의 사건/풍속의 추이/시간과 연결고리를 맺게 한 점도 정도상의 소설가적 자질을 돋보이게 하는 점이다. 그 연결고리로 인해 1960년대가 개인의 시간을 인정하지 않는 집단폭력의 시대였음을 고발할 수 있었다.

밑바닥 인생일지라도 그들의 사랑이 반드시 고독하고 가난하고 불결하고 야만스런 것만은 아니라는 사실을 분명하게 각인시킨 점도 이 소설의 미덕에 속한다. 길자와 짝귀의 지순한 사랑은 권력과 명예와 물질적 현실만이 그것의 실현을 위한 조건이 될 수 없음을 가르쳐 주고 있다. 이 점 또한 작가가 시간의 명상을 통하여 오늘의 독자에게 전달하는 메시지이다. 그러나 중요한 것은 이 작품이 등장인물들의 시간 감각의 변화 속에서 "착실하게 질서를 지향하고 있었던 60년대 사회"에 존재한 군사집단의 히스테리와 개인에게 가한 '보이지 않는 집단의 광기'를 교묘히 파고들었다는 점이다.

강제수용소에 해당하는 국토건설단에서 짝귀의 행동은 역설적이지만 당대 사회의 수면 밑에서 잠자고 있던 또 하나의 사회윤리의 문제, 즉 개인의 인권과 그것에 대한 억압의 문제와 관련되어 있다. 그의 액션을 통하여 『누망』은 인권에 대한 새로운 인식, 즉 소외된 자의 인간적 권리를 이야기하고 있다. 짝귀는 영혼의 숭고함이 말살된 시대에 그것의 의미를 추구하는 작가의 이상을 반영한 인물이다. 친구의 우정을 야망으로 말살시켰던 부정적인 인물 영필에 의해 죽임을 당하지만 그는 빠삐용을 연상시킨다.

짝귀는 잘못된 사고방식에 근거해 있고 실현 불가능한 약속들로 가득 찬 혁명공약의 시간들이 필연적으로 잉태할 수밖에 없었던 폭력과 비리를 고발하는 인물이다. 그의 죽음과 사랑의 실패는 질서의 시간을 구현하기 위한 박정희의 청사진이 민중들의 현실과 동떨어졌다는 것의 한 예증에 해당하는 것이다. 폭력과 부패와 허위의식이 난무하는 국토건설단 생활에서 순응을 거부하고 자기 삶의 모든 것을 바친 짝귀는 이 세상에 존재하지 않는다. 그러나 그의 정신만은 살아남아 세상을 서서히 변혁시킬 것이다. 이러한 점에서 짝귀는 우리 사회의 변화를 추동하는 열정에 대한 작가의 바람을 담고 있는 특이한 인물이다.

4

박정희 군부독재 이후 고도의 압축 성장과정을 거치는 동안 우리 사회는 인간의 삶의 가치와 존엄성에 관한 문제를 질서와 속도와 효율성의 논리로 뒤바꿔 놓았다. 물량적 실적과 경제논리에만 집착하는 풍조의 잘못된 시간의 방향, 즉 역사의 방향을 꿰뚫어보는 정도상의 눈은 빛나는 원근감에 충만해 있다. 그는 우리 민족의 근대화를 자랑스러운 역사의 과정으로 파악하지 않는다. 우리 사회의 근대화 과정에 대한 평가가 선과 악, 진보와 정체(停滯) 등 이분법적 구도로 한정될 때 어떻게 잘못될 수 있는가를 『누망』은 여실하게 보여주고 있다. 비상사태라는 이유로 개인의 인권 ─ 그가 악의 부류에 속한다 할지라도 ─ 인간적 권리가 유린되면 그것은 그 사회의 질병이 된다는 점, 당대의 사회가 정화되었을 때 진정한 문제는 시작되었고 그 순간부터 부패하기 시작한다는 점 등이 그것이다. 과속을 일삼는 혁명이라는 사고방식에는 이미 자기패배적인 요소가 잠복되어 있다. 박정희 정권 붕괴의 최종적인 방아쇠가 된 것은 인권의 유린과 조직에서 소외된 내부의 반란이었음은 주지의 사실이다.

'내가 왜 작가가 되었는가'를 끊임없이 번민한 정도상은 우리의 삶, 혹은 역사 속에 모순이 공존하고 있음을 이해하고 있다. 그는 과거와 현재의 변화에 기초한 연속의 사유를 바탕으로 상반된 것처럼 보이는 존재들의 소외를 다루어 왔다. 이러한 점에서『누망』은 민주화가 우리 사회의 전 영역에 걸쳐 진행되는 동안 그 과정에서 파생된 고통과 부조리, 그리고 '민주의 빛 이면에 드리운 그림자'에 대한 탐색과 경고의 의미를 담고 있다.

민주화의 시간이 진행되는 가운데 어설픈 광경을 목도하게 된 것은 작가만이 아닐 것이다. 음지는 음지에 머물고 양지는 양지에 머무는 결과를 빚었던 것은 아닌가. 민주화가 진행되는 시간이 주변에 공평한 빛을 선사하면서 '우리가 희망했던 그런 시간'이었는가. 아직도 '원래의 나로 사는 것'이 허락되지 않고 민주화의 그늘 속에서 소외된 자들의 신음소리가 들리지 않는가. 참을성을 잃고 개혁만을 일삼는 것은 민중의 고통을 가중시키는 일이다. 보이는 곳만을 만족시키는 것은 그늘을 보지 못하고 빛만을 쳐다보는 일이다.

속도와 효율의 성급함은 '개인의 시간'을 갖지 못하고 생의 행로를 방황하는 여인 길자의 삶처럼, 소외된 민중의 마음을 채우지 못하고 고통의 그림자를 만들어 낸다.『누망』에서 말한 '혁명의 그늘'이 그것이다. 풍성한 민주화의 번영 속에서 진정 필요한 것은 '민주화의 그늘'을 만들어내지 않는 것이다. 그것이 비참함을 느끼는 사람들에 대한 배려와 더불어 개혁과 개방의 가짜 신화로부터 탈피하는 느림의 미학이다. 2000년 현재로부터 1960년 과거로 되돌아가서 지나간 역사를 통해 우리의 문제를 암묵적으로 이야기하고 있는 『누망』의 요점이 여기에 있다. 이 소설의 이야기가 과거의 문제를 반추하는 것이 아니라 오늘 우리 사회가 안고 있는 문제에 대해 이야기하면서 동시에 미래의 한국사회 변화와 발전에 대해 전망하는 것으로 읽히는 이유도 이러한 대목과 관련이 있다.

이집트 원정 때 로제타라는 마을에서 나폴레옹 부대가 발견한 돌비석의 상형문자를 해독한 사람은 프랑스의 고대 언어학자 샹폴리옹이었다. '역사를 다시 쓰는 작가의 의무'는 그의 작업처럼 잊혀진 과거의 삶을 복원하는 일에 비유될 수 있다. 샹폴리옹이 그랬던 것처럼 정도상도 '이루어질 수 없었던 남녀 간의 사랑'이라는 진부한 소재를 통해 1960년대의 '시간적 사건'을 복원하는 능력을 보여주었다. 과거의 잊혀진 역사를 바탕으로 우리의 현재를 가늠하고 미래를 전망하는 통찰력을 보여준 정도상의 『누망』에 대해 단재상이 수여된 것은 당연하다. 그의 수상은 우리의 문제를 고민하면서 바람직한 변화를 이끌어내려는 작가의 의지를 높이 평가한 것이리라.

4부

감성과 논리의 조화

―천이두

1

전북지역 평론의 1세대를 대표하는 비평가는 김환태(金煥 1909~1944)이다.[1] 구주대학(九洲大學) 영문과 출신으로 문학예술의 순수성을 옹호한 그는, 문예비평은 "언제나 작품"에 의지하여 출발해야 한다는 일관된 주장을 펼쳤다. 그는 "처녀적 순진성"과 "자기 논지가 어느덧 상대방의 문장과 접근하게 되는 알 수 없는 친화력"을[2] 지닌 비평가라는 평가를 받아왔다. 이러한 점에서 김환태는 중앙문단에서 활동한 최초의 이 지역 출신 순수문예 이론가이기도 하다.

김환태 이후 전북지역의 비평계를 대표해 온 소위 2세대 그룹의 선두주자는 하남 천이두이다. 1958년 『현대문학』의 추천으로 중앙문단에 데뷔한 이래 그의 저술활동은 『한국현대소설론』(1969), 『종합에의 의지』

---

1) 이운룡, 「전북문학평론사론」, 『언어와 시정신』, 신아출판사, 1997.
2) 박영희, 「현역비평가의 군상」, 「조선일보」, 1936. 8. 29.

(1974), 『한국소설의 관점』(1980), 『문학과 시대』(1982), 『한국문학과 한』(1985) 등 10여 권에 이른다. 국학연구의 기틀이 잡히기 시작하는 50년대 말부터 그 붐이 조성된 80년대에 이르는 30여 년의 시간 동안 문단 활동의 성과가 이 저서들 속에 집약되어 있다. 양과 질에서 그의 저서들은 한국평단을 대표할 만하다.

해방 이전 비평가들이 시대상황의 제약으로 국학연구에서 일정한 한계를 지녔던 반면에 천이두 세대 비평가들은, 명실상부한 의미에서 국학연구의 책임을 부여받은 최초의 세대에 속한다.[3] 그들은 우리문학에 대한 체계적인 연구와 폭넓은 교양을 바탕으로 식민지 시대의 비평적 잔재를 청산하면서, 한글세대 비평의 방향과 비전을 열었다는 점에서 신구 두 세대 비평의 교량역할을 담당하였다. 이러한 점에서 천이두의 문단활동을 객관적으로 살펴보는 일이, 전북 평단의 지역성을 넘어서서 해방 이후 한국비평의 위상과 의의를 조명하는 한 계기가 될 수 있다.

2

천이두는 한국문학 논쟁사의 쟁점이 될 만한 이슈들을 애써 피해 왔다. 떠들썩한 논쟁의 와중에 휩쓸리다 보면 자칫 "치밀한 읽기"와 "엄정한 평가"를 묵과하기 쉽고, 문학작품 고유의 가치를 밝히는 비평의 임무에 소홀해지기 때문이다. 당시로서는 상당히 낯선 신비평의 개념을 문학사에 도입한 것도 이러한 점과 무관하지 않다. 『한국현대소설

---

3) 일제 강점기라는 특수상황의 제약으로 인해 1세대 비평가들이 보여준 국학연구의 선구적 의미는 일정한 한계를 보여준다.

론』은 자세히 읽기의 정당성이 훼손되어서는 안 된다는 전제를 바탕으로 한국소설의 역사를 기술하고 있다. 신문학 반세기의 변화를 체계적으로 정리한 이 책은, 1969년 형설출판사에서 초판이 발행된 이래 판을 거듭하면서 현대소설사론 분야의 중요한 논저로 자리 잡았다. 두드러진 특징으로는 개별 작가의 작품론을 중심으로 광범위하고 포괄적인 소설문학 변천의 줄기를 도출해 내려는 시도를 보여준 점이다.

<blockquote>
문학작품을 어디까지나 독립 자재한 가치의 대상으로 보려는 노력은 영미계통의 이른바 뉴크리티시즘에 있어서 특히 두드러지는 것이다. 문학의 역사적 연구에 치중하는 이른바 역사적 재구성파(historical reconstruction)를 뉴우크리틱들이 비난하는 이유도 요는 그들이 문학작품을 하나의 독립된 가치의 대상으로 보는 게 아니라, 어느 한 시대의 산물로 보고 있다는 사실에 기인하는 것이다. 문학작품을 문학작품 그 자체로 보지 않고, 어느 한 시대의 산물로 보려는 그들의 기본적 방법은 불가피적으로 문학예술의 보편적인 가치의 구명보다는 어느 특정한 한 시대의 취미나 편견의 재확인으로 문제를 환원시켜 버리며, 따라서 이러한 노력은 문학비평 속에 시대적 상대주의를 자초하는 결과를 가져오며, 결국 보편적인 가치의 구명에 결정적인 장애를 가져오게 된다는 것이다.[4]
</blockquote>

시대 역사적 배경 속으로 문학작품을 환원시키는 역사주의 방법에 대한 반성에서 천이두 소설사론은 출발한다. 소박한 감상이나 고식적인 고증학의 영역에서 완전히 벗어나지 못한 당시의 현황에 비추어 볼 때, 소설의 변화과정을 기술하기 위한 방법으로 신비평을 원용한 것은,

---

4) 千二斗, 『韓國現代小說論』, 형설출판사, 1969, 12~13쪽. 이 책은 같은 출판사에서 동일한 제목으로 1983년 개정판이 발간되었다. 그러나 "그 본래의 체계나 논지"에 큰 변화는 없다. 이 글에서는 저자의 작업을 연대기적으로 살펴보는 데 목적이 있으므로 초판본을 텍스트로 삼았다.

한국문학 연구방법의 모색과 전환의 측면에서 큰 의의가 있다. 물론 문학작품을 독자적인 실체로 보고, 그것의 항구적인 가치를 규명한 작가론적 시각을 도입하는 것으로만 소설사의 연대기적 기술을 완전히 털어 낼 수 있는 것은 아니다.

문학의 변화를 시대에 따라 살펴보는 연대기적 기술은, 어떤 문학사나 기본적으로 선택하는 방식이다. 그러나 그것은 종종 개별 작가나 작품에 내재된 고유한 가치를 시대의 흐름 속에 묻어버린다. 문학 자체의 고유한 특성과 가치를 외면하는 이러한 서술방법은, 문학 역사의 연속성을 유지하기 위한 불가피한 선택의 문제에 속할 수 있다. 대부분의 한국문학사 논저들이 문학논쟁의 쟁점이나 영향력 있는 문학잡지 중심, 혹은 문단사 위주의 서술에 초점이 놓인 것도 이러한 맥락에서 이해할 수 있다.

'근대정신의 문제'를 제기하며 프로문학론의 시각을 도입한 임화의 『신문학사』(1939~1941) 이후, 각 시대의 이슈와 관련하여 문학사를 구성하거나, 문예사조나 특정 이념, 혹은 잡지의 경향으로 문학사의 흐름에 일종의 체계를 부여한 백철의 『신문학사』(1947~1949)와 조연현의 『한국문학사』(1956)에서도 사정은 마찬가지이다. 그리고 이들 이후의 문학사는 더 이상 문학사 기술에 관한 새로운 모델을 찾지 못함으로써, 앞선 것의 모방적 변종이거나, 그것의 아류로 머물게 되는 경우가 많았다. 그 주된 원인은 문학의 변화사를 기술하는 다양한 방법이 부재했기 때문이다. 따라서 문학사 전체의 전개와 흐름을 결정하는 서술방법의 모색이 한국문학 변화의 체계를 연구하기 위한 중요한 과제로 대두된다. 천이두의 소설론 모델이 주목을 요하는 이유가 바로 여기에 있다.

작가의 고유한 작품세계와 한국소설의 총괄적인 체계를 조화시키기 위해 그는 당시로서는 상당히 생소한 뉴크리티시즘이라는 이론을 끌어들였다. 각각의 작품이 독립된 가치의 대상이라는 사실은 매우 중요하다. 분명 문학작품의 총체적 의미는 역사적 기록물로 취급되기 어려운 그 무엇을 간직하고 있다. 그러나 신비평적 관점으로 문학사의 거대담론을 수용하는 것은 한계가 있고, 상호간에 조화될 수 없는 관점의 차이가 있다. 통시적인 작품연구와 공시적인 문학연구 방법의 차이는 서로 합치되기 어려운 측면이 있다. 동시에 “엄격한 분석적 방법”을 문학사 기술에 적용한 것은 당시는 물론이고 지금도 논란의 여지가 상당히 있다.[5]

신비평의 도입은 시대 역사적 조건을 도외시하고 ‘작품 그 자체로’ 소설변천의 과정을 살핀다는 것을 전제한다. 그런데 그것은 불행한 특수 조건 속에서 자라온 우리 신문학의 내적 흐름과 충돌을 일으키므로 100여 년 가까이 진행된 근대문학을 전면적으로 부정해야 할 파탄에 직면하게 될지도 모른다. 따라서 문학이 한 시대의 어떤 문제에 초점을 맞추고 있는가? 작가는 그것을 어떤 태도로 예술화했는가? 그것이 당대의 문제로 끝나게 되었는가, 아니면 문학예술의 역사를 형성하는 힘으로 작용했는가? 시대와 관련하여 제기되는 이와 같은 물음에 대한 대답이 필요하다. 천이두는 문학과 역사에 대한 특수한 입장을 신비평과 조화시킴으로써 이러한 물음에 대답하고 있다.

5) 문학사 기술을 위한 방법적 모색으로서 신비평의 분석태도를 문학사에 도입한 김윤식과 김현의 『韓國文學史』(민음사, 1973)가, 시대 역사적 상황을 기술하는 사적인 문제와 충돌하는 “신비평 논리와의 불화”를 해결하는 것이 지금도 심각한 문제로 제기되고 있다. 문학 역사의 이름에 걸맞은 시대상황의 문제, 혹은 향수자의 수용과 창작자의 표현의 문제는 필연적으로 문학변화의 역사와 결부되는데, 이러한 점은 비평과 문학이 맺는 관계뿐만 아니라, 문학과 역사의 상호관련성을 판단하는 중요한 관건이다. 따라서 “文學史는 實體가 아니라 形態이다”(앞의 책, 8쪽)라는 명제로 시대구분에 임한 김윤식·김현의 문학사는, 시대상황과 문학의 자족적 가치 사이의 상호관련성에 대한 깊은 성찰을 통해 그 간극을 해소할 필요가 있다.

신문학 이후 한국 현대소설을 종합적으로 검토하는 일은, 각 시기마다의 "역사적·시대적 조건을 참조함으로써 그 성장 발달선상의 정당한 위치"를[6] 밝히는 것이다. 때문에 "문학작품을 먼저 그 주변의 조건에서 바르게 살핀 다음 그 작품 속으로 들어가야 한다"는 절충적 기술 태도를 취한다. 그것은 문학창작의 주관적 조건을 작가에게서 확인하고, 개별 문학작품이 내포한 시대상황적 의미를 거대담론의 체계 속에 편입시키려는 의도를 충족시키는 데 적합하다.[7]

그의 소설사 모델은, 문학경향이나 문학유파의 사상적 연속성이 무시되고, 최상의 읽기를 통해 작성된 작가론이 소설문학 변화의 흐름을 대신하고 있다. 따라서 그것은 작가 개인의 작품세계를 문학사 구성의 줄기로 삼으면서 시대상황과 관계되는 개별 작가의 풍부한 문학적 성과를 문학사에 적절히 반영하는 모델로서 일정한 성과를 거두고 있다. 그러나 조연현 문학사 기술 방법과 유사한 측면, 즉 문학작품의 의미와 가치를 순수예술 쪽에서만 확인하는 편향성이 드러나 있다. 이는 몇 가지의 문제를 내포하고 있다. 그것은 이광수의 『무정』으로부터 시작되는 한국 근대소설의 출발에 대한 서사장르의 문제를 비롯하여 현실참여와 문학의 문제를 첨예하게 쟁점화 시킨 카프계열의 작품에 대한 상대적인 소외를 불러오게 된다.

그리고 순수예술작가 위주의 단편소설이 소설사 기술의 전면에 놓임으로써, 시대사조나 이념의 문제, 혹은 그것들의 영향으로 인한 집단적 예술현상을 종합하는 데 문제가 있다. 이러한 점들은 한국문학의 각론을 다룬 『종합에의 의지』 이후부터 보완된다. 신문학 개척자 이광

---

6) 천이두, 앞의 책, 17쪽.
7) 「한(恨)과 인정 – 한국의 순수주의」나 「상황과 에고 – 불안문학의 계보와 내성적 자의식」(앞의 책, 122~229쪽)이 이러한 예에 해당한다.

수의 문학을 조명한 「근대와 전근대의 이율배반」, 황순원을 다룬 「종합에의 의지」를 비롯하여 장용학, 이범선, 하근찬, 최인훈, 김승옥, 이청준, 최인호, 황석영 등 한국소설사의 내용을 구성한 주요 작가론에서 '한국현대소설에 관한 논의'의 미진한 부분을 보완하고 있다.[8]

3

　언제나 새롭게 변화해 가는 현실 속에서 문학의 가치와 의미를 추구하는 천이두 평론에는, 항상 문학의 본질에 관한 물음을 내포하고 있다. 시대적으로 그리고 개별 작가에게 주어지는 이 물음에 대한 그때마다의 대답 속에 연속과 변화의 문학사가 존재한다. 개별 작가론을 바탕으로 그 문제를 가시적으로 드러낼 수 있었던 『한국현대소설론』의 비결이 여기에 있다. 예술적 표현의 문제와 시대상황의 문제를 적절히 조화시켜 특유의 직관과 감성으로 소설문학의 변화사를 엮어나간 천이두식의 글쓰기는, 개별 작가의 작품을 바탕으로 특정 시기의 문학현상을 해석하는 경향이 농후하다. 그것은 특정 시기의 문학을 종합하는 스타일로 개별 작가의 작품 속에 내재한 한국문학 전체의 숨은 주제를 탐색하는 작업으로 요약될 수 있다.

　'자세히 읽기'로서의 신비평이 자리 잡고 있기 때문인지, 그의 평론의 대부분은 개별 작가 작품의 고유한 가치를 발견하여, 그것을 한국문학 전체의 거시적 주제로 부각시키는 문제에 고심하는 느낌을 준다. 한국문학의 이면에 잠재되어 있는 중후한 주제들을 접근한 「토속적 상

---

8) 이러한 점에서 보다 종합적이고 포괄적인 『한국현대소설론』의 증보작업이 기대된다.

황설정과 한국 소설」, 「분단현실과 한국문학」, 「현대와 인간과 문학」, 「비극의 근원적 탐색」, 「근대소설의 성립」을 비롯하여 한국사실주의 소설의 전개를 다룬 「한국소설의 정통과 이단」과 「사실주의의 계승과 반역」 등의 글들은 한국문학 각론으로 분류될 수 있는데, 대부분 이러한 특색을 드러내고 있다.

이러한 점에서 본다면 천이두 비평은 그것의 존재를 스스로 규정하면서 예술작품과 글쓰기의 현실적 관계를 정립하는 특징을 보여준다. 이것은 문학작품의 주석과정으로 전락하는 객관비평/강단비평에 대한 비판임과 동시에 주관적 인상으로 치부되거나 종종 불신을 받아온 감각적 세계에 대한 비평적 의의를 제고시키는 의미를 갖는다. 과학적 논리만이 참된 비평으로 추앙받으며 한 예술가의 작품세계를 객관적으로 설명할 수 있다는 편견을 일소한 그의 비평은 또 다른 형태의 예술적 글쓰기를 지향한다. 그것은 문학이론 그 너머의 세계에 놓여 있는 문학의 아름다움을 발견하는 일이다. 그의 미학적 글쓰기는 어느 작품이 아름다운지 그렇지 않은지를 순간적으로 파악하는 감성과 직관의 순발력을 필요로 하는 비평 본연의 작업과 관련되어 있다.

신비평의 교조적 입장을 초월하는 천이두 비평의 특징이 바로 이러한 부분에서 뚜렷이 부각된다. 그것은 과학적이고 객관적인 비평이론에 정통한 사람만이 그 함정을 피해갈 수 있다는 사실을 암시하는데, 미당시의 주제를 "리비도적 사랑"의 문제로 압축시켜 표현해 낸 「지옥과 열반」이 적절한 예이다. 미당론 가운데 가장 뛰어나다는 평가를 받은 이 글에서, 예술작품과 의사소통하는 중요한 매개물로 직관과 감성이 활용되고 있다. 그것들은 예술가의 정신이 산출해낸 고차적인 아름다움의 정수(精髓)를 이차적 글쓰기의 형태로 구현하는 데 필수적이다.

하늘의 달을 시늉하는 여기 <매서운 새>가 영원과 무한을 동경하는 인간의 꿈과 시를 상징하는 것임은 굳이 설명할 필요도 없으리라. 무한과 영원을 동경하면서도, 그 세계를 <시늉해> 보는 정도가 고작인 덧없는 인간. 일찍이 <노래가 낫기는 그중 나아도/구름까지 갔다간 되돌아오고>(「꽃밭의 獨白」) 마는 것임을 터득한 시인 徐廷柱는 <매섭기>는 하나 별수 없이 지상으로 되돌아올 수밖에 없는 한 마리 새의 모습에서 마침내 자기 시와 구도(求道)의 한계의 실체를 발견하는 것이다. 불모(不毛)의 <동지섣달>을 살면서,. 그래도 천체의 운행을 시늉해 보는 한 마리 <매서운 새>, 그것은 정신과 물질에 있어서 불모인 시대를 살지 않으면 안 되는 시인이요 구도자인 徐廷柱 자신의 탁월한 자화상인 것이다.[9]

상반되는 모티브와 모티브를 서로 관련이 있는 것으로 연결시킨 천이두의 직관이, 문체의 밀도와 어우러져 미당시를 독자의 눈앞에서 살아 숨쉬게 만든다. 그리하여 서정주의 내면 깊숙이 감추어진 예술정신을 한 차원 높은 단계에서 이해할 수 있도록 유도하는 우아한 감성과 직관이 자연스런 논리의 흐름으로 이어지면서 앙상블을 이룬다. 논리와 감성의 절묘한 조화 속에 진행되는 그의 글쓰기는 비평가의 이상적인 모습을 규정하고 있다.

그것은 평론의 진수가 무엇인지를 모범적으로 보여준다. "예전에 피그말리온이 그 돌에 대해/ 간절하게 요구하여,/ 대리석의 차가운 뺨에서도/ 뜨겁게 감정이 넘쳐난 것처럼,/ 사랑의 팔에 휘감겨/ 젊음의 환희로 내가 자연을 부둥켜안으니,/ 마침내 자연은 시의 가슴에서 숨쉬고 따뜻해지는구나"(「이상」)라고 실러가 노래했던 것처럼,[10] '마침내 미당시'가

---

9) 천이두, 『綜合에의 意志』, 일지사, 1974, 94~95쪽.
10) 피그말리온(Pygmalion)은 조각예술가이다. 그는 여인 조각상을 완성하여 마치 그것을 살아 있는 여인을 다루듯이 생활하다가 결국 그 여인상을 사랑하게 되는데, 그 조각상은 비너스 여신에 의해 생명력을 부여받게 된다.

그의 가슴에 '부둥켜안기'움으로써 따뜻하게 숨쉬면서 되살아난다.

4

천이두 평론은 정교하게 다듬어진 이차적 글쓰기로서의 '예술비평'을 상기시킨다. 감성적인 것과 이성적인 것이 하나로 융합되는 문장의 밀도와 함축미로 인해 대부분 그것이 기술한 내용보다 더 많은 의미를 함축해 낸다. 따라서 한국문학에 내재한 심층주제를 촉기 있는 문체로 이끌어낸 그의 평론은, 해방 후 세대의 비평작업을 의미 있는 것으로 만들고 있다. 작가론 분야에서 특유의 장기를 발휘한 그의 문단활동은 크게 두 방향으로 요약될 수 있다.

첫 번째 방향은 작가 개인의 문학적 성과를 문학사의 거대 줄기 속에 편입시켜 신문학 60년의 소설사를 구성한 작업을 들 수 있다. 『한국현대소설론』이 여기에 해당된다. 또 다른 방향은 비중 있는 특정 작가의 문학세계를 한국문학 전체의 주제와 관련하여 조명하거나, 인간생활사의 주요 국면으로 부각시켜 그 의의를 밝히는 작업이다. 『종합에의 의지』에서 그것이 뚜렷이 부각되어 있다. 후자의 작업이 한국문학 현안의 주제를 다룬 각론에 해당한다면, 신문학 60여 년의 단편소설 변화를 거시적인 문학사의 틀로 집약한 것이 첫 번째 방향의 업적에 속한다.

신문학 반세기 단편소설의 예술적 성과들을 일목요연하게 집약시킨 『한국현대소설론』은 주요 작가들의 문학세계를 가장 명료하고 성숙된 형태로 포착하고 있다. 작품의 본질적 가치와 시대상황의 문제가 그의 저작에서 상호 연관된 체계로 결합되어 있고, 불연속적이기는 하지만 특정 시기에서 특정 시기로 이어지는 문학의 내적 변화 양상이 간명하게 정리되어 있다.

그의 평론은 끝끝내 문학예술의 순수성을 고집한 김환태의 주장과 일맥상통하는 특징을 보여준다. "자기의 논지가 상대방의 문장에 접근하게 되는 알 수 없는 친화력"마저도 닮은 점이 있다. 문학작품과 하나가 되는 문체의 친화력을 바탕으로 천이두는 논리와 감성의 절묘한 조화를 이룩해 낸다. 그것은 시대상황과 대비되는 한국소설의 내적 가치와 심층의 주제를 밝히는 데 효과적이다.

보이는 것보다는 보이지 않는 내적 조화를 중시하는 글쓰기를 통해 천이두는 한국문학의 주요 국면을 형성하는 작가들의 예술세계의 밑그림을 성공적으로 그려내고 있다. 이러한 점에서 그는 한글세대 비평의 올바른 방향을 제시했고, 식민지 시대 비평의 고답성을 일소하는 역할을 수행해 왔다. 그리고 평론이라는 장르를 독립된 분야로 격상시켜, 문학비평이라는 현상을 하나의 예술로 받아들일 것을 암묵적으로 요구한 셈이다. 생동하는 예술세계로 독자를 인도하는 천이두식 글쓰기에 대한 평가는, 전북이라는 특정지역을 넘어서 한국평단 전체의 관심과 조명이 필요한 시점에 와 있다.

구도자적 집념

―이보영

1

횡보 염상섭(1897~1964)에 관한 종합연구서 『난세의 문학―염상섭론』
이 출간되었다. 이보영의 구도자적 집념이 일궈낸 결실이다. 저자에 의
하면 염상섭은 사회적 정의 관념이 무너지고 가치체계가 혼란에 빠진
시기, 즉 인간성이 왜곡되고 파괴된 식민지 시대에 시민적 휴머니즘
문학의 초석을 다졌던 지식인 작가였다. 그의 소설은 비인간적인 일제
의 탄압에 굴하지 않고 저항한 정치적 색채가 짙은 고난의 정신을 기
록한 것이며 '난세의 문학'에 해당한다. 양심적인 식민지 지식인의 난
세의식은 '침략자와 탄압정치에 대한 적극적인 대응'을 필요로 한다.
난세의 작가는 "식민지의 근본적 문제인 일제의 조선침략과 식민지적
현상을 유지하기 위한 정책 및 그것이 초래한 사회적 모순을 냉정히
관찰하고 극복하려는 정치성이 짙은 윤리적 주제의식에서 한시도 떠

날 수"(19쪽) 없다.

식민지적 허무의식 같은 것은 난세의식이 될 수 없다. 허무의식 속에는 "절망 속에서 절망을 극복하려고 하는 정신"(25쪽)이 깃들기 어렵다. "일제 식민지와 같은 난세의 땅에서 작가에게 요청되는 정치적 윤리의식"(19쪽)이 난세의식과 통한다. 이보영의 시각에 의하면 어지러운 세상의 불안을 견디면서 그것을 극복하려는 적극적 의지를 보인 횡보 문학만이 '난세의 문학'에 속한다. 그의 문학은 식민지 당대의 정체성을 상실한 피압박 민족―조선인으로서의 자기형성을 위해 '필연적으로 읽어야 할' 근대문학의 한 전형이다. 이러한 이유로 그의 문학은 근대 이후의 한국문학이 창조적으로 계승해야 할 시민문학의 고전의 반열에 놓여 있다.

방대한 양의 평론집『난세의 문학―염상섭론』에서 이보영은 식민지적 허무주의를 극복하려는 횡보의 정신적 방황과 그것을 잠재우려는 의지가 어떻게 당대의 사회적 현실에 밀착된 '난세적 상상력'과 결합되어 문학적 리얼리티를 획득하고 있는가를 주의 깊게 추적하고 있다. 실험적 모더니스트로서의 면모를 횡보의 창작정신에서 밝혔다든지, 자연주의나 보수적 민족주의 작가로 평가하는 염상섭 문학연구의 통념을 깨뜨렸다든지, 혹은 횡보문학에 나타난 입센, 고리끼, 도스토예프스키, 와일드 등 외국작가의 영향을 밝혔다는 사실로 이 평론집의 가치를 한정하는 것은 정당하지 않다.

2

어느 시대나 난세의 정신적 위기를 헤쳐 나가야 하는 지식인은 특유의 삶을 강요받기 일쑤이다. 횡보라는 한 인간의 내면의 기록을 통하여 그러한 시대를 견뎌내는 지식인의 삶을 밝혔다는 점에서 이 평론집은 오늘을 살아가는 우리에게 시사하는 바가 크다. 『난세의 문학―염상섭론』이 식민지시기가 '난세'였다는 사실을 받아들이되 그 과거를 오늘의 현실로 다시 되짚어 이해하려는 시각을 보여주고 있기 때문이다. "시민적 작가란 정치적 자유가 무자비하게 억압당하는 피정복민으로서 난세의 정신적 위기를 초극하기 위한 문제를 자기부정적으로 꾸준히 제기하는 사람"(529쪽)이라는 염상섭에 대한 평가가 여기에 해당한다.

어지러운 시기의 정신적 위기에 대처하는 한 방식으로서의 '자기부정적' 반성의 자세만이 그 위기를 초극하는 삶의 태도를 견지할 수 있게 만든다. 자기긍정은 타인에 대한 부정으로 이어지고 그것은 자기도취로 흐르는 경향이 있다. "개화기 지식인의 자기도취에서 벗어나려면 횡보의 주인공들처럼 속물적인 자기기만을 혐오하고 식민지적 현실을 똑바로 바라보아야만"(120쪽) 한다. 『만세전』의 이인화와 같은 지식인 주인공이 "이광수가 끝내 헤어나지 못한 개화기의 계몽적 지식인의 수준"(120쪽)에서 진작 벗어날 수 있었던 이유가 여기에 있다.

시대의 파수꾼이어야 할 지식인이 자기도취에 흐를 때 시대의 윤리와 도덕은 왜곡되고 타락하기 마련이다. 우리의 근대사가 뒤틀리게 된 원인의 하나도 이러한 점과 무관하지 않다. 일제 말기 이광수를 비롯한 상당수 지식인의 친일논리가 전형적인 예이다. 이광수의 민족주의는 "계몽적 요소가 많고 그의 대일협력을 합리화시켜주는 편리한"(401쪽) 것이었다. 횡보의 경우는 다르다. 그의 민족주의는 불안한 것이었다. 이광수와 달리 "사회주의에 대한 관심이 초기부터 있었던 탓이며 횡보의 작가적 성실성"(401쪽) 덕분이다. 그 성실성이 "난세의 작가로서 순결의 성역(聖域)"(169쪽)을 고집스럽게 지키려 했다. '순결의 성역을 고집스럽게 지키려 했던' 횡보의 시대체험을 이보영은 자신의 비평적 글쓰기 속에 용해시켰다. 그 과정에서 그는 '고인을 존경하되 진실을 말해야 한다'는 분석자의 냉정함을 흐트러트리지 않고 시종일관 유지했다.

> 그에게는 민족주의파 문학자에게 공통적인 소시민적 가족주의적 사고라는 약점이 있었다. 바로 여기에 그의 풍속소설이나 통속소설의 중심배경이 모두 가정이요, 항일적인 정치소설에서도 반드시 對日依存的이거나 일본유학 중인 심퍼사이저가 중요한 인물로 등장하는 근본 이유가 있다. 그가『三代』에서 체제순응적이면서도 유교적 생활원칙이 몸에 밴 조의관의 인간성을 호의적으로 제시한 것도 같은 이유로 설명할 수 있다. (36쪽)

> 총독부지배에 순응한 사회적 출세와 그것을 통한 생활의 안정 및 어떤 이데올로기의 경우도 극단으로 기울어지는 것을 기피하려는 그의 소시민의식을 유혹한 일본의 근대문명은 마침내 그로 하여금 그의 주인공들을 일본유학을 이유로 한 친일적인 타협과 순응으로 가게 만든다. 이 경우 일본의 대학들은 사회변혁사상의 요람이 아니라 유능한 고급 人材의 양성소이다.
> 그리고 그 유학은 조선청년을 일본 근대문명의 노예적 客體로 변질시켜 놓는다.『牧丹꽃 필 때』에 친일적 분위기가 침투한 원인이 여기에 있다. 그 때가 日帝의 탄압이 더 심해진 1930년대 중엽이었다. 그의 난세의식은 이 작품의 어디에서도 찾아볼 수 없다. (38~39쪽)

"소시민적 가족주의적 사고라는 약점", "일본유학을 이유로 한 친일적인 타협과 순응", "일본 근대문명의 노예적 客體로 변질", "친일적 분위기가 침투" 등 그는 염상섭 문학에 대한 이해에 있어서 인간적인 애정을 보이지만 그 평가에 있어서는 냉정하다. 횡보의 소설 자료에

대한 분석의 열정과 냉철한 이지의 안목이 조화를 이루었기 때문에 그
것이 가능했다. 친일적 분위기가 침투한 원인을 밝히면서 난세의식이
실종된『牧丹꽃 필 때』를 비판적으로 평가한 것은 학문의 자세가 어떠
해야 하는가에 대한 모범 사례에 속한다.

3

『난세의 문학 – 염상섭론』의 참된 가치는, 횡보의 작품들을 연구자
이보영의 의식 속에 투영하여 식민지라는 고난의 시기를 살아야 했던
한 지식인 소설가의 삶과 예술을 현재의 그것처럼 생생하게 되살려낸
것이다. 변화무쌍하여 붙잡기 어려운 횡보의 정신세계를 정연한 논리
로 추적해 내는 끈기와 집념을 통해 이보영은 염상섭 문학에 굴절된
난마(亂麻)와도 같은 작가의식의 정신적 변화를 학문으로 체계화했다.
식민지적 난세에 대한 자기반성의 토대를 바탕으로 시민적 휴머니즘
문학의 초석을 닦아놓은 횡보문학의 문학사적 가치를 밝히는 작업은
‘한 작가에 대한 이보영 특유의 구도자적 집념’[1]이 없었다면 불가능했
을 것이다.

　외국문학자들 일부가 잡다한 선진문학이론을 한국문학에 적용하는
어설픈 선구자를 자임해 왔다. 그들이 한국문학을 바라보는 시각을 넓
힌 것은 사실이다. 하지만 그들이 우리의 문학을 프로크루스테스
(Procrustes)의 침대에 눕혀진 나그네의 신세로 만든 경우가 있었다. 이보

---

1) 작가 염상섭에 대한 이보영의 집념은 타의 추종을 불허한다. 횡보문학에 대한 3
　부작을 구상하고 있는 저자의 첫 작업이 이 책이다. 최근에 ‘문제점을 중심으로’
　횡보문학을 접근해 간 2부작『염상섭 문학론』(금문서적, 2003)이 출간되었다. 3부
　작은 ‘염상섭과 외국작가들’의 관계 고찰을 중심으로 구상 중이다.

영은 이러한 부류의 학자들과 다르다. 그는 자기 전공분야의 지식을 한국문학에 어떻게 활용하고 접합시켜야 할 것인가에 대해 고심했던 외국문학자이다. 영문학에 정통한 지식을 바탕으로 그가 한국 근대문학의 문제적 작가에 관한 새로운 시각을 제공하는 역할을 충실히 수행해 올 수 있었던 이유가 여기에 있다.

> 李箱의 작품은 초기의 「十二月十二日」부터 과도기 의식으로 인한 실험이었다. 마지막 작품 「종생기」도 그 예외는 아니었다. 그의 과도기 의식은 당시 조선의 식민지적 가난과 문화적 후진성, 그리고 그 자신의 개인적 사정 등이 복합적으로 작용하여 초래한 허무주의에 연유한 것이었고, 그의 문학은 「十二月十二日」부터 「동해」를 거쳐 「종생기」에 이르기까지 강박관념처럼 된 자살충동이 말해주는 허무주의와의 대결이요, 그 극복의 노력이었다.[2]

> 아방가르드 예술은 그 斷片性이 입증하는 것처럼 근대 서구문명의 말기적 양상의 반영이다. 李箱이 老壯사상에 끌린 것은 그 서구문명에서 부정당한 자연, 그것도 老壯的 자연에 향수를 느낀 때문이요, 삶의 근본적 부조리에 대한 과도한 의식에 연유한 허무주의를 초극하기 위한 길이었다. 따라서 그것은 결코 한가한 동양취미가 아니었던 것이다.[3]

『동양과 서양』에서 이보영이 '서구적 근대화와 동양정신의 문제'로 시작하여 '동양에의 회귀, 그 가능성과 문제점'으로 끝맺음을 한 것은 "외국문학을 전공한" "한국인으로서 당연한 것 혹은 불가피한 의무 같은 것" 때문이었다. 서양문학자 상당수가 선진 외국의 매력적인 문화에 눈이 팔려 학문적 서행(西行)에 몰두할 때 그는 한국인으로서의 조선

---

2) 이보영, 『동양과 서양』, 신아출판사, 1998, 406~407쪽.
3) 위의 책, 407쪽.

적인 것, 혹은 동양적인 것, 즉 동행(東行)에의 학구적 책무(責務)를 저버
리지 않았다. 『동양과 서양』이라는 독특한 저서와 더불어 1930년대 한
국문학의 이단적 아방가르드 김해경(金海卿)에 관한 『이상의 세계』가 다
루고 있는 방대한 내용 또한 이 범주에서 벗어나지 않는다.

4

창 밖에 어둠이 드리울 때 연구실의 전등을 밝히기보다는 책과 자신
의 눈[眼]의 거리를 좁혔던 구도자의 집념이 『난세의 문학 – 염상섭론』
이라는 결실을 맺게 했다. 이 평론집은 김종균의 『염상섭연구』라는 기
초/초석 위에 세워질 횡보문학의 기본 설계도에 해당한다. 횡보가 이보
영과 같은 끈질긴 구도자적 집념을 지닌 평론가를 만난 것은 행운이다.
그로 인해 염상섭은 식민지문학사의 주요한 국면을 장식한 작가로서
의 지위를 확고히 부여받았다.

시민문학의 고전 반열에 올려놓기 위해 엄청난 분량의 자료를 섭렵
한 이보영 스타일의 열정과 집념이 뒷받침되지 않았다면 '염상적 문학
의 난세적 특징'이 올바로 정립되기 어려웠을 것이다. 길고 긴 이보영
의 메타적 글쓰기 과정을 보여준 『난세의 문학 – 염상섭론』은 독자에게
읽기의 독공(篤工/獨工)을 끊임없이 요구한다. 그렇지만 이 책은 그만큼
의 보상을 독자에게 충분히 제공할 것이다.

유형적 사고와 법칙

—김준오

1

특별한 경우를 제외하고 대개의 평론가는 자신의 글에 각주를 세세히 밝히는 것을 자제하거나 피하는 경향을 보여준다. 그것은 최초 독자로서의 주관적 느낌이 강조되는 현장비평의 글쓰기 관행과 무관하지 않다. 김준오는 문학작품이 지시하는 의미를 차근차근 설명하고, 그것의 논리적 근거를 밝히려고 한다. 인상과 주관을 피하고 해석의 객관성을 무엇보다 중요시하기 때문에 그는 자신의 글에 가급적 각주를 상세히 달아 놓았다. 그는 비평현장의 글쓰기와 학문적 글쓰기의 구분을 의식하지 않는다. 글쓰는 순간마다 그는 해석의 타당한 근거를 명시할 필요를 느끼는 듯하다. 어떤 경우든 성급한 판단을 유보하고, 비교적 명징한 논리로 문학작품의 해석을 객관적으로 기술하는 그의 글쓰기는 스스로의 성격을 규정한다. 『가면의 해석학』(1985)과 『한국 현대 쟝르 비평론』(1990)은 물론이고, 김준오 스타일의 비평집『도시시와 해체시』(1993)의 상당 부분이 현장비평의 글쓰기와 일정한 거리를 둔 것은 이러한 이유 때문이다.

그의 글쓰기에는 전문적인 현장비평가의 모습보다는 대학 강단을 지키는 학자의 풍모가 짙게 배어 있다. 논리의 독단과 횡포를 피하고, 현란한 수사를 자제하는 글쓰기에 문단의 조류와 유행에 초연한 그의 면모가 잘 나타나 있다. 문학작품을 세밀하게 읽고 그것의 의미를 꼼꼼하게 설명/해석하는 정밀성, 어떤 주의나 주장에 편승하지 않고 해박한 문학이론에 근거하여 작품의 전체적 국면을 파악하는 균형감이 그의 글쓰기의 개성을 보장한다. 무질서한 개인의 감각 덩어리에 불과한 여러 시 예술 작품들에 일관된 의미를 부여하는 작업이, 그의 글쓰기의 핵심에 놓여 있다. 마땅히 이름 지어 부르기 어려운 어떤 원대한 계획 하에 그의 글쓰기가 진행되고 있는 느낌을 준다. 그것은 현장비평가로서의 감수성이나 직관이 비집고 들어갈 틈을 허용하지 않는다.

2

『가면의 해석학』에는 시인들의 작품론이 연대기적 순서에 따라 질서 있게 배치되어 있다. 김준오는 한 시인의 특수한 시세계보다는 그 세계에 나타난 보편적이고 일반적인 성격을 중시한다. 때문에 그가 다룬 시인들은 거시적인 시문학사의 줄기 요소요소에 각자의 제자리를 부여받고 있다. 글쓰기의 개성이 구체적으로 어떻게 반영되어 있는지 살펴보기로 하자.

문학은 체험의 표현이며 체험의 가능성들의 실현이다. 자유시라는
새로운 시형식은 이런 가능성들 그 자체다. '어떤' 체험이 가능한가
하는 체험의 탐구는 새로운 시형의 실험과 모색과 상응한다.[1]

문학이 체험의 표현이라는 사실은 우리시, 특히 개화기부터 20년대
에 이르는 시기의 시들을 바라보는 잣대가 될 수 있다. 이러한 점에서
"체험의 가능성과 이 가능성에 부여되는 방향의 관점에서 20년대 초기
시를 재검토하고 그 시적 자아상을 근대시의 한 전형으로 계보화"하기
위한 이 글의 출발은 정당하다. 그 정당성을 우리는 어떻게 알 수 있는
가? 그가 강조한 '체험'이란 단어가 그것을 단적으로 암시한다. 시인
개인의 작품세계와 시대의 관련성을 함축한 것이 체험이란 말이다. 20
년대 초기시는 시대의 문제를 떠나서 존재할 수 없다. 이 시기의 시들
이 개인적 상상력과 정서를 담고 있지만, 그것들은 시인이 속한 시대
의 문제와 불가분리의 관계를 갖는다. 시대의 충격과 삶의 변화에 대
한 시인들의 체험과 그 체험이 만들어낸 정서와 상상력이, 초기시의
내용과 형식을 결정한 주요 요인이기 때문이다. 시인이 그의 시대를
체험하는 방식은 한국 근대시 형성의 중요한 요인이고, 그것은 근대시
의 유형을 설정하고 문학사적 의의를 살피는 데 필수적이다.

지금까지 체험의 가능성과 방향부여의 관점에서 20년대 초기시의
시적 자아들을 분석해 보았다. 유교의 전통적 질서가 붕괴됨으로써
당대 시인들에게 새로운 체험과 자아형성의 탐구는 소명의식이 되었
다. 이것은 근대시 형성의 문학사적 의의로 구현되었다. 그러나 일제
식민지 체제는 그 모든 가능성들을 좌절시키거나 그 가능성들에 부

---

1) 김준오, 「體驗의 可能性과 그 方向」, 『가면의 해석학』, 이우출판사, 1985, 7쪽. 이하
　에서 인용된 글의 소제목과 그 글이 속해 있는 책의 쪽수만을 밝히기로 한다.

정적 방향을 부여하도록 했다. 여기에 당대 유행하던 병적 낭만주의와 당대 젊은 시인들의 선민의식이 커다란 변수로 작용했다. 그 결과 20년대 초기시의 시적 자아는 인성의 혼란과 미성숙을 보여주었다. 이것은 근대시의 미성숙으로 연결되었다. (34쪽)

— 「體驗의 可能性과 그 方向」

인성의 혼란과 미성숙을 보여준 20년대 초기시의 시적 자아가 '근대시의 미성숙'으로 연결되었다는 결론은 여러 가지 면에서 우리에게 시사하는 바가 크다. 근대 초기의 시들에 관한 여러 논의들이 있어 왔고, 그것들은 대부분 시인론/작품론으로 시작해서 시대의 문제로 이 시기의 시적 성과나 한계, 혹은 의의를 다루었다. 그러나 김준오는 문학 외적 '체험'과 그 가능성의 문제로 출발하여 문학 내적 요소, 즉 시적 자아의 문제로 이 시기 시의 한계와 의의를 지적하고 있다. 시인들의 독특한 개성이 빚어낸 문학 내적 요소를 희생시키지 않고 그들이 속한 시대의 의미를 꿰뚫는 비평적 안목이 그의 글에 드러나 있다. 문학 외적 요인과 문학 내적 요소를 균형 있게 다루는 공정한 비평적 입장으로 인해 그는 초기시의 다양한 국면들을 보다 일관되게 바라볼 수 있는 '유형적' 사고의 시야를 얻었다. 그것은 20년대 초기시의 시적 자아를 다룬 「體驗의 可能性과 그 方向」을 비롯하여 산업사회와 서정양식의 문제를 논한 「假面의 解釋學」에 이르기까지 그의 글에 어떤 일사불란한 논리의 흐름을 부여한다.

자아분열은 30년대 이상 시에서 이미 볼 수 있었지만 그것은 우리가 포착하기 힘든, 비인간화된 추상적 존재였다. 그러나 산업사회의 현대시에 있어서 자아분열은 진정한 자아를 감추고 탈을 뒤집어 쓴, 이중적 삶의 현실적 인간상이다. 그것은 사회학적 의미의 자아분열이었다. 뿐만 아니라 시인들은 자아분열에서 빚어지는 탈을 역사적

시각에서도 탐구함으로써 우리들에게 가장 기본적이고 절박한 문제
들을 던졌다. 이것은 삶의 진실성에 관한 문제이며 전체적 자아의 재
발견에 관한 문제이며 새로운 체험과 자아의 탐구에 관한 문제였다.
현대시는 인간은 무엇인가 또는 무엇이어야 하고 무엇이 될 수 있
는가 하는 문제를 탈로써 제시하고 있는 것이다. 한국 현대시사에서
전에 없이 탈에 대한 집중된 관심으로 70년대 이후의 인간상 제시의
시는 '탈의 시'라고 명명할 수 있겠다. (261쪽)

— 「假面의 解釋學」

　"진정한 자아를 감추고", "이중적 삶의 현실적 인간상", "자아분열에
서 빚어진" 등의 구절이 함축하고 있듯이, '탈'은 그가 즐겨 사용하는
퍼소나의 개념에 해당한다. 그러니까 '가면/탈'은 시인의 시적 자아를
달리 변용시킨 용어이지, 내용상 별개의 시적 요소, 혹은 기법/장치를
뜻하는 것은 아니다. "본고는 소월의 시적 자아의 분석을 통하여 그의
감정양식을 규명하고 유형별로 정리하면서 그의 서정주의가 남겨놓은
문제들을 다시 반성하고자 한 것이다."(「素月詩情과 原初的 人間」, 36쪽)에서
말하는 시적 자아와 가면/탈은 근본적으로 비슷한 개념이다. 이러한 점
에서 그의 시작품론에는 일관된 원리 같은 것이 작용하고 있다. 그 원
리를 이루는 요소들은 '담화, 시적 자아, 체험' 등이다.[2]

　1920년부터 70년에 걸친 시간 동안 나타난 주요 시인들의 체험을
'유형화'하여 한국 근대시문학의 정신사적 궤적을 확인하는 작업을 그
는 무리 없이 수행해 냈다. 그러나 유형화된 시인의 체험들을 일목요
연하게 정리한 그의 글쓰기에는 한국시의 일반 유형에 대한 집념이랄
까, 아니면 그것의 계보에 대한 집착이랄까, 한 마디로 요약하기 어려
운 개성이 고집스러울 만큼 강하게 나타난다. 길게 언급할 여유는 없

---

　2) 김준오는 시를 담화의 한 형식으로 생각하고, 시적 화자/자아를 "중요한 요소이면
　　서 문학적 장치"(「머리말」, 『가면의 해석학』, 이우출판사, 1985)로 확신한다.

지만, 보이지 않는 개성이 숨어 있기는 그의 시론도 마찬가지이다. "원래는 이 책에다 '同一性의 詩論'이라는 제목을 붙이고자 했으나 결과는 그냥 ≪詩論≫이라 해버렸다. 필자의 개성을 남에게 드러내 보이기에는 아직 미숙하고 또 쑥스러웠기 때문이다. 그 대신 이름 있는 시론들과 시연구방법들을 되도록 많이 소개하고 중개 역할을 하는 데 주력했다." 이러한 대목을 액면 그대로 받아들여 그가 '동일성의 시론'을 포기했다고 판단하는 것은 오산일 가능성이 크다.

> 동일성(identity)이란 용어는 결코 군더더기 말이 아니다. 그것은 철학이나 사회심리학에서처럼 여러 가지 개념으로 사용되듯이 모호성을 지니고 있지만 주로 두 가지 文脈에서 발생한다. 通時的인 면에서 '變化'를 통하여, 共時的인 면에서 '葛藤'을 통하여, 同一性은 가치개념으로 충격된다. …(중략)… 물론 同一性은 나만의 느낌이거나 또 새삼스러운 것이 아니다.
>
> 우리가 상실했던, 그리고 누구나 共有하는 가치개념이다. 단지 시의 비평개념으로서 좀더 意識化하자는 것이 나의 의도다.[3]

'동일성'이라는 문제가 시론에서 중요한 것일 수 있다. 그러나 그것

---

3) 김준오, 『시론』, 문장사, 1982. 발간 당시 이 저서는 대학의 시론 강의에 큰 변화를 가져왔다. 단순히 시작품 해설이나 시인의 개인적 이력, 혹은 시대상황의 설명으로 시론을 대신했던 강의 방법과 내용의 혁신을 주도한 것이 김준오의 『시론』이란 개설서이다. 그의 시론은 시일반론에 그의 독특한 관점, 즉 개성을 부여했는데, 그 개성은 '동일성의 시론'으로 나타났다. "필자 개인의 시적 체험으로 말하면, 이 同一性의 감각이 詩的 世界觀을 비롯하여 언어, 리듬, 이미지, 비유, 상징, 시제 등 시의 여러 요소들 속에 작용하고 있는 것을 알았다. 同一性은 작품의 구성원리에서뿐만 아니라 창작과정이나 작품감상의 과정, 그리고 많은 詩學에서도 공통된 원리로 일관하고" 있다는 주장이나, "詩는 同一性이다"라는 결론에서 보듯 그것은 시학이론을 포괄하는 일반론의 모습으로 부각되어 있다. 그의 개성적 시론을 수긍하기는 쉽다. 그러나 그것을 보편적 시학의 일반론으로 받아들이기는 어렵다.

이 시론의 모든 것을 포괄하기는 어렵다. 과연 그것이 통시적인 면에서 '변화'를 통하여, 그리고 공시적인 면에서 '갈등'을 통하여 진정한 가치개념으로 우리 모두에게 '충격'되는 것일까? 이 모든 판단을 그의 시론을 사랑했던 독자들의 몫으로 돌리기로 하자. 그러나 그럼에도 김준오가 그의 개성을 끝끝내 포기하지 않았다는 사실만은 지적하기로 하자.

서구 시학에 입각한 그의 『시론』은 고전시학에 관한 관심을 보여준 3판부터, 담론의 관점을 강화한 4판에 이르기까지 적지 않은 변화를 담고 있다. 이러한 변화는 그의 개성적 시론이 중화되거나 약화된 것을 의미할 수도 있다. 그러나 수정증보판의 변화과정을 살펴보면, 꼭 그렇다고 단정하기 어렵다. 그가 집착해온 동일성의 시론은 "제5장 보론 : 현대시와 동일성"으로 4판 『시론』의 대미(大尾)를 장식하고 있다. 극단적인 예에 불과할 수 있지만, 김준오는 개성을 포기하지 않았다.[4] 바로 이러한 개성이 한국문학의 장르체계 확립을 위한 집념으로 결집될 때, 그것은 이 방면에서 중요하고도 기본적인 퍼스펙티브를 제공하는 데 기여한다.

> 그는 일제 말기에 몇 달의 영어 생활을 했고, 6·25 동란 때는 끝없이 쫓겨 다니는 비극적 체험을 겪었다. 그는 이 두 역사적 체험을 왜 당해야 했는지 도무지 그 명분을 찾아낼 수 없는 '일방 통행적'인 '피습(被襲)'이라고 했다. 그의 삶의 구조는 비가적인 세계, 그러니까 나약한 자아가 막강한 세계에서 마구 짓밟히는 고통의 구조였다. 그는 이것을 거의 운명적인 것으로 수용하고 있다. 고통을 운명적인 것으로 수용한다는 것은 고통을 받아야 하는 이유를 그로서는 찾을 수 없

---

4) 제5장을 '보론'이라는 소제목으로 처리한 대목에서 나는 일반시학의 체계와 개성적 시론 사이에서 망설이는 김준오의 정직성을 느낀다.

다는 뜻이다. 이유 없는 고통이므로 이 고통은 부조리일 수밖에 없다. 아무런 논리를 붙일 수 없는 고통이기에 그는 다음과 같은 세계 인식을 갖게 된다.[5]

『무의미와 서정 양식 – 김춘수의 2분법 체계』에서 김준오는 나약한 자아로 막강하고 거대한 세계 속을 헤쳐 와야 했던 김춘수의 비극적이고 허무적인 세계인식과 그것이 불러온 자아와 세계의 불균형, 그리고 그 불균형이 탄생시킨 "거부의 문학으로서의 무의미시 선택"의 문제를 다루고 있다. 한 시인의 내면을 형성한 체험의 혼돈을, 장르사의 질서 속에 편입시킨 그의 글쓰기는 빈틈이 없다. 오랫동안 신뢰해온 이론들을 조심스럽게 넘나들고, 그 난해한 이론을 변용한 김준오의 글쓰기는 한국문학 장르론 전반에 대한 체계를 탐구/탐색하는 작업의 성격을 지니고 있다.

> 그의 이런 분류 체계는 세밀한 검토에 근거하지 못한 상태에서 안이하게 처리된 나머지 많은 문제점을 안고 있다. 판소리를 서정에 귀속시킨 것은 전혀 납득이 가지 않는다. 그는 개화 가사가 개화 사상과 지식의 보급이라는 문학 외적 목적에 충실했기 때문에 유동 상태에서 소멸한 쟝르 이전의 형태라 하여 문학 쟝르로서 성립되지 않는다고 하면서도 역시 서정 양식에 귀속시키는 모순을 보인다. 서정과 서사에는 현대시와 현대 소설을 설정해 놓고 극에는 현대극이 따로 설정되지 않은 것도 타당하지 못하다. (49쪽)
> — 『상동론과 인간 묘출 방식 – 김윤식의 3분법 체계』

우리 문학사의 봉우리를 이룬 문인의 체험과 학자들의 이론을 취사 선택하여 의미 있는 장르 체계를 구축하려는 그의 작업은 정연한 논리

---

5) 김준오, 『한국 현대 쟝르 비평론』, 문학과지성사, 1990, 32쪽.

를 갖추고 있다. 그 작업은 이전의 연구자들이 미처 돌아보지 못하거나 간과한 빈자리를 채우려는 것이었다. 그러나 그러한 도전적인 채움의 결과로서의 비판적 작업은 준엄하다. "이들 작품이 '매우 상징적' 의미를 띤다고 높이 평가했을 때 그는 오류를 범하고 있다.", "미당의 『질마재 신화』가 뜬소문, 동네 전설, 마을의 사건, 음담 패설, 기인 소묘와 같은 변두리 형식을 시 속에 성공적으로" 도입했다는 진술은 "'인류학적 자료로서 흥미'는 있을지 몰라도 수긍하기 어렵다.", "『질마재 신화』는 산문시라는 쟝르 명칭을 지녔음에도 불구하고 쟝르 귀속 문제를 안고 있기 때문이다."(「쟝르 해체론」, 201~202쪽) 등이 이러한 예이다. 선구적 업적들을 조정하는 그의 비판이 설득력을 지니는 것은, "중심 쟝르와 주변 쟝르", "운동 개념의 민중문학론", "지식인 소설과 무의미 소설" 등 장르 해체의 요인들을 거론하는 과정에서 자연스럽게 도출되었기 때문이다.

장르라는 특정 잣대로 우리 현대문학사를 통람(通覽)하는 성과를 보여준 것은, 김준오의 메타적 글쓰기가 적절한 반박과 원만한 동의로 조화를 이루었기 때문이다. 따라서 그 성과를 바탕으로 우리 문학계의 문제점과 그 원인을 진단한 그의 전망으로서의 결론을 경청할 필요가 있다. "사회·역사적 쟝르 비평이 압도적인 현실"과 "쟝르 이론의 결핍"이라는 진단은, 이론적 감각의 균형과 합치된 장르사적 인식이 없이는 불가능한 것이다. 이 책이 한국문학 장르론 분야의 문제점을 해결하고, 그것의 미래 방향을 설정한 것은 아니다. 그러나 정확한 정의와 치밀한 분석과 정교한 사고로 '논리의 질서와 체계'를 부여한『한국 현대 쟝르 비평론』이, 이 분야에서 중요한 성과를 담고 있다는 사실만큼은 기억할 필요가 있다.[6]

3

장르 이론은 물론이고 '시론'과 '시간현상 이론' 등 김준오가 관심을 보인 이론들은 한국 현대문학을 바라보는 풍부하고 다양한 시각을 제공했다. 그러나 그는 피할 수 없는 운명처럼, 한국문학의 모든 것을 체계화하고 유형화하려는 집념을 보여 왔다. 삼영사판 번역서『文學과 時間現象學』의 후기에서 우리는 그 징후를 발견할 수 있다.

> 1960년 가을이었다. 나는 졸업논문 준비 겸 해서 광화문에 있는 한 원서서점에 들렀었다. 거기서 처음 한스 마이어호프의 ≪Time in Literature≫를 발견하고 순간적으로 묘한 충격을 맛보았다. 마치 무슨 진본을 발견했을 때의 기쁨이라고나 할까. 말하자면 冊名의 첫 낱말인 '時間'에 나는 매우 흥미를 느꼈던 것이다. 이처럼 나의 개인적 반응으로 말하면 본서는 나에게 문학을 보고 세계를 보는 하나의 새로운 '눈'을 주었다.
>
> 이 눈은 그 뒤 오랫동안 나의 思考를 키워주고 다채롭게 해주었다. 더구나 최근에 올수록 본서의 내용은 서구의 것이 아닌, 바로 우리의 리얼리티로 점점 강하게 느껴지기 시작했다.[7]

묘한 충격과 진한 흥미를 불러일으키면서, 문학과 세계를 보는 새로운 눈을 열어준 서구이론은, 한국문학의 어떤 것을 어떻게 다루든 그것이 "서구의 것이 아닌, 우리의 리얼리티로 점점 강하게 느낄 수 있도

---

6) 이 책 1부의 끝머리를 장식한, 그러나 어쩐지 불가피한 상황에서 나온 찬사처럼 읽혀지는, 그래서 "비록 서구 이론을 종합한 것이 바탕이 되고 있지만"이라는 조건을 붙인, "우리의 문학적 현실에 알맞는 한국적 문예학의 가능성을 열어준 점"(「결론」, 233쪽)을 높이 평가해야 한다는 헌사의 대상은, 아이러니컬하게도 조동일이 아니라 저자 자신이어야 한다는 생각이 든다.

7) 김준오,「譯者의 말」,『文學과 時間現象學』, 삼영사, 1987.

록 만드는” 논리의 힘을 그에게 제공했다. 그것이 ‘이론의 체계’와 ‘논리의 범주’에 문학작품을 가둬버리는 글쓰기를 유도했다. 80년 이후 부상한 해체시의 양상과 형식해체의 기저에 자리 잡은 정신사적 측면을 천착한 『도시시와 해체시』 1부도 예외가 아니다.

> 김춘수·이승훈의 시에 나타난 의미의 영점화는 황지우에 와서 예술 자체의 영점화로 대치된다. 대부분의 그의 시는 ‘미적 자유이론’이 그 형성원리가 되고 있다. 이것은 삶과 예술을 구분하지 않은 것이다. 소재가 바로 작품이 된다는 시학이다.
> 시인은 이제 요리사가 아니다. 그가 하는 일이라곤 재료를 가공하고 변형시키는 창조행위가 아니라 재료를 옮기고 줍는 것이다. 그래서 하우저가 매우 적절히 기술했듯이 이런 작품들은 “현실 습득물”이며 “현실의 표절”이다. 이것이 모더니즘 예술에 나타난 심각한 위기의 징후다. 황지우 시는 가장 대표적으로 이런 위기의 징후를 보인다. (68쪽)[8]
>
> — 「한국 모더니즘의 현단계」

“김춘수·이승훈의 시에 나타난 의미의 영점화는 황지우에 와서 예술자체의 영점화로 대치된다.”, “그의 시는 ‘미적 자유이론’이 그 형성원리가 되고 있다.” 등 김준오는 한국 해체시문학의 형식과 내용의 인과관계를 찾아내려는 최초의 시도를 보여주었다. “하우저가 매우 적절히 기술했듯이 이런 작품들은 ‘현실 습득물’이며 ‘현실의 표절’이다.”에 함축되어 있듯이, 80년대 시문학을 이해하는 작업은 무질서한 시예술의 개별양상에 나타난 법칙을 발견하는 일이다. 그것은 보이지 않는 큰 범주 아래 개별 작품의 체계와 질서를 부여하는 작업이다. 그 일은 우리 시대의 어느 누구보다 열심히 서구이론의 습득에 정진해 온

---

8) 김준오, 「한국 모더니즘의 현단계」, 『도시시와 해체시』, 문학과비평사, 1993.

그의 비평적 글쓰기에 부합된다. 1부의 내용이 한국 모던 시학사의 밑거름이 될 만한 체계를 갖춘 것도, 그리고 대한민국 문학상의 영광을 안겨준 것도, 문학의 모든 것을 다룰 수 있는 그의 서구이론 활용 능력과 무관하지 않다. 그러나 그러한 능력이 직관과 감수성을 몰아내고, '리얼리티'의 논리에 집착하게 만든다.[9]

"구조주의 언어학 용어를 빌리면 시니피앙과 시니피에의 일체화가 언어의 모습이다."(37쪽) "완전하고 절대적인 가치는 인간적 삶의 영역 밖에 있다.", "일상성은 한 비평가가 지적했듯이 자아유폐의 모더니즘과 과격한 구호의 이데올로기 극복의 의의를 지닌다. 이것이 또한 … (중략)… 도시시가 지닌 시사적 의의이다."(45쪽), "시적 완전주의가 무의미시로 나타난 것이다.", "소리의 자립성은 예술의 자립성이며 지시기능과 함께 또 하나의 언어기능이다."(63쪽) "오늘의 정치시는 본질적으로 유토피아지향적이다."(81쪽) 등 그의 글쓰기는 확신에 차 있고 단정적이다. 그 곳에는 회의와 방황이 들어설 공간이 없다. 특정 시기의 시 예술의 법칙을 마련하기 위해 그는, 불확실한 시적 현상들을 외면하고 있다. 무질서한 여러 시적 현상들을 계보와 법칙의 체계로 통합하는 작업은 성격상 시인들의 개성이 반영된 차이의 세부들을 배제할 수밖에 없다.

> 유배시는 80년대 현대시의 뚜렷한 한 경향이다. 이 유배시의 어조는 매우 엄숙하고 진지하다. 그러나 80년대 도시시의 어조는 이와 대조적으로 매우 희극적이고 유희적이다. 참을 수 없이 가벼운 어조다. 특히 오규원, 이윤택, 장정일, 유하, 하재봉, 윤성근, 장경린 등의 작

---

9) 이 부분의 '리얼리티'와 관련하여 "최근에 올수록 본서의 내용은 서구의 것이 아닌, 바로 우리의 리얼리티로 점점 강하게 느껴지기 시작했다"(김준오, 「譯者의 말」, 앞의 책)를 참조하기 바람.

품들은 풍자적 의도를 담은 희극적 태도로 비인간화되는 산업사회의 병적 징후들을 하나 하나 파헤치고 있다. 도시는 원래 비시적이지만 그들에 의하여 이것은 가장 시적인 재료로 변용된다. 그들은 지금까지 금기시 되어 온 갖가지 상품적 이미지를 과감히 채용하여 신선한 도시적 감수성을 보이고 있다. 그들은 도시의 새로움이 시의 새로움을 수반한다는 명제를 유감없이 발휘한다. 그들에게서 우리는 본격적인 산업사회의 시를, 그리고 소외시를 보게 된다. (105~106쪽)

― 「산업사회와 소외시」

　현실의 구체성을 확보하고 일상성을 회복한 것은 도시시의 가장 큰 존재의의다. 여기서 도시시는 정치시와 정면으로 맞선다. 이것은 도시시에서 정치적 의미가 배제된다는 뜻이 아니다. 그것은 도시시가 "더 이상 우리들의 일상적 삶을 정치적·경제적 하부구조로 인식해서는 안되겠다는 각성의 산물"임을 의미한다. 또한 문명이 어원적으로 도시에서 파생된 말이듯이 도시는 문명의 대표적 표상이다. 따라서 도시시가 문명비판시로서 존재의의를 갖는 것도 지극히 당연한 이치다. (118쪽)

― 「도시시와 포스트모더니즘」

　그는 한 시인의 오묘한 내면세계를 파고드는 일이 없다. 시인 고유의 문학세계를 천착하여 독자적인 시작품의 개별 양상을 지적하지 않는다. 어느 한 작가를 다루더라도 문학사적 맥락에서 그의 문학세계를 검토한다. 따라서 「산업사회와 소외시」와 「도시시와 포스트모더니즘」의 내용을 구성하고 있는 시인들의 작품이 상당 부분 겹치는 것을 감수해야 한다. 일반화와 보편성을 지향하는 특징을 지닌 「80년대 시의 반성과 전망」, 「현대시와 일상성」, 「한국 모더니즘의 현단계」, 「현대시의 패로디화와 이데올로기」, 「현대시의 여러 유형」 등도 논제의 성격상 내용의 반복이 불가피하다. 그의 글쓰기는 문학적 진실, 혹은 시적 진실을 불러내는 감수성과 직관을 포용하기 어렵다. 그가 문학이론의 질서와 체계만을 찬양하고 비평적 글쓰기의 또 다른 중요한 측면인 직관과 감수성을 무시하기 때문이다. 이러한 점에서 본다면 '체계나 질서, 그리고 유형'을 중시하는 김준오의 개성적 글쓰기의 성격은 자명하다. 그의 글쓰기는 문학이론과 밀접히 관련된 연구활동에 속한다.

> 해체시의 원리는 반미학이다. 전통미학에 있어서의 소재(현실)가 곧바로 문학적 텍스트가 되는 자리에 해체시가 놓인다. 말하자면 예술과 인생이 더 이상 구분되지 않는 미적 자유이론이 해체시의 한 원리다. 엄밀한 의미에서 해체시의 이 원리는 새로운 것이 아니다. 왜냐하면 이것은 금세기 초 서구의 아방가르드 예술에서 이미 실현되었기 때문이다. 서구의 전위예술에 있어서 가장 본질적 특징은 삶과 예술의 경계선을 붕괴시키는 것이었다. 이것은 예술의 무화(無化) 또는 위기로 진단되는 급진적 변화양상으로 우리의 경우 80년대 초 해체시로 나타난 것이다. (141쪽)
> ― 「해체시를 넘어―혼란, 허무주의, 그리고 세속적 경박성」

"혼란, 허무주의, 그리고 세속적 경박성"에 내재된 '반미학'의 원리와 그것의 인과관계를 발견하려는 이 글의 목적은 체계와 종합이다. 그는 문학을 어떤 필연성에 따라 분류하고 검증하는 어려운 길을 가고 있다. 이와 같은 글쓰기의 목표가 연구/학문의 자유로운 개성을 보장한다. 학문은 독서경험만을 기술하는 것이 아니라, 문학의 발생이나 소통과정 등 텍스트 밖의 문제까지 포괄하여 객관적으로 논의하는 데 초점이 놓여진다. 그러나 일반적으로 비평은 독서경험에 초점을 맞추는 문학작품에 관한 현장의 논의를 의미한다. 그것은 학문적 입장을 벗어나서/넘어서서 문학작품의 의미와 그것이 갖는 의의 등을 해석하고 평가하는 실천적 행위를 뜻한다. 반면에 김준오의 글쓰기는 문학 전체를 포함하는 학문적 연구로서 유형·질서·체계와 객관성·논리성·타당성을 문제 삼는 학문/이론의 목표와 일치하는 부분이 많다.

"상황론은 우리의 지배적 문학관이다. 문학을 상황, 특히 사회역사적 상황이라는 틀 속에 넣고 이런 상황에의 대응양식으로서 문학을 본다. 이 경우 문학의 가치는 사회역사적 삶의 가치와 동일시되고 따라서 문학의 영원한 한 측면인 공리성을 그 최대공약수로 간주하기 마련이다." 혹은 "문학을 상황의 대응양식으로 볼 때 또한 우리에게 가장 가치 있는 반응양식의 하나로 주목되는 것은 '저항' 또는 '반항'이다. 저항문학이란 2차대전 당시의 프랑스 레지스탕스 문학처럼 원래 시효성(時效性)을 띠고 있다. '누구'를 위해 '왜' 쓴다는 목적의식에 사로잡혀 있기 때문에 저항의 대상이 소멸하면 저항문학도 자연 소멸한다."(「파토스와 저항─이상화론」, 219쪽) 등 개별 시인론을 다룬 2부의 글들도 대부분 학문 영역의 글쓰기 범주에 속한다.

4

스피노자가 말한 대로 감각에 의해 지각되는 사물의 세계와 사고에 의해 추구되는 법칙의 세계가 있다면, 비평은 어느 쪽에 속할까? 비평은 감각적 인식보다는 추론적 사고를 중시해야 한다는 점에서 후자 쪽으로 기울어진다. 문학의 세계를 일정한 범주로 묶고 체계를 세우기 위해 그것에 법칙을 부여하는 작업이 비평가의 주요한 역할의 하나이다. 그러나 이차언어 활동으로서의 비평이 대상으로 삼는 '문학'이 문제이다. 개별적 상상력이 표현해낸 문학을 '사물의 세계'에 귀속시켜야 할까? 아니면 '법칙의 세계'로 분류해야 할까?

문학은 본질적으로 이 두 세계의 속성을 포괄하고 있다. 이것이 문학을 '사고에 의해서만' 파악해서는 안 되는 이유이다. 비평가는 '감각에 의해 지각되는' 문학세계의 혼돈과 무질서를 껴안아야 될 의무를 부여받은 존재이다. 그것이 유형적 사고와 체계적 분석을 희생시킨다 할지라도, 비평가는 그 모든 분석과 사고의 질서를 포기하고 자유로워져야 하지 않을까? 법칙이 지배하는 김준오의 글쓰기는 건조하고 메마른 느낌을 준다. 그는 감각의 세계를 향하는 주관적 감식안을 용납하지 않는다. 그의 글에는 불가사의한 문학의 혼을 끌어내어 그것에 형체를 부여하는 '신명과 열정'이 논리와 이성에 짓눌려 있다.

학문과 비평은 유사한 의미로 사용되기도 하고, 특별히 구별해야 할 필요성도 없다. 비평과 학문의 구분이 중요하지도 않고, 그 구분이 우리 문학을 이해하는 데 큰 도움을 주는 것도 아니다. 그러나 문학예술의 한 장르로서의 평론은 언어예술의 세계가 지향하는 심미성/주관성/감성을 간과할 수 없다. 감성/주관성/심미성으로부터 촉발되는 감동을, 감동적인 언어로 되살려내는 이차언어활동으로서의 비평은 두 가지 의미를 지닌다. 그것은 명석한 사고를 바탕으로 빈틈없는 논리와 체계를 갖춘 글쓰기여야 하고, 동시에 예술을 아름다움으로 다룰 수 있는 감수성과 직관이 드러나는 또 다른 의미의 예술적 언어활동이어야 한다. 이러한 점이 여타의 글쓰기와 다른 비평적 글쓰기의 독특하고 고유한 특성으로 지적될 수 있다. 아름다움에 대한 비평적 글쓰기가 감성을 차단하고 논리로 흐를 때 비평의 매력은 사라진다.

비제도권적 글쓰기의 혁명

―반경환

1

반경환의 세 번째 평론집 『한국문학비평의 혁명』을 읽고 난 느낌은 문단적 이해관계(利害關係)나 인간관계의 모든 고리를 끊어버린 비평에 대한 통쾌감이었다. 타인의 말과 사유에 대한 노예적 복종과 굴욕을 감수하며 "그 어떤 것도 이룩하지 못한 채, 서구의 문학이론만을 쫓아다닌" 한국평단의 중심부에 대한 일종의 신성 모독적인 비판이, 나의 가슴을 후련하게 했다. 추측건대 그것은 반경환 비평의 존재와 그 정당성을 확보해 나가는 글쓰기의 전략에 해당한다. 따라서 그의 글쓰기는 한국평단의 중심부에서 선진이론을 주창하던 그 모든 껍데기들에 대한 비판에서 출발한다.

비판적인 반경환의 글쓰기는, 잡다한 지식과 단편적인 사유로 일관하는 중심부 비평가들의 글쓰기에 대한 하나의 경고로도 읽힌다. 제도권/중심부로부터 추방당한 비평가의 신성 모독적이고 불순한 그 경고 속에는, 감성적인 문학예술과 이성적인 철학의 상호보완적 측면을 강조하는 반경환적 비평의 핵심이 숨겨져 있다. 그것은 "타인의 말과 타인의 사유 앞에서 노예적인 복종태도를 보여주고 있는 주석비평을 극복하고, 독창적인 문학이론을 생산해 내는 일"과 밀접하게 연결되어 있다.

비평의 중립성과 객관성의 미덕을 배우지 못하고, 외화내빈의 수사학과 공허한 관념의 체조만을 익힌 현 문단의 비평계는, 한마디로 "스승은 진리이며, 진리는 신성하다"라는 노예의 사슬을 끊어버리지 못하고, 비평의 만장일치제도 속에서 스승들의 악습을 묵수(墨守)해 왔다. 그 악습이 우리 평단에 철학의 빈곤이 아닌 철학의 부재현상을 보편화시켰고, "본문 없는 주석비평"은 학연과 지연, 제자와 스승이라는 정실에 얽매여 문단 패거리비평의 원인(原因)을 제공했다. 그리하여 진리와 허위의 부재현상은 물론이고, 비판적 사유나 회의의 빈곤을 초래하는 문단풍토를 조성해 왔다.

2

문학비평이란 흔히 생각하는 것처럼 문학이론만으로 이루어지는 것은 아니다. 문학예술의 창작이 그렇듯이, 문학비평은 인생을 바라보는 총체적인 시각을 요구한다. 비평적 사유의 뿌리가 되는 철학에 대한 이해를 생략한 채, 편협한 문학이론만으로 문학비평을 설명하는 것은 어불성설이다. 형이상적인 문제를 다루는 것과 마찬가지로, 문학예술에 대한 비평도 그럴 듯한 몇 가지 이론으로 그 모든 것을 대신하기 어려운 측면이 있다. 끊임없이 변화하고 발전하는 인간의 삶을 다루는 데서 문학의 매력이 발생한다. 문학 비평가는 적어도 그 매력에 값하는 그 무엇을 충족시켜야 할 의무를 떠맡고 있다. 니체, 마르크스, 프로이트 등이 철학자/정신분석학자로서 명성을 날리면서도 제일급의 문학 비평가로 추앙받는 이유가 바로 여기에 있다.

셰익스피어, 도스토예프스키, 괴테의 작품 등 인간의 심금을 울린 명작에는 예외 없이 위대한 예술가의 모든 철학이 스며들어 있다. 때문에 그것이 현실의 인간을 감동시키고, 미래사회의 이상을 추구하는 징표가 되기도 한다. 예술작품 속에 반영된 작가의 사상은 그의 필생의 철학적 사색의 결정체(結晶體)라는 의미를 갖는다. 그런데 인생의 갖가지 희로애락에 대한 성찰을 간과하는 단순명료한 이론의 추상성으로 어떻게 위대한 문학에 반영된 심오한 작가의 사상을 읽어낼 수 있다는 말인가? 철학의 빈곤이나 부재를 당연시하는 한국적 문단풍토에서 문학예술의 영혼이 고통을 호소하며 질식한 지 오래이다. "문학비평이란 무엇인가"라는 동어반복식의 유치한 질문으로 일관하면서, 앙상하게 메마른 이론의 썩은 가지를 거머쥐고 애초부터 철학적 번민과 고통을 벗어던진 대부분의 한국비평가에게 위대한 작가의 위대한 사상이 이해될 수 없다. 독창적인 문학이론을 기대하는 것은 말 그대로 언감생심이다.

반경환의 글쓰기에는 문학비평 이론의 근간을 이룬 철학사상과 실천비평의 논리가 절묘하게 조화되어 있다. 의미심장한 철학사상의 진수가 톡톡 튀어나오는 정교하고 빈틈없는 분석과 논리 속에는 우리가 필요로 했던 위대한 철학자의 중요한 사유들이 보물처럼 박혀 있다. 그리하여 그는 서양철학에 대한 깊은 이해를 바탕으로 아주 자연스럽게 한국현대 시작품들을 철학적 사색의 향연으로 인도한다. 그의 평론집을 골똘히 읽어본 독자라면 누구나 이러한 점을 수긍할 것이다. 낙천주의자의 세계관을 주제비평으로 정립하는 과정에서 반경환이 보여준 "앎에의 의지, 무지에의 의지, 진실에의 의지, 거짓에의 의지" 등 도처에서 구체적 사례를 확인할 수 있다. 이러한 점에서 그는 한국비평 사상 거의 유일하게 문학비평 방법론의 혁신과 더불어 주제비평의 진면목을 선보인 평론가에 속한다.

비제도권 평론가로서 글쓰기의 혁명적 정열을 불태우고 있는 그의 비평은, 그 어떤 비판이나 비난에도 끄떡하지 않을 만큼 튼튼한 철학적 사유를 기반으로 하고 있다. 그것은 어설픈 혁명적 비평의 치기를 용납하지 않는 자기연마의 치열한 글쓰기의 뒷받침이 있었기 때문이다. 반경환은 비평풍토의 혁명을 부르짖는 격정만을 토로한 것이 아니라, 혁명적 글쓰기의 실제를 빈틈없이 보여주었다. 때문에 그는 제3세계적인 문화적 풍토병과 비평의 만장일치제도 속에서 신음하는 한국비평계를 향해 날카롭고 혹독한 비판을 성공적으로 수행할 수 있었다.

혁명의 현장을 벗어나서 혁명을 부르짖는 어리석음을 반경환은 범하지 않았다. 스승에 대한 도전의 형태를 띠고 있는 그의 비평이, 오히려 그 도전을 넘어서서 한국문학이론의 정립을 위한 긍정적인 성과로 집약될 수 있었던 것도 이러한 이유 때문이다. 따라서 시의 효과를 "진정제적 효과, 강장제적 효과, 흥분제적 효과, 영생불사의 효과"로 명명한 작업, 쇼펜하우어와 니체의 염세주의를 전복시키면서 영원불멸의 삶에 대한 낙천주의를 양식화한 작업, 그리고 인간의 정체성을 확인하기 위한 탐색과정으로 오이디푸스 신화를 재해석한 작업은, 소위 반경환식의 독자적인 이론비평의 실천적 성과로 평가될 충분한 가치를 지니고 있다.

한국평단의 심장에 비수를 들이댄 그의 아웃사이더적 글쓰기는, 문학예술과 비평활동, 비평가와 예술가, 그리고 문단 내의 스승과 제자는 물론이고, 선후배에 이르는 인간관계까지도 새로이 인식하고 재조명하는 계기로 작용할 것이다. 왜냐하면 반경환의 비평에는 한국평단의 모순과 비리와 병폐까지를 통절히 체험한 피맺힌 절규에 해당하는 그 무엇이 있기 때문이다. 그것은 한국문학 비평의 중요한 전환을 예고한다. 그것을 우리는 한마디로 비제도권적 글쓰기의 혁명이라고 말할 수 있다. 그리고 그것은 독자의 입장이나 관점에 따라 참다운 비평에 대한 열망으로도, 혹은 한국비평계의 고질적인 비리와 모순을 날카롭게 해부한 고발로도 읽힐 수 있다. 『한국문학비평의 혁명』을 집필하게 된 중요한 동기가, 한국평단의 중심부에 도사린 구조적 모순과 병폐와 비리에서 비롯되었기 때문이다. 그러나 보다 중요한 점은, 이 평론집이 한국문단의 구조적 모순과 비리와 병폐를 비난하는 데 역점이 놓여 있는 것이 아니라는 사실이다. 그의 평론집은, 그러한 병폐와 비리와 모순이 한국비평계의 현재에 어떻게 작용하고 있으며, 앞으로 그것들을 어떻게 혁파하고 변화시켜야 하는가에 초점이 맞추어져 있다.

요약건대 반경환적 글쓰기의 핵심은 철학적 주제비평의 확고한 신념을 바탕으로 한국평단의 이상적인 모습을 앞당겨 모색하려 한 것이다. 물론 지금까지 모든 고통을 온몸으로 견디며 정련시킨 그의 비평활동이 혁명적 글쓰기로서 완벽한 것은 아니다. 일반철학 부문에서 상대적으로 소외된 동양적 사유의 그윽한 심연을 외면한 점이라든지, 혹은 철학 영역에 예속된 문학비평의 위상에 대한 우려를 완전히 불식시키지 못한 점은, 경우에 따라 그의 혁명적 글쓰기의 성패를 좌우할 만큼 심각할 수도 있다. 동시에 중심부/제도권 밖으로 추방당한 비제도권 비평가의 피와 눈물로 뒤틀린 영혼의 고통과 신음을 완전히 제거하지 못한 점도 안타까운 대목이다. 골수에 맺힌 원한이, 광야에 내박쳐진

오이디푸스의 심정으로 독자에게 어필될 위험성이 전혀 없는 것도 아
니다. 그것이 제도권비평의 보금자리 속에서 영혼과 육체가 안락한 후
배/동료/선배 비평가들의 배신에 대한 또 다른 분노의 감정으로 표출된
바, 다행스럽게도 그것은 신성 모독에 대한 자부심으로 대치되어 있다.

3

"나는 한국문단에서 영원히 생매장 당하는 아픔을 겪을 수밖에 없었
지만, 또다시 부활하는 기쁨을 맛볼 수가 있었고, 존경하는 스승과 친
구들을 잃어버리는 아픔을 겪을 수밖에 없었지만, 위대한 단독자로서
의 사상의 자유를 획득하는 기쁨을 맛볼 수가 있었다." 반경환의 표현
대로 위대한 단독자가 쓴『한국문학비평의 혁명』이, 비평의 상식을 뒤
엎는 파괴로 평가되든, 철학적 비평의 창조에 대한 진통으로 이해되든
그것은 상관이 없다. 중요한 사실은, 그의 비평이 상당히 유연한 철학
적 논리의 힘을 바탕으로 앎과 행동을 일치시키는 순교자적인 용기를
보여주었고, 자칭/타칭으로 대가연(大家然)하는 한국평단의 제도권 비평
가들의 운명을 어렴풋이 그려낸 점이다. 이러한 점에서 비제도권 비평
가로서의 혁명적 글쓰기는 한국비평의 정토(淨土)를 일궈내기 위한 중
요한 시도로 평가되어 마땅하다.

지금 반경환은 개인적으로 고독한, 그러면서도 혼자 감당하기 어려
운 혹독한 대가를 치르고 있다. 하지만 그것은 불원간 반드시 커다란
수확으로 되돌아 올 것이다. 빼앗길 것이 있는 자는 항상 빼앗아올 권
리가 있다. 현재 그는 한국비평의 중심부/제도권 비평가들이 박탈한 그
이상으로 그들의 신성한, 그러나 낡아빠진 가면을 벗겨내는 기쁨을 선

사받고 있다. 그들이 빼앗아간 그 무엇이 있다면, 머지않은 미래에 반경환은 그들로부터 되돌려 받을 그 무엇을 찾아낼 것이다. "한국사회의 제3세계적인 문화적 풍토병과 비평의 만장일치제도"를 비판한 그의 신성 모독죄는 사면복권이 이루어질 것이다. 그가 모독한 비평가들이 더 이상 신성한 비평가로 행세하기 어려운 시대가 성큼 다가왔기 때문이다.

단언컨대 반경환의 비평은 정당하게 평가되고 읽힐 것이다. 왜냐하면 중심부의 썩은 권력에 기생하는 기득권층을 추방하는 세력은, 항상 언제나 주변부의 소외된 소수 세력이었다는 역사적 진실을, 나/우리가 믿기 때문이다. 지금 현재 우리/나는 집단적 패거리의 가식이 벗겨지는 정치현실에서 그 사실을 경험하고 있다. 그들도 이미 깨닫고 있을 것이다.

찾아보기 – 용어/작품/저서

ㅂ

ㅅ

찾아보기 – 이름

저자 전정구(全廷球)

전북 익산시에서 태어났으며 「동아일보」(평론) 당선 및 대한민국문학상과 김달진 문학상을 수상했다. 『문학이론 연구』(새문사), 『약속없는 시대의 글쓰기』(시와시학사), 『김정식작품연구』(소명출판) 등 다수 저서를 출간했다. 미국 플로리다대학 교환교수와 학술진흥재단 책임전문위원 및 비평문학회 회장 등을 역임했다. 현재 전북대학교 사범대학 국어교육과에 재직하고 있다.

전북대학교 교과교육연구총서 ❻

비평의 논리와 감성

초판인쇄 2011년 9월 20일
초판발행 2011년 9월 27일
지은이 전정구
펴낸이 이대현
편 집 박선주
디자인 이홍주
펴낸곳 도서출판 역락
　　　　서울 서초구 반포4동 577-25 문창빌딩 2층
　　　　전화 02-3409-2058(영업부), 2060(편집부) | FAX 3409-2059
　　　　이메일 youkrack@hanmail.net
　　　　등록 1999년 4월 19일 제303-2002-000014호
ISBN　978-89-5556-943-8 93800

정 가　27,000원
*잘못된 책은 교환해 드립니다.